PATRICIA ALGE

LIEBE IM SCHATTEN DES VERRATS

Roman

WILHELM HEYNE VERLAG
MÜNCHEN

HEYNE ROMANE FÜR ›SIE‹
Nr. 04/387

Originalausgabe 4/2002

Printed in France 2002
http://www.heyne.de
Umschlagillustration: Sharon Spiak/Agentur Schlück
Umschlaggestaltung: Nele Schütz Design, München
Satz: Satzstudio Prechtl, Passau
Druck und Bindung: Brodard & Taupin, La Flèche Cedex

ISBN 3-453-19436-5

1

Greenwich, im Herbst 1809

Es war bereits zwei Stunden nach Mitternacht, und der eisige Nebel hüllte die Stadt ein wie ein Leichentuch. Lady Alicia Wincliff schmiegte sich in ihren warmen Mantel, um sich vor der Kälte in der Kutsche zu schützen. Zwei verwilderte Hunde wechselten lautlos die Straßenseite, bevor sie wie Geisterwesen wieder mit dem dichten Nebel und den Schatten der Nacht verschmolzen. Ansonsten begegnete sie niemandem auf ihrem Weg durch die beste Gegend von ganz Greenwich.

Alicias Atem bildete kleine Dampfwolken, und sie zog die wärmende Decke über ihren Beinen höher. »Mädchen, du musst wirklich verrückt sein«, flüsterte sie leise vor sich hin, während sich die Kutsche unaufhaltsam ihrem Ziel näherte. Ihr Vorhaben war tatsächlich nicht mit gesundem Menschenverstand vereinbar. Dennoch gestand sie sich ein, dass sowohl der eisige Nebel als auch die ungewöhnliche Zeit genau richtig waren, um dem geheimnisumwobenen ›schwarzen Earl‹ einen Besuch abzustatten.

Mit einem sanften Ruck kam die Kutsche zum Stehen. Die kleine Dachluke öffnete sich.

»Wir sind da, Lady Wincliff«, murrte ihr Kutscher missmutig. Anscheinend war er noch immer verstimmt wegen ihres nächtlichen Ausflugs. Alicia seufzte leise auf.

»Danke, Wes. Wenn ich ausgestiegen bin, lenk bitte die Kutsche in die nächste Seitenstraße, damit niemand hier das Wappen unserer Familie erkennen kann. Ich werde nur einige Minuten benötigen.«

Er gab einen undefinierbaren Laut von sich. »Wie Sie wünschen, Mylady. Aber denken Sie daran, ich habe Sie gewarnt. Wenn Ihr Vater mir nach seiner Heimkehr den Kopf abreißt, tragen Sie allein die Schuld daran.«

Er rieb sich die behandschuhten Hände und brummte gerade so laut, dass Alicia es noch hören konnte. »Aber das wird Sie vermutlich nicht aufhalten. Sie scheuen sich ja auch nicht davor, einen alten, gichtgeplagten Mann mitten in der Nacht aus dem wohlverdienten Schlaf zu reißen, um ihn durch diese Kälte zu jagen. Ich bin schließlich bloß einer Ihrer Angestellten …«

Alicia warf ihm einen bösen Blick durch die kleine Öffnung zu und ließ seine Klagen schweigend über sich ergehen.

Wes stand schon so viele Jahre im Dienste der Wincliffs, dass Alicia ihn beinahe zur Familie zählte. Dennoch raubte ihr seine permanent schlechte Laune und seine lästige Angewohnheit, verdrossen vor sich hin zu jammern, manchmal wirklich den letzten Nerv.

»Papa wird nie etwas davon erfahren, Wes. Jedenfalls nicht, wenn du den Mund hältst. Und jetzt mach dir keine Sorgen. Der Earl wird mich schon nicht fressen.«

»Davon wäre ich an Ihrer Stelle nicht so überzeugt, Mylady. Sind Sie sicher, dass ich Sie nicht hineinbegleiten soll?«

»Ganz sicher. Du kannst es dir hier in der Kutsche gemütlich machen – es sind genügend Decken da.«

Obwohl Alicia von der Richtigkeit ihres Handelns überzeugt war, krampfte sich ihr Magen zusammen, als sie das mächtige Stadthaus bedrohlich vor sich aufragen sah. Sie verkehrte nicht oft in diesem Teil der Stadt, denn hier war ausschließlich der hohe Adel vertreten.

Einen Augenblick lang spielte sie mit dem Gedanken, auf der Stelle wieder nach Hause zu fahren, doch sie wies diesen sogleich entschieden zurück. Sie musste tun, was getan werden musste. Schließlich stand das Leben ihres Bruders auf dem Spiel.

Alicia atmete tief ein und kletterte aus der Kutsche. Augenblicklich hüllte der dichte Nebel sie in sein feuchtes Kleid.

In der Straße herrschte eine unheimliche Stille, nur das nervöse Stampfen der Kutschpferde hallte wie Donnerschläge auf den Pflastersteinen.

Mit klopfendem Herzen eilte sie die Treppe zum Haus hinauf. Die Fenster lagen alle im Dunkeln. Hoffentlich hatte sie nicht zu lange gewartet.

Hinter ihr setzte sich die Kutsche in Bewegung, und Alicia wirbelte alarmiert herum. Doch wie sie selbst es befohlen hatte, lenkte Wes das Gefährt lediglich in eine Seitenstraße.

Himmel, Lissi, sei doch kein solcher Hasenfuß. Du hast keinen Grund, dich zu fürchten. Das Gerede der Leute hat dich verunsichert, das ist alles. Du wirst sehen, der Earl ist auch nur ein ganz gewöhnlicher Mann. Die leise Stimme in ihrem Kopf rief ihr jedoch das genaue Gegenteil wieder in Erinnerung: An diesem Mann war wirklich nichts gewöhnlich.

Denk an Jimmy! Alicia zögerte nur kurz, bevor sie entschlossen den Türklopfer betätigte. Nun gab es kein Zurück mehr.

Nervös trat sie einen Schritt zurück, um zu sehen, ob in einem der Zimmer Licht angegangen war, doch es rührte sich nichts. Sie klopfte erneut, diesmal energischer.

Beinahe im selben Moment öffnete sich die schwere Tür, und ein finster dreinblickender Butler erschien im Türrahmen. Als er die verhüllte Frauengestalt erblickte, trat ein Ausdruck tiefster Verachtung in seine Augen.

»Ja, Miss?«

Alicia straffte die Schultern und sprach mit fester Stimme. »Ich möchte mit Seiner Gnaden sprechen.«

»Ach, tatsächlich?« Die schmalen Lippen des Butlers verzogen sich zu einem missbilligenden Strich. »Nennt man nächtliche Besuche jetzt so?«

Alicia schluckte diese Beleidigung mühsam hinunter und meinte stattdessen: »In der Tat. Es handelt sich um eine äußerst dringliche Angelegenheit, die keinen weiteren Aufschub duldet. Wenn Sie jetzt die Freundlichkeit besitzen würden, mich bei Seiner Gnaden anzumelden …«

»Hör mit diesem gestelzten Gerede auf und scher dich weg, du Flittchen! Der Earl sucht sich seine Weiber selbst aus, und ich kann dir versichern, dass er wesentlich Besseres findet als …«

»Dessen bin ich mir sicher, Mister«, gab Alicia erbost zurück. Schließlich kannte sie den zweifelhaften Ruf des schwarzen Earls zur Genüge. Doch sie hatte wirklich keine Lust, in dieser Kälte vor der Tür zu stehen und mit einem Butler über das Liebesleben seines Herrn zu reden. Schon gar nicht jetzt, da sie jeden Moment Gefahr lief, von jemandem erkannt zu werden.

»Melden Sie mich jetzt bitte an, oder ich garantiere Ihnen, dass Sie sich im Morgengrauen in die Schlange der Arbeitslosen einreihen werden, wenn Sie dem Earl meine Anwesenheit nicht unverzüglich melden.«

Anscheinend hatte sie energisch genug geklungen, um diesen Kerl in seine Schranken zu weisen.

»Und wen soll ich melden?«, wollte der Butler nun verärgert wissen.

»Eine Dame, die nicht gewillt ist, ihren Bruder bei einem Duell im Morgengrauen zu verlieren.«

Der Butler starrte sie überrascht an. »Was, zum Teufel, soll ein Weibsstück wie du von Duellen Seiner Lordschaft wissen?«

Alicias Blut geriet in Wallung. »Entweder Sie melden mich jetzt an, oder ich werde es selbst übernehmen. Haben wir uns verstanden?«

Er musterte sie nachdenklich. »Warten Sie hier.« Mit diesen Worten knallte er ihr die Tür vor der Nase zu.

Alicia atmete tief ein und aus, um sich zu beruhigen. Die ganze Angelegenheit erwies sich als weitaus schwieriger, als sie zunächst gedacht hatte. Unbehaglich zog sie sich die Kapuze ihres Mantels tiefer ins Gesicht.

Alicia war sich durchaus bewusst, dass dieser mitternächtliche Besuch beim schwarzen Earl ziemlich große Risiken in sich barg. Schließlich war sie nicht so dumm zu glauben, dass sie ihren Ruf mit einigen logischen Erklärungen retten könnte, falls sie hier erkannt wurde. Himmel, konnte sich dieser Kerl denn nicht etwas beeilen?

Der eisige Nebel hatte ihre Kleider längst durchdrungen, und sie begann erbärmlich zu frieren. Sie würde bestimmt eine schlimme Erkältung aus dieser Sache ziehen, dachte sie grimmig und starrte erbost auf die geschlossene Tür. Jimmys fehlgeleiteter Beschützerinstinkt hatte ihr gerade noch gefehlt. Als ob sie sich zur Zeit nicht mit genügend anderen Problemen herumschlagen musste.

Endlich kehrte der Butler zurück und gab ihr brummend zu verstehen, dass sie eintreten sollte. »Seine Gnaden wird Sie im Arbeitszimmer empfangen.«

Alicia trat rasch über die Schwelle, bevor es sich dieser Zerberus doch noch anders überlegen und ihr erneut die Höllenpforte vor der Nase zuschlagen konnte.

Wohltuende Wärme drang ihr entgegen, als sie sich durch die schwach beleuchtete Eingangshalle führen ließ. Alicia stockte der Atem. Nie zuvor hatte sie solch eine Schönheit und Zurschaustellung von Reichtum gesehen. Riesige Marmorsäulen reichten drei Stockwerke hoch zu einer gewölbten Reliefdecke, von deren

Mitte ein riesiger goldener Kronleuchter hing. Wohin sie auch schaute, überall erblickte sie kostbare Vasen, antike Statuen und Gemälde von unschätzbarem Wert.

Alicia fröstelte plötzlich bei dem Gedanken, dass jemand inmitten dieser kalten, unberührbaren Schätze leben konnte.

Der Butler öffnete leise die Tür zum Arbeitszimmer. »Bitte, *Miss*.«

Alicia hätte ihm gern gesagt, wohin er sich seine Verachtung von ihr aus stecken konnte, beschloss jedoch im letzten Moment, dass es unter ihrer Würde lag, sich mit einem unzufriedenen Butler zu streiten. So segelte sie nur hoch erhobenen Hauptes an ihm vorbei.

Während die Tür hinter ihr leise ins Schloss fiel, sah sich Alicia neugierig in dem düsteren Raum um. Das kleine Feuer im Kamin war die einzige Lichtquelle und warf züngelnde Schatten an die Wände. Ein wenig enttäuscht stellte sie fest, dass es sich um ein sehr geschmackvoll eingerichtetes Arbeitszimmer handelte. Sie wusste selbst nicht genau, was sie erwartet hatte – vielleicht Spinnweben oder Fledermäuse, die von der Decke hingen?

Ein kleines Lächeln zuckte um ihre Lippen. Eigentlich hielt sie sich für eine durchaus logisch denkende, intelligente Person, doch anscheinend hatte das unheimliche Gerede über den ›schwarzen Earl‹ auch bei ihr Spuren hinterlassen. Über einen Mangel an Fantasie hatte sie sich gewiss noch nie beklagen können.

Alicia zog sich die Handschuhe aus und schaute sich weiter um. Der Earl ließ auf sich warten, und die unheimliche Stille im Haus setzte ihren angespannten Nerven arg zu. Sie trat vor den Kamin, um sich die eiskalten Hände zu wärmen. Vermutlich hatte der Butler vergessen zu erwähnen, dass sein Herr sich noch ankleiden musste. Sie seufzte leise auf, als das Wohlgefühl von Wärme ihre Finger zu neuem Leben erweckte. Tief in Gedanken versunken, wie sie ihre Bitte dem Earl am besten unterbreiten sollte, öffnete sie ihren Umhang und warf ihn achtlos auf den Sessel, der ihr am nächsten stand.

»Vielen Dank, aber ich besitze schon einen eigenen«, erklang plötzlich ein dunkler Bariton.

Alicia wirbelte mit einem leisen Aufschrei herum und fasste sich an die Kehle.

»Himmel! Haben Sie mich erschreckt! Ich … ich habe Sie gar nicht gesehen.«

»Das ist mir nicht entgangen.«

Alicia beobachtete mit geröteten Wangen, wie der Earl bedächtig ihren Mantel von seinem Schoß nahm und ihn auf den kleinen Tisch neben sich legte.

»Guten Abend, Lady Wincliff. Ich hoffe, das schroffe Benehmen meines Butlers hat Sie nicht allzu sehr gekränkt. Er ist zuweilen etwas gewöhnungsbedürftig.«

Alicia wären weit treffendere Bezeichnungen eingefallen. Anmaßend, unfreundlich, arrogant … Doch sie nickte nur leicht und pflichtete ihm bei. »Ja, das ist er wohl.«

Lord Robert Spencer, der elfte Earl of Whitehaven, erhob sich langsam aus den Tiefen seines Sessels. Unwillkürlich schien der Raum zu schrumpfen, und Alicia trat einen kleinen Schritt zurück.

»Ich muss zugeben, Ihr Besuch kommt gewissermaßen unerwartet. Besonders in Anbetracht der späten Stunde.«

Alicia reckte betont gelassen ihr zierliches Kinn und hoffte, sie könnte ihn so über ihren inneren Aufruhr hinweg täuschen. »Das ist mir durchaus bewusst, Lord Spencer. Aber wie Sie selbst wissen, wäre es morgen bereits zu spät gewesen. Mir blieb keine andere Wahl.«

»Ich verstehe.«

Die lässige Kleidung des Earls zeigte deutlich, dass er nicht darauf vorbereitet gewesen war, Besuch zu empfangen. Die Halsbinde hatte er abgelegt, und an seinem weißen Rüschenhemd standen mehrere Knöpfe offen, so dass Alicia die krausen schwarzen Haare auf seiner gebräunten Brust erkennen konnte. Auch hatte er die elegante Hose, die er auf dem Ball getragen hatte, gegen eine bequeme schwarze Rehlederhose eingetauscht, unter der sich die harten Muskeln seiner Schenkel abzeichneten.

Seine ungezwungene Kleidung beunruhigte und verwirrte Alicia gleichermaßen und machte ihr nur umso deutlicher bewusst, dass sie hier nichts zu suchen hatte. Das Flackern des Kaminfeuers ließ gespenstische Schatten über sein Gesicht züngeln, und Alicia hätte schwören können, dass sie in den Tiefen seiner Augen ein weitaus gefährlicheres Feuer hatte aufflackern sehen. Ihr Herz begann plötzlich wild gegen ihre Rippen zu hämmern.

Obwohl sie diesem Mann heute bereits zum zweiten Mal begegnete, schien er auch jetzt eine erschreckend intensive Wirkung auf ihre Sinne auszuüben. Irgendwie schien sie in seiner Gegenwart einfach keinen klaren Gedanken fassen zu können. Dabei war sie doch gerade jetzt auf ihren wachen Verstand angewiesen. Beinahe wünschte sie sich, sie hätte auf Wes gehört und ihn als Begleitung mitgenommen.

»Nehmen Sie doch Platz, Lady Wincliff.«

»Ja, danke.« Alicia setzte sich ein wenig verkrampft auf die Kante eines gepolsterten Stuhls, straffte die Schultern und konzentrierte sich ganz auf die ihr bevorstehende Aufgabe.

Wie sie an diesem Abend erfahren hatte, war der Earl erst vor zwei Tagen vom Hof des Königs zurückgekehrt. Zuvor hatte er sich mehrere Jahre im Ausland aufgehalten, um seine Handelsgeschäfte persönlich zu überwachen und lukrative Verträge mit neuen Großeinkäufern zu schließen. Dies war eine Tatsache, die Alicia großen Respekt und Wohlwollen abverlangte. Sie konnte müßige Menschen, die nichts mit ihrer Zeit anzufangen wussten, nicht leiden.

Alicia beobachtete, wie der Earl um den Schreibtisch herum ging und sich ihr gegenüber niederließ. Trotz seiner enormen Größe wirkte er weder schwerfällig noch ungelenk, vielmehr bewegte er sich mit einer natürlichen, männlichen Eleganz. *Wie der schwarze Panter, den ich kürzlich in einem Zirkus beobachtet habe,* fuhr es Alicia plötzlich durch den Kopf.

Ein Panter, ja. Der Vergleich gefiel ihr. Faszinierend schön und gefährlich.

Und gefährlich war dieser Mann – darin bestand kein Zweifel. Sein ganzes Wesen strahlte die Selbstsicherheit eines Mannes aus, der sich seiner Macht und seiner hohen Position in der Gesellschaft bewusst war. Und doch war da noch etwas anderes. Etwas Geheimnisvolles, Finsteres, das knapp unter der Oberfläche zu brodeln schien und jeden davor warnte, ihm bloß nicht zu nahe zu kommen.

Das Kaminfeuer loderte heftig auf und erhellte seine stolzen Gesichtszüge, die es so vortrefflich verstanden, andere Menschen mit eisiger Verachtung in die Flucht zu schlagen. Doch was Alicia am meisten verunsicherte, waren seine Augen, wache, smaragdgrüne Augen, die sie forschend und mit kalter, durchdringender Intelligenz musterten.

Alicia atmete tief durch und beschloss, die ganze Sache rasch hinter sich zu bringen. »Ich habe nicht die Absicht, Sie lange aufzuhalten.«

Robert nickte kühl und legte die Fingerspitzen aneinander.

»Ich nehme an, ich brauche Ihnen nicht zu erklären, was mich zu dieser späten Stunde in Ihr Arbeitszimmer geführt hat?«

»Doch. Diese Frage geht mir tatsächlich durch den Kopf.«

Alicia nahm all ihren Mut zusammen und begann mit ihrem sorgsam einstudierten Vortrag. »Ich muss gestehen, dass mir dieser Besuch recht unangenehm ist, Mylord.«

»Es ist auch nicht sonderlich klug, allein hierher zu kommen«, erwiderte der Earl trocken.

Sie winkte rasch ab. »Ach, machen Sie sich deshalb keine Sorgen. Ich bin sehr wohl in der Lage, mich meiner Haut zu wehren, das versichere ich Ihnen. Für den Notfall trage ich auch immer eine Pistole bei mir.«

Etwas wie Belustigung huschte über sein Gesicht. »Sie glauben, Sie könnten sich mit einer Pistole vor mir schützen, Lady Wincliff?«

Alicia starrte ihn aufrichtig entsetzt an. »Doch nicht vor Ihnen, Mylord. Ich meinte die Straßenräuber oder die betrunkenen Matrosen, die manchmal wirklich lästig werden können.«

Sie rutschte an den äußersten Rand ihres Stuhls. »Aber wenn wir jetzt zum eigentlichen Grund meines Besuches kommen könnten …«

»Nur zu.«

»Wie mir zu Ohren gekommen ist, scheine ich heute Abend der Grund für kleine Unstimmigkeiten zwischen Ihnen und meinem Bruder gewesen zu sein.«

»Davon ist mir nichts bekannt«, erwiderte er kühl. »In der Tat?«

Alicia furchte ärgerlich die Stirn. »Bitte halten Sie mich nicht für einfältig. Ich weiß sehr wohl, dass Jimmy Sie zu einem Duell herausgefordert hat.«

Robert lehnte sich sichtlich gelangweilt in seinem Sessel zurück. »Duelle sind gesetzwidrig, Lady Wincliff.«

»Und nicht nur das, sie sind auch hirnverbrannt«, gab Alicia verärgert zurück. Sie hasste solche Katz-und-Maus-Spiele. In ihren Augen waren sie nichts als unnötige Zeitverschwendung. »Ich kann einfach nicht verstehen, wie sich erwachsene Männer zu einem solchen Unfug hinreißen lassen.«

»Das ist anzunehmen. Sie sind eine Frau.«

»Das bin ich in der Tat, Mylord, und zwar eine, die selbst in der Lage ist abzuschätzen, wann und – ob überhaupt – sie beleidigt worden ist. Und ich fühle mich weder durch unsere kurze Unterhaltung noch durch den Tanz heute Abend beleidigt.«

»Das freut mich zu hören.«

Alicias Finger gruben sich tiefer in die Falten ihres Ballkleides. Sie hasste es mindestens ebenso, wenn man sie nicht ernst nehmen wollte. »Dann stimmen Sie sicher auch mit mir überein, dass ohne Beleidigung keine Wiedergutmachung geleistet werden muss.«

»Ihr Bruder sieht das anders.«

Alicia gab einen unwilligen Laut von sich und zwang sich zur Geduld. »Leider ist Jimmy noch sehr jung, und sein Temperament grenzt manchmal geradezu an Leichtsinn. Aber Sie müssen verstehen, dass er meint, mich beschützen zu müssen. Da meine Mutter verstorben und mein Vater oft monatelang auf Handelsreisen ist, sieht er sich an die Stelle des Familienoberhauptes gedrängt. Jimmy meint es gut, doch manchmal – so wie heute – geht seine Sorge um mich eindeutig zu weit.«

Robert nickte kühl. »Ich verstehe.«

»Das freut mich«, erwiderte Alicia ernst. »Jimmy ist noch nicht einmal zwanzig Jahre alt, Lord Spencer. Leider Gottes ist er in diesem entsetzlichen Alter, in dem junge Männer glauben, die Welt läge ihnen zu Füßen.« Sie lächelte ihn sanft an. »Sie wissen bestimmt, wovon ich rede. Schließlich waren auch Sie einmal jung.«

Eine edel geschwungene Augenbraue huschte überrascht in die Höhe. »Nun … da muss ich Sie leider enttäuschen. Ich wurde bereits alt geboren.«

Alicia blinzelte verwirrt, doch sogleich erhellte ein

kleines Lächeln ihr Gesicht. »Sie belieben zu scherzen, Mylord. Das erleichtert mich ungemein. Humorlose Menschen sind mir ein Gräuel.« Sie räusperte sich verlegen, und eine zarte Röte bedeckte ihre Wangen. »Wie dem auch sei. Jimmy bereut es bereits zutiefst, Sie herausgefordert zu haben.«

»Das ist vernünftig.«

Alicia nickte zustimmend. »Nicht wahr? Leider gelang es mir aber nicht, ihn dazu zu überreden, seine Herausforderung zurückzunehmen. Er kann manchmal nämlich entsetzlich stur sein, müssen Sie wissen. Er schrie mich an und behauptete, es sei schließlich eine Sache der Ehre. *Meiner Ehre.*« Alicia schüttelte verständnislos den Kopf. »Können Sie sich das vorstellen? Solch ein Unsinn.«

»Bei einem Duell geht es meistens um die Ehre einer Frau. Die ganze Angelegenheit würde sonst entschieden an Reiz verlieren.«

Alicia schüttelte erneut seufzend den Kopf. »Lächerlich. Wie ich Ihnen bereits versichert habe, fühle ich mich in keinster Weise beleidigt. Ich weigere mich einfach zu glauben, dass ein Mann Ihrer Intelligenz und Welterfahrung sich wegen einer solch lächerlichen Kleinigkeit mit einem unerfahrenen Jungen im Morgengrauen treffen will.«

»Und das in meinem Alter«, ergänzte Robert trocken.

Alicia blinzelte irritiert. »Bitte?«

»Sie haben mein ungeheuer respektables Alter zu erwähnen vergessen, Lady Wincliff.«

Anscheinend hatte sie ihn zuvor beleidigt, und nun versuchte sie eilig wieder an Boden zu gewinnen. »Ach, so alt scheinen Sie nun auch wieder nicht zu sein, Mylord.«

Robert streckte seinen Fuß in Richtung des Kamins und meinte kühl: »Das erleichtert mich ungemein.«

»Meines Erachtens liegt es wohl eher an Ihrer

unnahbaren Art, dass man Sie oft älter schätzt, als Sie in Wirklichkeit sind«, fügte sie nachdenklich hinzu und besah sich den goldenen Brieföffner vor ihr etwas genauer. Dabei entging ihr das belustigte Glitzern in Roberts Augen.

»Ihre Wahrheitsliebe ist erschlagend. Bitte fahren Sie fort.«

Alicia blinzelte kurz. Hatte sie ihn etwa schon wieder beleidigt? Sie entschied, dass man es einem Mann sowieso niemals recht machen konnte, und fuhr unbeirrt fort.

»Nun, um die ganze Angelegenheit nicht in die Länge zu ziehen …« Sie beugte sich zum Schreibtisch vor. »Nach reiflicher Überlegung bin ich zu einer Lösung unseres Dilemmas gekommen.« Sie hielt kurz inne und fügte zögernd hinzu: »Genauer gesagt zu zweien. Wobei die erste meines Erachtens weit effektiver und von geringerem Aufwand begleitet ist.«

Robert lehnte sich ebenfalls vor. Ein kühnes Lächeln umspielte seine Lippen. »Ich kann es kaum erwarten, eine Kostprobe Ihres bemerkenswerten Verstandes zu genießen.«

Urplötzlich erfüllte ein warmes Prickeln Alicias Körper, und sie fühlte sich seltsam atemlos. Seine Stimme hatte wie feinster, dunkler Samt geklungen, und sein Gesicht war dem ihren so nah, dass sich ihre Nasenspitzen beinahe berührten. Ein männlich herber Duft drang an ihre Nase, und Alicia fühlte sich mit einem Mal hilflos im Netz seiner Sinnlichkeit gefangen. Sie war unfähig, irgendetwas zu sagen oder auch nur den Blick von seinem markant geschnittenen Gesicht abzuwenden. Seine Augen waren gebannt auf ihre Lippen gerichtet, schienen sie zu liebkosen, zu rufen …

Abrupt riss sich Alicia aus seinem Bann. Ihre Wangen röteten sich. »Lassen Sie das, Mylord. Diese Spielchen bringen uns nicht weiter.« Sie beobachtete verärgert, wie er sich mit einem zufriedenen Lächeln wieder in seinen Stuhl zurück lehnte und bedächtig den goldenen Brieföffner zwischen seinen Fingern drehte.

Dieser Mann war wirklich gefährlich, und je schneller sie die Angelegenheit hinter sich brachte, desto eher konnte sie wieder in die Sicherheit ihres Heimes zurückkehren.

Alicia weigerte sich, den wissenden Ausdruck in seinen Augen zur Kenntnis zu nehmen, und fuhr entschieden fort. »Ich bin zu dem Schluss gekommen, dass Sie das Duell absagen müssen.« Sie lächelte ihn ermutigend an. »Sie brauchen sich nur bei Jimmy zu entschuldigen ...« Alicia schnippte mit den Fingern. »Und schon sind wir alle Probleme los.«

Robert hielt mitten in der Bewegung inne und legte den Brieföffner zurück an seinen Platz.

»*Ich* soll mich entschuldigen?«

Er erhob sich geschmeidig und schlenderte zu einer kleinen Anrichte hinüber, um sich einen Brandy einzuschenken. Als er Alicia auch einen anbot, lehnte sie dankend ab.

»Ich hoffe, Ihre zweite Lösung ist akzeptabler.«

Alicia rümpfte leicht die Nase. »Sie könnten natürlich auch auf Grund dringender Geschäfte die Stadt für einige Tage verlassen. Das würde mir genügend Zeit geben, Jimmy zur Vernunft zu bringen.«

Ein Muskel in Roberts Wange zuckte leicht, doch ansonsten zeigte er keinerlei Regung. Dennoch wusste Alicia instinktiv, dass sie ihn beleidigt hatte, und ein dumpfer Stich der Reue traf sie mit unerwarteter Heftigkeit.

»Sie scheinen zu vergessen, dass Ihr Bruder es war, der die Herausforderung ausgesprochen hat.«

Alicia erhob sich ebenfalls und schaute ihm offen ins Gesicht. »Es ist mir nicht entfallen, Mylord. Doch ich zähle auf Ihren Verstand und Ihr Ehrgefühl, dass Sie diesem Unsinn ein Ende bereiten, bevor unnötig Blut fließt.«

Robert zuckte unmerklich zusammen und starrte in das Kaminfeuer. »Wie kommen Sie auf den Gedanken, dass ich so etwas wie Ehrgefühl überhaupt besitze?«

Ein gefährliches Glühen stand in seinen Augen, und Alicia spürte, dass sie etwas Dunkles in seiner Seele angerührt hatte, das besser unangetastet geblieben wäre. Und sie glaubte auch zu wissen, was es war.

Sie trat zögernd einen Schritt auf ihn zu und erklärte sanft: »Mylord, es gibt immer Menschen, die üble Gerüchte verbreiten. Vielleicht tun sie es sogar, um ihre eigene Unzulänglichkeit zu verbergen.« Sie zuckte vage mit den Schultern. »Ich ziehe es jedenfalls vor, mir meine eigene Meinung über eine Person zu bilden. Und ich bin überzeugt, dass Sie weit mehr Ehrgefühl und Stolz besitzen als jeder andere Mann hier in Greenwich.«

Einen Moment lang war Robert sprachlos, als er in ihre samtbraunen Augen blickte. Sie meinte tatsächlich jedes Wort so, wie sie es sagte. Es war kein Süßholzraspeln, um ihn dazu zu bewegen, sich ihren Wünschen eher zu fügen. Nein, es war eine naive, frische Aufrichtigkeit, die aus ihrem Gesicht sprach. Eine vollkommen neue Erfahrung für ihn.

Da er nicht wusste, wie er darauf reagieren sollte, griff er zu seiner Lieblingswaffe – dem Spott.

»Das ist natürlich sehr schmeichelhaft«, gab er ihr trocken zu verstehen. »Wie schade, dass Sie mit dieser noblen Meinung allein dastehen.«

Alicia wischte seine Antwort wie eine lästige Fliege beiseite. »Das kommt nur daher, weil Sie die Leute in diesem Glauben belassen *wollen.*«

Mit dieser Feststellung verblüffte sie ihn erneut. »Und wie kommen Sie zu dieser erstaunlichen Erkenntnis?«

Alicia seufzte ungeduldig. »Das liegt doch auf der Hand.«

»Tut es das?«

»Natürlich. Niemand würde so sehr unter einer abgesprochenen Ehre leiden, wenn er sie nicht im Übermaß besäße.« Alicia schüttelte den Kopf. »Die Einwohner von Greenwich haben Sie wegen der falschen Aussage irgendeiner Frau verurteilt, obwohl sie Sie eigentlich besser hätten kennen müssen. Und Sie wiederum waren zu stolz und zu verletzt, um sie vom Gegenteil zu überzeugen.«

Robert lächelte anerkennend, und diesmal erreichte es sogar seine Augen.

»Eine recht interessante Theorie, Lady Wincliff.«

»Das ist keine Theorie, sondern gesunder Menschenverstand. Könnten wir jetzt wieder zum eigentlichen Thema zurückkehren? Wes wird mir jetzt schon in den Ohren liegen, weil es so lange dauert.«

»Wes?«

Alicia seufzte ungeduldig. »Mein Kutscher. Er wird seit Jahren von der Gicht geplagt, müssen Sie wissen. Und das Warten in der Kälte wird seiner Gesundheit nicht gerade zuträglich sein.«

»Ich verstehe.«

»Also, wie gesagt, nachdem ich es mir lange und gründlich überlegt habe, bin ich der Ansicht, dass eine Entschuldigung Ihrerseits die einzig infrage kommende Lösung unseres Problems ist.«

Robert nahm einen Schluck Brandy und ließ ihn genießerisch auf der Zunge zergehen.

»So, sind Sie das.«

»Auf jeden Fall, Mylord«, meinte sie ermutigend und trat näher, sodass sie nur noch einen kleinen Schritt voneinander entfernt standen. »Jeder in ganz England weiß, dass Sie ein weit besserer Schütze als Jimmy sind. Wie man mir erzählte, sind Sie ein oft gesehener Gast bei *Biegels*, um dort Ihre Schießkunst zu verfeinern. Wobei – wenn ich das so sagen darf – Ihre Trefferquote weit über dem Durchschnitt liegt. Auch Ihr Ruf als Duellgegner grenzt ans Legendäre.«

Alicia holte tief Luft und fügte dann triumphierend hinzu. »Daher wird es nicht allzu sehr an Ihrem Stolz nagen, wenn Sie das Duell absagen. Kein Mensch würde auch nur eine Sekunde lang glauben, Sie würden es aus Feigheit tun. Jedermann weiß, dass Sie Jimmy problemlos niederstrecken könnten.«

Sie legte den Kopf etwas schief und betrachtete ihn eingehend. »Vermutlich würde man eher eine List dahinter vermuten.«

Roberts Kiefermuskulatur spannte sich. Dann leuchtete zögernd Bewunderung in seinen Augen auf.

»Touché. Ein sauber ausgeführter Treffer, Lady Wincliff. Sie scheinen wirklich an alles gedacht zu haben.«

»Danke, Mylord, aber es handelt sich lediglich um die Wahrheit«, gab Alicia bescheiden zurück. Ohne sich dessen bewusst zu sein, legte sie ihm die Hand auf den Arm und meinte begeistert: »Wirklich, Lord Spencer, ich bin mir ganz sicher, dass unser kleiner Plan funktionieren wird, ohne dass Ihr außerordentlicher Ruf dadurch allzu sehr geschmälert wird.«

Robert gab sich den Anschein, ernsthaft über ihre Worte nachzudenken.

»Leider kann ich bei Ihrem Vorschlag keinen echten Vorteil für mich entdecken.«

Alicia überlegte kurz. »Nun, Sie hätten die Genugtuung, ganz Greenwich schlaflose Nächte zu bereiten. Da eine große Anzahl der Leute eine teuflische List hinter Ihrem Handeln vermuten würde, wären natürlich alle begierig darauf, hinter dieses Geheimnis zu kommen.«

»Es interessiert mich herzlich wenig, was die Leute tun oder lassen, Lady Wincliff.«

»Aber es macht Ihnen sicherlich großen Spaß, andere mit ihren wilden Spekulationen im Unklaren zu lassen«, konterte Alicia.

Robert stellte das leere Brandyglas auf den Kaminsims, und ein zustimmendes Lächeln zuckte um seine

Mundwinkel. »Es ist zuweilen ein recht interessanter Zeitvertreib. Sie scheinen sich wirklich viel Mühe mit den Nachforschungen über meine Vorlieben gegeben zu haben.«

Alicia reckte das Kinn etwas höher und erklärte stolz: »Wie Sie wissen, bin ich im Handel tätig. Da ist es unerlässlich, sich im Voraus über einen Verhandlungspartner zu informieren.«

»Dann sollten Sie auch wissen, dass allein meine Gegenwart hier genügt, um die Wettbücher in den Clubs überlaufen zu lassen.«

Alicia biss sich unsicher auf die Unterlippe. Dieser Mann war wirklich äußerst schwierig.

»Ich gebe ja zu, dass ich Sie um einen sehr großen Gefallen bitte ...«

Robert nickte. »In der Tat. Es gehört nicht gerade zu meinen ausgeprägtesten Eigenschaften, mich zu entschuldigen.«

Sie nahm den Rest ihres Mutes zusammen. »Nun gut, was erwarten Sie als Gegenleistung?«

Robert sah sie nachdenklich an. »Ich verlange zwei Dinge von Ihnen. Erstens eine ausgiebige Führung durch Ihre Firma ...«

Alicia nickte zögernd: »Und was ist Ihre zweite Forderung?«

»Als Zweites verlange ich von Ihnen lediglich einen kleinen Gegendienst.«

»Und der wäre?«

Seine Lippen verzogen sich zu einem diabolischen Lächeln. »Ich versichere Ihnen, ich kann sehr kreativ sein. Mir wird zur gegebenen Zeit schon etwas einfallen.«

Alicias erste Reaktion war Alarmiertheit, doch dann siegte ihre Vernunft. Egal, was man diesem Mann auch nachsagte – oder von welcher schlechten Seite er sich selbst gern zeigte –, sie spürte, dass er niemals etwas Verwerfliches von ihr verlangen würde. Das Schweigen zog sich in die Länge, und Alicia hielt nachdenklich seinem eindringlichen Blick stand. Zu ihrer eigenen Verblüffung erkannte sie, dass sie ihm vertraute.

»Sehr gut, Lord Spencer«, stimmte Alicia ruhig zu. »Unser Geschäft gilt.«

Robert betrachtete sie mit einem seltsamen Ausdruck in den Augen, bevor er seine Finger sanft unter ihr Kinn legte. Sie wich nicht zurück. »Du solltest dein Vertrauen nicht so leicht verschenken, Alicia.«

Seine Augen schienen zu glühen – schienen ein eigenes, unheimliches Leben zu führen. Dies und die Sanftheit seiner Berührung ließen Alicias Herz plötzlich schneller schlagen. Die Luft um sie herum knisterte vor Energie.

»Mylord?«

Robert schüttelte langsam den Kopf, während er in ihrem Gesicht nach irgendeinem Hinweis suchte, den nur er allein finden konnte. »Zu spät, Alicia. Dein Schicksal ist besiegelt …«

Im nächsten Moment bedeckte sein Mund ihre Lippen. Alicia war über diesen unerwarteten Kuss zunächst so erschrocken, dass sie sich nicht zu rühren vermochte. Es lag bereits Jahre zurück, dass ihr jemand einen Kuss geraubt hatte. Nun ja, an und für sich war es kein Kuss im eigentlichen Sinne gewesen, vielmehr ein feuchter Schmatz eines übereifrigen Nachbarjungen – sie hatten damals beide kaum mehr als dreizehn Lenze gezählt … Doch dies hier war etwas gänzlich anderes, beschloss sie in Gedanken.

Roberts Kuss war ein unglaublich sinnlicher, wohlberechneter Angriff auf Alicias Verlangen und hatte eine verheerende Wirkung auf ihr inneres Gleichgewicht. Schreck und Erregung schienen ihr Denkvermögen zu beeinträchtigen, und sie war sich nur vage bewusst, dass sich ihre Finger in sein Hemd krallten, nicht wissend, ob sie ihn nun wegstoßen oder näher zu sich heran ziehen wollte. Alicia begann zu zittern, und in ihrem Innersten spürte sie eine unbekannte, pulsierende Energie, die sich wie ein Feuerbrand in ihrem ganzen Körper ausbreitete. Doch bevor sie auf diese neuen Gefühle reagieren konnte, war der Kuss auch schon vorbei.

»Da unser Abkommen jetzt besiegelt ist, solltest du besser nach Hause gehen, bevor du vermisst wirst.«

Seine abgeklärt kühle Stimme irritierte und kränkte Alicia gleichermaßen.

»Natürlich, Mylord.« Alicia fiel es unter den gegebenen Umständen äußerst schwer, einen klaren Gedanken zu fassen. Seine warmen Finger lagen noch immer unter ihrem Kinn, und ihre Lippen prickelten aufregend. Irgendwie schaffte sie es, einen Schritt von ihm zurückzuweichen und sich aus seinem gefährlichen Bann zu befreien. Sie befahl sich, so ungezwungen wie zuvor zu sein. Schließlich war sie mit ihren dreiundzwanzig Jahren kein kleines Mädchen mehr.

Alicia straffte die Schultern. »Ich bin sehr froh, dass wir zu einer Einigung gelangt sind, Mylord. Es hätte mir wirklich nicht gefallen, mich im Morgengrauen mit Ihnen zu duellieren.«

Im selben Augenblick erkannte sie den fatalen Fehler.

In Roberts Augen blitzte kurz Belustigung auf. »Du hattest vor, deinen Bruder zu rächen, falls ich ihn angeschossen hätte?«

Alicia wich unbehaglich seinem Blick aus. Himmel, hätte sie doch nur ihren Mund gehalten. »Nicht direkt …«

Nun verengten sich seine Augen zu zwei schmalen Schlitzen. »Was dann?«

»Ich …« Sie atmete schwer aus, und das grässliche Gefühl des Verrats lastete bleischwer auf ihren Schultern. »Ich hätte Ihnen im Duell *anstelle* von Jimmy gegenübergestanden.«

»Was?«, donnerte Robert fassungslos. Sogleich senkte sich seine Stimme zu einem gefährlichen Zischen, das Alicia einen kalten Schauer über den Rücken jagte.

Mehr denn je glich er einem Panter, lauernd, wachsam und bereit zum tödlichen Sprung.

»Hat dieser feige Hund dich etwa vorgeschoben, um sein lausiges Leben zu schützen? Glaubt er vielleicht, ich würde diesen Betrug auf mir sitzen lassen?«

Das ging zu weit. Niemand durfte so über ihre Familie reden. Vergessen war ihr schlechtes Gewissen. Ihr Zorn stand dem von Robert in keinster Weise nach, und sie scheute sich auch nicht, diesem lautstark Luft zu machen. »Wie können Sie es wagen, so über meinen Bruder zu reden, Earl! Jimmy ist kein Feigling, und er hätte mir mit Sicherheit die Hölle heiß gemacht, wenn er am nächsten Tag erwacht wäre und alles bereits vorbei gewesen wäre …«

Roberts Augen verengten sich zu gefährlichen Schlitzen. »Was soll das nun wieder heißen?«

Alicia reckte kampflustig das Kinn. »Er weiß nichts von meinem Ersatzplan. Ich habe ihm ein Schlafpulver in den Brandy getan, den er jede Nacht vor dem Zubettgehen zu trinken pflegt. Er wird erst um die Mittagszeit erwachen und nichts mehr an den Geschehnissen ändern können.«

Nach diesem Ausbruch bemühte Alicia sich wieder um einen gesitteten Tonfall. Schließlich waren sie doch vernünftige, erwachsene Menschen.

»Ich bin eine sehr gute Schützin, Mylord – mein Vater hat es mir vor langer Zeit beigebracht. Jimmy hingegen hat noch nie eine Pistole in der Hand gehalten. Sie verstehen sicher, dass ich es einfach nicht riskieren konnte, ihn seinem Schicksal zu überlassen.«

»Nein, das verstehe ich ganz und gar nicht. Wie kann man nur so unglaublich dumm sein, sein eigenes Leben aufs Spiel zu setzen …«

So viel zur Vernunft.

»Ich liebe meinen Bruder, Earl«, gab sie heftig

zurück. »Und niemand wird meiner Familie etwas zuleide tun, solange ich es verhindern kann.« Sie richtete sich zu ihrer ganzen, bescheidenen Größe auf und erklärte beherrscht: »Ich hätte es nicht ertragen, wenn Sie Jimmy getötet oder zum Krüppel geschossen hätten.«

Robert öffnete den Mund, um ihr eine wüste Strafpredigt zu halten, doch Alicia legte ihm rasch ihre feingliedrigen, kühlen Finger an die Lippen und lächelte verunsichert zu ihm auf.

»Aber das hat jetzt alles keine Bedeutung mehr, nicht wahr? Es wird kein Duell geben, und dafür bin ich Ihnen wirklich von Herzen dankbar.«

Roberts Zähne mahlten vor Wut, als Alicia an ihm vorbei schlüpfte, um sich ihren Mantel zu holen.

»Ich muss jetzt wirklich gehen, bevor es noch heller wird.«

Robert nickte finster und öffnete die Tür zur Eingangshalle. Fast im selben Moment tauchte der Butler neben ihm auf.

»Sie wünschen, Euer Gnaden?«

»Begleite Lady Wincliff hinaus, Alfred, und versichere dich, dass der Kutscher wirklich noch wartet.«

Der Butler verneigte sich ehrerbietig. »Mylady?«

Alicia konnte einfach nicht verstehen, weshalb der Earl plötzlich so wütend auf sie war. Schließlich hatte sie ihm ihre Gründe dargelegt. Sie ging schweigend an ihm vorbei, doch nach zwei Schritten blieb sie stehen. Schon als Kind war es ihr unerträglich gewesen, wenn jemand wütend auf sie gewesen war. Besonders, wenn sie diesen Jemand mochte. Erstaunt stellte sie fest, dass sie den finster dreinblickenden Hünen nun zu ihren Freunden zählte. Deshalb drehte sie sich noch einmal um und trat zögernd vor den Earl hin. Unbehaglich blickte sie sich nach dem Butler um, doch dieser hatte sich diskret zur Haustür zurückgezogen.

»Euer Gnaden?«

Robert blickte starr über ihren Kopf hinweg. »Was ist denn jetzt noch?«

Alicia zuckte bei der Schärfe seiner Stimme zusammen, und ein eigenartiger, dumpfer Schmerz von Verlust legte sich auf ihre Brust.

»Bitte sehen Sie mich an.«

Robert schnaubte missmutig, kam ihrer Bitte jedoch nach und erstarrte innerlich. Von der ersten Begegnung an war Robert von ihren Augen fasziniert gewesen, doch nun erfasste ihn kalte Angst. Diese samtenen Seen spiegelten seinen Blick mit so unglaublich viel Gefühl, dass er glaubte, in ihnen ertrinken zu müssen. Sie stand schüchtern vor ihm, wie ein unartiges Kind, das sich seiner Schuld bewusst war. Ein Kind, das ehrlich bereute und litt. Und er sah Zuneigung in ihren Augen. Tiefe, aufrichtige Zuneigung, die ein warmes Flackern dort bewirkte, wo vor langer Zeit sein Herz erfroren war.

»Ich weiß, dass Sie jetzt sehr wütend sind. Schließlich hatte ich vor, Sie zu hintergehen. Aber bitte versuchen Sie, mich zu verstehen. Ich liebe meinen Bruder über alles. Und ich musste so handeln, wie ich es für richtig hielt.«

Robert blickte in ihr Gesicht, das mit einer Aufrichtigkeit zu ihm aufschaute, die ihm beinahe körperlichen Schmerz bereitete. Sein Zorn war verschwunden, und plötzlich verspürte er den Drang, sie zu trösten. Ohne zu überlegen, streckte er seine Hand aus und strich ihr sanft über die Wange.

»Du solltest mehr auf deinen gesunden Verstand und weniger auf dein Herz hören, Alicia.«

Ein unsicheres Lächeln erhellte ihre fein geschnittenen Züge. »In Zukunft werde ich versuchen, daran zu denken.«

Ihre ungeheure Erleichterung und das freudige Funkeln ihrer Augen entlockten Robert ein resigniertes

Lächeln. Er ließ seine Hand sinken. »Ja, tu das – und jetzt geh.«

Darauf folgte ein Lächeln, das heller noch als der hellste Sonnenschein strahlte.

»Danke, Mylord.« Impulsiv stellte sie sich auf die Zehenspitzen und hauchte ihm einen kleinen, züchtigen Kuss aufs Kinn.

»Schlafen Sie gut, Mylord.« Dann eilte sie davon.

Robert stand schweigend am Fenster und beobachtete, wie Alfred Alicia zu ihrer Kutsche begleitete. Ein unsichtbares Lächeln umspielte seine Lippen, als er sich vom Fenster abwandte und vor den Kamin trat. Das leise Knistern der Flammen war das einzige Geräusch, das ganze Haus lag in tiefem Schlaf. Robert legte einige Scheite nach und hörte, wie Alfred leise das Hauptportal hinter sich zuzog. Wenig später erschien er in der Tür. »Euer Gnaden, Lady Wincliff befindet sich auf dem Heimweg. Wenn ich sonst noch etwas für Sie tun kann …«

»Nein. Du kannst dich jetzt zurückziehen.«

Mit einer knappen Verneigung schloss Alfred die Tür hinter sich und überließ Robert wieder seinen Gedanken.

Nie zuvor war er einem Geschöpf begegnet, das so viele Gegensätze auf so lebendige und natürliche Art verkörperte wie diese junge Frau. Sie scheute sich nicht davor, sich mit ihm im Morgengrauen zu duellieren, um ihren Bruder zu schützen – doch es war ihr unerträglich, wenn jemand ihr zürnte. Sie fürchtete nicht um ihren Ruf, wenn sie mitten in der Nacht ausgerechnet dem schwarzen Earl einen Besuch abstattete – doch sie sorgte sich um ihren gichtgeplagten Kutscher, der in der Kälte auf sie wartete. Robert schüttelte nachdenklich den Kopf.

Diese kleine, zierliche Dame war mit Abstand das anregendste weibliche Wesen, dem er seit ewigen Zeiten begegnet war. Er schenkte sich erneut ein Glas Brandy ein und schwenkte die goldene Flüssigkeit bedächtig. Wie ihre Augen, fuhr es ihm unvermittelt durch den Kopf. Warm und von einer exquisiten Farbe … Augen, in denen ihre Seele, ihr Herz und so unendlich viel Gefühl offen lagen.

Die Augen einer Frau von unerschütterlicher Loyalität und Wahrheitsliebe, die jeder Gefahr trotzte, um die zu schützen, die sie liebte. Dies machte Alicia zu einer absoluten Neuheit in Roberts Welt – zu einer Kostbarkeit.

Noch immer war ihm, als könnte er die sanfte, schüchterne Berührung ihrer Finger an seinem Mund spüren. Selbst sein Kinn prickelte noch leicht von ihrem Kuss.

Robert ließ sich in denselben Sessel sinken, von dem aus er Alicia bei ihrem Eintreten beobachtet hatte. Er wusste selbst, dass es verwerflich und eines Gentlemans unwürdig war, eine Dame im Glauben zu lassen, sie wäre allein. Doch manchmal hielt ihn etwas tief in seinem Inneren dazu an, sich tatsächlich so schändlich zu benehmen, wie alle es ihm nachsagten. Er nippte mit geschlossenen Augen an seinem Brandy, während die Hitze der Flammen sein Gesicht liebkoste, ohne es wirklich zu wärmen, und genoss die wohlige Schwere seiner Begierde – das angenehmere Gefühl von den zweien, die er noch wirklich zu fühlen imstande war. Das andere war die Verachtung, die er allem und jedem entgegenbrachte. O ja, er hatte die kleine Lady begehrt, als sie leise seufzend vor dem Kamin gestanden hatte. Das stand außer Zweifel. Nicht, dass das Mädchen eine ausgesprochene Schönheit war. Mit ihrem mitternachtsschwarzen Haar, der kleinen Nase und den ein wenig zu voll geratenen Lippen mochte man sie vielleicht noch als hübsch bezeichnen … Robert war ehrlich genug, um sich einzugestehen, dass er ihr auf dem Ball vermutlich keinen zweiten Blick gegönnt hätte, wäre er nicht hinter Informationen her gewesen. Trotzdem hatte sie etwas an sich, etwas Ernsthaftes, durch und durch Natürliches, das ihn auf unerklärliche Weise bezauberte.

In dem züchtig hochgeschlossenen, blassblauen Ballkleid war sie ihm wie ein Wesen aus einer anderen Welt erschienen. Was ihm nur umso stärker zu Bewusstsein brachte, dass er ein Mann war, der in der tiefsten Dunkelheit gefangen war. Ein Mann, der sich davor fürchtete, in sich hinein zu sehen, weil er die Kälte und die eisige Leere nicht ertragen konnte, die er dort zu finden glaubte.

Robert leerte das Glas in einem Zug und schmetterte es in frustriertem Zorn in den Kamin. Glitzernde Scherben funkelten in der niederbrennenden Glut und erschienen ihm wie ein Zeichen bitterer Ironie. Nicht lange, und das helle Glitzern der Scherben würde unter der Asche für immer verschwinden.

Genau wie Alicias Vertrauen in ihn.

Sie hatte den schrecklichen Fehler begangen, an ihn zu glauben. Robert lachte kalt auf, doch der Schmerz in seinen Augen strafte ihn Lügen. Wieder einmal sah er dem unbarmherzigen Schicksal entgegen, das seinen mutwilligen Lauf aufgenommen hatte.

Die Leute, die ihm trotz seiner Vergangenheit Freunde geblieben waren, konnte er an einer Hand abzählen. Nur seinem Titel und dem ungeheuren Vermögen, das er in den letzten Jahren angehäuft hatte, verdankte er es, dass die feine Gesellschaft ihn noch immer zu öffentlichen Anlässen einlud. Hinter seinem Rücken wurde jedoch geflüstert, und manchmal brachte es ihn fast um den Verstand, dass niemand die Stirn besaß, die Beschimpfungen laut auszusprechen. So blieb ihm die einzige Möglichkeit verwehrt, sich endlich von dieser Schuld zu befreien. Wie sollte er sich verteidigen, wenn niemand ihn öffentlich anklagte?

Nichtsdestotrotz hatte ihm diese Frau ihr Vertrauen und ihre Achtung geschenkt.

Und ausgerechnet sie musste er zerstören.

Beinahe erleichtert hörte Robert die Haustür erneut ins Schloss fallen.

Wenige Augenblicke später steckte Gilard seinen Kopf in das Arbeitszimmer.

»Du bist noch wach?«

»Nein, ich nachtwandle«, gab Robert trocken zurück, ohne sich in seinem Sessel umzudrehen. Gilards Lippen verzogen sich zu einem gutmütigen Grinsen, als er in den Raum schlenderte. »Und wie ich sehe, bester Laune – wie immer.«

»Genau. Wie immer.«

Gilard war einer jener Hand voll Auserwählter, die Robert zu seinen Freunden zählte. Nachdem er zwei Jahre im Ausland gelebt hatte, war Robert nach dem Tod seines Vaters gezwungen gewesen, nach England zurückzukehren. Seine sich immer weiter ausdehnenden Geschäfte und seine großen Ländereien hatten es erforderlich gemacht, dass er seinen Wohnort dorthin verlegte, wo er die Übersicht behalten konnte. Während der Jahre am Hofe des Königs hatte Robert bald erkannt, wie oberflächlich und heruntergekommen die aristokratische Gesellschaft doch war. Während sie um die Aufmerksamkeit des geheimnisumwobenen schwarzen Earls buhlten, zerrissen sie sich hinterrücks noch immer den Mund über den alten Skandal. Aber die *Damen* übertrafen selbst diese Geschmacklosigkeit mühelos. Anscheinend hatten sie es unter sich zu einer Art Wettstreit erklärt, wer es wohl als Erste schaffen würde, in sein Bett zu gelangen. Es war keiner gelungen, denn Robert zog ihnen allen eine Hure vor. Wenigstens war diese ehrlich genug, um für ihre Dienste Geld zu verlangen. In dieser Zeit war er auch Gilard begegnet. Er war einer jener wenigen Menschen gewesen, die nichts als Freundschaft von ihm gewollt hatten. Instinktiv hatten sie sich miteinander verbunden gefühlt, da sie beide tiefe, unsichtbare Wunden mit sich herumtrugen. Doch während Robert seine Narben hinter kalter Verachtung und Hohn verbarg, hatte Gilard den gutmütigen Spott und das reine Amüsement gewählt.

»Langweilen dich die hiesigen Damen bereits, dass du schon so früh zurück bist?«

»O nein, alter Junge.« Gilards Lächeln verwandelte sich in ein breites Grinsen, was ihn sehr jungenhaft wirken ließ. »Aber auch ich habe meine Grenzen. Ich fürchte, wenn es so weiter geht, werde ich bald an Krückstöcken gehen müssen. Die *Damen* hier sind einfach unersättlich.«

Er ließ sich ebenfalls in einen Sessel nahe dem Kamin fallen und streckte seine langen Beine weit von sich. »Ich muss sagen, ich bin angenehm überrascht. Ich dachte, nur am Hof des Königs gäbe es solche Ausschweifungen. Aber ich gestehe, dass Greenwich dem Nachtleben im Palast wirklich in nichts nachsteht.«

»Die Ehemänner sind auch nicht harmloser. Denk daran, wenn du mit ihren Weibern ins Bett steigst«, meinte Robert kühl.

»Deine Sorge um mich rührt mich zu Tränen«, spöttelte Gilard und verneigte sich übertrieben, doch dann wurde er wieder ernst. »Du solltest noch ein, zwei Stunden schlafen, bevor du dem tollkühnen Spund eine kleine Lektion erteilst. Soweit ich weiß, hast du seit unserer Rückkehr noch kein Auge zugetan.«

»Anscheinend ist Greenwich meinem Schlaf nicht gerade zuträglich. Aber ich kann dich beruhigen. Ich habe es mir anders überlegt.«

Gilard zog skeptisch eine edel geschwungene, blonde Augenbraue hoch.

»Du bist zu dem Entschluss gekommen, dass du keinerlei Schlaf mehr benötigst?«

Robert überging den Spott seines Freundes. »Es wird kein Duell im Morgengrauen geben.«

Robert ließ es sich nicht nehmen, Gilards Reaktion auf diese Worte genau zu beobachten. Er wurde nicht enttäuscht. Sein Gesicht zeigte zuerst Verwirrung, gefolgt von maßlosem Erstaunen, doch dann hellten sich seine Züge plötzlich auf.

»Dann hat der Bursche also kalte Füße bekommen und um sein armseliges Leben gewinselt?«

Robert grinste dümmlich vor sich hin, was Gilard nur noch mehr beunruhigte.

»Nein, das hat er nicht. Ich habe meine Pläne geändert. Und ich wäre dir sehr dankbar, wenn du morgen zu den Sekundanten des jungen Wincliff gehst und ihnen meine untertänigste Entschuldigung überbringst.«

Beinahe hätte Robert laut gelacht, als er sah, wie Gilards Mund vor Erstaunen aufsprang. Dieser Anblick und die Tatsache, dass er seinen Freund das erste Mal wirklich sprachlos erlebte, empfand er als durchaus akzeptablen Triumph in dieser Angelegenheit. Insgeheim war er schon sehr gespannt auf die Reaktionen der feinen Gesellschaft. Alicia hatte Recht gehabt. Es bereitete ihm einen teuflischen Spaß, die Leute in ihren fruchtlosen Spekulationen ertrinken zu lassen. Bestimmt würden innerhalb kürzester Zeit die wildesten Gerüchte die Runde machen.

Es dauerte eine ganze Weile, bis Gilard sich wieder so weit gefangen hatte, dass er fragen konnte: »Ist das dein Ernst? Du willst dich tatsächlich bei diesem jungen Spund entschuldigen?«

Robert nickte gelassen.

»Aber er war es doch, der dich wegen eines lächerlichen Tanzes mit seiner Schwester gefordert hat.«

»Das stimmt, doch wie ich aus zuverlässiger Quelle erfahren habe, nimmt er seine Beschützerpflichten äußerst ernst.« Roberts Lächeln vertiefte sich. »Und da ich vor langer, langer Zeit auch einmal jung gewesen bin, kann ich mich verschwommen daran erinnern, wie hitzköpfig die Jugend zuweilen doch ist.«

Gilard starrte ihn mit offenem Mund an. »Bist du betrunken?«

Nun konnte Robert nicht mehr an sich halten, und ein tiefes, volles Lachen ließ seine Brust erbeben.

»Nein, mein Freund. Ich bin weder betrunken noch verrückt. Ich habe lediglich meine Meinung geändert. Das ist alles.«

Gilard sprang auf die Beine. »Aber du hast dich noch *nie* bei irgendjemandem für irgendetwas entschuldigt. Zumindest nicht in den letzten Jahren.«

»Na, dann wird es ja höchste Zeit für eine neue Erfahrung. Meinst du nicht auch? Wenn ich mir deine Reaktion ansehe, könnte es sogar äußerst interessant werden.«

Gilard setzte sich wieder und schüttelte den Kopf. »Das verstehe ich einfach nicht. Es sieht dir überhaupt nicht ähnlich, ein solches Großmaul einfach davonkommen zu lassen.«

Gilard fuhr sich mit der Hand durch sein wirres, von der Sonne gebleichtes Haar. »Ich muss sagen, du bist heute wirklich in einer höchst seltsamen Stimmung, und ich kann bestimmt nicht behaupten, dass mir das gefällt.«

»Wirst du Wincliff meine Entschuldigung überbringen?«

Gilard nickte bedächtig. »Hast du darüber nachgedacht, was die Leute sagen werden? Ich meine, ich will dir nicht zu nahe treten, doch wie ich hörte, war *Ausgeburt der Hölle* noch der freundlichste Titel, mit dem man dich hier bekleidet.«

Aus Roberts Gesicht wich jede Belustigung, und seine Züge nahmen jenen allzu vertrauten Ausdruck der Langeweile an.

»Dann verstehst du jetzt sicher, weshalb ich nicht

gerade in Jubel ausgebrochen bin, als der König uns diesen Auftrag anvertraut hat. Was die Leute betrifft, lässt es mich kalt, was sie von mir denken.« Ein beinahe wehmütiges Funkeln lag in seinen Augen. »Wie mir ein Vögelchen zugezwitschert hat, wird mein außerordentlicher Ruf durch eine kleine Entschuldigung nicht allzu sehr geschmälert werden.«

Gilard nickte zustimmend. »Nein, das sicher nicht. Niemand bezweifelt, dass du den jungen Wincliff mit geschlossenen Augen besiegen kannst.«

Er hielt einen Moment inne, bevor er weiterfuhr. »Aber sag mir eines, alter Freund. Verschonst du den Burschen, weil du dein Herz entdeckt hast oder nur weil du auf diese Weise besser an Informationen herankommst?«

Robert schüttelte den Kopf. »Du solltest wissen, dass ich kein Herz besitze. Und der Informationen wegen …« Er zuckte mit den Schultern. »Gewiss wird es so leichter werden, doch auch dies ist nicht der Grund.« Er starrte lange in die Flammen und glaubte, Alicias Augen wieder zu sehen. Glaubte die Verletzlichkeit und die ehrliche Sorge, von ihm zurückgestoßen zu werden, zu erkennen, als sie ihn um Verzeihung gebeten hatte. In diesem Moment hatte er ihre Einsamkeit stärker und weit intensiver gefühlt als seine eigene.

Seine Gefühle hatten ihr etwas bedeutet, und sie war sich nicht zu schade gewesen, ihm dies auch zu zeigen.

Gilard wusste, dass er sich mit dem zufrieden zu geben hatte, was Robert ihm von sich aus erzählte, und er wollte auch nicht noch tiefer in seinen Freund dringen.

»Wie du willst. Ich werde deine Entschuldigung überbringen.«

Er kramte ein Schriftstück aus seiner Westentasche und hielt es Robert hin.

»Dies ist der eigentliche Grund, aus dem ich meine Tändeleien unterbrochen habe. Ich dachte, es würde dich interessieren.«

Robert las die wenigen Worte und blickte Gilard erstaunt an.« Woher hast du das?«

»Einem deiner Spitzel – ich glaube, Jason ist sein Name – ist es gelungen, diese Nachricht abzufangen. Anscheinend soll innerhalb einer Woche eine neue Lieferung eintreffen. Wie du siehst, steht darin nichts Genaues, nur etwas von einer leeren Lagerhalle. Aber zum Teufel, am Hafen gibt es Dutzende davon.«

»Konnte er den Mann verhören?«, wollte Robert nun wissen.

Gilard kratzte sich am Hinterkopf.

»Dieser dumme Kerl wagte es doch tatsächlich, vorher zu sterben.«

Robert verdrehte missmutig die Augen. Manchmal verdammte er Jasons Temperament wirklich. Wie sollte er jemals an Informationen herankommen, wenn keiner der Ganoven das Zusammentreffen mit seinem Mann überlebte?

Seit mehr als drei Monaten jagten sie nun schon hinter diesem verfluchten ›Nemesis‹ her, doch jedes Mal, wenn sie glaubten, ihm einen Schritt näher gekommen zu sein, löste sich dieser wie ein Schatten in der Nacht auf.

Robert fuhr sich mit einer ungeduldigen Geste durch sein schwarzes Haar.

»Die Männer sollen in den Docks nach Wachposten oder ungewöhnlichen Aktivitäten Ausschau halten. Verdopple die Anzahl der Spitzel an den Werften und erkläre Jason, diesem Narren, dass wir lebende Gefangene benötigen. Das kann doch nicht so schwer sein, verdammt noch mal.«

»Wird erledigt.«

Gilard erhob sich grinsend und schnippte sich einen imaginären Fussel vom Jackett.

»Da du dein kleines Rendezvous im Morgengrauen widerrufen willst, werde ich mich wohl am besten gleich mit Wincliffs Sekundanten unterhalten.« Sein Grinsen vertiefte sich und nahm eindeutig anzügliche Formen an. »Vielleicht kreuzt auch eine dieser armen, vernachlässigten Ehefrauen meinen Weg. Wobei es natürlich meine uneingeschränkte Pflicht als holder Ritter wäre, die Ärmste zu trösten.«

»Selbstredend«, schnaubte Robert zynisch.

Gilard seufzte genüsslich. »Ist das Junggesellenleben nicht herrlich?«

Über den mangelnden Enthusiasmus seines Freundes den Kopf schüttelnd, erkundigte er sich: »Möchtest du mich vielleicht begleiten, Rob? Wenn du nett bist, überlasse ich dir vielleicht eine.«

Robert schüttelte angewidert den Kopf. »Geschenkt.«

Gilard zuckte unbeschwert mit den Schultern und wandte sich zum Gehen.

»Na dann, bis irgendwann.« Er zog die Tür hinter sich zu, streckte jedoch nochmals den Kopf herein, und der Schalk lachte aus seinen Augen. »Du brauchst nicht auf mich zu warten.«

Nun verzogen sich auch Roberts Lippen zu einem kleinen Lächeln. »Als ob ich das jemals täte. Nun scher dich aber weg. Deine gute Laune schlägt mir aufs Gemüt.«

»Ist ja nicht möglich«, hörte er Gilard in der Eingangshalle lachen. Dann fiel die Haustür leise ins Schloss, und Ruhe kehrte ein.

Robert schenkte sich noch einen Brandy ein und beobachtete nachdenklich die ersterbenden Flammen im Kamin. Die Scherben waren unter der Asche verschwunden.

2

Alicia saß an ihrem Schreibtisch und blickte wachsam von Lady Hasting zu Lady Willoughby, die ihr gegenüber Platz genommen hatten und sie mit feierlich ernsten Mienen musterten. Wie immer waren die betagten Damen bemüßigt, aller Welt zu zeigen, dass sie Zwillingsschwestern waren, und hatten sich in die gleichen Gewänder gehüllt. Dennoch, unterschiedlicher konnten zwei Schwestern gar nicht sein. Während Lady Hasting mit ihrer Körperfülle und ihrem forschen, bestimmenden Wesen einen matronenhaften Eindruck erweckte, hinterließ Lady Willoughby den eines nervösen, scheuen Rehs, das sich ständig auf der Flucht befand. In der Tat wirkte sie neben Lady Hasting so zerbrechlich wie ein dürrer Ast. Nichtsdestotrotz bemühte sie sich stets, die Gebärden ihrer Schwester zu imitieren. So auch jetzt.

Beide trugen sie diesen überheblichen, wohlwollenden Ausdruck zur Schau, den ein Lehrer einem unbedarften Kind zeigte, wenn er es zum x-ten Mal über dasselbe Thema belehrte. Dass sie Alicia hier in der Fabrik besuchten, konnte nur eines bedeuten. Alicia verdrehte im Geiste die Augen und erflehte die Geduld, die sie nun unweigerlich aufbringen musste. Diese zwei Schreckschrauben hatten es sich nämlich zur Lebensaufgabe gemacht, aus ihr ein wohl gelittenes Mitglied der Gesellschaft zu machen. Gewiss würde jetzt gleich wieder einer jener endlosen Vorträge folgen, in denen die beiden ihr zu verstehen gaben, wie ungewöhnlich und unverantwortlich es doch war, dass sie ihre Tage in dieser Fabrik verbrachte. Nach Ansicht der beiden ältlichen Ladys war Arbeit sowohl Alicias Ansehen in der Gesellschaft als auch ihrer Gesundheit abträglich. Ja, sie gingen sogar so weit, ihr vorzuwerfen, sie würde eine männliche Domäne untergraben, indem sie sich anmaßte, ein Geschäft zu führen.

In Alicias Augen war dies blanker Unsinn. Falls es sich jedoch tatsächlich so verhielt, wollte sie mit einer derart engstirnigen Gesellschaft sowieso nichts zu tun haben.

»Kann ich Ihnen vielleicht irgendwie behilflich sein, meine Damen?«, wagte Alicia vorsichtig das Schweigen zu brechen.

Sogleich beugte sich Lady Hasting vor und tätschelte Alicias Hand.

»Aber ganz im Gegenteil, mein Kindchen. Elizabeth und ich sind gekommen, um *Ihnen* hilfreich zur Seite zu stehen. Nicht wahr, Elizabeth?«

Diese ergriff eifrig ihr Stichwort. »Aber unbedingt, meine Liebe. Lady Alicia, wir können einfach nicht tatenlos zusehen, wie Sie sich geradewegs in Ihr Unglück stürzen.«

Alicia brachte ein schwaches Lächeln zustande. Hatte sie also doch Recht gehabt. Wieder die alte Leier.

»Ich möchte Ihnen beiden versichern, dass ich dies keineswegs im Sinn habe.«

»Oh, das wissen wir, Kindchen«, schaltete sich Lady Hasting wieder ein und schob sich mit einer fleischigen Hand eine widerspenstige Hutfeder aus dem Gesicht.

»Doch wie sollte eine anständige junge Lady auch von solch abscheulichen Dingen wissen?«

Das war neu.

»Es spricht für Ihren Vater, dass er Sie vor Unterhaltungen über dergleichen unselige Dinge beschützt hat.«

Alicia war sich plötzlich nicht mehr sicher, ob sie vom selben Thema sprachen.

Lady Willoughby schien ihre Verwirrung zu spüren und flüsterte verschwörerisch: »Der schwarze Earl, Kindchen. Wir sprechen vom Earl of Whitehaven.«

»Ach.« Etwas Geistreicheres fiel Alicia in ihrer Verblüffung beim besten Willen nicht ein.

»Er ist der Teufel in Person«, prophezeite Lady Hasting düster. »Sie müssen sich unbedingt vor ihm in Acht nehmen.«

»Genau«, mischte sich nun auch Lady Willoughby ein. »Wenn der schwarze Earl in der Gegend ist, sollten sich alle jungen, unschuldigen Mädchen am besten einschließen. Er ist eine Bestie. Ein Ungeheuer, ohne auch nur einen Funken Ehre im Leib.«

»Nun gehen Sie aber zu weit, Lady Willoughby. Lord Spencer hat sich mir gegenüber wie ein echter Gentleman benommen, und ich kann Ihnen versichern …«

»Ach, Kindchen, wir wissen um Ihr gütiges Herz, doch davon verstehen Sie nun wirklich nichts«, schnitt Lady Hasting ihr ungerührt das Wort ab. »Sie ahnen ja nicht einmal, wie dieses Ungeheuer hier, in unserer geliebten Stadt, gewütet hat. Selbst sein eigener Vater, Gott sei seiner Seele gnädig, hat ihn daraufhin verstoßen.«

»Sein Vater?«, flüsterte Alicia erstaunt, und ihr Herz zog sich schmerzlich zusammen. Der arme Earl. Wie musste er darunter gelitten haben. Sie selbst wüsste nicht, was sie tun würde, wenn sich ihr Vater von ihr abwenden würde. Sie würde sterben …

Die beiden Damen fassten ihr betretenes Schweigen als Zeichen der Einsicht. »Natürlich haben Sie das nicht gewusst, Kindchen«, fuhr Lady Hasting bestärkt fort.

Alicia schüttelte betrübt den Kopf.

»Und glauben Sie uns, Elizabeth und ich würden Sie nicht auf diese Tragödie aufmerksam machen, wenn es nicht zu Ihrem Besten geschähe.«

»O ja, dieses Drama darf sich nicht noch einmal wiederholen«, schniefte Lady Willoughby aufgewühlt.

Lady Hasting sah ihre Schwester missbilligend an. »Elizabeth, bitte keine Tränen!«

»Es … es tut mir Leid.« Sie ließ erneut ein leises

Schniefen hören und tupfte sich mit einem Spitzentuch die Tränen aus den Augenwinkeln. »Es ist nur … wenn wir über dieses Ungeheuer sprechen, kehren all die schrecklichen Erinnerungen wieder. Die süße, unschuldige Lady Adelaide. Dieses Schicksal hatte sie wahrlich nicht verdient.«

»War dieses Mädchen Ihre Tochter?«, erkundigte sich Alicia vorsichtig.

»Nein, nein. Sie war die Tochter eines lieben Bekannten. Oh, sie war sein ganzer Stolz«, erwärmte sich die alternde Lady für dieses Thema, und ihre Augen nahmen einen entrückten Glanz an. »Sie war so schön. Ihr Haar hatte die Farbe reinsten Goldes, und ihre Augen waren strahlender und blauer noch als der klarste Himmel. Sie war so unglaublich sanftmütig und gottesfürchtig …«

Alicia schluckte den bitteren Geschmack hinunter, den diese Worte in ihr heraufbeschworen. Dieses engelsgleiche Geschöpf war vermutlich dem Earl versprochen gewesen.

»Was geschah mit ihr? War sie mit dem Earl verlobt?«

»Ja, das war sie, und er hat sie zugrunde gerichtet«, beschied Lady Willoughby rau.

Lady Hasting gestand: »Obwohl ich diese Tragödie selbst miterlebt habe, treibt mich der pure Gedanke daran heute noch an die Schwelle einer Ohnmacht.«

Sie tätschelte die kühle Hand ihrer Schwester, wie sie es zuvor mit Alicias getan hatte.

»Er hat Adelaide zugrunde gerichtet?«, bohrte Alicia wider besseren Wissens weiter. Sie ahnte bereits, dass ihr das Kommende nicht sonderlich gefallen würde. Dennoch war ihre Neugierde geweckt.

In den letzten Jahren waren ihr natürlich ebenfalls einige Gerüchte zu Ohren gekommen, doch jedes Mal, wenn ihre Gegenwart bemerkt worden war, waren die Gespräche abrupt verstummt. Sie sei zu jung und unschuldig für solch skandalöse Angelegenheiten. Alicia schnitt im Geiste eine Grimasse.

»Wie soll er das denn getan haben?«

»Schätzchen, das darf eine so junge Dame wie Sie nun wirklich nicht wissen«, tadelte Lady Hasting sanft und wechselte mit ihrer Schwester einen vielsagenden Blick, worauf sich Alicias Nackenhaare missmutig sträubten.

»Es genügt, wenn ich Ihnen sage, dass er sich genommen hat, was die arme Adelaide ihm nicht hat geben wollen.«

Alicias Augen weiteten sich, als ihr die volle Bedeutung dieser Worte aufging. »Sie meinen, der Earl hat …«

»Genau, dieses brutale, lüsterne Ungeheuer«, brach es unbeherrscht aus Lady Willoughby heraus, was ihr wiederum einen tadelnden Blick von ihrer Schwester einbrachte.

»Und als das arme Mädchen die Frucht seiner … seiner Begierde unter dem Herzen trug, hat er sie einfach fallen gelassen«, fuhr Lady Willoughby erbittert fort. »Er hat sich von ihr abgewandt und sie ihrem Schicksal überlassen.«

Alicias Mund war wie ausgedörrt. »Ich glaube es einfach nicht«, flüsterte sie zutiefst erschüttert. Wie konnte jemand nur so schreckliche Lügen über den Earl verbreiten?

Lady Hasting nickte betrübt. »Ich weiß, dass dies kein geeignetes Thema für Ihre unschuldigen Ohren ist, Kindchen …«

Alicia hob ablehnend die Hände. »Falls Sie mir tatsächlich zu verstehen geben wollen, der Earl hätte sich dieser Frau aufgezwungen, muss ich Sie beide bitten zu gehen. Solch infame Verleumdungen kann und will ich nicht dulden«, machte sie ihrem Unmut Luft. »Ich kann es einfach nicht fassen, dass Sie dem Earl vorwerfen, er würde seine Größe und Körperkraft gegen eine wehrlose Frau einsetzen. Das ist einfach lächerlich!«

Lady Hasting lächelte Alicia nachsichtig an, doch in ihren Augen stand unverhohlener Tadel.

»Genau wie Ihre liebe Mutter, Kindchen. Auch Sarah – Gott sei ihrer Seele wohlgesonnen – war stets bemüht, das Gute in den Menschen zu erkennen. Eine wahrlich noble Tugend. In diesem Fall jedoch vollkommen fehl am Platze, wenn nicht gar dumm.«

Alicia reckte kampflustig das Kinn, und ihre Augen verengten sich kühl. »Es gibt immer zwei Seiten einer Wahrheit, Lady Hasting. Deshalb ist es unerlässlich, sich für die richtige zu entscheiden.«

Lady Willoughby blickte verwirrt von Alicia zu ihrer Schwester, bevor sie leise gestand: »Anscheinend bin ich zu alt, um dieser Unterhaltung folgen zu können, deshalb möchte ich wieder auf das ursprüngliche Thema zurückkommen, wenn ihr beiden erlaubt.«

Sie fixierte Alicia mit wässrigen Augen und redete eindringlich weiter. »Mir ist durchaus bewusst, wie schwer es Ihnen fallen muss, dies alles zu glauben. Schließlich sollte man meinen, dass ein Mann mit seinem Aussehen es nicht nötig hätte, zu solchen Mitteln zu greifen. Insbesondere, weil er schon damals seine Wirkung auf das weibliche Geschlecht kannte. Auch wir – ich meine die ganze Gesellschaft – waren vor den Kopf gestoßen, als seine finsteren Machenschaften ans Licht kamen. Niemand von uns hatte die Gefahr erkannt. Im Gegenteil, wir fanden es sogar sehr romantisch, ihn bei seinem stürmischen Werben um Adelaide zu beobachten. Wir waren der festen Überzeugung, dass seine Beharrlichkeit und sein Charme auf echter Liebe beruhten … Sie wissen sicher, wie selten das bei arrangierten Ehen vorkommt.«

Alicia blinzelte irritiert. War dies gerade eine Anspielung auf ihre eigene Person gewesen? Doch Lady Willoughby fuhr unbeirrt fort.

»Wir alle sonnten uns in diesem Schauspiel. Niemand stieß sich daran, wenn er ihr ab und zu einen Kuss oder andere, kleine Gunstbeweise stahl. Doch er hat uns alle unter Vortäuschung falscher Gefühle geblendet. In Wahrheit wollte er die unschuldige Adelaide nur in sein Bett locken, um seine widerlichen Triebe …«

»Elizabeth! Du vergisst dich! Es reicht vollkommen, diese Geschichte in groben Zügen zu erzählen. Erinnere dich bitte, dass Lady Alicia von zartem Gemüt ist.«

Beinahe hätte Alicia nun gelacht. Eines zart besaiteten Gemüts hatte man sie wirklich noch nie gerühmt.

Lady Willoughby errötete heftig unter der Rüge ihrer Schwester. »Entschuldigen Sie bitte, Lady Alicia.«

Diese schenkte ihr ein beruhigendes Lächeln. »Fahren Sie fort.«

»Adelaide war jedoch vom Kopf bis zu den Zehen ein gottesfürchtiges Mädchen, das sich streng an die Sittlichkeit und die Regeln der Gesellschaft hielt. Sie hätte es niemals über sich gebracht, sich freiwillig derart zu versündigen – und so hat der Earl es sich mit Gewalt genommen.« Sie tat einige tiefe Atemzüge, um sich für das bittere Ende der Geschichte zu stärken.

»Ich habe allen Grund dazu, den Earl einen brutalen Lüstling zu nennen, Lady Alicia, denn ich habe die arme Adelaide gesehen. Sie war in einem schrecklichen Zustand, das können Sie mir glauben.«

Ungewollt musste Alicia plötzlich an seinen Kuss denken. Feuer, Leidenschaft und kühle Berechnung. *Dein Schicksal ist besiegelt.* Alicia errötete bis zu den Haarwurzeln, als sie sich eingestand, dass Lady Willoughby zumindest in einer Beziehung Recht hatte. Der Earl kannte seine Wirkung auf Frauen, und er scheute sich nicht davor, diese zu seinen Gunsten einzusetzen. Doch mit Gewalt? Nein, das konnte und wollte sie einfach nicht glauben.

»Was ist mit ihr geschehen?«, verlangte Alicia nun

zu wissen. Diesem kleinen, hinterhältigen Biest würde sie eigenhändig den verlogenen Hals umdrehen.

»Vergeben Sie mir meine Offenheit, Lady Alicia. Ich weiß, wie unangenehm es für Sie sein muss«, meinte Lady Willoughby schuldbewusst, als sie Alicias gerötete Wangen sah und sie ihren Worten zuschrieb.

»Bitte sprechen Sie weiter.«

»Nachdem sie ihrem Vater alles gebeichtet hatte, begann dieser zu toben. In derselben Nacht brachte er Adelaide zum Elternhaus dieses Teufels. Doch er weigerte sich strikte, das arme Mädchen zu ehelichen.«

Alicias Augenbrauen hüpften erstaunt in die Höhe. »Adelaides Vater bestand auf einer Heirat, obwohl sie ihm erzählt hatte, was der Earl ihr angeblich angetan hatte?«

»Aber natürlich«, begehrte Lady Willoughby auf. »Schließlich ging es um Adelaides Ruf und um die Familienehre.«

Wohl eher um den Titel und das Vermögen des Earls, dachte Alicia verächtlich.

»Bitte, Elizabeth, bewahre Haltung«, mahnte Lady Hasting, deren Stimme selbst zitterte.

»Vor Scham und Erniedrigung lief Adelaide aus dem Haus des Earls in die kalte Nacht hinaus. Zwei Tage später fand man ihren Leichnam im Fluss.« Ihre Stimme schrumpfte zu einem kaum hörbaren Flüstern. »Dieser Teufel hat sie umgebracht.«

»Was?«, rief Alicia empört und sprang von ihrem Stuhl auf. »Sie wollen mir allen Ernstes weismachen, der Earl hätte seine schwangere Verlobte getötet?«

Einen Augenblick herrschte schockiertes Schweigen im Arbeitszimmer, wenn auch aus unterschiedlichen Gründen. Die beiden Damen glaubten jedes Wort, das sie sagten. Alicia hingegen war sprachlos über so viel Ungerechtigkeit.

Lady Hasting sammelte sich als Erste wieder.

»Es ist wahr, Lady Alicia. Der Earl hat die süße Adelaide umgebracht, so sicher, als hätte er sie selbst in den Fluss gestoßen. Da können Sie jeden in ganz Greenwich fragen. Alle werden es Ihnen bestätigen.«

Alicia sank widerwillig zurück auf ihren Stuhl und versuchte ihren Unwillen hinunterzuschlucken. Ein kalter Klumpen hatte sich in ihrer Magengrube gebildet, und sie schluckte schwer. »Was hat der Earl zu diesen Anschuldigungen gesagt?«

Die Schwestern sahen sich mit einem düsteren Blick an, bevor sie wie aus einem Munde antworteten.

»Der Earl hat nichts dazu gesagt. Überhaupt nichts.«

Lady Hasting ereiferte sich wieder. »Dieses gefühllose Ungeheuer stand einfach nur da und hörte den Beschuldigungen zu, als gingen sie ihn überhaupt nichts an. Selbst als sein Vater, der gute alte Earl, ihn zur Rede stellte, stritt er kein einziges Wort ab. Ich sehe ihn heute noch vor mir«, in ihrer Stimme lag soviel Verachtung, dass Alicia sie ihr am liebsten mit der flachen Hand aus dem Gesicht gewischt hätte, »wie er sich vollkommen ungerührt bei seinem Vater erkundigte, ob dieser an seine Schuld glaubte. Es klang gerade so, als hätte er nach dem Wetter gefragt. Man stelle sich diese Ungeheuerlichkeit vor.«

Die beiden Schwestern schüttelten synchron den Kopf, und Alicia konnte die alten Damen nur ungläubig anstarren. Waren diese Ladys denn blind? Machten sie sich auch nur die geringste Vorstellung, wie niederschmetternd die Erkenntnis für ihn gewesen sein musste, dass sein eigener Vater ihn einer solchen Schandtat für fähig hielt? Nein, vermutlich hatten sie wirklich keine Ahnung, welche Überwindung es ihn gekostet haben musste, seinem Vater diese eine Frage zu stellen. Und wie unglaublich viel ihm dessen Antwort bedeutet hatte.

Alicia brauchte gar nicht erst zu fragen, wie diese gelautet hatte. Ihr traten die Tränen in die Augen. Den unterschwelligen Schmerz konnte man heute noch spüren. Den Schmerz, von seinem eigenen Vater und seinen Freunden verraten worden zu sein. Kein Wunder, dass er nichts mehr mit dieser feigen Gesellschaft zu tun haben wollte.

Lady Hasting tätschelte tröstend Alicias Hand.

»Weinen Sie ruhig, liebes Kind. Es wird den Kummer lindern. Ich weiß, wie schrecklich diese Geschichte ist, aber wie Sie sehen, mussten wir Ihnen die ganze Wahrheit erzählen, bevor Sie noch so enden wie die bedauernswerte Adelaide.« Sie wischte sich selbst eine Träne aus dem Augenwinkel. »Oh, Sie Arme, wie enttäuscht Sie jetzt sein müssen, dass dieser Teufel Sie so hinters Licht geführt hat.«

Alicia erhob sich langsam von ihrem Stuhl und lächelte bitter. »Sie missverstehen mich, Lady Hasting. Meine Tränen gelten nicht mir, sondern Lord Robert Spencer, dem Earl of Whitehaven. Er ist es, der all diese Jahre unter Adelaides Verrat hat leiden müssen.«

Lady Hasting schaute alarmiert zu ihrer Schwester hinüber, bevor sie sich erhob.

»Armes Kind, wir haben Ihnen wohl zu viel zugemutet. Sie begreifen die Zusammenhänge nicht.«

»Ich sehe die Zusammenhänge ausgesprochen klar, Lady Hasting«, zischte Alicia angriffslustig. Doch sie wurde sogleich wieder unterbrochen.

»Oh, Ofelia, du hast Recht, sie ist ganz verwirrt.« Lady Willoughby sah aufrichtig besorgt aus und zog ihre Schwester sanft, aber bestimmt aus dem Arbeitszimmer.

»Sie sollten sich unbedingt hinlegen, Kindchen. Wenn Sie sich etwas ausgeruht haben, sieht die Welt gleich wieder anders aus. Komm, Ofelia, wir wollen Lady Alicia ein wenig Ruhe gönnen.«

Alicia hörte längst nicht mehr hin, als die beiden Damen schwatzend den Raum verließen. Sie kochte vor Wut. Verdrossen schaute sie aus dem Fenster auf das rege Treiben unten am Anlegesteg des Hafens.

Soeben wurde die *Valentina* beladen, eines der fünf Handelsschiffe der Wincliffs. Normalerweise beruhigte es sie ungemein, dabei zuzusehen, doch nicht dieses Mal.

»Oh, wenn diese Adelaide nur noch am Leben wäre«, schimpfte sie wütend vor sich hin. »Dann könnte ich ihr eigenhändig den verlogenen Hals umdrehen.«

Schon die Gerüchte, die über diese Tragödie im Umlauf waren, hatten Alicias Unmut geweckt. Doch was ihr heute zu Ohren gekommen war, schlug dem Fass nun wirklich den Boden aus.

Wenig später öffnete sich die Tür zu ihrem Arbeitszimmer erneut, und Jimmy stolzierte in dem betont lässigen Gang eines jungen Dandys herein. »Guten Morgen, Lissi.«

Alicia sah überrascht auf. Anscheinend hatte ihr Bruder ihren ›Schlaftrunk‹ am Abend zuvor verschmäht.

Wie seine Freunde hatte auch Jimmy es sich angewöhnt, einen Spazierstock bei sich zu tragen. Was, wie er ihr einmal äußerst ernst erklärt hatte, ebenso zum guten Ton gehörte wie die kompliziert gebundene Krawatte oder das wattierte Jackett. Alicia verkniff sich ein Schmunzeln. Sie würde sich wohl nie an diese wild gestreiften, glänzenden Westen gewöhnen können. Insbesondere nicht an die auffällig süßen Farben. Sie reichten von Zartrosa bis Himmelblau, über Blassgelb zu Gold. Nach Alicias Ermessen gehörte Jimmys Schneider schnellstmöglich hinter Gitter.

»Rate mal, woher ich gerade komme.«

Alicia setzte sich wieder hinter den Schreibtisch. »Aus dem Bett einer besonders lüsternen Frau?«, neckte sie ihn.

»Lissi, schäme dich! Eine Dame sollte wirklich nicht so sprechen.« Er drückte ihr einen schmatzenden Kuss auf die Wange und ließ sich ihr gegenüber in den Sessel fallen. »Aber da bringst du mich auf eine fantastische Idee, wie ich diesen Tag gebührend feiern könnte.«

Alicia wärmte sich das Herz, als sie ihn dabei beobachtete, wie er scheinbar sorgenfrei mit seinem Stock jonglierte. Obwohl sie nur knapp elf Monate älter war als er, kam es ihr doch oft so vor, als würde es sich um Jahre handeln.

»Willst du denn gar nicht wissen, was geschehen ist?«, wollte er nun leicht beleidigt wissen.

»Aber natürlich, ich brenne darauf.«

»Ich komme gerade vom Duell mit dem Earl.«

Alicia erbleichte. Tausende Gedanken schossen ihr gleichzeitig durch den Kopf.

»Ist jemand verletzt?«

Jimmy winkte lässig ab. »Nicht doch. Dieser Feigling ist gar nicht erst erschienen.«

Alicia bemühte sich, ihre Erleichterung nicht allzu offen zu zeigen.

»Stell dir das nur vor. Dabei gilt er als der beste Schütze in ganz England.« Jimmy ließ lässig ein Bein über die Armlehne des Sessels baumeln und wirkte sehr selbstzufrieden.

»Ich wusste gar nicht, dass mein Ruf so legendär ist, dass sogar dieser Kerl sich vor mir fürchtet.«

Alicias Nackenhaare sträubten sich über so viel Unrecht. »Ich wusste noch nicht einmal, dass du überhaupt einen Ruf in dieser Hinsicht hast. Du hattest Glück – was aber nicht heißt, dass es das nächste Mal ebenso sein wird.«

Er zwinkerte ihr schelmisch zu. »Mit Glück hatte das nun wirklich nichts zu tun, Schwesterchen.«

Alicia verdrehte die Augen zur die Decke. »Jetzt bekomm nicht gleich einen Größenwahn, Jimmy. Ich möchte wirklich nicht, dass du herumläufst und jeden zum Duell forderst. Hast du verstanden? Der Nächste könnte deine dumme Herausforderung nämlich auch annehmen.«

Anscheinend hatte ihr Bruder überhaupt nichts aus dieser ganzen Sache gelernt. Gestern Nacht noch hatte er um sein Leben gefürchtet – und heute!?

»Ich möchte dir ja nicht zu nahe treten, aber ich glaube kaum, dass sich der Earl ausgerechnet vor dir fürchtet. Denn egal was man ihm auch nachsagen mag, als Feigling hat ihn noch niemand bezeichnet.«

Jimmys zufriedenes Lächeln schwand, und er wirkte aufrichtig empört. »Und weshalb hat er mir dann seine Entschuldigung zukommen lassen?«

»Was weiß ich? Ich nehme an, er hatte seine Gründe. Vielleicht ist er auch einfach nur intelligenter als du und hat eingesehen, was für ein lächerliches Unterfangen solch ein Duell in Wirklichkeit ist«, gab Alicia erbost zurück. Es war wirklich zu ärgerlich, dass sie ihm die Wahrheit verschweigen musste. Aber sie wollte nicht einmal daran denken, wie entsetzlich gekränkt und gedemütigt Jimmy wäre, wenn er von ihrem nächtlichen Besuch erfahren würde.

Jimmys Lächeln kehrte zurück. »Aha, du hast also auch keine plausible Antwort darauf, Schwesterherz!«

»Ich kann einfach nicht verstehen, weshalb erwachsene Männer sich auf so einen Unsinn wie eine Schießerei einlassen können«, wich sie auch dieser Bemerkung aus.

Jimmy erhob sich mit der Energie der Jugend und zupfte spielerisch an einer Haarsträhne über Alicias linkem Ohr. »Davon verstehst du nichts, Lissi, das ist eine Sache der Ehre.«

Alicia schnaubte abfällig. »Es wäre weit ehrenwerter, wenn du dich zur Abwechslung einmal hier in der Fabrik nützlich machen würdest.«

Jimmy wich mit gespieltem Entsetzten einen Schritt zurück. »Und die gesamte Damenwelt vernachlässigen? Du kannst doch unmöglich so hartherzig sein,

Lissi. Aber wenn wir schon bei diesem Thema sind: Du solltest auch endlich mal anfangen zu leben. Geh doch spazieren oder auf Teegesellschaften oder was weiß ich, was die holde Damenwelt sonst noch anstellt. Du bist einfach zu jung, um die meiste Zeit des Tages in diesem düsteren Büro herumzusitzen.«

Alicia grinste breit, und der Schalk funkelte in ihren Augen. »Du willst mir also anbieten, dich selbst um die Geschäfte zu kümmern, solange Papa auf See ist?«

Jimmy kratzte sich verlegen am Hinterkopf. »So weit wollen wir jetzt auch wieder nicht gehen.« Er öffnete den Mund, um noch etwas zu sagen, überlegte es sich jedoch wieder anders und grinste sie dümmlich an. »Nein, so weit wollen wir wirklich nicht gehen.«

Eilig warf er ihr eine Kusshand zu und steuerte auf die Tür zu.

»Ich mache mich lieber wieder auf den Weg. Wir sehen uns beim Dinner.«

Alicia lächelte ihm sanft nach, doch als ihr Blick auf das aufgeschlagene Buchhaltungsbuch fiel, wurde sie wieder ernst.

Bevor die beiden Schwestern ihr Arbeitszimmer gestürmt hatten, war Alicia wieder und wieder die langen Zahlenkolonnen durchgegangen, und auch jetzt furchte sie deprimiert die Stirn. So konnte es nicht weitergehen. Wenn sie noch mehr Gewinne einbüßten, würde sie Leute entlassen müssen. Schon allein dieser Gedanke bereitete ihr Übelkeit.

Alicia seufzte leise auf, und ihr Blick glitt zu dem Sessel, in dem Jimmy gerade gesessen hatte. Wie gern hätte sie dieses Problem mit ihm geteilt! Doch leider kannte sie sein unbesonnenes Temperament nur zu gut. Erst handeln – dann denken. Sie hatte bald gelernt, dass sie ihn nur beschützen konnte, indem sie ihm die Schwierigkeiten verheimlichte. Mittlerweile befürchtete sie jedoch, dass sie diesmal nicht allein damit fertig wurde.

Alicia öffnete die Schublade und holte das verhasste Stück Stoff hervor. Wie schon unzählige Male zuvor untersuchte sie es genau von allen Seiten und hoffte, irgendeinen Hinweis auf dessen Herkunft zu finden. Seit Wochen überschwemmte jemand den Markt mit diesen Stoffballen. Sie betrachtete das Stück eingehender und stöhnte dann gequält auf. Kein Wunder, dass ihre Fabrik hohe Verluste verzeichnete. Diese Stoffe waren annähernd von derselben exquisiten Verarbeitung wie ihre eigenen, nur dass sie um fast die Hälfte billiger verkauft wurden. Dafür gab es nur eine Erklärung. Schmuggel.

Erneut schwang die Tür auf, und Alicia ließ das Beweisstück rasch in die Schublade gleiten. Himmel, hatte sie denn heute überhaupt keine Ruhe?

»Beinahe hätte ich es vergessen, Lissi. Bryan hat mir eine Einladung zum Ball der Pembrokes für dich mitgegeben.«

Alicia stöhnte widerwillig auf, worauf es in Jimmys Augen belustigt blitzte, als er das kleine Briefchen überreichte.

»Heute Abend?«

Als er nickte, verdrehte sie missmutig die Augen, und sein Grinsen wurde noch breiter.

»Aber, aber, Lissi, du willst deinem Verlobten doch bestimmt keinen Korb geben, oder?«

Sie warf ihm einen vernichtenden Blick zu. Es war ein altes Spiel zwischen ihnen.

»Warte nur ab, was für eine Braut Papa dir aussucht. Bestimmt eine faltige alte Jungfer mit schlechten Augen und Zahnlücken.«

Jimmy schauderte theatralisch und fasste sich ans Herz. »Wie grausam du doch bist, Schwesterchen.«

»Baah.«

Sie wussten beide, dass dies niemals geschehen würde. Lord Wincliff hatte seiner sterbenden Frau das Versprechen gegeben, dass sowohl Alicia als auch

Jimmy nur einen Partner heiraten mussten, der ihnen auch zusagte. Aber selbst ohne dieses Versprechen hätte ihr Vater sie nie in eine unglückliche Ehe gezwungen.

Jimmy schlenderte bereits wieder auf die Tür zu, als er augenzwinkernd meinte: »Da ich heute leider unabkömmlich bin, habe ich Tante Felice und Onkel Frederick gebeten, dich an meiner statt zu begleiten. Ich hoffe, du hast nichts dagegen?«

»Sie sind aus Spanien zurückgekehrt?«, rief Alicia erfreut.

»Ja, ich habe sie gestern Nacht bei ihrer Ankunft zufällig getroffen.«

Alicia seufzte enttäuscht. »Dann werden sie von der langen Reise bestimmt noch zu erschöpft sein, um heute Abend auf einen Ball zu gehen.«

Jimmy lachte herzhaft auf. »Zu erschöpft? Machst du Witze? Tante Felice kennt noch nicht einmal die Bedeutung dieses Wortes. Viel eher brennt sie bereits auf das nächste Abenteuer.«

Alicia lachte nun ebenfalls, und der Ball kam ihr gar nicht mehr so ungelegen. Sie liebte ihre Tante wie eine große Schwester und freute sich aufrichtig, sie endlich wieder zu sehen.

»Danke, Jimmy, das war eine wunderbare Idee.«

3

»Ach Liebes, ich weiß ja, dass dich diese Bälle langweilen, aber könntest du nicht wenigstens so tun, als würdest du dich amüsieren?«, flüsterte Felice amüsiert und schreckte Alicia aus ihren tristen Gedanken auf.

Nach einer herzlichen Begrüßung hatte Felice es sich nicht nehmen lassen, Alicia ihre aufregende Reise bis ins kleinste Detail zu schildern, vom heftigen Sturm bei der Schiffsüberfahrt nach Spanien bis hin zu den berauschenden Tänzen, die so ganz anders waren als die hier in England. Sie hatte von den grausigen Stierkämpfen erzählt und den bunten Kleidern, die man dort trug … Doch nach einiger Zeit war auch dieses Thema erschöpft, und viele von Felices Freunden kamen, um sie ebenfalls zu begrüßen.

Bald schon hätte Alicia vor Langeweile schreien können, und sie wünschte sich nichts sehnlicher, als dass dieser Abend endlich ein Ende fand.

»Es tut mir Leid … Ist es denn so offensichtlich, dass ich überall lieber wäre als hier?«

Felice nickte lächelnd, wobei sie eine Reihe strahlend weißer Zähne entblößte. Sie war tatsächlich eine goldene Schönheit, gestand sich Alicia ohne ein Gefühl des Neides ein und wünschte sich plötzlich, etwas mehr von der Seite ihrer Mutter geerbt zu haben. Wie Tante Felice war auch ihre Mutter wunderschön gewesen. Ein Traum aus goldenem Haar, blauen Augen und dem lieblichen Charme eines Engels. Sie – Alicia – hingegen war ganz nach ihrem Papa geraten, und wie alle Wincliffs besaß auch sie deren nachtschwarze Haare und braune Augen.

Alicia schüttelte über sich selbst den Kopf. Bisher war es ihr noch nie in den Sinn gekommen, sich allzu viele Gedanken über ihr Erscheinungsbild zu machen. Weshalb dann jetzt?

»Komm, Liebes«, riss Felice sie erneut aus ihren Gedanken, hakte sich bei ihr unter und zog Alicia mit sich fort.

»Auch wenn ihre Bälle mit Abstand die trostlosesten sind, so bereitet Amalia Pembroke trotzdem die köstlichste Bowle im ganzen Königreich zu.«

Ihre Tante besaß tatsächlich die seltene Gabe, in allem und jedem etwas Gutes zu entdecken. Nun lachte auch Alicia fröhlich auf, in dem Bewusstsein, dass sie im Herzen Schwestern waren.

»Wenn man vom Teufel spricht ...«

»Tante Felice! Wie kannst du nur ...«, lachte Alicia leise und stählte sich innerlich gegen die spitzen Seitenhiebe, die nun zweifellos folgen würden. Sie beobachtete, wie Lady Pembroke quer durch den Ballsaal direkt auf sie zusteuerte. Es wäre schwierig gewesen, ihre Gastgeberin nicht zu bemerken, selbst wenn sie nicht bereits auf sie aufmerksam gemacht worden wäre. In ihrem gelb und weiß gestreiften Seidenkleid hob sie sich deutlich von den anderen Gästen ab, da diese der Jahreszeit entsprechend in dezenteren Farben gekleidet waren. Lady Pembroke war trotz ihrer Körperfülle eine auffallend modische Erscheinung. Die leicht ergrauten Haare trug sie zu einer modernen Frisur hochgesteckt, die ihre Diamantohrringe betonte und sie im Lichte der Kronleuchter funkeln ließ. In ihrer Jugend war sie zweifellos eine Schönheit gewesen. Und auch heute noch war sie eine äußerst attraktive und von der Mehrheit der Gesellschaft wegen ihrer scharfen Zunge gefürchtete Frau.

»Ah, Felice, mein Täubchen, ich freue mich ja so, dich zu sehen. Ich hoffe, deine Reise war nicht allzu beschwerlich.«

Felice lächelte. »Danke, Amalia, wir hatten eine wunderbare Zeit. Spanien ist ein faszinierendes Land.«

»Ich brenne darauf, alle Einzelheiten darüber zu erfahren. Wie wäre es morgen? Beim Tee?«

»Gern ... Oh, da ist ja Lord Angelstown. Wenn du mich entschuldigen würdest, Amalia, ich möchte eben meinen Schwiegervater begrüßen.«

Lady Pembroke entließ Felice mit einem huldvollen Nicken, bevor ihr Blick auf Alicia fiel. Diese seufzte innerlich auf. Lady Pembroke mochte ihrer Tante vielleicht ein gewisses Wohlwollen entgegenbringen, doch sie selbst hatte in dieser Hinsicht weit weniger Glück. Was nicht zuletzt auf der Tatsache beruhte, dass Amalia sie als ein lästiges Hindernis betrachtete, das zwischen ihrer einzigen Tochter und Bryan stand. Es war kein Geheimnis, dass sie Alicias Verlobung mit einem der begehrtesten Junggesellen der Gesellschaft zutiefst missbilligte. Und sie ließ auch keine Gelegenheit aus, ihr diese Tatsache unter die Nase zu reiben.

»Wie ich sehe, sind Sie meiner Einladung gefolgt«, meinte sie kühl und legte genau die richtige Dosis Enttäuschung in ihre Worte, damit sich uneingeweihte Zuhörer nicht daran stoßen konnten.

Alicia zwang sich zu einem Lächeln. »Es war wirklich sehr freundlich von Ihnen, mich einzuladen, Lady Pembroke.«

»Danken Sie nicht mir. Es war lediglich ein Gefallen, den ich dem armen Lord Bryan erweisen musste. Schließlich wollte ich ihn nicht vor den Kopf stoßen, indem ich ihm seine Bitte abgeschlagen hätte.«

Alicia hatte das Gefühl, als wäre ihr Lächeln auf dem Gesicht fest gefroren. Obwohl sie schon unzählige Male die scharfen Spitzen von Amalias Verachtung ertragen hatte, zuckte sie dennoch innerlich zusammen. *Dem armen Lord Bryan*. Unmerklich reckte sie ihr Kinn ein wenig höher, um ihrer Gegnerin nicht zu zeigen, wie sehr es sie verletzte, hier nur geduldet zu werden.

»Wo ist er überhaupt? Sollte ein Verlobter nicht seiner Braut den Hof machen?«

»Unsere Verlobung verpflichtet ihn noch lange nicht, jede freie Minute in meiner Gegenwart zu verbringen«, entgegnete Alicia betont gleichmütig, hätte sich im nächsten Moment jedoch am liebsten ihre vorlaute Zunge abgebissen. Nun hatte sie dieser Giftschlange erneut Nahrung zum Spott geliefert. Wie erwartet ergriff diese auch augenblicklich die Gelegenheit.

»Nein, natürlich nicht, schließlich war dieses Bündnis ja nicht Lord Bryans Wille, sondern der seines Vaters. Man kann es ihm wirklich nicht verargen, dass er sein Leben genießen will, solange er noch die Möglichkeit dazu hat.«

Lady Pembroke bedachte sie mit einem selbstgefälligen Lächeln, denn beide wussten, dass Bryan gerade den Tanz mit ihrer Tochter *genoss*.

»Ah, sind sie nicht ein wunderschönes Paar?«

In Alicia regte sich allmählich der Ärger, und sie blickte sich hilfesuchend nach ihrer Tante um. Doch diese unterhielt sich noch immer angeregt mit Lord Angelstown. »Eine Schande, dass Sie nicht die Schönheit Ihrer Mutter geerbt haben. Das würde den armen Lord Bryan wenigstens über Ihre peinlichen Eskapaden hinwegtrösten, mit denen Sie ihn andauernd in Verlegenheit bringen.« Lady Pembroke schüttelte mitleidig den Kopf und gab sich den Anschein, nicht zu bemerken, dass sie ihre Gedanken laut ausgesprochen hatte.

Alicia versuchte krampfhaft, das Lächeln beizubehalten, obwohl sie sich innerlich krümmte. Es war eine Sache, sich selbst über sein Aussehen Gedanken zu machen, eine ganz andere jedoch, wenn einem der Mangel an Schönheit so offen zum Vorwurf gemacht wurde. Alicia fragte sich kurz, wie es sich wohl anfühlen mochte, Lady Pembroke zu sein und Spaß daran zu finden, andere Menschen zu verletzen.

Sie sah sich verstohlen in dem prunkvollen Ballsaal um und fühlte sich plötzlich unangenehm gehemmt. Unter all diesen blonden Schönheiten, die zur Zeit so beliebt waren, kam sie sich vor wie eine Schornsteinbürste.

Trotzdem wäre sie lieber gestorben, als dieser Schlange zu zeigen, wie tief ihr Biss gereicht hatte. So zuckte sie nur vage mit einer Schulter. »Ich kann mich nicht erinnern, dass Bryan sich jemals beklagt hätte.«

Lady Pembroke maß sie mit einem entrüsteten Blick. »Natürlich würde er solches niemals tun. Er ist durch und durch ein Gentleman. Was die Einwilligung in diese unselige Verlobung doch zur Genüge beweist. Schließlich lässt sein ausgeprägtes Ehrgefühl nicht zu, dass er vom Ehevertrag zurücktritt, den sein Vater mit Ihrem geschlossen hat.«

Felices Rückkehr enthob Alicia glücklicherweise von einer Antwort.

»Verzeiht bitte, dass ich euch so lange habe warten lassen.«

Lady Pembroke bedachte Alicia erneut mit einem boshaften Lächeln. »Ich wollte Lady Alicia gerade raten, mehr auf ihre Figur zu achten. Sie ist so mager wie eine Kirchenmaus.«

Felice furchte verwirrt die Stirn. »Das finde ich nicht. Meiner Meinung nach besitzt Alicia eine geradezu beneidenswerte Figur.«

»Du bist ihre Tante, Felice. Diese Tatsache trübt anscheinend deinen Blick«, gab Amalia mit einer wegwerfenden Handbewegung zu bedenken.

»Das finde ich überhaupt nicht«, protestierte Felice erneut, und unterschwellig klang nun eine Drohung mit.

Amalia stellte sich dieser gegenüber taub und ließ ihren Blick angelegentlich über die geladenen Gäste schweifen.

»Ah«, plötzlich erstrahlte ihr Gesicht. »Da ist ja Lord Buckstone. Entschuldigt mich, doch ich darf die anderen Gäste nicht vernachlässigen.«

Mit diesen Worten rauschte sie auch schon davon und steuerte auf ihr nächstes Opfer zu.

Felice starrte ihr mit vor Ärger umwölkter Stirn nach. »Amalia sollte besser darauf achten, wo sie ihr Gift versprüht.«

Alicia warf ihr ein schiefes Lächeln zu. »Lass es gut sein, Tante Felice.«

Diese maß ihre Nichte mit einem beunruhigten Blick. »Wage es ja nicht, dir ihre Worte zu Herzen zu nehmen, Alicia. Sonst … sonst werde ich diesen Drachen zum Duell fordern.«

Allein der Gedanke an Felice und Lady Pembroke, die sich im Morgengrauen gegenüberstanden, war einfach zu köstlich, und schon löste sich die angespannte Situation in heiterem Gelächter auf.

»Erinnere mich daran, dass ich meine Pistolen wegschließe, Liebes«, meldete sich eine vertraute Stimme direkt hinter ihnen.

»Frederick, du sollst uns doch nicht immer belauschen«, tadelte Felice ihren Ehemann und errötete sanft.

Frederick grinste in der abgeklärt belustigten Art eines Mannes, der bei seiner Frau auf alles gefasst sein musste.

»Glaube mir, bevor ich mit dir verheiratet war, hatte ich es auch niemals nötig. Aber mit deinem unberechenbaren Temperament ist es für alle Beteiligten am gesündesten, wenn ich über deine Schritte im Bilde bin – und die nötigen Vorsichtsmaßnahmen in die Wege leiten kann.«

Felice gab sich geschlagen und seufzte enttäuscht. »Na ja, ich werde mir wohl eine etwas subtilere und leider auch weniger abenteuerliche Vergeltung ausdenken müssen.«

»Das beruhigt mich ungemein, Liebling«, scherzte Frederick und hauchte seiner Frau liebevoll einen Kuss auf die Wange.

Alicia hörte ihren spielerischen Neckereien belustigt zu. Wie sehr hatte sie dies in den letzten drei Monaten vermisst.

Onkel Frederick war eine überaus stattliche Erscheinung und wirkte neben ihrer zierlichen Tante wie eine stämmige Eiche. Er trug gern ein finsteres Gesicht zur Schau, doch wenn er Felice anblickte, wurden seine Züge immer weich, und ein liebevolles Glühen trat in seine blauen Augen. Vermutlich gab es in ganz England kein zweites Paar, das so vollendet harmonierte wie dieses.

»Weshalb tanzt du denn nicht, Alicia?«, wollte er nun wissen, während er Felices Hand auf seinem Unterarm tätschelte. »Gönne doch diesen jungen Gecken ein bisschen Aufmerksamkeit.«

Alicia errötete leicht und starrte auf ihre Fußspitzen. Bis jetzt hatte niemand sie zum Tanz aufgefordert. Was auch nicht außergewöhnlich war. In England grenzte es beinahe an Blasphemie, wenn eine Frau arbeitete, anstatt sich an Teegesellschaften oder Nähkränzchen zu halten. Jeder schien das zu wissen, nur Felice und Frederick stellten sich dieser Tatsache gegenüber blind und taub.

Plötzlich erhob sich ein Flüstern und Raunen über die Menge, das wie eine Welle auch zu Alicia herüber schwappte. Eine kleine Gruppe Frauen tuschelte dicht neben ihr.

»O Gott, ich hätte nicht gedacht, dass er wirklich erscheinen würde. Bisher hat er doch fast alle Einladungen ausgeschlagen …«

Eine andere flüsterte zurück: »Sieht er nicht einfach umwerfend aus?«

»Bring lieber deine Tochter nach Hause. Man weiß ja nie …«

Als Alicia den Blicken der Frauen folgte, setzte ihr Herz einen Schlag lang aus.

»Seine Gnaden, Lord Robert Spencer, elfter Earl of Whitehaven.«

Alle Köpfe wandten sich der Treppe zu, als der Butler diesen Namen verkündete. Sogleich hefteten sich dreihundert Augenpaare auf den Neuankömmling, der vollkommen ungerührt auf sie herab blickte.

Alicias Herz nahm seine Tätigkeit wieder auf und begann zu rasen. Der schwarze Earl bot einen überwältigenden Anblick. Er sah einfach umwerfend aus in dem schwarzen Anzug und dem schlichten weißen Rüschenhemd. Obwohl er noch immer auf dem obersten Treppenabsatz stand, schien er mit seiner bloßen Gegenwart den Saal einzunehmen. Seine Haltung sprach von unbeugsamem männlichem Stolz und kühler Entschlusskraft.

Alicia hielt unwillkürlich den Atem an, als er seinen Blick über die Menschenmenge gleiten ließ und dabei kurz an ihr haften blieb. Plötzlich fühlte sich ihr Mund wie ausgedörrt an, und sie nippte verwirrt an ihrem Glas. *Alicia, reiß dich zusammen. Auf diese Distanz kannst du unmöglich erkennen, wen er angesehen hat.*

Während Robert sich in Bewegung setzte, verfluchte er sich selbst. Wie war er bloß auf die hirnverbrannte Idee gekommen, auf diesen verdammten Ball zu gehen? Die ganze Kutschfahrt hindurch hatte er sich einzureden versucht, er sei nur hinter Informationen her, an die er hier möglicherweise gelangen würde. Oder dass er ganz einfach sehen wollte, ob die feine Gesellschaft seinen zweiten öffentlichen Auftritt ebenso entsetzt zur Kenntnis nehmen würde. Nun, wenigstens in diesem Fall wurde er nicht enttäuscht.

Er beobachtete verächtlich, wie sich die Menge vor ihm teilte, während sie ihn aus einer Mischung von Angst und neugieriger Faszination anstarrten. Es blieb ihm auch nicht verborgen, wie besorgte Mütter ihre Töchter in den Hintergrund zurückdrängten. Nebst dem kalten Lächeln gestattete er sich keinerlei Gefühlsregung zu zeigen. Robert grüßte einige bekannte Gesichter und unterhielt sich kurz, wenn ihm wirklich keine andere Möglichkeit blieb. Ansonsten bahnte er sich unaufhaltsam seinen Weg durch die Umstehenden und ignorierte in stoischer Gelassenheit das Getuschel hinter seinem Rücken. Sollten sie sich doch alle die Mäuler zerreißen.

4

O Gott, sie hatte sich also doch nicht geirrt. Er kam tatsächlich direkt auf sie zu! Alicia schwankte zwischen Euphorie und Beklommenheit. Ihr Körper schien sich nicht entscheiden zu können, ob er nun fror oder schwitzte.

In diesem Augenblick jauchzte Felice neben ihr auf. »Nein, das glaube ich einfach nicht! Der Earl of Whitehaven persönlich. Robert, wie schön, dich nach so langer Zeit wieder zu sehen.«

Roberts Gesicht erhellte sich, und er schenkte Felice ein umwerfendes Lächeln. Ein Lächeln, das sogar seine Augen erreichte und Alicia bis in ihre Grundfesten erschütterte. Galant führte er die dargebotene Hand an seine Lippen.

»Felice, das ist wahrlich ein Empfang, wie man ihn sich nur wünschen kann. Wie du vermutlich festgestellt hast, wird mein Erscheinen im Allgemeinen nicht mit allzu viel Jubel aufgenommen.«

Frederick schnaubte spöttisch. »Dann beruhigt es dich vielleicht zu hören, dass ich auch nicht gerade in Freudentaumel ausbreche.«

Doch seine vor Schalk funkelnden Augen machten sein Bemühen um eine finstere und verdrießliche Miene zunichte.

Roberts Grinsen wurde breiter. »Ganz meinerseits. Wie ich sehe, wirst auch du immer älter und verbitterter.« Die beiden Männer schlugen sich freundschaftlich auf die Schultern.

»Na, zumindest bin ich ein umschwärmter Ehegatte«, konterte Frederick gelassen. »Du solltest dich damit beeilen, bevor du noch hässlicher wirst.«

»Nun hört aber beide auf«, griff Felice lachend ein. »Wir sind doch keine Kinder mehr.«

Nach einem vielsagenden Seitenblick auf ihren Mann seufzte sie theatralisch. »Nun ja, mit Ausnahmen natürlich. Einige werden den Schritt ins Erwachsensein wohl nie ganz schaffen.«

Alle drei lachten, während sie sich ihren Erinnerungen hingaben. Alicia hingegen fühlte sich unangenehm übergangen und fehl am Platze.

»Oh, entschuldige, Alicia. Wo sind nur meine Manieren geblieben? Robert, darf ich dir meine Nichte Lady Alicia Wincliff vorstellen?«

Alicia schenkte ihm ein offenes Lächeln. »Ich freue mich, Sie wieder zu sehen, Mylord.«

Er nahm ihre Hand und führte sie an die Lippen, ohne den Blick von ihren Augen zu nehmen. »Ganz meinerseits.«

»Ihr kennt Euch?«, fragte Felice erstaunt.

»Flüchtig«, erwiderte Robert.

Ungebeten kam die Erinnerung an seinen Kuss zurück und ließ Alicia das Blut in die Wange steigen. »Wir wurden einander gestern auf dem Ball von Lady Stanley vorgestellt«, erklärte sie rasch.

»Ach so.«

»Darf man fragen, was dich wieder in den Hafen der Heimat zurück führt, Robert?«, wollte Frederick nun wissen. »Oder hast du gar vor, dich sesshaft zu machen und hier Wurzeln zu schlagen?«

»Nein, ich bin geschäftlich hier. Aber ich versichere dir, sobald alles geregelt ist, bin ich wieder weg.«

Der leise Stich, den Alicia bei seinen Worten verspürte, verwirrte sie sehr. Unerklärlicherweise verschlechterte sich ihre Laune von einem Augenblick auf den anderen. Was konnte es ihr schon ausmachen, wenn dieser Kerl Greenwich den Rücken kehrte? Zumindest musste sie dann nicht mehr um das Leben ihres kopflosen Bruders bangen. Aber weshalb, zum Teufel, war sie plötzlich so wütend?

Auch Felice schien sich nicht sonderlich darüber zu freuen.

»Du solltest dein ruheloses Blut langsam zähmen,

Robert, und die Vergangenheit ruhen lassen. Auch du wirst nicht jünger … du solltest dich nicht immer so leichtsinnig in Gefahr bringen.«

»Felice …« Der warnende Unterton in Roberts Stimme ließ Alicia aufhorchen.

Frederick seufzte auf. »Wir kennen ja deine Gründe, alter Junge, sei aber trotzdem vorsichtig …«

Robert zog überrascht eine Braue hoch. »Donnerwetter, sag bloß, du machst dir Sorgen um mich?«

Fredericks Miene verfinsterte sich drastisch. »Unsinn. Ich kann dich nicht leiden.«

Diese offensichtliche Lüge veranlasste alle zu einem erlösenden Lachen.

Aus dem Augenwinkel sah Alicia Bryan auf sich zukommen und furchte verwirrt die Stirn. Bis zu diesem Zeitpunkt hatte sie ihn immer für einen der attraktivsten Männer in ganz Greenwich gehalten. Doch nun erkannte sie zu ihrer eigenen Überraschung, dass er neben der Kraft und Vitalität, die vom Earl ausging, geradezu verblasste. Irgendwie wirkte sein ganzes Auftreten gekünstelt, von seinen blonden, allzeit korrekt zurückgekämmten Haaren über den verträumten Blick seiner tiefblauen Augen bis hin zu seinem lässigen Gang.

»Da seid ihr ja«, begrüßte er die kleine Gruppe und nickte Robert knapp zu, bevor er sich schmeichelnd an Alicia wandte.

»Ich bin untröstlich, dich so lange vernachlässigt zu haben.« Er hauchte Alicia einen Kuss auf den Handrücken und wurde mit einem kleinen Lächeln belohnt.

Sei nicht so unfair Bryan gegenüber, tadelte sie sich selbst. *Neben dem Earl muss jeder andere Mann unweigerlich schlecht abschneiden.*

»Ich verspreche, dass ich es wieder gutmachen werde, Liebes.«

Felice seufzte schwärmerisch auf. »Ah, man müsste

noch einmal so jung und verliebt sein. Meinst du nicht auch, Frederick?«

Dieser riss entsetzt die Augen auf. »Der Himmel möge es verhüten. Ich danke Gott, dass ich überhaupt so alt geworden bin. Mit deiner bemerkenswerten Fähigkeit, dich ständig in die gefährlichsten Situationen zu bringen, zweifelte ich oft daran, ein einigermaßen respektables Alter zu erreichen.«

Felice rümpfte empört ihre kleine Nase. »Du warst auch schon romantischer.«

Fredericks Lippen verzogen sich zu einem breiten Grinsen.

Bryan verneigte sich galant vor Alicia. »Meine Liebe, darf ich um den nächsten Tanz bitten?«

Sie wollte Bryan gerade ihre Hand reichen, um sich von ihm auf die Tanzfläche führen zu lassen, als Robert sie ergriff.

»Tut mir Leid, den Walzer hat Lady Wincliff bereits an mich vergeben.«

Bryans Kopf schoss zu Robert herum. »*Das* wage ich zu bezweifeln.«

Robert musterte ihn kühl. »Nennen Sie mich einen Lügner?«

Der gefährlich samtene Klang seiner Stimme ließ Alicia aufhorchen und rasch eingreifen. Schließlich wollte sie nicht noch ein Duell heraufbeschwören.

»Entschuldige, Bryan, doch der Earl hat mich tatsächlich um den nächsten Tanz gebeten.«

Alicia schob anmutig ihre schmale Hand in Roberts Armbeuge, schenkte Bryan ein bedauerndes Lächeln und ließ sich an den Rand der Tanzfläche führen, um dort das Ende des Menuetts abzuwarten. Sie vernahm das leise Tuscheln hinter sich und schaute aus dem Augenwinkel zum Earl hoch, um festzustellen, ob er es auch hörte. Dieser beobachtete jedoch gelassen die tanzenden Paare. Falls er es hörte, schenkte er dem keine Beachtung.

Alicia beschloss es ihm gleichzutun, doch plötzlich hörte sie hinter sich Lady Pembrokes Stimme. »Wie kann sie es wagen? Wie viel Schande will sie denn noch über beide Familien bringen?«

Alicia versteifte sich unwillkürlich, als sie einen kurzen Blick auf Lady Willoughby und ihre Schwester erhaschte. Auch wenn sie nicht verstehen konnte, was die beiden ihrer Gastgeberin erzählten, so war sie sich doch ziemlich sicher, dass es etwas mit ihrem Besuch am Morgen zu tun hatte. Als Alicia erneut zu Robert aufschaute, erschrak sie über die Intensität seines Blickes. Sie bemerkte auch erst jetzt, wie angespannt seine Armmuskulatur unter ihrer Hand war. Selbst seine Stimme klang gepresst.

»Es tut mir Leid, ich habe anscheinend vergessen, wie rasch man hier verdammt wird. Soll ich dich zu Felice zurückbringen?«

Er machte sich ihretwegen Vorwürfe. Alicia wurde es warm ums Herz, und plötzlich störte es sie gar nicht mehr, dass er sich ständig der vertraulichen Anrede bediente.

Sie schenkte ihm ein aufmunterndes Lächeln. »Seit unserem letzten Zusammentreffen scheinen Sie die Sache mit dem Entschuldigen recht gut gelernt zu haben, Euer Gnaden. Aber ich fürchte, um diesen Tanz werden Sie trotzdem nicht herumkommen.«

Es dauerte einen Moment, bis Robert sich bewusst wurde, dass sie ihn neckte. Anscheinend wollte sie ihm das Gefühl geben, dass alles in Ordnung war. Dabei war sie es, die man hinterrücks in der Luft zerriss.

Endlich verklangen die letzten Takte des Menuetts, und die Paare verließen das Parkett.

»Bist du dir sicher?«

Alicia nickte lächelnd und legte ihre Hand auf die seine, damit er sie auf die Tanzfläche führen konnte.

Roberts Staunen wandelte sich in etwas, das gefährlich an Wärme erinnerte, als er auf die zierliche Frau hinunterblickte, die sich ihm so selbstlos anvertraute.

Die tausend Kerzen des Ballsaals spiegelten sich in ihren goldenen Augen und verliehen ihnen ein warmes Glitzern. Doch gerade, als sie den ersten Schritt auf die Tanzfläche taten, hörte Alicia Lady Pembroke sagen: »Es würde ihr recht geschehen, wenn sie das gleiche Ende wie die arme Adelaide fände.«

Alicia stolperte beinahe bei diesen gehässigen Worten. Die Hand unter ihrer schloss sich zur Faust, und als sie aufsah, funkelte kalter Zorn in den grünen Tiefen seiner Augen. Er hatte es also auch gehört und sah aus, als wollte er der Gastgeberin im nächsten Moment den Hals umdrehen.

»Mylord, dürfte ich jetzt um meinen Tanz bitten?«

Er reagierte nicht, und Alicia bekam es mit der Angst zu tun. »Bitte, Robert«, flüsterte sie eindringlich. »Die Leute starren uns bereits an.«

Beim Klang seines Namens schien er seinen Zorn wieder in den Griff zu bekommen. Er nickte mit zusammengebissenen Zähnen.

Alicia errötete nachträglich über ihre eigene Kühnheit, doch er schien nicht verärgert zu sein, dass sie ihn mit seinem Vornamen angesprochen hatte.

Als endlich die ersten Takte des Walzers erklangen, führte Robert sie schweigend in die Mitte der sich drehenden Paare. Dort angekommen breitete er die Arme aus. »Komm«, sagte er leise – so leise, dass es beinahe zu einer intimen Angelegenheit zwischen ihnen wurde.

Ohne auch nur eine Sekunde zu zögern, glitt Alicia in seine starken Arme. Ihre Knie zitterten vor Aufregung, und sie bekam ein flaues Gefühl in ihrer Magengrube. Doch dann spürte sie den festen Griff seiner Hand in der ihren, spürte den warmen, beruhigenden Druck seiner Finger in ihrem Rücken und fühlte sich plötzlich wohlig geborgen und atemlos.

Nur zu deutlich war sie sich seiner Gegenwart bewusst, der harten, breiten Schulter unter ihrer Hand, des aufregend männlichen Duftes, der von ihm ausging. Ihr Körper hatte den Aufruhr um seinen Kuss noch nicht bewältigt, und nun sah sie sich erneut diesen verwirrenden Gefühlen ausgesetzt, die der Earl unweigerlich in ihr wachrief.

Roberts Gedanken hingegen waren wesentlich unangenehmerer Natur, während er sich mit Alicia im Takt des Walzers drehte. Er machte sich bittere Vorwürfe. Sein Kiefer mahlte, als er zwei Paare sah, die seinetwegen demonstrativ die Tanzfläche verließen.

Das würden sie ihm büßen. Robert prägte sich jeden verächtlichen Blick ein und schwor ihnen allen Rache. Doch vor allem verdammte er sich selbst. Weshalb war es ihm so gegen den Strich gegangen, als dieser eitle Geck um Alicia herumscharwenzelt war? Er war ehrlich genug, um sich selbst einzugestehen, dass der Verdacht, den er gegen Birningham hegte, nicht der einzige Grund gewesen war. Aber was war es dann gewesen? Es verwirrte ihn, dass ihm bei Bryans Schmeicheleien der bittere Geschmack von Galle in den Mund gestiegen war.

»Wenn Sie ein solch verbissenes Gesicht machen, wird jeder denken, Sie müssten gerade schreckliche Höllenqualen erdulden, weil ich Ihnen auf den Füßen herum trample.«

Mit diesen Worten riss sie ihn aus seinen Gedanken und er schaute auf sie hinunter, als sähe er sie zum ersten Mal. Sie seufzte übertrieben. »Ich fürchte, das wird meine Chancen auf den nächsten Tanz nicht gerade fördern.«

Robert konnte nichts gegen das kleine Lächeln tun, das plötzlich um seine Mundwinkel spielte. Sie versuchte schon wieder, ihn aufzuheitern.

Es mochte dieser kleinen Lady vielleicht nicht gefallen, als Original zu gelten, doch sicher war sie eines, und sie fühlte sich wunderbar warm und lebendig in seinen Armen an. Sie war so klein und zierlich, und doch strömte sie eine Energie und Lebensfreude aus, wie er sie noch bei keiner anderen Frau gespürt hatte.

Er konnte sich einfach keinen Reim darauf machen, weshalb sie ihren Ruf für ihn aufs Spiel setzte. Er hatte sie beobachtet, während hinter ihnen getuschelt worden war, hatte gemerkt, wie sich ihre Wangen gerötet hatten, um gleich darauf wieder aschfahl zu werden, hatte ihr Zusammenzucken und den Schmerz in ihren Augen gesehen, als sie die gehässigen Worte der Gastgeberin vernommen hatte.

Langsam schüttelte er den Kopf. Und jetzt lag sie in seinen Armen, als wäre dies das Selbstverständlichste auf der Welt. Was sollte er bloß mit diesem Mädchen anfangen?!

»Ich glaube, deine Chancen habe ich gestern schon gründlich zunichte gemacht. Falls du es nicht bemerkt hast, hat dich niemand mehr aufgefordert, nachdem ich dich wieder zurückgebracht habe.«

Alicia errötete peinlich berührt und heftete ihren Blick fest auf Roberts Brust. »Das hatte nichts mit Ihnen zu tun, Euer Gnaden. Es … es liegt an mir.«

»Das wage ich zu bezweifeln.«

Alicia versteifte sich leicht in seinen Armen. »Es ist aber so. Ich sehe keinen Grund, weshalb ich Sie belügen sollte.«

Roberts Lippen verzogen sich zu einem Lächeln. »Vielleicht willst du wieder meine Gefühle schonen?«

Sie war sich nicht sicher, ob sie verletzt oder nur enttäuscht war, weil er ihr nicht glaubte, und ihre Antwort kam schärfer als beabsichtigt. »Das wäre wohl vergebliche Liebesmüh, *Earl*. Sie erwecken nicht gerade den Eindruck, besonders zart besaitet zu sein.«

Robert lachte leise auf und drehte Alicia schwungvoll im Kreis.

»Nein, wohl kaum. Ich bin eher für das Gegenteil bekannt, nicht wahr?«

Alicia errötete bis unter die Haarwurzeln, und Roberts Lachen schwand.

»Ah, wie ich sehe, hat man Sie ausführlich über meine Vergangenheit informiert, Lady Wincliff. In allen grässlichen Einzelheiten, möchte ich wetten.«

Alicias Herz zog sich schmerzlich zusammen. In seiner zynischen Stimme schwangen sowohl Enttäuschung als auch Wut mit, und die Tatsache, dass er sie wieder mit ›Lady‹ anredete, sprach Bände.

Sie musste all ihren Mut zusammenraffen, um ihm in die eisigen Augen sehen zu können, doch sie wollte, dass er ihre Worte glaubte. Sie wusste selbst nicht, weshalb ihr dies so ungeheuer wichtig war. Er musste ihr einfach glauben.

»Ich bekam heute in der Tat eine Schauergeschichte zu hören, die ihresgleichen sucht. Und ich war wütend und entsetzt …«

»Das glaube ich gern.«

»… auf diese einfältige Gesellschaft, die es wagt, sich als intelligent zu bezeichnen«, fuhr sie fort, als hätte er gar nichts gesagt. »Wie ich Ihnen gestern schon gesagt habe, gebe ich nicht viel auf das Gerede der Leute, und wie man in Ihrem Fall sehen kann, tue ich auch gut daran.«

Robert schaute erschüttert auf die junge Frau in seinen Armen hinunter. Sie meinte es ernst! Er konnte es in ihrem Gesicht, in ihrer ganzen Gestik erkennen, und sie scheute sich auch nicht davor, es der ganzen verdammten Gesellschaft zu zeigen – wie dieser Tanz nur zu deutlich bewies.

Namenlose Freude stieg mit der Heftigkeit eines Vulkans in ihm auf. Doch genau so schnell verschwand sie wieder und hinterließ eine kalte, schwarze Leere. Einen entsetzlichen Verlust, den er nicht genau zu benennen vermochte. Ihm war, als hätte man ihm gerade einen überwältigenden Sonnenaufgang gezeigt – einen Vorgeschmack dessen, was sein könnte –, nur um ihn sogleich in die Finsternis zurückzustoßen.

Alicia beobachtete besorgt, wie sich das Gesicht des Earls von Sekunde zu Sekunde mehr verfinsterte. Sie spürte, wie er sich in sich zurückzog und immer weiter von ihr entfernte. Hatte sie etwas Falsches gesagt? Rasch versuchte sie das Gespräch in andere Bahnen zu lenken.

»Ich habe mich noch gar nicht bei Ihnen bedankt, Euer Gnaden. Es war wirklich sehr großmütig von Ihnen, meinen Bruder zu verschonen.«

Robert hörte den traurigen Unterton in ihrer Stimme, doch er redete sich ein, dass es so am besten war. Als er sprach, klang seine Stimme höflich distanziert.

»Danke mir nicht zu früh, schließlich schuldest du mir noch immer einen Gegendienst.«

Aufrichtigkeit und Ernst spiegelten sich in ihrem Gesicht, als sie im Brustton der Überzeugung erwiderte: »Ich stehe tief in Ihrer Schuld, und es wird mir ein Vergnügen sein, diese bei Ihnen zu begleichen.« *Was habe ich denn jetzt schon wieder Falsches gesagt?*, fragte sich Alicia deprimiert, als sich plötzlich eine steile Falte auf Roberts Stirn bildete und ein Anflug des Missfallens in seine Augen trat.

»So etwas solltest du nie zu einem Mann sagen«, meinte er kühl.

Alicia konnte sich seine abweisende Haltung einfach nicht erklären, und sein Ton machte sie rasend.

Trotzig schob sie ihr Kinn vor. »Und weshalb nicht, Mylord?«

Beinahe hätte er gelacht, wenn er nicht so entsetzt gewesen wäre. Dieses Mädchen forderte ihn zum Zweikampf und besaß noch nicht einmal den Überlebensinstinkt eines neugeborenen Kätzchens. Bei allem, was ihm heilig war, sie war einfach zu vertrauensselig.

»Ein Mann könnte dann sehr schnell auf dumme Gedanken kommen und die Schuld eintreiben wollen.«

Es dauerte einen Moment, bis sie verstand, wovon er sprach. Zumindest glaubte sie es zu tun, und ihre Wangen röteten sich sanft.

»Irgendein Mann vielleicht, aber nicht Sie.«

»Ach nein? Glaubst du vielleicht, bei meinem *ungeheuren* Alter wäre ich über solche Gedanken erhaben?«, spöttelte er.

Alicias Augen funkelten immer wütender. »Natürlich nicht. Sie sind ein Gentleman.« Sie schüttelte unwillig den Kopf. »Und ein entsetzlich nachtragender Kerl noch dazu.«

»Ich bin nicht nachtragend.«

Alicia schnaubte wenig damenhaft. »Weshalb reiten Sie dann immer noch auf meinem kleinen Ausrutscher herum?«

Robert wirbelte sie schwungvoll herum; ein zufriedenes Lächeln lag auf seinen Lippen.

»Ich wollte dir lediglich raten, nicht jedem gleich dein Vertrauen zu schenken. Zum Beispiel Birningham. Es wäre besser, du hieltest dich etwas von ihm fern.«

Er wollte gerade hinzufügen, dass dieser nicht das war, was er zu sein vorgab, doch Alicia überraschte ihn mit einem hellen, klangvollen Lachen.

»Das wird sich schlecht machen lassen, Mylord. Bryan ist mein Verlobter.«

Beinahe wäre er mitten im Tanz stehen geblieben. »Dein Verlobter?«

»Ja, schon als ich ein kleines Mädchen war, haben unsere Väter diesen Vertrag geschlossen.«

Robert wich geschickt einem Tanzpaar aus und fragte sich kurz, weshalb er plötzlich so gereizt war. »Und du wirst diesen aufgeblasenen Gecken wirklich heiraten?«

Alicia blinzelte verwirrt. »Weshalb sagen Sie solche Sachen über ihn?«

Verdammt, sie wirkte tatsächlich enttäuscht.

»Auch wenn ich bei dieser Verlobung nicht nach meiner Meinung gefragt worden bin, kann ich es trotzdem nicht dulden, dass Sie meinen Verlobten beleidigen. Bryan ist sehr nett und zuvorkommend … und … und nun wünsche ich das Thema zu wechseln.«

»Darf man abklatschen?«, erklang plötzlich Felices fröhliche Stimme hinter Robert.

Der Etikette zufolge blieb ihm nichts anderes übrig, als sich höflich vor Alicia zu verbeugen und den Tanz mit ihrer Tante fortzusetzen, während er zusehen musste, wie Birningham mit Alicia davon wirbelte.

»Entschuldige, Robert, doch ich konnte meine Neugierde einfach nicht länger im Zaum halten. Bist du wegen eines neuen Auftrags hier?«

Roberts Mundwinkel hoben sich leicht. »Und ausgerechnet du verurteilst meine Abenteuerlust?«

Sie errötete leicht und gestand: »Ich vermisse manchmal eben die alten Zeiten.«

Sie glitten leichtfüßig über die Tanzfläche. »Hast du deiner Nichte von früher erzählt?«

»Gott bewahre, nein!« Sie suchte Alicia in den tanzenden Paaren, und ein stolzes Lächeln erhellte ihre exquisiten Züge. »Dieses Mädchen hat schon genug Flausen im Kopf. Aber nun erzähl schon! Welches Problem lässt unser König durch dich aus der Welt schaffen?«

Robert wurde plötzlich ernst. Er wusste zwar, dass er Felice sein Leben anvertrauen konnte, was er in der Vergangenheit auch schon einige Male getan hatte, doch diesmal lagen die Dinge ein wenig komplizierter. Um sie jedoch nicht zu enttäuschen, erklärte er ihr: »Ich bin einer Schmugglerbande auf der Spur.«

Felices Augen begannen vor Aufregung zu glänzen. »Wie herrlich. Hast du schon einen Verdacht?«

»Keinen konkreten, ich stehe erst am Anfang der Ermittlungen«, wich er ihr geschickt aus.

Unbewusst suchten seine Augen nach Alicia, die gerade mit einem seiner Hauptverdächtigen tanzte. Vielleicht steckte sie auch mit drin? Hatte sie ihm die naive Unschuld etwa nur vorgespielt? Vielleicht wollte sie sich sein Vertrauen erschleichen, um dann zu erfahren, was er über die Schmuggler herausgefunden hatte?

Die letzten Takte des Walzers verklangen, und Robert bot Felice galant den Arm, um sie zu Frederick zurück zu geleiten.

»Lass sie in Ruhe, Robert.« Er wandte sich ihr erstaunt zu und hob fragend eine Augenbraue.

»Geh Alicia aus dem Weg. Sie hat genug Kummer erlitten.«

»Wie kommst du darauf, dass ich ihr Kummer bereiten würde?«

Felice lächelte schwach. »Weil du wieder weggehst. Du hast es selbst gesagt.«

Er nickte. »Das stimmt.«

Während Robert Felice geschickt durch die Ballgäste manövrierte, nutzte sie die Gelegenheit, Roberts vertrautes Profil zu betrachteten. Zu ihrem Bedauern stellte sie fest, das er noch härter geworden war. Sein Gesicht war eine einzige Maske der Gleichgültigkeit. Ansonsten zeigte er keinerlei Regungen. Er hatte sich an einen Ort zurückgezogen, den nur er erreichen konnte, dessen Türen er fest verschlossen hielt – und wo er niemandem Einlass gewährte. Obwohl er sie nicht ansah, nahm er dennoch jede ihrer Gesten wahr, das wusste Felice noch von früher. Er hatte diese Fähigkeit immer besessen.

Hinter ihnen erklang ein helles Lachen. »Also wirklich, Bryan, das kann ich kaum glauben. Schweine, auf denen man reitet?«

Robert versteifte sich innerlich, als sich Alicia mit

ihrem Verlobten zu ihnen gesellte. Sie schien sich köstlich zu amüsieren.

»Wo ist denn Onkel Frederick?«, wollte sie nun wissen. Felice sah sich suchend um. »Ich kann ihn auch nirgends sehen. Vielleicht hat er sich eine Erfrischung geholt.«

Robert verneigte sich galant. »Wenn ihr mich entschuldigt, ich habe noch einiges zu erledigen.«

Felice lächelte wissend. »Anscheinend langweilst du dich auf Bällen noch genau so schnell wie früher, nicht wahr? Immer nur arbeiten … Du wirst es wohl nie lernen, einfach nur herumzustehen und zu genießen.«

Robert neigte leicht den Kopf. »Du scheinst mich gut in Erinnerung zu haben, Felice. Birningham, Lady Wincliff.« Mit diesen Worten verbeugte er sich knapp und bahnte sich seinen Weg zur Treppe.

Alicia beobachtete nachdenklich, wie er durch die Tür verschwand, und plötzlich war ihr kalt.

5

Zwei Abende später saßen Robert, Gilard und Jason in einer dunklen Ecke einer verrauchten Spelunke am Hafen.

»Konntest du keine üblere Kneipe ausfindig machen, Rob«, maulte Gilard verdrießlich. »Hier kann man sich vermutlich sämtliche hässlichen Krankheiten zuziehen, ohne sich auch nur von seinem Stuhl erheben zu müssen.«

Gilard betrachtete angewidert die klebrige, angetrocknete Substanz vor sich auf dem Tisch. »Ich möchte bei Gott nicht wissen, was das einmal gewesen ist.«

Jason lachte krächzend vor sich hin, wobei er erstaunlich weiße Zähne in einem grobschlächtigen Gesicht entblößte. Er war es gewohnt, sich in den übelsten Gegenden aufzuhalten, auch wenn er es sich zuweilen anders wünschte. Aber dies brachte seine Arbeit nun einmal mit sich, und dank seiner untersetzten, drahtigen Erscheinung gelang es ihm stets, sich unauffällig unter den zwielichtigsten Gestalten zu bewegen. Er war auch sehr stolz darauf, sich als Privatdetektiv des schwarzen Earls bezeichnen zu dürfen. Nicht nur, weil es ein sehr lukrativer Beruf war, sondern auch weil allseits bekannt war, dass der Earl für jede Aufgabe stets nur die Besten einstellte. Neugierig warf er diesem nun einen Blick zu, um seine Reaktion auf das unwürdige Umfeld zu beobachten.

Es gab keine.

Sein Arbeitgeber saß entspannt zurückgelehnt in seinem Stuhl und verschmolz fast mit den düsteren Schatten der Nische. Plötzlich bildete sich jedoch eine steile Falte auf seiner Stirn, und er lehnte sich weiter vor. Jasons Augen folgten seinem Blick und blieben ebenfalls an der hübschen Schankmagd hängen. Anscheinend genoss diese die volle Aufmerksamkeit des Earls. Jason schüttelte grinsend den fast kahlen Schädel. Männer blieben eben doch Männer, in welcher Gesellschaftsschicht sie auch geboren waren.

»He, Weib, bring uns unser Ale, wir verdursten«, rief er deshalb, damit sie sich dem Earl aus der Nähe präsentieren konnte.

Robert beobachtete, wie die Schankmagd kurz mit dem Wirt flüsterte, bevor sie mehrere gut gefüllte Humpen auf ein Tablett stellte und zu einem Tisch ging, an dem sechs verwahrloste Gestalten saßen.

Irgendetwas störte Robert an dem Mädchen, und das war nicht nur das falsche, rote Haar. Vermutlich trug sie eine Perücke, um entweder den wegen Läusen rasierten Kahlkopf zu verbergen oder aber um nicht erkannt zu werden. Allein der Verdacht auf ein mögliches Geheimnis fesselte ihn, und er beobachtete sie weiter.

Sie war sehr schlank und von zierlicher Statur. Dennoch quollen ihre vollen Brüste verführerisch aus dem Mieder hervor. Was ihn zu seiner nächsten Überlegung brachte. Haut wie feinster Alabaster. Rein und von einer zarten Blässe, als hätten diese herrlichen Halbkugeln noch nie das Sonnenlicht auf sich gespürt – sehr merkwürdig für eine Kneipenhure.

»Hier, die Herrschaften«, mit diesen Worten knallte der Wirt ihnen den Krug auf den Tisch.

»Wir wollten eigentlich von der Magd bedient werden«, hob Jason brummend hervor.

»Die ist beschäftigt, wie ihr seht. Das Bier ist dasselbe. Egal, wer es bringt«, schnauzte der Wirt zurück und wischte sich die schmutzigen Finger an der noch dreckigeren Schürze ab.

»Aber die Frau ist ein weit hübscherer Anblick als du«, fauchte Jason angriffslustig.

Im nächsten Augenblick brach der Wirt in gutmütiges Gelächter aus.

»Teufel auch, da muss ich dir Recht geben, mein Freund.« Noch immer lachend kehrte er zu dem Tresen zurück, wo er sich selbst einen kräftigen Schluck Ale gönnte.

Robert versank ganz in dem Anblick der Magd. Weshalb kam ihm diese Hure nur so bekannt vor? Für gewöhnlich pflegte er solche Weiber zu meiden – woher kannte er sie also? Angewidert beobachtete er, wie sie sich lachend auf den Schoß eines Mannes fallen ließ.

»Ihr seht aus, als könnt euch 'n rechter Schluck von unserm Whisky schmecken.«

Als der Seemann lachte, schlug ihr eine Wolke säuerlicher Atem entgegen, und Alicia musste gegen die aufsteigende Übelkeit ankämpfen.

»Mir würde noch was ganz andres schmecken, Weib.«

Sie kitzelte ihn unterm Kinn. »Warst wohl lang auf See, was?«

»Das kannste laut sagen.«

»Woher kommt ihr denn?«

»Geradewegs aus der Karibik. Und wir lechzen nach 'nem weichen Busen, an den wir uns lehnen könn'. Nich wahr, Leute?« Er steckte seine Nase tief in Alicias Ausschnitt, während die anderen lauthals grölten.

Alicia schluckte schwer, ließ es jedoch geschehen und konzentrierte sich ganz auf ihre Rolle. »Und, was habt ihr denn Schönes mitgebracht? Feinsten Rum? Stoffe?«

Ein kleiner, hagerer Mann mit einer hässlichen Narbe über der linken Wange fuhr sie grob an. »Du fragst zu viel, Weib.«

Alicia zuckte gleichmütig mit einer Schulter. »Bin eben ein neugieriges Frauenzimmer.« Sie schenkte den Männern noch einmal nach. »Mein Boss wäre bestimmt an einigen Fässern Rum interessiert …«

»Wir ham aber keinen Rum«, ließ sich der Jüngste von ihnen vernehmen.

»Halt die Klappe, du Idiot«, fuhr das Narbengesicht ihn drohend an.

»Na, dann eben nich.« Alicia erhob sich, doch die groben Finger hielten sie zurück.

»Nich so schnell, meine Schöne. Ich hab Lust, mich zwischen deine Schenkel zu rammen.«

Alicia dankte Gott, dass es in der stickigen Schenke so dunkel war. Ihre Wangen brannten vor Scham und Wut. »Dann musst du wohl einige Häuser weiter ziehn, Süßer. Hier gibt's nichts außer Ale, Brandy oder Rum.«

Sein Griff verstärkte sich um ihre Mitte.

»Warum sollt ich mir die Mühe machen und weiter ziehn, wenn ich dich ham kann?«

Allmählich bekam es Alicia mit der Angst zu tun, trotzdem lächelte sie zuckersüß.

»Vielleicht, weil du dort mehrere auf einmal kriegen kannst? Oder biste nich Manns genug für zwei?«

Seine Kumpanen verfielen in anzügliches Gelächter und spotteten über ihren Freund. »Die hat's dir aber gegeben, was. Nich Manns genug …«

Mit einer verächtlichen Geste stieß er Alicia von seinem Schoß.

»Geh mir aus den Augen, Hure.«

Alicia stolzierte mit aufreizendem Hüftschwung hinter die Theke und verschwand in dem kleinen Hinterzimmer, wo der Wirt die Fässer aufbewahrte. Dort lehnte sie sich zitternd an die kühle Wand und schloss die brennenden Augen.

»Alles in Ordnung, Lady Wincliff? Geht es Ihnen gut?«

Sie schenkte Hubert ein kleines Lächeln.

»Alles bestens. Ich bin nur ein wenig erschrocken. Das ist alles.«

Nein, das war noch lange nicht alles, dachte sie verzweifelt, während sich ihr Herzschlag und ihr Magen langsam beruhigten. Nichts war hier in Ordnung, und es ging ihr alles andere als gut. Ihre Hände zitterten, und sie fühlte sich, als würde sie jeden Augenblick in Tränen ausbrechen.

Hubert nahm sachte Alicias Arm und führte sie zu dem grob gezimmerten Tisch in der Ecke, damit sie sich auf einen Stuhl setzen und etwas ausruhen konnte. Ihr Zustand machte ihm ernstlich Sorgen. Nicht nur, weil sie auf Grund ihrer vornehmen Herkunft und ihres zierlichen Körperbaus der schweren Arbeit in einem Schankraum nicht gewachsen war. Vor allem die derben Sprüche und die Freiheiten, die sich die betrunkenen Seeleute bei ihr herausnahmen, setzten ihr schwer zu. Erst gestern Nacht hatte er beobachtet, wie sie sich immer wieder verstohlen die Tränen aus den Augen gewischt hatte, wenn sie sich unbeobachtet gefühlt hatte. Hubert tätschelte väterlich Alicias Hand.

Nach allem, was dieses Mädchen für ihn und seine Frau getan hatte, hatte sie dies wirklich nicht verdient. Er setzte sich ihr gegenüber an den Tisch und schüttelte betrübt den Kopf. »Was Sie da tun, gefällt mir gar nicht, Lady Wincliff. Weshalb sagen Sie mir nicht einfach, welche Informationen Sie benötigen, und ich besorge den Rest.«

Alicia schüttelte entschieden den Kopf. Sie würde es niemals zulassen, dass sich jemand für sie in Gefahr begab. »Ich weiß deinen Vorschlag wirklich zu schätzen, Hubert, doch da ich selbst nicht genau weiß, nach welcher Art von Hinweis ich suche, würde es nicht funktionieren.« Sie schenkte ihm ein zuversichtliches Lächeln. »Es wird bestimmt nicht mehr lange dauern, bis ich auf etwas stoße.«

Hubert schüttelte erneut den Kopf. »Auf jeden Fall zu lange. Es ist einfach zu gefährlich. Wenn Sie nun jemand erkennt?«

»So?« Alicia deutete auf ihre Pausbacken, die ihr ganzes Gesicht veränderten und ihre Züge plump und kindlich wirken ließen – ein Trick, den sie einem Gaukler auf dem Jahrmarkt abgeguckt hatte. Man nahm einfach einen Streifen Stoff, rollte ihn zusammen und steckte ihn sich zwischen Wange und Zahnfleisch. Dann blickte sie an ihrem ›Kleid‹ hinunter, das mehr entblößte als verbarg, und rümpfte angewidert die Nase.

»Ich glaube, selbst mein Vater würde mich nicht erkennen, wenn er mich in diesem Aufzug sehen würde. Aber du hast Recht, Hubert, für heute habe ich wirklich genug. Ich bediene jetzt noch den letzten Tisch. Könntest du deinen Sohn bitte nach meiner Kutsche schicken? Wes wird sicher auch froh sein, wenn er mich vor der Morgendämmerung holen kommen kann.«

»Natürlich, Lady Wincliff. Ich werde meinen Jungen unverzüglich wecken.«

Noch immer grübelte Robert nach, woher er diese Hure kannte. Und er kannte sie, da war er sich völlig sicher. Sie trat gerade wieder aus dem Nebenraum heraus.

Er beobachtete, wie sie tief einatmete, mit einer entschlossenen Geste die Röcke ausschüttelte und ihr Kinn zum Angriff reckte. Da fiel es ihm wie Schuppen von den Augen. Alicia!

»Teufel und Verdammnis, das kann sie nicht wagen«, knurrte er leise vor sich hin.

»Was meinst du?«, fragte Gilard irritiert, wobei er die angetrockneten Essensreste auf dem Tisch nicht aus den Augen ließ, als fürchtete er, sie würden ihn jeden Moment anspringen.

Obwohl Roberts Verstand sich heftig gegen diese Erkenntnis sträubte, verfolgte er die Magd nun mit Argusaugen. Sie schlenderte gerade mit einladend wippenden Hüften auf den Nebentisch zu.

»Was darf ich den Männern bringen?«

Die Kerle stießen anzügliche Sprüche aus und grölten, wobei sie nicht einmal zu merken schienen, dass sie die Einzigen waren, die über die derben Witze lachen konnten.

Alicia brachte ihnen Ale und suchte sich diesmal einen Schmächtigeren aus. Der Junge errötete heftig vor Aufregung, als Alicia ihm lächelnd auf den Schoß sank und ihm das Haar zauste.

»Na, was ham wir denn da fürn Süßen?«

Die Männer am Tisch brüllten vor Lachen, als der Junge nicht wusste, wohin mit seinen Händen.

»Bist wohl grad erst angekommen, was?« Der Junge nickte und konnte seinen Blick gar nicht mehr von ihrem Busen abwenden. Alicia bezwang den beinahe unwiderstehlichen Drang, augenblicklich ihre Blöße zu bedecken, kitzelte ihn stattdessen unterm Kinn und machte es sich auf seinem Schoß bequemer. Wobei der Junge immer schneller atmete.

»He, Weib, willstes nich mit 'nem richtigen Kerl aufnehmen?«

Alicia errötete selbst über ihre nächsten Worte. »Ich mag lieber was Frisches. Ihr seid mir schon zu verbraucht.«

Erneut musste sie obszöne Sprüche über sich ergehen lassen.

»Wie heißt denn dein Schiff, mein Schöner?«

»*F ... Furniture,* M'am, aber wir lauf'n erst in drei Tagen ein.«

Sie nutzte die Zeit, in der die anderen sich mit derben Geschichten unterhielten. »Weshalb denn das? Im Hafen is doch genügend Platz für euch.«

Der Junge zuckte unbedarft mit den Schultern. »Weiß auch nich. Wir müssen eben noch warten. Strikter Befehl von unserm Auftraggeber.«

Alicia fühlte sich plötzlich zu neuem Leben erweckt. Dies könnte endlich eine richtige Spur sein! Sie säuselte ihm ins Ohr: »Das klingt ja richtig geheimnisvoll. Wie heißt denn dein Boss? Vielleicht kenne ich ihn ja.« Der Junge schüttelte ernst den Kopf. »Ich glaub, das weiß keiner so richtig. Niemand hat ihn je gesehen.« Alicias Verstand lief auf Hochtouren. Sie musste ihn irgendwie dazu bringen, ihr das Schiff zu zeigen. Sie schmiegte sich noch näher an den Jungen. »Haste mir denn wenigstens was Schönes mitgebracht?«

Er schüttelte ruckartig den Kopf.

»Ich hoff, ihr habt feine Stoffe an Bord.« Sie kraulte ihn im Nacken, als er mit offenem Mund nickte, und schnurrte leise: »Ich liebe teure Stoffe. Wo liegt denn dein Schiff, vielleicht könn' wir da hin. Nur wir zwei ... 'n bisschen Spaß ham.«

Er nickte eifrig und schluckte schwer. »In einer verlassenen Bucht, M'am. Im Westen ...«

»Ist es sehr weit von ...« Der Rest ihrer Frage blieb Alicia in der Kehle stecken, als ihr Blick plötzlich auf ein vor Zorn gerötetes Gesicht fiel. *O nein, bitte, lieber Gott, lass ihn mich nicht erkannt haben*. Ihr Herz klopfte so stark, dass es schmerzte. Nur unter Aufbietung all ihrer Selbstbeherrschung gelang es ihr, sich langsam vom Schoß des Jungen zu erheben, wobei sie es vermied, noch einmal in Roberts Richtung zu schauen. Sie säuselte: »Bin gleich wieder da.«

Dann verschwand sie so unauffällig wie möglich wieder hinter der Theke. Sie konnte an nichts anderes mehr denken als an Flucht. Sie musste weg. Weg von hier, weg von der Mordlust in seinen unbeschreiblich grünen Augen. Vielleicht war er sich auch nicht ganz sicher, ob sie es wirklich war. An diesen Gedanken klammerte sie sich wie eine Ertrinkende an einen Strohhalm. Wenige Augenblicke später huschte sie zur Hintertür hinaus, rannte um die nächste Ecke, wo ihre Kutsche sie abholen wollte, und stieß gegen eine Wand. Vor Schreck schrie sie spitz auf und wäre gestürzt, wenn nicht zwei starke Hände sie um die Mitte gepackt hätten.

Doch seit wann besaßen Wände Hände!?

Instinktiv begann sie sich aus Leibeskräften gegen den unerbittlichen Griff zu wehren. »Neiin!«

»Hör auf, verdammt«, drang eine scharfe Stimme schließlich zu ihrem Verstand vor, und augenblicklich erlahmte ihre Gegenwehr. Robert hätte sie am liebsten noch einmal heftig geschüttelt, als er Erleichterung in ihren vor Angst weit aufgerissenen Augen aufglimmen sah. Doch dann erkannte er mit nicht geringer Genugtuung, das diese sich sogleich in Panik verwandelte.

»Sie?«

Robert ließ sie so schnell los, dass sie erneut um ihr Gleichgewicht kämpfen musste.

»Hattest du deinen Spaß, Lady?« Seine Verachtung schlug ihr wie ein Fausthieb ins Gesicht. Einen kurzen Moment erwog sie ernstlich, ihre Tarnung beizubehalten, doch ein Blick in das zornige Antlitz des Earls reichte, um es sich anders zu überlegen.

Alicia trat einen Schritt zurück und hielt ihren Umhang fest vor der Brust verschlossen.

»Was machen Sie denn hier, Euer Gnaden?«

Sie war es also tatsächlich. Unvernünftige Wut und bittere Enttäuschung schossen wie brennendes Gift durch Roberts Adern.

»Das sollte ich dich wohl fragen. Tagsüber die Lady und nachts die Hure ... Oder warst du vielleicht nur auf ein kleines Abenteuer aus?«

Alicia zuckte unter seinen eisigen Worten zusammen, dennoch reckte sie kämpferisch das Kinn vor. »Was ich hier mache, geht Sie überhaupt nichts an, Mylord. Sie sind weder mein Vater noch mein Ehemann.«

»Und dafür danke ich Gott.« Robert trat bedrohlich einen Schritt näher auf sie zu. Er wusste selbst nicht, woher und weshalb dieser unvernünftige Zorn kam, der sein Innerstes zu versengen drohte. Aber er wusste, dass er Alicia für ihren Betrug bestrafen musste. Er würde ihr eine Lektion erteilen, die sie so schnell nicht wieder vergessen würde. Er trat noch einen Schritt näher.

»Du irrst dich. Es geht mich sehr wohl etwas an. Schließlich schuldest du mir noch einen Gefallen, und der Teufel kümmert sich um die Seinen, musst du wissen.«

Alicia wich so weit vor ihm zurück, bis sie mit dem Rücken gegen eine Wand stieß. »Wenn du so verzweifelt einen Mann suchst, dass du jeden dahergelaufenen Matrosen nimmst, hättest du nur etwas zu sagen brauchen. Ich hätte dich schon von deinem Leiden erlöst.«

Alicia wusste sich keinen Reim auf die seltsamen Worte des Earls zu machen. Sie hatte ihm doch erklärt, dass sie verlobt war. Weshalb sollte sie sich dann ausgerechnet hier einen Ehemann suchen? War er etwa betrunken?

Allmählich bekam sie es wirklich mit der Angst zu tun. Er schien nicht mehr Herr seiner Sinne zu sein, und das seltsame Glühen in seinen Augen trug auch nicht gerade dazu bei, sie zu beruhigen.

Ihr Herz hämmerte beinahe schmerzhaft gegen ihre Rippen, und sie suchte verzweifelt nach einem Fluchtweg. Robert schien jedoch ihre Gedanken zu lesen und stemmte beide Arme zu ihren Seiten gegen die Wand, um ihr jeden Ausweg zu versperren. Sein Zorn und die Unerbittlichkeit, mit der er auf sie hinunterblickte, ängstigten sie, doch da war auch noch ein anderes Gefühl. Noch zu fremd, um es richtig einordnen zu können, doch nicht unbedingt unangenehm.

»So schweigsam?«, forderte er nun zu wissen.

Alicia stemmte ihre flachen Hände gegen seine harte Brust und versuchte ein wenig Abstand zwischen sich und diesen dominanten Mann zu bringen.

»Bitte lassen Sie mich gehen, Earl. Sie vergessen sich.« Alicias Mantel hatte sich geöffnet und legte nun zwei üppige Brüste in einem unanständig tief ausgeschnittenen Kleid frei.

Ein bitteres Lachen stieg ihm in die Kehle. »Wohl kaum. Jeder bekommt die Behandlung, die er verdient.«

Plötzlich brach ein Höllentumult hinter der Schenke aus.

»Sie muss noch irgendwo hier sein«, hallte eine zornige Stimme durch die Gasse.

»Verdammt, findet die Dirne und bringt sie zum Schweigen.«

Sie hörten die winselnde Stimme des Jungen, der um Gnade bettelte, bevor die Geräusche von Schlägen zu ihnen herüber drangen.

»Wo bleibt bloß Wes mit der Kutsche?«, flüsterte Alicia bang und versuchte Robert mit sich zu zerren.

»Nun kommen Sie schon. Die sind hinter mir her. Meine Güte, der arme Junge. Das habe ich wirklich nicht gewollt.«

»Was hat das alles zu bedeuten?«

»Später, zuerst müssen wir uns in Sicherheit bringen.« Sie blickte sich hektisch um, als die Stimmen näher kamen.

»Zu spät.«

Im nächsten Augenblick drängte Robert Alicia in eine dunkle Eingangsnische, zerrte ihr wüst vor sich hin fluchend die rote Perücke vom Kopf, löste ihr Haar und warf es ihr über die Schulter.

»Was soll das?«

»Halt den Mund und spiel weiter die Hure.«

»Was erlauben Sie sich?« Sie wollte sich empört von ihm befreien, doch er hielt sie unerbittlich fest.

»Durchsucht jeden Hauseingang!«

Die Stimmen waren jetzt ganz in ihrer Nähe, und Alicia zitterte am ganzen Körper. Dennoch las Robert unermessliches Vertrauen in ihren Augen. Verflucht noch mal, sie vertraute ihm ihr Leben an. Seine Zähne mahlten, als er zischte: »Stöhne!«

»Was?«

Die Art, wie sie sich ängstlich an die Wand drückte und sich mit ihren Armen umschlang, weckte in ihm den unbändigen Wunsch, sie kräftig zu schütteln. Sie sah so unglaublich unschuldig und zerbrechlich aus, dass er nicht wusste, ob er sie schützend in die Arme nehmen oder übers Knie legen sollte.

Sich nähernde Schritte zwangen ihn zur gegenwärtigen Situation zurück. »Du sollst stöhnen wie eine Hure, die sich gerade ihr Brot verdient. Verdammt«, knurrte Robert. Im nächsten Moment zog er sie an seinen Körper und erstickte mit seinen Lippen ihren leisen Aufschrei. Er spürte, wie sie in seinen Armen erstarrte, und kam sich wie ein gemeines Scheusal vor. Seine Hand streichelte beruhigend ihren Rücken, und es versetzte ihm einen seltsam brennenden Stich, als sie sich unbewusst näher an ihn schmiegte. Er wusste, dass sie sich schrecklich fürchtete, und es erfüllte ihn mit einem eigentümlichen Stolz, dass sie sich dieser Furcht nicht überließ, sondern gegen sie ankämpfte.

»Hab keine Angst, Alicia«, flüsterte er an ihren Lippen, während er sie sanft liebkoste. »Vertrau mir, dann wird dir nichts geschehen.«

Sie schenkte ihm ein zittriges Lächeln und gestand schüchtern: »Ich weiß nicht, was ich tun soll.«

Er hauchte ihr einen zärtlichen Kuss auf die Lippen, ergriff ihre Arme und legte sie sich um den Hals. Dann senkte er erneut seinen Kopf, um sie zu küssen. Diesmal sanfter, um sie nicht zu erschrecken. Alicia schmiegte sich vertrauensvoll in seine Arme, und Robert spürte ihre innere Anspannung, aber auch ihre tiefe, weibliche Neugierde und Unsicherheit. Sie seufzte leise an seinen Lippen.

Der süße Laut erregte ihn augenblicklich und weckte gleichzeitig einen ausgeprägten Beschützerinstinkt. Sie fühlte sich so wunderbar an – weich und warm, und so unglaublich lebendig. Sie war von zierlichem Wuchs, und doch spürte er die Kraft in ihrem Inneren. Robert verlangte den Zutritt zu ihrem Mund, und sie teilte zögernd ihre Lippen. In dem Moment, in dem sie es tat, eroberte er ihre Wärme, forderte ihre Zunge sachte zu einem erotischen Tanz auf. Er spürte, wie sie erbebte, wie sie erst schüchtern, dann geradezu ungestüm seinen Kuss erwiderte. Alicia schmiegte sich instinktiv näher an Roberts mächtigen, starken Körper, der der einzige Halt in einer Welt zu sein schien, die sich immer schneller und schneller drehte.

Entzückt gab sich Robert den süßen, weichen Lippen hin, die sie ihm anbot.

Ihr Geschmack verzauberte ihn, erregte ihn in einem Maße, wie er es noch nie zuvor erlebt hatte. Sie war so unglaublich süß. Ihr Duft war betörender als alles, was er jemals gerochen hatte. Offensichtlich besaß sie keinerlei Erfahrung, und dies löste ein sonderbar schmelzendes Glücksgefühl in ihm aus.

Sein Kuss wurde immer ungestümer, fordernder, und Alicia musste das Stöhnen gar nicht mehr vortäuschen. Sie war berauscht von der Gefahr und den Gefühlen, die seine Hände und seine Lippen auf ihrem Körper auslösten. Und plötzlich, als hätte jemand die Schleusen ihrer Leidenschaft geöffnet, krallte sie ihre Finger in sein rabenschwarzes Haar, zog sich auf die Zehenspitzen und klammerte sich wie eine Ertrinkende an ihn.

Robert keuchte überrascht auf, und sein Herz begann zu rasen. Er spürte, wie sich die Hitze in seinen Lenden sammelte, ihn so hart werden ließ, dass es an Schmerz grenzte.

Alicia zu küssen, ihre natürliche, ungekünstelte Leidenschaft so ungezügelt zu genießen, war mehr, als er aushalten konnte. Er wollte sie besitzen. Wollte sich in sie versenken.

»Du bist so unglaublich süß, Liebes«, flüsterte er an ihren Lippen.

Alicia gab einen unartikulierten Laut von sich, bevor sie ihren Mund kurz frei bekam und sich leise beschwerte. »Ich … ich scheine nicht klar denken zu können, wenn du mich … küsst.«

Robert lächelte. »Glücklicherweise besteht momentan auch keine Notwendigkeit dazu.« Urplötzlich brannte er darauf, Alicias Hände auf seiner Haut zu spüren. Flink öffnete er sein Hemd. »Berühre mich, Liebes«, forderte er heiser und führte ihre Hände zu seinem Brustkorb. »Ich will dich spüren.«

Alicia Finger glitten begierig über seine stählerne Brust und in sein dichtes, schwarzes Haarvlies. Robert sog scharf die Luft ein, als Alicia mit einem scheuen Lächeln zu ihm aufblickte und voller unschuldiger Bewunderung hauchte: »Du bist wunderschön, Robert, und du fühlst dich wunderbar an.« Sie errötete heftig über ihre eigene Dreistigkeit. »So unglaublich stark und kraftvoll.« Sie spürte, wie sich seine Muskeln unter ihren Berührungen anspannten, und hörte den tiefen, kehligen Laut, als sie ihre Finger bewundernd über seinen harten Bauch gleiten ließ.

Das süße, aufrichtige Verlangen in ihren Augen raubte ihm für einen Moment den Atem. Dieses Mädchen war nicht im Geringsten spröde oder verklemmt, sondern vollkommen natürlich und offensichtlich überaus neugierig.

»Mit solchen Komplimenten solltest du vorsichtiger umgehen, Liebes. Ich könnte versucht sein, sie zu glauben.«

»Oh, das solltest du auch«, erwiderte Alicia darauf atemlos und gab sich völlig den berauschenden Gefühlen hin, die er in ihr zu erwecken vermochte.

Während Robert ihren Mund erneut für sich forderte, presste er seine Hüften gegen ihre und schob seinen Unterleib höher, denn sie sollte seine Härte zwischen ihren Schenkeln spüren. Ein Beben durchlief ihren Körper, und sie stöhnte heiser auf. Doch dieser Laut verriet keine Empörung. Keine Furcht.

»Ich möchte dich überall berühren, Liebes«, flüsterte er drängend, während seine Hand sich langsam in ihr Mieder stahl, über ihre linke Brust strich, und sie dann umfing.

»Oh«, entfuhr es ihr, als sein Daumen über ihre empfindliche Brustspitze glitt. Sie spürte den Schock darüber, dass er sie so zu berühren wagte, doch das taumelnde Gefühl der Lust, das sie bei seiner erfahrenen Liebkosung erfüllte, ließ sie stillhalten. Die Empfindung war beinahe unerträglich in ihrer Intensität, und sie keuchte hilflos Roberts Namen.

»Alicia … öffne den Mund, mein entzückender Liebling. Ja, genau so.«

Je länger er Alicia küsste, desto mehr dürstete es

ihn nach dem süßen Nektar ihres Mundes. Seine Zunge glitt warm über ihre Unterlippe, und Alicia erbebte am ganzen Körper. Roberts erfahrene Finger umkreisten und drückten ihre festen Brüste, und er entzückte sich an den kleinen, lieblichen Lauten, die Alicia bei seinen Berührungen ausstieß. Alicia befand sich in einem wahren Sinnestaumel. Vergessen war die Gefahr, in der sie schwebten. Vergessen waren Anstand und Furcht. Alles, was zählte, alles, was existierte, war dieser Mann und diese unsäglichen Gefühle.

Sein Mund glitt heiß an ihrem Hals hinab. Im nächsten Moment schlossen sich seine Lippen um die Knospe, die er kurz zuvor noch mit dem Daumen liebkost hatte.

»Robert«, keuchte sie atemlos und reckte ihm ihre Brüste entgegen.

»O Gott, ich begehre dich so sehr, Alicia«, knurrte Robert, bevor er sich mit demselben Verlangen der anderen Brust widmete. »Ich will dich unter mir spüren, Liebes. Deine samtene Haut ...«

Sie bemerkte kaum, wie er langsam ihr Bein an seiner Seite hochhob, den Rock höher schob und seine Hand über ihren Schenkel gleiten ließ. Erst als er ihre nackte Haut oberhalb der Strümpfe berührte und seine Hüften energisch zwischen ihre Beine schob, keuchte sie erschrocken auf. Die explosionsartige Spannung in ihrem Unterleib machte ihr Angst.

»Robert, ich weiß nicht ... Oh ...« Seine kräftigen Finger gruben sich besitzergreifend in das weiche Fleisch ihrer Hinterbacken. »Robert ...«, keuchte sie leidenschaftlich, als sie den harten Beweis seines Verlangens so nah an ihrer Weiblichkeit spürte.

»Was machst du bloß mit mir, Alicia?«

»Da ist jemand«, brüllte einer der Männer direkt hinter ihnen. Alicias Leidenschaft erlosch abrupt, und sie erstarrte vor Angst. Robert stellte sich schützend vor sie hin, damit der Fremde sie nicht erkennen konnte. Eine Fackel wurde hochgehoben.

»Dreht euch um, damit ich euch ansehen kann.«

Roberts Kehle entrang sich ein Laut, der einem Knurren gefährlich nahe kam. Insgeheim dankte er jedoch dem Kerl für die Störung, so hatte er wenigstens Gelegenheit, seine Beherrschung wieder zu finden. »Verschwinde, Mann, siehst du nicht, dass ich beschäftigt bin?«

»Ich suche eine Hure.«

Robert wandte sich mit einem so glühenden Blick um, dass der andere Kerl rasch einen Schritt zurückwich. »Dann such dir eine eigene. Oder warte, bis ich mit der hier fertig bin.«

Er spürte, wie Alicia bei seinen Worten zusammenzuckte, und fluchte innerlich, dass er diese Farce nun durchziehen musste. Sie wollte ihr Bein aus seinem Griff befreien, doch das ließ er nicht zu.

Als der Kerl noch immer versuchte, Alicias Gesicht mithilfe der Fackel zu beleuchten, fluchte Robert lästerlich. »Verschwinde endlich und lass die Hure ihr Geld verdienen.«

»Schon gut, werd nich gleich sauer.«

Zu Alicia gewandt, flüsterte er: »Alles in Ordnung?«

Alicia nickte schweigend, doch sie vermochte nicht, ihm ins Gesicht zu sehen. Zu tief war ihre Scham. Sie hörte, wie sich der Mann entfernte.

»Hier ist sie auch nich. Die Hure da drin hatte schwarzes Haar.«

»Bitte lass mein Bein los«, flüsterte sie gequält.

»Alicia …« Roberts Daumen glitt über ihr weiches Fleisch, und er spürte, wie sie sinnlich erbebte.

»Bitte.«

Er gab sie frei und trat einen Schritt zurück. »Du weißt, dass sich meine Worte nicht auf dich bezogen haben, Alicia.«

Sie nickte und versuchte ein zitterndes Lächeln,

doch ihre Augen glänzten verdächtig. »Ich weiß, doch sie waren nicht weit von der Wahrheit entfernt. Ich habe mich gerade benommen wie eine … Hure.«

Roberts Leidenschaft erkaltete so abrupt, als hätte sie ihm einen Eimer kaltes Wasser über den Kopf gekippt.

»So siehst du das also«, meinte er frostig und sah zu, wie sie ihre Kleidung ordnete. Er wusste selbst nicht, weshalb sich ihre Worte wie brennende Stacheln in sein Fleisch bohrten. Doch es war so, und seine Stimmung verschlechterte sich drastisch.

»Sind sie weg?«, flüsterte Alicia hoffnungsvoll. Sie wollte nur noch fort. Fort von diesem Mann, fort von der Schmach. Alles, was sie sich im Moment wünschte, war nach Hause zu rennen. In die Sicherheit ihres Bettes, um dort in Ruhe ihre Wunden zu lecken.

»Ja.« Sein Blick war so eindringlich, dass Alicia nur beschämt zur Seite sehen konnte. Robert lehnte sich an die kalte Mauer und schloss die Augen. Sein Atem ging noch immer stoßweise, und sein Körper schrie vor ungestilltem Verlangen.

»Ich glaube, es ist an der Zeit, dass du mir erklärst, was das alles zu bedeuten hat. Und zwar die ganze Wahrheit.«

Da Alicia vorsichtig auf die Gasse hinaus spähte, entging ihr der Wandel in Roberts Haltung. Niemand war mehr zu sehen. »Wir sollten jetzt besser …«

Er packte sie am Oberarm, und seine Stimme klang wie kalter Stahl. »Rede.«

Alicia zuckte erschrocken zusammen. Himmel, wie kalt und unnahbar er jetzt wirkte. Er sah aus wie der Gott des Zorns in Menschengestalt.

Alicia fragte sich kurz, ob sie die vorangegangenen Minuten vielleicht nur geträumt hatte. Trotzdem stimmte sie ihm insgeheim zu. Er besaß tatsächlich das Recht auf eine Erklärung. Sie seufzte ergeben. »Nun gut. Aber ich muss Sie warnen, die Geschichte wird

Ihnen vermutlich nicht sonderlich gefallen, Euer Gnaden.«

»Fraglos wird sie das nicht«, gab Robert distanziert zurück und ärgerte sich ungemein, dass sie ihn wieder mit ›Sie‹ ansprach.

»Seit mehr als drei Monaten treiben hier Schmuggler ihr Unwesen.«

Roberts unbeteiligtes Gesicht ließ nichts von seinem Erstaunen erahnen. War das vielleicht ein Trick?

Alicia fuhr ernst fort. »Irgendjemand bringt edle Stoffe nach England und verkauft sie weit unter dem Preis. Dadurch bleibt Papas Firma natürlich auf der Strecke. Die letzten Monate haben wir nur Verluste eingefahren.« Sie rang verzweifelt die Hände. »Wenn das so weitergeht, muss ich Leute entlassen.« Sie schüttelte betrübt den Kopf. »Ich muss also unbedingt herausfinden, wer dahinter steckt.«

»Und was hat das alles mit deiner … Verkleidung zu tun?«

Sie lächelte triumphierend. »Ich dachte mir, wenn ich etwas erfahren will, muss ich an den Ort des Geschehens. Es wäre zu sehr aufgefallen, wenn ich als Frau allein durch die Hafenviertel gestreift wäre, um Informationen zu sammeln.«

Robert durfte nicht einmal an diese Möglichkeit denken. Sie wäre vermutlich keine hundert Meter weit gekommen, und schon hätte ein stinkender Betrunkener sie zu Boden geworfen und sich an ihr vergangen. Erstaunt stellte Robert fest, dass allein dieser Gedanke ausreichte, um ihm Übelkeit zu bereiten.

»Und wie es scheint, bin ich soeben in ein Wespennest geraten.«

Am liebsten hätte er ihr den Stolz aus dem Gesicht geschüttelt.

»Das ist so ziemlich das Dümmste, was ich jemals gehört habe«, fuhr er sie grob an, denn die seltsamen Gefühle verwirrten ihn. »Warum, zum Teufel, hast du nicht die Konstabler oder den König selbst über diese Vorfälle in Kenntnis gesetzt?«

Seine Grobheit erweckte allmählich Alicias Unmut, doch sie bemühte sich, in einem sachlichen Tonfall weiter zu erzählen. »Oh, ich war bei der zuständigen Hafenbehörde. Doch die gaben mir unmissverständlich zu verstehen, was sie von meiner Einmischung in ihre Arbeit hielten. Dann versuchte ich die Stoff- und Schneidergeschäfte auszuspionieren, doch auch aus dieser Richtung stieß ich ausnahmslos auf taube Ohren. Ich kann also mit keinerlei Hilfe rechnen, und was den König betrifft …« Sie zuckte mit einer Schulter. »Es würde viel zu lange dauern, bis dieser einschreiten könnte. Und Zeit ist ein Luxus, den ich mir nicht leisten kann. Wenn ich also verhindern will, dass mein Vater bei seiner Rückkehr eine verlassene Fabrik vorfindet, muss ich selbst handeln. Das werden Sie sicher verstehen, Earl.«

»Nein, zum Teufel, ich verstehe ganz und gar nicht, was eine Lady nachts und …«, er ließ seinen Blick absichtlich auf ihrem vulgär tief ausgeschnittenen Mieder ruhen, »… und in diesem Aufzug in einer der verruchtesten Hafenkneipen zu suchen hat.«

Nun reichte es Alicia aber, und sie geriet ebenfalls in Rage. Vorhin hatte er bestimmt nichts an ihrem Kleid auszusetzen gehabt. »Sie … Sie selbstgefälliger … anmaßender … Sie können wohl kaum von mir erwarten, dass ich in einem Ballkleid serviere, oder?«, fuhr sie ihn scharf an.

»Nein, verdammt, ich erwarte, dass du deinen gesunden Menschenverstand gebrauchst und in der Sicherheit deines Hauses bleibst, wo du auch hingehörst.«

Es gelang Alicia nur mit Mühe, nicht zu schreien. »Ich werde bald kein Haus mehr besitzen, in das ich mich verkriechen könnte, Mylord. Dies war die einzige Möglichkeit, an Informationen zu kommen, und ich habe sie ergriffen, um von Vaters Firma zu retten, was noch zu retten ist. Er hat mich zu seiner Stellvertreterin ernannt, weil er vollstes Vertrauen in meine Fähigkeiten setzt, und ich würde es mir niemals verzeihen, wenn ich ihn enttäuschen müsste.«

Verflucht noch mal, sie verstand anscheinend überhaupt nicht, in welche Gefahr sie sich gebracht hatte. »Zum Teufel mit deiner Loyalität, diese Bastarde sind Kriminelle. Jeder von ihnen würde dir, ohne auch nur mit einer Wimper zu zucken, den Hals aufschlitzen, wenn es ihm von Nutzen wäre.«

»Das wird nicht passieren, Mylord.«

»Glaubst du vielleicht, du könntest sie mit deiner Pistole in Schach halten? Oder ihnen eine Strafpredigt halten, bis sie weinend davonlaufen?«

Alicia kochte nun vor Wut. Dieser Kerl hatte kein Recht, so mit ihr zu sprechen. Zornig stieß sie ihm mit der flachen Hand vor die Brust.

»Halten Sie eigentlich alle Frauen für dumm, oder komme ich allein in den Genuss dieses Privilegs? Mir konnte nichts Übles geschehen, weil Hubert ständig auf mich Acht gegeben hat. Jedes Mal, wenn ich ihm zu verstehen gab, dass ich der Sache nicht mehr gewachsen war, war er sogleich zur Stelle. So machten wir es immer, und es ging auch immer gut.«

Robert kam ein schrecklicher Gedanke. »Seit wann *arbeitest* du hier?« Bis jetzt hatte er sich mit dem Gedanken getröstet, dass er sie an ihrem ersten Abend erwischt hatte, doch nun …

»Seit mehr als einer Woche.« Ihr Trotz brachte ihn beinahe um den Verstand. Erneut packte er ihre Schultern und schüttelte sie so stark, dass ihre Zähne heftig aufeinander schlugen.

»Bist du denn von allen guten Geistern verlassen, Weib? Ich sollte dir den Hintern grün und blau schlagen, bis du wieder zur Vernunft kommst.«

Alicias Augen schleuderten zornige Blitze. »Danke,

Earl, aber Sie kommen zu spät. Mein Hintern schimmert bereits in allen Farben.«

Robert fuhr sich aufgebracht mit der Hand durch sein schwarzes Haar und stieß so wilde Flüche aus, dass Alicias Ohren sich allein vom Zuhören röteten.

»Und? Weiß dein heiß geliebter Bruder, was du hier treibst?«

Bei dem samtenen Tonfall, den er nun anschlug, verengten sich Alicias Augen zu gefährlichen Schlitzen. »Jimmy hat keine Ahnung, *Mylord*, und so wird es auch bleiben. Haben wir uns verstanden? Er ist viel zu impulsiv, und er handelt vorwiegend, ohne sich über mögliche Konsequenzen im Klaren zu sein. Vermutlich würde er Hals über Kopf losstürzen und sich in höchste Gefahr bringen.«

»So wie du?« Robert gelang es kaum noch, seinen Ärger und sein unbefriedigtes Verlangen unter Kontrolle zu halten. Himmel, in ihrem Zorn wirkte Alicia wie eine kleine Xanthippe. Einfach unwiderstehlich. Er lehnte die Stirn an die kalte Mauer und schloss für einen Moment die Augen. Atme. Atme, befahl er sich abermals, bis er sein rasendes Verlangen so weit unter Kontrolle hatte, dass er sich wieder selbst vertrauen konnte.

Er presste ihre Schultern an die kalte Wand, und seine Stimme senkte sich zu einem gefährlichen Zischen. »Anscheinend bist du sogar stolz darauf. Wer weiß, vielleicht gefällt es dir ja auch, von den Männern begrapscht und erniedrigt zu werden …«

Das war zu viel. Alicia lachte rau auf, doch in ihren Augen standen uferloser Schmerz und wilde Verzweiflung, als sie ihm in blinder Wut ihren Zeigefinger in die Brust rammte. »O ja, es gefällt mir unglaublich, jeden Abend diese schmutzigen Hände auf meinen Brüsten oder meinem Hintern zu spüren.« Sie zitterte unkontrolliert, und ihre Wangen nahmen eine beunruhigende Blässe an. »Ich kann mir kaum etwas

Schöneres vorstellen, als feuchten, übel riechenden Küssen von zahnlosen, nach Schweiß stinkenden Lüstlingen auszuweichen. Oder was gibt es Angenehmeres, als sich jede Nacht vor dem Zubettgehen über den Nachttopf zu beugen, um sich vor Ekel das Herz aus dem Leibe zu spucken?« Sie schluckte schwer und wischte sich wütend die Tränen von den Wangen. »Ob Ihnen mein Handeln gefällt oder nicht, Earl, interessiert mich nicht, denn es geht Sie nicht das Geringste an.«

Robert war ehrlich erschüttert. Nie zuvor hatten weibliche Tränen eine Regung in ihm verursacht – abgesehen von Verachtung oder Widerwillen –, doch Alicias trieben ihm heiße Speerspitzen ins Fleisch. Trotz ihres Widerstandes zog er sie sanft in seine Arme, wo sie leise schluchzend ihr Gesicht an seiner Brust verbarg.

»Ich kann doch nicht einfach zusehen, wie wir alles verlieren.«

»Das sollst du ja auch nicht«, bestätigte Robert sanft, während er ihr beruhigend über den Rücken strich. »Aber überlass diese Dinge denjenigen, die sich damit auskennen.«

»Und wem? Soll ich es vielleicht Ihnen überlassen?«, schniefte sie mit einem Anflug von Trotz an seiner Brust.

»Genau.«

»Was?«

Erst jetzt bemerkte Robert, dass er zu viel preisgegeben hatte, und er verdammte sich in Gedanken für seine Unvorsichtigkeit. »Ich meine, du sollst dich nicht unnötig in Gefahr begeben.«

Alicia blickte ihn lange Zeit an, bevor sie flüsterte: »Das also ist Ihr Auftrag. Nicht wahr? Die Mission, von der Tante Felice gesprochen hat.«

Ohne eine Antwort zu geben, schob Robert sie in die schmale Gasse hinaus und zog sie zur Kutsche, die nur wenige Schritte entfernt wartete. »Nach Hause, Harm.«

Er hob Alicia ins Innere und nahm ihr gegenüber Platz.

»Ich werde von meiner eigenen Kutsche abgeholt«, meinte sie daraufhin verunsichert. Robert betrachtete sie mit kühler Distanz. »Ach ja, und wo ist sie?«

O nein, er war schon wieder wütend.

Alicia furchte nachdenklich die Stirn. Er hatte Recht, dachte sie beunruhigt. Wo blieb Wes? Er hätte längst hier sein müssen. »Vielleicht hatte er unterwegs einen Radbruch«, überlegte sie laut. »Ich hoffe nur, dass ihm sein Rheuma nicht so sehr zusetzt, dass er heute seine Pflichten nicht erfüllen konnte.«

Robert gönnte ihr kein weiteres Wort mehr, bis sie an seinem Stadthaus anhielten.

Alicia sank beunruhigt tiefer in die Polster zurück.

»Kann Harm mich nach Hause fahren?«

»Später. Wir müssen reden.«

»Das hat doch bestimmt Zeit bis morgen.«

»Nein.«

Als Alicia sich standhaft weigerte, ihm ins Haus zu folgen, riss Roberts ohnehin dünner Geduldsfaden endgültig. Mit einem wüsten Fluch auf den Lippen packte er sie, warf sie sich kurzerhand über die Schulter und trug sie hinein.

Im Arbeitszimmer stellte er sie unsanft ab. »Setz dich.«

Alicia verschränkte trotzig die Arme vor der Brust. Sie hatte es noch nie leiden können, wenn jemand sie mit autoritärem Verhalten hatte einschüchtern wollen. Was bei diesem Grobian anscheinend ein hassenswerter Dauerzustand zu sein schien. Wütend warf sie die gelösten Haare in den Rücken und tappte ungeduldig mit dem Fuß auf den Obussonteppich.

»Wissen Sie eigentlich, was Sie hier tun? Wenn mich hier irgendjemand sieht, bin ich hoffnungslos kompromittiert. Ich bestehe darauf, dass Sie mich augenblicklich nach Hause bringen.«

Robert lachte hart auf. »Das fällt dir aber reichlich spät ein. Ich werde dich nach Hause bringen, sobald du mir alles erzählt hast, was ich wissen will.«

»Dann arbeiten wir nun zusammen?«

Er starrte einen Moment in ihre vor Aufregung glänzenden Augen. Bei Gott, wie schnell sie ihren Zorn doch vergaß. Er war sich nicht sicher, ob er diese Sprunghaftigkeit amüsant oder doch eher ärgerlich finden sollte.

»Nein. Du erzählst mir, was du weißt, und dann hältst du dich aus allem heraus.«

Alicia rieb sich die fröstelnden Arme. Sie dachte gar nicht daran, ihm eine Angelegenheit von dieser ungeheuren Tragweite allein zu überlassen. Schließlich ging es um die Firma ihres Vaters. Um ihrer aller Zukunft.

Sie schüttelte entschieden den Kopf und beschied: »Vergessen Sie es, Earl. Entweder wir arbeiten zusammen oder jeder für sich.«

»Verdammt, Alicia, stell meine Geduld nicht noch länger auf die Probe.«

Da, er tut es schon wieder! Erneut eine Drohung.

»Du hast keine Ahnung, worauf du dich bei deinem kleinen Spiel einlässt.«

Alicia überlegte einen Moment unschlüssig, ob er mit diesen Worten nun die Schmuggler oder sich selbst meinte.

»Jetzt sag mir, weshalb die Männer hinter dir her waren.«

Alicia zuckte betont gleichmütig eine Schulter und verkündete schlicht: »Weil ich den Namen des Schmugglerschiffs kenne. Und wenn Sie glauben sollten, Sie könnten mir mit Ihrem rüpelhaften Verhalten Angst einjagen …«

»Was?« Roberts Kopf zuckte zu ihr herum, und seine Stimme klang gepresst. »Liegt das Schiff bereits im Hafen?«

Das war ja wieder einmal typisch. Anscheinend litt dieser Kerl auch unter jener verabscheuungswürdigen Männerkrankheit, die es ihnen ermöglichte, nur das zu hören, was sie auch hören wollten.

Alicia imitierte ein herzhaftes Gähnen hinter vorgehaltener Hand. »Ich bin jetzt schrecklich müde, Earl. Und da Sie kein Interesse daran haben, mit mir zusammen zu arbeiten, möchte ich mich entschuldigen. Ich finde auch zu Fuß nach Hause.«

Sie hatte die Tür noch nicht erreicht, als Robert ihr den Weg vertrat. Einen Augenblick lang sah er tatsächlich so aus, als wollte er sie schlagen, und Alicia hielt unbewusst den Atem an. Er tat es nicht, und sie entspannte sich wieder. Dafür schien er heftig mit sich selbst zu ringen, bis er sich einen Ruck gab und sich rücklings an die Tür lehnte.

»In Ordnung.« Müde strich er sich mit der Hand durchs Haar und ging hinüber zum Kamin. »Der König selbst hat mich und meine Männer hergeschickt. Es gibt hier viele kleinere Schmugglerbanden, doch die interessieren uns nicht sonderlich. Eine davon jedoch umso mehr. Der Anführer nennt sich Nemesis.«

Er beobachtete genau, ob die Erwähnung dieses Namens irgendeine verdächtige Reaktion in Alicias Gesicht bewirkte, doch nebst aufrichtigem Interesse und Neugierde konnte er dort nichts lesen.

»Es ist eine besonders große und gut organisierte Bande, deshalb nehmen wir an, dass hohe Adelsmänner mit beteiligt sind.«

Alicia hörte ihm wie gebannt zu.

»Unseren Ermittlungen zufolge, müssen die Drahtzieher hier aus England kommen. Ihr Netz erstreckt sich bis zu fast allen größeren Häfen. Sie schmuggeln Stoffe, Whisky, Gewürze, seltene Kunstschätze …

eigentlich alles, was man sich nur vorstellen kann. Aber die Schweine entwischen uns immer wieder.«

»Haben Sie schon Verdächtige?«

Robert räusperte sich plötzlich unbehaglich, und Alicia strichen eisige Finger über den Rücken.

»*Wen* verdächtigen Sie?«, fragte sie atemlos.

Robert trat erneut auf sie zu. Etwas wie Bedauern flackerte kurz in seinen Augen auf, als er auf sie hinunter blickte. »Wir sind all unseren Hinweisen gefolgt, Alicia. Der Drahtzieher benötigt eine eigene Handelsfirma. Schiffe müssen unbehelligt den Hafen ansteuern und auch wieder verlassen können. Und er benötigt Lagerhallen …«

»Papa?!« Alicia wich einen Schritt vor ihm zurück. Unglauben und namenlose Empörung spiegelten sich in ihren feinen Zügen.

»Das kann unmöglich Ihr Ernst sein, Earl. Papa würde niemals so etwas Schändliches tun. Niemals, verstanden?«

Ihre Stimme brach vor Entrüstung, und ohnmächtige Wut ließ sie am ganzen Körper zittern.

»Alicia.« Er kam auf sie zu, doch sie hob abwehrend die Hände.

»Kommen Sie mir nicht zu nahe, Mylord.« Wie konnte er es wagen, sie so zu berühren, wie er es zuvor getan hatte, und dabei ihren Vater als Verbrecher verdächtigen …

»Ich weiß, was für ein Schock das für dich sein muss …«

»Nichts wissen Sie«, schoss sie heftig zurück. »Überhaupt nichts. Mein Vater ist der ehrenhafteste, aufrichtigste Mann, den es überhaupt gibt. Weshalb sollte er seinem eigenen Geschäft schaden? Ich sagte Ihnen bereits, dass es unserer Firma schlecht geht. Wenn die Zeiten sich nicht bald ändern, werden wir in nicht einmal sechs Monaten alles verlieren. Dann ist es aus und vorbei.«

In der Tat hatte diese Logik etwas für sich, musste Robert sich eingestehen. Ohne Fabrik kein Alibi. War es am Ende möglich, dass er so versessen darauf war, Greenwich so bald wieder zu verlassen, das es sein klares Denkvermögen beeinträchtigte?

»Wie gesagt, wir stehen erst am Anfang unserer Ermittlungen. Ich möchte deinen Vater nicht voreilig verurteilen.«

»Wie großmütig von Ihnen.« Alicia ging aufgebracht im Zimmer auf und ab. Eine alte Angewohnheit, wenn sie scharf nachdenken musste. Plötzlich blieb sie stehen. Sie hatte einen Entschluss gefasst.

»In Ordnung. Ich werde Ihnen beweisen, dass Papa nichts mit diesen Dingen zu tun hat. Wie kann ich helfen?«

Beinahe hätte Robert nun gelächelt. Er hätte es wirklich besser wissen müssen. Alicia war keine Frau, die sich lange mit Schimpftiraden oder mit Vorwürfen aufhielt. Sie war eine Frau der Tat. Erneut empfand Robert so etwas wie Stolz für dieses zierliche, überdurchschnittlich starrsinnige Geschöpf. Falls er ihr wirklich vertrauen konnte – und Robert neigte dazu, dies bis zu einer gewissen Grenze zu tun –, würde sie Himmel und Hölle in Bewegung setzen, um die Unschuld ihres Vaters zu beweisen.

Robert überlegte eine Weile schweigend, bevor er nachdenklich begann: »Ich bin einverstanden, dass wir zusammenarbeiten, Alicia, doch nur unter einer Bedingung.« Er blickte sie ernst an. »Ich bin der Boss. Du tust, was ich sage. Haben wir uns verstanden? Und zu niemandem ein Wort.«

Sie sah ihn trotzig an, und ihre ganze Körperhaltung verdeutlichte ihm, dass sie ganz und gar nicht damit einverstanden war. Da platzte ihm der Kragen.

»Verdammt, Alicia, das hier ist kein Spiel. Wer auch immer dahinter steckt, wird ein Vermögen verlieren, wenn wir ihm auf die Schliche kommen, und das wird er nach Kräften zu verhindern versuchen. Diese Kerle werden auch vor Mord nicht zurückschrecken, wenn wir uns ihnen unbedacht nähern.«

Ein wenig besänftigt, dass er nicht mehr offen andeutete, ihr Vater wäre dieser ominöse Nemesis, antwortete Alicia: »Wenn man Sie so reden hört, könnte man meinen, wir befänden uns im Krieg.«

Bei seinem eindringlichen Blick lief es ihr kalt den Rücken hinunter, und als er wieder sprach, betonte er jedes einzelne Wort. »Das *ist* eine Form des Krieges. Bist du also bereit, dich an *meine* Regeln zu halten?«

Sie nickte schwach.

»Dann erzähl mir, weshalb diese Ratten heute hinter dir her waren.«

Alicia errötete leicht. »Der Junge erzählte mir, dass er auf einem Schiff namens *Furniture* angekommen sei. Es liege jedoch nicht im Hafen, sondern müsse noch drei Tage vor der Küste ausharren.«

Das deckte sich mit der Nachricht, die Roberts Männer abgefangen hatten.

»Und zwar in einer verborgenen Bucht. Weiter erzählte er mir, dass er für einen Auftraggeber arbeitet, den niemand je gesehen hat, und die Wenigen, die dessen Namen kennen, halten ihn anscheinend streng geheim. Der Junge meinte, dass sie auch Stoffe geladen hätten. Was mich natürlich zu der naheliegenden Vermutung bringt, dass auch andere Schmuggelware an Bord sein muss.«

»Und?«

Alicia zuckte die Schultern. »Das war alles, aber anscheinend Grund genug, hinter mir herzujagen.« Sie überlegte kurz. »Ach ja, die Bucht muss sich von hier aus im Westen befinden.«

»In Ordnung, ich weiß zwar nicht, ob uns das weiterhilft, aber ich werde mich darum kümmern.«

Als er sah, dass sie aufbegehren wollte, hob er eilig eine Hand. »Für dich habe ich eine andere Aufgabe.

Stell mir eine Liste von den Leuten zusammen, die Zugang zu den Schiffs- und Frachtpapieren deiner Firma haben.«

»Sie denken also tatsächlich, dass Papa etwas damit zu tun hat?« Alicia begann wieder unruhig auf und ab zu gehen.

»Ich denke, dass seine Firma ein idealer Deckmantel für solche Täuschungen wäre«, erklärte er wahrheitsgemäß. »Aber im Moment sind alle verdächtig. Deshalb brauche ich deine Hilfe. Ich komme morgen Nachmittag in dein Büro. Dann besprechen wir alles Weitere.« Er ging zur Tür und rief nach Harm, der wenig später erschien. »Bring Lady Alicia nach Hause.«

Dieser nickte und wartete, bis sie an ihm vorbei aus der Tür getreten war.

»Bis morgen, Alicia.«

Sie nickte nur, unfähig, noch ein weiteres Wort zu sagen. Als auch Harm das Haus verlassen wollte, hielt Robert ihn am Arm zurück. »Gib Acht auf dem Weg, es könnte sein, dass euch jemand folgt.« Er zögerte kurz, bevor er hinzufügte: »Und warte, bis sie im Haus in Sicherheit ist, bevor du zurückkommst.«

Harm nickte und verschwand.

Robert ging ans Fenster und beobachtete Alicia, die gerade in die Kutsche einstieg. Es erstaunte ihn selbst, dass er sie ins Vertrauen gezogen hatte. Ihm war klar, dass er auch sie zu den Verdächtigen zählen musste. Und doch … Er vertraute ihr. Sie hatte sich selbst in größte Gefahr gebracht, um an Informationen zu gelangen, und ihn damit weiter gebracht als all seine Spione in den letzten drei Wochen.

Dennoch war ihm nicht wohl bei dieser Sache. Vielmehr fühlte er sich elend, denn wenn ihr Vater tatsächlich etwas mit diesem Schmuggel zu tun hatte, würde er ihn ohne zu zögern dem Gesetz überantworten. Was unweigerlich dessen Todesurteil bedeuten würde.

Robert stieß einen hässlichen Fluch aus, holte sich seinen Mantel und machte sich zu Fuß auf den Weg in seinen Club. Ein kräftiger Whisky würde ihm jetzt bestimmt gut tun – genauso wie etwas Ablenkung.

Robert folgte gemäßigten Schrittes der breiten, sauberen Straße, bevor er in eine Seitengasse abbog – eine Abkürzung, die er früher oft benutzt hatte, denn im Gegensatz zu den meisten anderen Mitgliedern der Gesellschaft ging er gern zu Fuß.

Das hohle Echo seiner Absätze hallte von den Hauswänden wider. Dichte Nebelschwaden umrankten ihn und drohten ihn in ihre eisige Umarmung zu ziehen. Hier war es so dunkel, dass er kaum zwei Schritte weit sehen konnte, und er wusste, dass in jeder finsteren Nische die Geschöpfe der Nacht lauern konnten – verborgen in der Dunkelheit, darauf wartend, über unachtsame Passanten herzufallen. Doch diese Gefahr beunruhigte Robert keineswegs. Im Gegenteil, sie belebte ihn. Die Schwärze der Nacht und der eisige Nebel waren seine Elemente. Ein leises Geräusch vor ihm brachte Roberts Gedanken umgehend wieder in die Wirklichkeit zurück. Er hielt inne und lauschte angestrengt. Seine Finger legten sich um den Griff der Pistole in seiner Manteltasche. Ein kleines Lächeln umspielte seine Lippen mit einem Anflug von Bitterkeit. Anscheinend war sein Überlebenswille nach wie vor stark, trotz der seltsamen Stimmung, in der er sich in letzter Zeit immer häufiger befand. Das kratzende Geräusch verschwand rasch. Vermutlich eine Ratte oder ein anderes herumstreunendes Tier, das auf der Suche nach Nahrung war.

Ohne weitere Zwischenfälle erreichte Robert sein Ziel.

Trotz seiner Vergangenheit war er Mitglied in den besten und angesehensten Clubs von Greenwich. Er hatte *Kutters* auf den ersten Blick gemocht und zu seinem Lieblingsclub erklärt, einerseits wegen der schlichten Eleganz der Einrichtung, andererseits aber auch, weil hier vorwiegend die jüngeren Adeligen verkehrten. Diese zeigten ihren Unmut gegen ihn wenigstens nicht ganz so offen wie die Alten. Aber nicht, weil seine Gegenwart sie nicht störte, dachte Robert, und seine Lippen verzogen sich zu einem verächtlichen Grinsen. Sondern weil sie sich vor einem Duell mit ihm fürchteten.

Bei seinem Eintreten in den Spielsalon wandten sich ihm sämtliche Köpfe zu. Genau so schnell schauten sie jedoch wieder weg, als Robert jedem von ihnen mit einem herausfordernden Blick begegnete. Die Männer an den Tischen begannen leise zu murmeln, und Robert wusste, dass die Geschichte mit Adelaide wieder einmal die Runde machte.

Gilard erhob sich vom Würfeltisch und kam auf Robert zu. »Rob, was machst du denn hier? Ich dachte, du würdest den Rest der Nacht im Bett einer abtrünnigen Ehefrau verbringen?« Er blickte sich rasch im Raum um und fügte dann boshaft hinzu: »Da ihr Gemahl noch hier sitzt, kann dieser nicht der Grund für dein zeitiges Erscheinen sein. Ich muss wohl annehmen, sie hat dich gelangweilt?«

Ein heftiges Raunen und Flüstern ging durch den Raum und an die vierzig Augenpaare hefteten sich in schierer Mordlust auf den schwarzen Earl. Was ihn jedoch nicht sonderlich beunruhigte.

»Deine Scherze werden mich eines Tages noch vorzeitig unter die Erde bringen, mein Freund.«

Gilard zuckte mit den Schultern und lachte gutmütig. »Ich konnte nicht anders. Tut mir Leid.« Dann drehte er sich den Männern zu und grinste. »Ihr könnt wieder atmen, Männer. So begrüßt man sich eben am Hofe des Königs.«

Nun verlagerten sich die mörderischen Blicke auf ihn. Doch bald nahmen alle wieder ihre vorherigen Aktivitäten auf. Gilard klopfte Robert freundschaftlich auf die Schulter. »Komm, alter Junge, jetzt trinken wir zuerst einmal einen vernünftigen Tropfen. Und dann kannst du dich bei mir gebührend entschuldigen.«

»Was soll ich?«

Gilard führte Robert zu einem etwas abseits stehenden Tisch. »Du solltest dich entschuldigen, mein Freund. Dafür, dass du Jason und mich in dieser heruntergekommenen Hafenkneipe allein gelassen hast, während du dich mit der kleinen Dirne amüsiert hast.«

Robert versteifte sich und maß seinen Freund mit einem warnenden Blick. »Hüte deine Zunge, Gilard. Das Mädchen war keine Hure.«

Gilard runzelte ob er Schärfe in Roberts Stimme verwirrt die Stirn. »Ich nehme an, da steckt noch mehr dahinter?«

Robert nickte finster. Auf dem Weg in den Club hatte er sich entschieden, Gilard Alicias Rolle in dem Spiel zu verraten. Somit würde auch dieser die Sache aus einem anderen Blickwinkel betrachten müssen. Robert erzählte ihm also alles – bis auf die Ereignisse im Hauseingang –, was sich am selben Abend zugetragen hatte, und war selbst erstaunt, wie schwer es ihm fiel, Alicia mit einer Kneipendirne im selben Atemzug zu erwähnen.

»Sie ist wild entschlossen, mir die Unschuld ihres Vaters zu beweisen.«

Gilard hatte sich Roberts Erzählung in einer Mischung aus Unglauben und Amüsement angehört und nippte nun nachdenklich an seinem Portwein. »Und du vertraust diesem Mädchen? Es könnte eine Falle sein, um uns auf eine falsche Fährte zu lenken.«

»Nein, das glaube ich nicht«, hob Robert entschlossen dagegen. »Dafür hat sie zu viel riskiert.«

Gilard beobachtete seinen Freund über den Rand seines Kristallkelches hinweg und amüsierte sich königlich über dessen verbissenen Gesichtsausdruck.

Welche Einzelheiten hatte Robert ihm wohl verschwiegen?

Bei Gott, wenn er nur daran dachte, wie sehr er sich dagegen gesträubt hatte, in diese langweilige Gegend zu kommen … Das wurde ja von Minute zu Minute interessanter.

Gilard schüttelte grinsend den Kopf. »Was für ein Weib. Die musst du mir unbedingt vorstellen. Teufel, wenn sie in allem so fantasievoll ist …« Er ließ den Satz unvollendet, doch Robert wusste auch so, worauf sein Freund anspielte – und es machte ihn wütend. Verdammt wütend sogar.

Ein Muskel zuckte in seiner Wange. »Du wirst die Hände von ihr lassen, Gilard. Sie gehört nicht zu jenen Flittchen, wie du sie bevorzugst.«

Gilard horchte erstaunt auf. Seit er Robert kannte, war dies das erste Mal, dass er eine Frau für sich forderte. Und das hatte er gerade getan, obwohl Gilard stark bezweifelte, dass es ihm überhaupt bewusst war. An diesem Mädchen musste also sehr viel mehr sein als nur ihr ungewöhnlicher Hang, sich selbst in Schwierigkeiten zu bringen. Vielleicht war es die unerschütterliche Loyalität, die sie ihrer Familie entgegenbrachte, die sein Freund so schätzte?

Er seufzte übertrieben, da Robert anscheinend eine Reaktion von ihm erwartete. »Schade. Ich nehme an, wir können nicht darüber verhandeln?«

Robert nahm einen kräftigen Schluck von seinem Wein. »Nein, können wir nicht.«

Um dieses unangenehme Gespräch in eine andere Bahn zu lenken, erklärte er: »Ich werde gleich morgen früh Jason nach Westen los schicken, um die *Furniture* zu suchen. Danach werde ich mich um die Frachtpapiere kümmern.«

Gilard nickte geschäftig. »Und was soll ich tun?«

Roberts Lippen verzogen sich zu einem kleinen Lächeln, und Gilard stöhnte unwillig auf.

»Nicht schon wieder! Wie oft soll ich dem jungen Wincliff denn noch deine Entschuldigung überbringen?«

Robert zuckte gelassen mit einer Schulter. »So oft, wie er mich eben herausfordert.«

»Aber das ist jetzt schon das dritte Mal. Anscheinend ist dieser Kerl zu dämlich, um zu bemerken, dass er sich zum Narren macht.«

Robert trank mit nicht geringer Genugtuung seinen Port leer. Wie ihm zu Ohren gekommen war, prahlte der Bursche überall damit, dass der berüchtigte schwarze Earl zu feige sei, um gegen ihn anzutreten. Natürlich wussten es die eifrigen Zuhörer besser und zerrissen sich hinter Jimmys Rücken die Mäuler über dessen Dummheit. Roberts kleiner, subtiler Racheakt – weil Jimmy Alicia nicht genügend beschützte – hatte bestens funktioniert.

Seine Lippen verzogen sich zu einem seltenen, aufrichtig belustigten Lächeln. Wehe ihm, wenn Alicia von seinem kleinen Spielchen erfuhr. Zweifellos würde sie ihm die Hölle heiß machen.

Tief in Gedanken versunken, schenkte Robert dem neuerlichen Aufruhr im Raum vorerst keine Aufmerksamkeit. Doch bald schwoll das Murmeln und Flüstern zu einem unüberhörbaren Rauschen an, und Robert blickte auf.

»Verdammt, diese Ratte lebt also immer noch«, zischte er leise vor sich hin und maß den Neuankömmling mit all der Verachtung, die er seit Jahren gegen diesen Bastard hegte.

»Wer ist das?«, wollte Gilard flüsternd wissen, doch Robert schüttelte nur den Kopf und meinte eisig: »Niemand, den es sich zu kennen lohnt.«

Die neugierigen Blicke der Clubmitglieder glitten zwischen Robert und dem stattlichen, rothaarigen Mann am Eingang hin und her. Gilard wollte gerade nachhaken, verstummte jedoch, als er sah, dass der besagte Kerl lässig auf sie zu schlenderte. Gilard lehnte sich schweigend in seinem Stuhl zurück und beobachtete die Situation. Mit jedem Schritt, den der Fremde sich dem Tisch näherte, wurde Roberts Gesicht emotionsloser, bis es einer kalten Maske glich.

»Whitehaven.« – »Garrick«, fiel die knappe Begrüßung aus.

Robert ignorierte das Schweigen, das sich über die nächststehenden Tische senkte. Er wusste nur zu gut, dass jedermann im Raum versuchte, unauffällig möglichst viel von der Unterhaltung mitzubekommen. Die unerbittliche Fehde zwischen diesen beiden Männern war in der ganzen gehobenen Gesellschaft ein offenes Geheimnis. Robert brauchte kein Hellseher zu sein, um zu wissen, auf welcher Seite die anderen standen.

»Willst du etwas Bestimmtes, Garrick, oder reicht es dir, mich mit deinem Anblick zu beleidigen?«, forderte Robert zu wissen, während er sich sein Glas erneut füllte und es dann langsam an die Lippen führte. Der erlesene Wein schmeckte plötzlich schal und hinterließ einen bitteren Nachgeschmack.

»Jedenfalls bin ich nicht hier, mich beleidigen zu lassen, Whitehaven«, konterte Garrick, doch seine erhitzten Wangen straften seine Gleichgültigkeit Lügen.

»Dann solltest du besser wieder gehen, denn etwas anderes wirst du von mir nicht bekommen.«

Garrick schüttelte mit einem zynischen Grinsen den Kopf. »Du bist wirklich ein nachtragender Bastard, Whitehaven.«

»Danke«, nickte Robert höflich. »Es ist immer nett zu wissen, dass die ausgeprägtesten Eigenschaften von jemandem anerkannt werden, der sie zu schätzen weiß.«

Garrick zog sich einen Stuhl vom Nachbartisch heran. »Darf ich mich zu euch setzen?«

Ein Muskel zuckte bedrohlich in Roberts Wange,

doch er lächelte liebenswürdig. »Nicht, wenn du diese Nacht überleben möchtest.«

Garrick verharrte einen Augenblick irritiert, erhob sich dann jedoch mit einem tiefen Seufzer wieder aus seiner halb sitzenden Position und schob den Stuhl an seinen ursprünglichen Platz zurück. Bevor er sich Robert erneut zuwandte, streifte er die Insassen des Raumes mit einem Blick, der deutlich besagte: Ich habe es zumindest versucht. *Er* wollte den Frieden nicht.

»Sag, was du zu sagen hast, und dann verschwinde, Garrick.«

»Ich wollte mir eigentlich nur von dir bestätigen lassen, dass du zu allem anderen nun auch noch ein Feigling geworden bist.«

Ein entsetztes Keuchen ging durch den Raum, doch Robert lächelte weiterhin kühl.

»Und wie kommst du zu dieser überaus interessanten Theorie?«

»Der Wincliff-Junge sitzt gerade in meinem Stammclub und erzählt jedem, der es hören will, dass er sich morgen nicht mit einer billigen Entschuldigung abspeisen lässt. Anscheinend ist er wild entschlossen, dir eine Kugel durch dein kaltes Herz zu jagen.«

Robert bedachte seinen Erzfeind mit einem nachdenklichen Blick. »Vielleicht solltest du ihn bei *Biegels* einführen, damit er den Umgang mit Pistolen lernt. Es würde dich bestimmt betrüben, wenn er sein Ziel verfehlt und ich ungeschoren davonkomme. Nicht wahr?«

Garrick kochte innerlich vor Wut, doch schien er keine Worte mehr zu finden.

»Das wäre in der Tat eine Überlegung wert.« Dann machte er auf dem Absatz kehrt und stolzierte aus dem Raum.

Sobald sich die Tür hinter Garrick geschlossen hatte, entstanden heftige Diskussionen im Raum. Einige verließen sogar den Club, und Robert war klar, dass am nächsten Morgen jeder in ganz Greenwich über dieses kleine Zusammentreffen Bescheid wüsste. Als er sich Gilard wieder zuwandte, betrachtete ihn dieser mit nachdenklichem Blick. »Ich glaube, er hasst dich wirklich.«

Robert prostete seinem Freund zu. »Mach dir keine Sorgen, Gilard. Wir sind schon vor vielen Jahren zu dem Übereinkommen gelangt, dass wir uns gegenseitig verabscheuen. Und außerdem ist er viel zu feige, um offen gegen mich anzutreten.«

Gilard nippte mit einem seltsamen Gesichtsausdruck an seinem Glas.

»Trotzdem, sieh dich vor, Rob. In seinen Augen hat eindeutig Mordlust gestanden, und ich fühle bis in die Knochen, dass er etwas im Schilde führt.«

Robert grinste leicht. »Ich sehe erfreut, dass du dich nicht von seinem aalglatten Gehabe hast täuschen lassen. Demnach sind wir jetzt zwei, die Garricks wahren Charakter kennen.«

6

Am nächsten Tag saß Alicia in ihrem Büro und starrte den Zettel mit den möglichen Verdächtigen an, ohne ihn wirklich zu sehen. Ihre Fingernägel klopften nervös auf die Schreibtischplatte, doch sie bemerkte es gar nicht. Auch nahm sie die Geräusche vom Hafen nicht bewusst wahr, weder die Rufe der Matrosen, die die letzten Vorbereitungen zum Auslaufen der *Valentina* trafen, noch das Kreischen der Möwen vermochten zu ihr durchzudringen. Alicia schloss die Augen und atmete tief durch. Sie war erschöpft und gleichzeitig von einer rastlosen Energie erfüllt, die sie die ganze Nacht zu verstehen versucht hatte – leider ohne Erfolg. Sie schwankte ständig zwischen Scham für ihr gestriges Verhalten und Erregung. Zwischen freudiger Erwartung und gleichzeitig der Angst, dem Earl wieder ins Gesicht sehen zu müssen. Zwischen Erleichterung, dass sie nun endlich eine Hilfe in der Schmugglersache gefunden hatte, und der Wut, dass man ihre eigene Familie verdächtigte. Alicia hatte sich selbst immer als eine ausgeglichene Frau betrachtet, und das Ausmaß dieses Gefühlschaos verwirrte und ängstigte sie nun umso mehr.

Ein leises Klopfen an der Tür ließ sie zusammenfahren. Im nächsten Augenblick stolperte Mister Smith herein. Bis er den nächsten Satz hervor gestottert hatte, verging eine geschlagene Minute. »Sie ha-haben B-b-besuch, L-lady W-Win-c-c-cliff. Ein Gen-gentle-m-m-man.«

Alicias wunde Nervenenden vibrierten, doch sie ermahnte sich zur Geduld. Ansonsten störte es sie nicht, denn Smith leistete hervorragende Arbeit, doch heute lagen die Dinge ein wenig anders. Ihr Herz begann zu rasen, und irrsinniger Weise wünschte sie sich plötzlich, sie hätte sich heute Morgen für ein hübscheres Kleid entschieden.

Sie bemühte sich um einen geschäftlichen Ton. »Führen Sie ihn bitte herein.«

Als Robert eintrat, hätte er beinahe gelächelt. Alicia stand in einem smaragdgrünen, schlichten Musselinkleid – dessen einziger Zierrat aus unzähligen, winzigen Knöpfen bestand, die bis an ihren Hals hinauf reichten – mitten im Raum. Eine uneinnehmbare und für die meisten Männer wohl sehr abschreckend wirkende Bastion der Schicklichkeit … Bestimmt beabsichtigte sie genau diese Wirkung auf ihn zu erzielen.

Robert konnte sich ein kleines Lächeln nicht verkneifen. Für die meisten Männer mochte dies vielleicht zutreffen, doch nicht für ihn. Geheimnisse waren sein Leben, seine Leidenschaft. Außerdem wusste er ja, dass der verborgene Schatz darunter die Mühe mehr als wert war.

»Guten Morgen, Euer Gnaden.« Sie war wieder ganz die Dame, stellte Robert mit leisem Amüsement fest. Und schrecklich förmlich. Schankmädchen und Lady in einem.

Er gestand sich ein, dass dies eine besonders exotische Mischung von Frau ergab. Unwillkürlich dachte er an die Zärtlichkeiten im Hauseingang zurück und spürte, wie er hart wurde.

»Alicia.« Er neigte knapp den Kopf zum Gruß.

Wie es einer Dame gebührte, kam sie ihm entgegen und reichte ihm die Hand zum Kuss, entzog sie ihm jedoch so schnell wieder, als hätte sie sich an seinen Lippen verbrannt, und errötete wie ein Schulmädchen. Ihre Gedanken verliefen also in die gleiche Richtung.

»Nehmen Sie bitte Platz, Euer Gnaden.« Bevor sie um den Schreibtisch herum ging und sich Robert gegenüber niederließ, reichte sie ihm einen kleinen Zettel.

»Das ist die Liste, die Sie gestern verlangt haben. Wie Sie sehen, haben nur fünf Leute Zugang zu den Unterlagen. Mein Bruder Jimmy, Papa, Bryan, Mister Smith und ich selbst.«

Robert hörte den bitteren Ton in ihrer Stimme und erkannte, wie schwer ihr dieses Zugeständnis fallen musste. »Bist du sicher, dass du niemanden vergessen hast? Irgendwelche Aushilfen? Leute, die du entlassen hast …?«

Alicia presste die Lippen fest zusammen und schüttelte den Kopf.

»Niemanden. Ich kann Ihnen versichern, dass ich den ganzen Morgen damit zugebracht habe, irgendeinen anderen Verdächtigen zu suchen.«

Einen Verdächtigen, der ihr nicht am Herzen lag, dachte Robert bei sich und konnte ihre Enttäuschung beinahe körperlich spüren.

Alicia zog an der Klingelschnur, und Smith trat wenige Sekunden später ein.

»Bringen Sie mir bitte sämtliche Schiffs- und Frachtpapiere der letzten sechs Monate mit den dazugehörigen Inventarlisten.«

»A-a-alle?«, stotterte Smith erstaunt, verließ auf Alicias Nicken jedoch ohne ein weiteres Wort das Büro.

»Möchten Sie vielleicht einen Tee oder einen Brandy, Euer Gnaden?«

Robert lehnte sich in dem bequemen Ledersessel zurück. »Ein Brandy wäre mir recht – und ich glaube, auf das *Euer Gnaden* können wir nach den gestrigen Ereignissen getrost verzichten.« Alicia errötete bis unter die Haarwurzeln, was sie unvorstellbar ärgerte. Doch sogleich wandte sich ihr Groll gegen den unanständig gut aussehenden Mann ihr gegenüber. Sie selbst hatte mit aller Macht diesen Zwischenfall zu verdrängen versucht, und was tat er? Er musste sie natürlich mit der Nase darauf stoßen. Sie straffte die Schultern und meinte kühl: »Sie irren sich, Euer Gnaden. Ich sehe wirklich keinen Grund, wegen dem gestrigen Abend auf die gängigen Umgangsformen zu verzichten.«

»Tust du nicht?«, erkundigte sich Robert freundlich und bedachte sie mit einem Blick, der sie erneut erröten ließ.

In diesem Augenblick stieß Smith mit dem Fuß die Tür auf, und Alicia wäre ihm am liebsten vor Dankbarkeit um den Hals gefallen. Dann unterdrückte sie jedoch ein ungeduldiges Schnauben. Smith hatte den riesigen Stapel Mappen fein säuberlich aufeinander geschichtet und balancierte sie nun quer durch den Raum.

»Würden Sie uns nachher bitte einen Tee und ein Glas Brandy bringen, Mister Smith?« Dieser gab einen undefinierbaren Laut von sich, den Alicia wohl als ein *Ja* verstehen sollte. Sie versuchte sich erneut in Geduld, denn ihr Sekretär ging so langsam und bedächtig, jeden Schritt ausbalancierend, dass ihre Nervenenden zu schreien begannen.

Anscheinend dauerte es auch dem Earl zu lange, denn er erhob sich mit der ihm eigenen Geschmeidigkeit. »Kann ich Ihnen etwas abneh …«

»V-v-vorsicht …«, schrie Smith auf, versuchte den Stapel noch auf die Schreibfläche gleiten zu lassen, doch da war es bereits zu spät. Die Mappen stoben über den Tisch hinweg, während Smith mit einem dumpfen Plumps der Länge nach hinfiel.

Alicia biss sich auf die Lippen, um nicht laut loszulachen, während Smith sich hektisch aufzurichten versuchte und mehrere Male über seine eigenen Arme und Beine stolperte. »Oh, L-l-lady W-w-w-wincliff.«

»Ganz ruhig, Mister Smith«, beschwichtigte sie ihn und begann mit dem Aufsammeln der Schriftstücke.

»I-ich ma-ma-mache d-das schon.«

Robert setzte sich wieder, bevor er trocken meinte: »Da ich keine Ersatzkleidung bei mir habe, werde ich wohl auf den Brandy verzichten müssen.«

Alicia warf ihm einen strafenden Blick zu, und der am Boden zerstörte Mister Smith wechselte seine Gesichtsfarbe hektisch von tief rot zu leichenblass und wieder zurück.

»Was ist denn hier passiert?«, erklang plötzlich eine lachende Stimme von der Türe her.

»Tante Felice, was machst du denn hier?«

Felice eilte Robert entgegen und reichte ihm die Hand zum Kuss. Dann lächelte sie Alicia schelmisch zu. »Ein einfaches ›Hallo Tantchen, welch eine Freude‹ würde mir schon reichen.«

Alicia errötete vor Verlegenheit. »Natürlich freue ich mich, dich zu sehen. Es ist nur so, dass du noch nie hier warst.« Im nächsten Moment weiteten sich ihre Augen. »Ist etwas mit Jimmy? Ist er in Schwierigkeiten?«

»Beruhige dich, Liebes. Ich bin aus reiner Neugierde hier. Ich sah Roberts Kutsche und wollte unbedingt herausfinden, was dieser Schwerenöter hier zu suchen hat.« Felice lächelte vergnügt, als sie eine von Roberts Augenbrauen in die Höhe huschen sah.

»Deine Meinung von mir scheint beachtlich zu sinken, Felice. Vielen Dank.«

Sie tätschelte ihm freundschaftlich die Hand und lachte hell auf. »Gern geschehen.« Dann kramte sie in ihrem Täschchen und zog einen kleinen Brief hervor. »Und außerdem habe ich eine Nachricht für dich, Liebes.«

Sie zwinkerte Robert schelmisch zu, bevor sie unter den Schreibtisch spähte und mit zackiger Stimme rief: »Mister Smith, guten Tag.«

Rums! Er stieß sich den Kopf, erhob sich jedoch sogleich, und seine Wangen verfärbten sich erneut. »Das ... das sind die F-f-f-frachtpapiere, a-alle.«

Felice lachte fröhlich auf. »Was Sie nicht sagen.«

Er legte die Mappen auf den Schreibtisch und verschwand eilends aus der Tür.

»Bitte nimm doch Platz, Tante Felice.«

Diese ließ sich elegant in den Sessel neben Robert sinken und schüttelte belustigt den Kopf. »Wie kannst du diesen Smith nur tagtäglich ertragen? Er macht einen ja ganz zappelig.«

Alicia setzte sich ebenfalls wieder. »Er hatte solche Mühe, eine Anstellung zu finden ...«

»Ah ja ... Du hast einfach ein zu gutes Herz, Alicia.«

Doch bevor diese etwas erwidern konnte, wandte sich Felice an Robert. »Frachtpapiere? Du glaubst doch wohl nicht, dass die Wincliffs in dem Schmuggel mit drin stecken?«

Alicia zog sich der Magen zusammen. Robert hatte Felice also in die ganze Sache eingeweiht. Und ihr hatte er strengstens untersagt, irgendeiner Menschenseele davon zu erzählen. Das zweite Mal in den letzten

Tagen fühlte sie sich übergangen, und es tat ihr seltsam weh.

»Im Augenblick ist jeder verdächtig, Felice«, erklärte Robert ruhig.

»Das ist ja wirklich lächerlich. Alicia, Liebes, hast du ihm diesen Unsinn denn nicht ausreden können?«

Alicia legte triumphierend ihre Hand auf die Mappen. »Ich bin gerade dabei. Mit diesen Frachtpapieren werde ich ihn von unserer Unschuld überzeugen, Tante. Mach dir keine Sorgen.«

Damit gab sich Felice jedoch nicht zufrieden. »Also wirklich, Robert, du solltest dich schämen. Wir sind schließlich Freunde. Man sollte meinen, dass dir mein Wort genügt. Ich garantiere dir, dass niemand aus meiner Verwandtschaft sich des Schmuggels schuldig gemacht hat.«

»Ich mache nur meine Arbeit, Felice«, hielt Robert gefährlich sanft dagegen. »Du solltest wissen, dass man jedem Hinweis folgen muss.«

»Du hast von einer Nachricht gesprochen, Tante Felice?«, griff Alicia schnell ein, als sie sah, wie ihre Tante sich auf einen verbalen Angriff vorbereitete.

»Was? Ah ja«, sie überreichte ihr das Briefchen und schluckte ihren Ärger hinunter.

»Bryan hat ihn mir gegeben. Er möchte dich im Park zu einem kleinen Spaziergang einladen.« Sie wandte sich an Robert und schwärmte verträumt. »Ist das nicht romantisch?«

Romantisch, so ein Unsinn. Ihm war zwar bewusst, dass viele junge Damen die Romantik für etwas Mystisches und Einzigartiges hielten, das einem Zauber gleich sie in ihren Bann zu ziehen vermochte, doch von Felice hätte er eigentlich mehr Verstand erwartet. Robert hielt es für unnütz, auf dieses Thema einzugehen, und musterte daher Alicia mit ausdruckslosem Gesicht.

Sie überflog rasch den Inhalt des Briefes und starrte

dann nachdenklich auf den Schiffsnamen der obersten Mappe. Sie schien nicht allzu erfreut über diese Wendung des Tages zu sein. Seltsamerweise spürte Robert, wie er sich langsam entspannte. Er konnte es sich zwar selbst nicht erklären, doch irgendwie fand er den Gedanken, dass Alicia und dieser Lackaffe Arm in Arm durch den Park spazieren wollten, geradezu … geradezu … Ihm viel kein passendes Wort ein. Jedenfalls stieß er sich allein schon an diesem Gedanken.

Alicia blickte kurz in Roberts unbeteiligtes Gesicht und klopfte mit den Fingern auf den Brief. Sie wirkte unsicher.

»Ich weiß nicht recht, Tante Felice. Wir haben hier noch sehr viel Arbeit vor uns und …«

»Aber Alicia, einem Verlobten gibt man keinen Korb. Die Arbeit läuft dir schon nicht davon. Abgesehen davon tut es dir nur gut, einmal aus diesen stickigen Räumen hinaus und an die frische Luft zu kommen.«

Tante Felice hatte Recht, gestand sich Alicia widerwillig ein. Zumindest was den Verlobten anging. Da Bryans Einladungen höchst selten waren, durfte sie diese wirklich nicht ablehnen. Ganz besonders, weil sie ihn auf dem Ball so vor den Kopf gestoßen hatte, als sie beim Walzer dem Earl den Vorzug gewährt hatte. Zudem glänzte er in letzter Zeit stets mit Abwesenheit in der Fabrik, und Alicia hätte noch einige Fragen bezüglich der neuen Webstühle, die sie bestellen wollte.

»Es tut mir Leid, Euer Gnaden, doch ich fürchte, es wäre wirklich nicht nett, die Einladung abzulehnen.«

»Ich verstehe.«

Alicia furchte verwirrt die Stirn. Er klang plötzlich sehr kühl und distanziert.

»Natürlich können Sie hier bleiben und die Frachtpapiere durchsehen, wenn Sie das möchten …«, bot sie ihm freundlich an, damit er sich nicht ganz umsonst zu ihr her bemüht hatte.

»Das werde ich.«

»Kommt nicht in Frage, Robert«, mischte sich Felice erneut ein. »Du musst mich unbedingt begleiten. Du kannst dir gar nicht vorstellen, wie deprimierend es ist, als Anstandswauwau alleine hinter einem Liebespaar her zu trotten.«

Robert wollte sich gerade galant aus der Sache ziehen, als er sich selbst sagen hörte: »Es ist mir ein Vergnügen, Felice.«

Verflucht noch mal, was sollte dieser Unsinn? Hatte er nicht mehr alle Sinne beisammen? Er hatte weiß Gott keine Lust auf einen dümmlichen Spaziergang.

»Wunderbar«, rief Felice erfreut und erhob sich graziös. »Worauf warten wir dann noch? Auf, auf ins Abenteuer.«

Mit einem bedauernden Blick auf die Mappen nahm Alicia ihren Mantel von der Garderobe und erschrak, als Robert ihn ihr aus der Hand nahm. Bei seinem unbeteiligten Gesichtsausdruck zögerte sie.

»Das kann ich selbst, Mylord.«

Dieser hielt ihr unbeirrt den Mantel hin. »Dessen bin ich mir sicher.«

Als sie noch immer zögerte, fügte er leise hinzu: »Schlüpf hinein, bevor mir die Arme einschlafen. Dieses Ding ist schwer.«

Beide wussten sie, dass er log, doch Alicia gehorchte ihm. Als seine Hände länger als nötig auf ihren Schultern ruhten, erzitterte sie leicht unter einem prickelnden Schauder. *Er versteht es wirklich ausgezeichnet, aus einem einfachen Ritual plötzlich etwas Intimes, Erregendes zu machen. Anscheinend mangelt es ihm keineswegs an Erfahrung in solchen Dingen,* dachte Alicia erbost und tat einen Schritt von ihm weg.

»Wir sollten Tante Felice nicht warten lassen, Mylord.«

Robert betrachtete Alicia leicht verwirrt. Er hatte deutlich gespürt, wie sie unter seiner Berührung erbebt war, und ihre plötzlich distanzierte Haltung ihm gegenüber kränkte ihn mehr, als er sich eingestehen wollte.

»Du kannst es wohl kaum erwarten, deinem Verlobten um den Hals zu fallen, was?« Beim beißenden Klang seiner Worte schob Alicia kampflustig das Kinn vor und öffnete den Mund für eine heftige Entgegnung. Als sie jedoch den unversöhnlichen Ausdruck in Roberts Augen sah, klappte sie ihn wieder zu. Eines hatte sie inzwischen über diesen Mann gelernt. Wenn er in dieser Stimmung war, war er völlig unzugänglich. Da wäre jedes Wort nur Verschwendung.

»Wo bleibt ihr denn?«, rief Felice ungeduldig herauf. »Wenn ihr weiterhin so trödelt, wird Bryan noch denken, du versetzt ihn, Liebes.«

Robert ging auf die Tür zu. »Das wollen wir doch nicht, nicht wahr, *Liebes?*«

Alicia strafte ihn mit einem wütenden Blick und säuselte: »Niemals, es wäre ein vergeudeter Tag, wenn ich mich ihm heute nicht an den Hals werfen könnte. Finden Sie nicht auch, *Earl?*«

Ohne auf eine Antwort zu warten, segelte sie hoch erhobenen Hauptes an ihm vorbei.

»Wie Recht du doch hast, meine Liebe.«

Typisch! Er musste wieder das letzte Wort haben. Sie fuhr gerade rechtzeitig herum, um Mister Smith' lebhaftes Erröten und Roberts kühles Lächeln zu sehen.

Er hatte sie absichtlich vor ihrem Sekretär bloßgestellt!

Sprachlos stieg Alicia die Stufen hinunter und konnte kaum glauben, dass es um ihre Mundwinkel zuckte. An seinem Benehmen war nun wirklich nichts komisch.

»Da seid ihr ja endlich.«

Alicia ignorierte Roberts Hand geflissentlich und stieg ohne seine Hilfe in die Kutsche. Als auch er Platz genommen hatte, tippte sich Felice an die Stirn. »O nein, jetzt habe ich doch tatsächlich mein Täschchen liegen gelassen.«

»Im Büro?«, wollte Robert wissen und machte Anstalten, sich zu erheben.

»Bleib nur, Robert, wer keinen Kopf hat, der hat Beine. Ich bin gleich zurück.« Und schon war sie verschwunden.

Während der ganzen Fahrt plauderte Felice ununterbrochen über ihren Spanienaufenthalt, wofür Alicia ihr aus tiefstem Herzen dankbar war. Das peinliche Schweigen, als sie mit dem Earl allein gewesen war, hatte schrecklich an ihren Nerven gezerrt.

»Ah, wir sind da«, rief Felice, noch bevor die Kutsche zum Stehen kam. »Kannst du Bryan irgendwo sehen, Liebes? Ah, dort ist er.«

Sie winkte übermütig, und Alicia sandte ein stummes Dankgebet gen Himmel. Somit blieb ihr wenigstens die Peinlichkeit erspart, dass ihre Tante wie ein kreischendes Marktweib nach Bryan rufen würde. Was nicht das erste Mal gewesen wäre.

Anscheinend hatte auch er sie entdeckt, denn er kam mit einem freundlichen Lächeln in ihre Richtung geschlendert. Wie immer verkörperte sowohl sein Anzug als auch seine Haltung den perfekten englischen Gentleman – inklusive Hut und Spazierstock. Das Lächeln wankte jedoch, als Robert als Erstes aus der Kutsche stieg, um den Damen behilflich zu sein.

»Whitehaven, ich bin … überrascht, Sie hier zu sehen.«

Ein zynisches Lächeln umspielte Roberts Lippen, als er seinen Blick kühl auf Bryan richtete. »Die Freude ist ganz meinerseits.«

»Bryan, was für eine wunderbare Idee von dir, an einem so herrlichen Nachmittag spazieren zu gehen«, begrüßte Felice ihn fröhlich und reichte ihm anmutig die Hand. Formvollendet hauchte er ihr einen Kuss auf den Handrücken und versicherte ihr galant: »Wie sollte man einen solchen Tag sinnvoller würdigen, als ihn mit den beiden schönsten Frauen ganz Englands zu verbringen?«

»Ach, du Charmeur«, lachte Felice fröhlich, und ein zarter Rosaton färbte ihre Wangen. Nun schenkte Bryan seine ganze Aufmerksamkeit der jungen Frau neben Felice.

»Alicia! Ich bin außerordentlich erfreut, dass du dir diesmal die Zeit nehmen konntest, zumal ich doch weiß, wie wenig du von solch kurzfristigen Ausflügen hältst …« Er nahm ihre Hand und führte auch diese galant an seine Lippen. »Ich werde mir die größte Mühe geben, damit du deine Entscheidung nicht bereust, meine Liebe.«

Alicias glaubte ihren Augen nicht trauen zu können, als sie sein freches Augenzwinkern sah. Er flirtete mir ihr!?

Wie sie selbst hatte auch Bryan sich nie sehr viel aus ihrer Verlobung gemacht. Bis dahin war es einfach nur eine bestehende Tatsache gewesen, an die sie sich schon als Kinder gewöhnt und von der sie mit zunehmendem Alter beide profitiert hatten. Bryan, weil er von heiratswütigen jungen Damen verschont blieb und sich so unbeschwert amüsieren konnte und Alicia, weil ihr dadurch langweilige Debütantinnenbälle und Empfänge erspart blieben. Also, was sollte das? Sie war sich nicht sicher, ob es ihr gefiel. Doch in einem war sie sich ganz sicher. Sein seltsames Gebaren verlieh seinen Worten einen eindeutig zweideutigen Anklang. Was Felices Kichern nur bestätigte.

Alicias Wangen röteten sich vor Ärger und Verlegenheit. »Das ist sehr freundlich von dir, Bryan«, gab sie leise zurück und traute sich nicht, in Roberts Richtung zu blicken. Was überaus klug war.

Auch wenn er ein gelangweiltes Gesicht zur Schau trug, brodelte sein Innerstes vor unvernünftiger Wut, und seine Augen glichen zwei eisigen Bergseen. Alicias freudiges Erröten war ihm nicht entgangen, und nun war er auch noch gezwungen, mit anzusehen, wie sie sich bereitwillig bei diesem Kerl einhakte.

»Wollen wir?«, forderte Bryan das Trüppchen galant auf. »Ich habe mir erlaubt, einen Tisch im *Reevs* zu reservieren. Ich hoffe doch sehr, dass dies in eurem Sinne ist.«

»Aber natürlich«, rief Felice gut gelaunt. »Wie nett von dir, Bryan. Findest du nicht auch, Robert?«

»Einfach wundervoll«, erwiderte dieser trocken, während er gegen die Feindseligkeit ankämpfte, die er Bryan gegenüber empfand.

Felice hakte sich bei Robert ein, und gemeinsam spazierten sie in angemessenem Abstand hinter dem jungen Paar her.

Robert hatte keine Ahnung, weshalb ihm diese fünf Schritte Distanz plötzlich so sehr zusetzten. Während er immer wieder kleine Gesprächsfetzen aufschnappte, bemühte er sich ernstlich, Alicia zu ignorieren – insbesondere ihren aufregenden Hüftschwung. Das machte sie bestimmt absichtlich, diese kleine Hexe.

Nach einer Weile stieß Felice ihm grob in die Seite. »Du hörst mir ja gar nicht zu, Robert. Da hätte ich ja genauso gut allein mitgehen können.«

»Ich war wohl in Gedanken«, brummte dieser verstimmt. »Worum ging es denn?«

Felice gab einen ungeduldigen Laut von sich. »Ich erklärte dir gerade, wie sehr ich dieses elende Herbstwetter verabscheue und dass ich es kaum erwarten kann, im Sommer wieder ein Picknick zu veranstalten.«

»Ich verstehe.«

Erst jetzt sah er die Bäume, die den Rand des Parks säumten und ihre herbstlich gefärbten Blätter überall verstreuten. Auch fielen ihm die kleinen Veränderungen auf, die hier seit seiner Abreise vorgenommen worden waren. Auf der gepflegten Rasenfläche war ein kleiner See angelegt worden. Einige Enten glitten gemächlich über dessen glatte Oberfläche oder schliefen mit dem Kopf unter den Flügeln am Ufer. Schmale gewundene Kieswege führten an verschiedenen Skulpturen vorbei, und alle paar Schritte lud eine weiß gestrichene Parkbank zu einer kleinen Rast ein.

»Ich hatte den Park viel größer in Erinnerung«, erklärte er, und Felice griff erfreut das Thema auf. »Vor drei Jahren musste ein Großteil davon für eine neue Straße mit Geschäftshäusern herhalten. Du kannst dir gar nicht vorstellen, welch einen Aufstand das gegeben hat …«

Roberts Aufmerksamkeit wurde abrupt auf das Paar vor ihnen gelenkt, als Alicia fröhlich auflachte. Es war ein reiner, heller Klang, der zu ihm wehte und ihn zu verspotten schien. Etwas in seiner Brust zog sich zusammen, als er sah, wie Alicia Bryan ein weiteres Lächeln schenkte.

»Lass sie in Ruhe, Robert. Alicia ist verlobt und wird, so Gott will, bald heiraten.« Felice sah ihn scharf an. »Es wird schon genug über euch geredet.«

»Ich bin nicht taub, Felice. Auch ich weiß, was man hinter meinem Rücken tuschelt«, gestand Robert trocken und schüttelte verächtlich den Kopf.

Felice drückte sanft seinen Arm. »Bitte halte dich von Alicia fern, Robert. Bryan ist ihre einzige Hoffnung auf eine standesgemäße Heirat. Du darfst ihr das nicht verderben.«

Robert schaute verständnislos auf Felice hinunter, und sie erklärte wehmütig:

»Alicia ist ein wunderbares Mädchen, Robert. Niemand weiß das besser als ich. Sie ist intelligent, beherzt und bis in die Knochen wahrheitsliebend und loyal.«

Robert nickte zustimmend, vermochte jedoch nicht zu erkennen, worauf Felice eigentlich hinauswollte.

»Das sind doch recht rühmliche Eigenschaften, möchte ich meinen.«

Felice schnaubte wenig damenhaft. »Für einen Mann vielleicht ... Aber in dieser bornierten, oberflächlichen Gesellschaft sind bei einer jungen Dame all diese Eigenschaften geradezu verdammenswert.«

»Ich verstehe.«

Felice schüttelte heftig den Kopf. »Nein, das glaube ich nicht. Wie du vielleicht weißt, führt Alicia das Geschäft, wenn ihr Vater auf See ist ...«

Als er nickte, fuhr sie weiter. »Allein diese Tatsache sorgte schon für Aufregung.«

Das konnte sich Robert lebhaft vorstellen.

»Bald sprach es sich herum, dass sie gerechte Löhne zahlt, was natürlich bewirkte, dass viele Arbeiter aus anderen Firmen zu ihr überliefen. Du kannst dir vorstellen, wie viel böses Blut das heraufbeschworen hat. Irgendwann bekam dann die feine Gesellschaft auch noch heraus, dass Alicia selbst Frauen aus dem einschlägigen Gewerbe einstellte, und somit war der Skandal groß.«

Dies erklärte, woher Alicia wusste, wie sich eine Schankmagd benahm. Von dem grässlichen Dialekt ganz zu schweigen, überlegte sich Robert. Doch er erkannte auch die anderen Probleme und begriff, das Felice Recht hatte.

Keiner aus dieser ach so feinen Gesellschaft würde Alicia heiraten.

Roberts Blick glitt verächtlich über Bryans Gestalt. Das war also das Beste, was Greenwich für Alicia zu bieten hatte.

Alicia gab sich alle Mühe, Bryans Ausführungen über einen vergangenen Ballettbesuch zu lauschen, doch ihre Gedanken schweiften andauernd zu dem Mann hinter ihr ab.

Sie spürte seinen Blick in ihrem Rücken, konnte

seine Nähe beinahe körperlich fühlen und wünschte sich plötzlich mit einer Inbrunst, die sie selbst erschütterte, dass sie mit ihrer Tante den Platz tauschen könnte.

Verstohlen wagte sie einen Blick zurück, und ihr Herz zog sich schmerzlich zusammen. Robert hatte den Kopf leicht zu Felice geneigt und schien ihr aufmerksam zuzuhören. Seine Gesichtszüge wirkten ernst, doch wie sie schon auf dem Ball bemerkt hatte, verzichtete er auch heute auf seinen kühlen Gesichtsausdruck und gab sich entspannt.

Gütiger Himmel, fuhr es Alicia plötzlich durch den Kopf. Sie war eifersüchtig auf ihre eigene Tante! O Gott, wenn sie Eifersucht empfand, würde das dann nicht auch bedeuten … *Unsinn,* unterbrach sie energisch ihre gefährlichen Gedankengänge. *Das war nichts als Neugierde.* Alicia riss sich abrupt zusammen und verdoppelte ihre Bemühungen, um Bryans Worten zu folgen.

»Wen haben wir denn da? Seid ihr auch hier, um die letzten Sonnenstrahlen zu genießen, bevor der Winter endgültig seinen Einzug hält?«

Ein attraktiver, rothaariger Gentleman drückte Bryan freundschaftlich die Hand, bevor er Alicia mit einem Lächeln bedachte und sie standesgemäß begrüßte. »Bryan, willst du mich dieser zierlichen Schönheit nicht vorstellen?«

Alicia errötete sanft bei diesem für sie sehr ungewöhnlichen Kompliment und lächelte schüchtern.

»Alicia, darf ich dir Lord Garrick Stierling vorstellen? Stierling, das ist meine Verlobte, Lady Alicia Wincliff.«

»Ah, ich habe schon viel von Ihnen gehört, Mylady.«

Ich möchte wetten, nichts davon war meinem Ansehen zuträglich, dachte Alicia bei sich.

»Und es ist mir ein wahres Vergnügen, Sie persönlich kennen zu lernen, Lady Wincliff.«

Alicia hätte schwören können, ein boshaftes Aufblitzen in seinen Augen gesehen zu haben, als er ihren Namen auf der Zunge zergehen ließ.

Felice und Robert traten hinzu, und Stierling ergriff erneut Alicias Hand zu einem galanten Kuss. »In der Tat, das ist es. Sie ahnen gar nicht, wie.«

Unangenehm berührt entzog Alicia ihm ihre Hand und konnte der Versuchung nur schwer widerstehen, ihren Handrücken am Rock abzuwischen. Dieser Stierling war ihr nicht geheuer. Er verkörperte etwas Bedrohliches, etwas, das ihr ein eisiges Prickeln den Rücken hinab jagte.

»Lord Stierling, wie schön, Sie hier zu treffen«, machte Felice heiter auf sich aufmerksam.

Garricks Augen glitten wohlwollend über ihre anmutige Erscheinung, und als er ihre Hand an seine Lippen führte, hauchte er: »Lady Angelstown, es ist mir wie immer ein wahrer Hochgenuss, Sie zu sehen.«

»Na, na, so spricht man aber nicht mit einer verheirateten Frau, Lord Stierling«, gab Felice freundlich lächelnd zurück und hakte sich wieder bei Robert ein.

Die beiden Männer maßen sich mit frostigen Blicken, bevor sich Stierlings Lippen zu einem boshaften Lächeln verzogen und er sich erneut an die Damen wandte.

»Ich hoffe doch sehr, die Damen geben mir die Ehre, sie zu Mutters Ball am übernächsten Wochenende einladen zu dürfen. Es ist nichts Großes, nur ein Fest unter Freunden.« An die Männer gewandt, meinte er: »Die Einladung gilt natürlich auch für euch.«

Roberts einzige Reaktion bestand darin, arrogant eine Augenbraue zu lüften.

Alicia hätte liebend gern seine Einladung ausgeschlagen, doch wie immer kam ihr ihre Tante zuvor.

»Natürlich kommen wir gern, Lord Stierling. Um nichts auf der Welt möchten meine Nichte und ich einen von Agathas Bällen verpassen.«

Er schenkte ihr ein joviales Lächeln und wandte sich dann Alicia zu. »Ich hoffe sehr, Lady Angelstown spricht für Sie beide. Sie werden Ihre Tante doch begleiten, nicht wahr, meine Schöne?«

Im nächsten Augenblick ließ er ein dünkelhaftes Lachen hören. »Aber natürlich werden Sie, und halten Sie mir einige Walzer frei. Ich kann es kaum erwarten.«

Robert hätte Bryan am liebsten einen heftigen Tritt in den Hintern verpasst. Wie konnte dieser Versager zulassen, dass Stierling so mit Alicia sprach? Wenn sie seine Verlobte wäre, würde er jeden, der es wagte, sie auf diese schlüpfrige Art anzusehen, auf der Stelle fordern. Bei Stierling würde sogar ein einziges Grinsen reichen, um ihn mit Vergnügen über den Haufen zu schießen.

Stierlings eindringlicher Blick ließ Alicia schaudern, trotzdem gab sie ihm kühl zu verstehen: »Ich danke Ihnen für die Einladung, Lord Stierling. Ich werde sehen, ob ich die Zeit dazu finde.«

Stierling musterte die zierliche Frau mit neuem Interesse. Ihre Augen funkelten ihn trotzig an, und ihre vollen Lippen baten geradezu darum, gebissen zu werden. Teufel, dieses Weib gäbe bestimmt ein amüsantes kleines Spielzeug ab.

Sein Blick glitt zu seinem Erzfeind, und er leckte sich die schmalen Lippen.

Robert verbarg seinen abgrundtiefen Abscheu hinter einer Maske stoischer Gelassenheit. Wenn Stierling auch nur einen Hauch davon mitbekam, dass Alicia unter seinem persönlichen Schutz stand, hätte dies unabsehbare Folgen für sie.

»Wenn Sie mich nun entschuldigen wollen«, Stierling verabschiedete sich galant, und der kleine Trupp setzte sich wieder in Bewegung.

»Whitehaven, auf ein Wort«, rief Stierling kurz darauf und kehrte zu Robert zurück.

»Ich wüsste nicht, was wir uns zu sagen haben.«

Stierling wartete, bis sich die Übrigen außer Hörweite befanden, bevor er anzüglich meinte: »Ich muss dir zugestehen, dein Geschmack in Sachen Frauen hat sich wesentlich gebessert. Ich dachte immer, du würdest dralle Blondinen bevorzugen.«

Etwas in Roberts Brust zog sich vor kaltem Hass zusammen, dennoch klang seine Stimme gelassen. »Ich wusste gar nicht, dass du über meine diesbezüglichen Vorlieben so gut informiert bist, Stierling.«

Dieser grinste böswillig. »Wenn ich mich recht erinnere, wusstest du noch nie sehr viel.«

Roberts Miene blieb weiterhin ausdruckslos, doch ein hinterhältiges Lächeln hob seine Mundwinkel. »Weit mehr, als dir lieb sein dürfte. Halte dir das vor Augen, Stierling, und denke an das Versprechen, das ich dir vor vier Jahren gegeben habe.«

Ein Anflug von Unsicherheit huschte über Garricks Gesicht, doch er fasste sich rasch wieder. »Du bluffst doch.«

Robert zuckte gelangweilt mit einer Schulter. »Wenn du meinst. Dann weiß ich eben nichts von dem kleinen Waldhäuschen. Oder den Fesseln an den Bettpfosten.«

Garricks Gesicht lief blutrot an vor Zorn. »Fahr zur Hölle.«

»Vielen Dank, aber dieser Ort wird von dir heimgesucht werden, falls du Felice, Lady Wincliff oder sonst irgendeiner Frau noch einmal zu nahe treten solltest.«

Mit diesen Worten wandte sich Robert um und schlenderte auf das wartende Dreiergespann zu. Er musste sich dringend etwas zu Alicias Sicherheit einfallen lassen.

7

Alicia saß mit bangem Herzen und einem mulmigen Gefühl in der Magengrube an ihrem Schreibtisch und starrte blicklos aus dem Fenster. Es war schon sehr dunkel, und ein schwaches Nieseln prasselte leise gegen die Fensterscheibe. Nach dem Spaziergang war sie allein in die Fabrik zurückgekehrt, um die Frachtpapiere durchzusehen. Ihre Finger glitten über die goldenen Lettern der letzten Mappe. Vermutlich wäre ihr nichts Außergewöhnliches aufgefallen, wenn nicht der Frachtauftrag des letzten Monats sie stutzig gemacht hätte. Bei dieser Lieferung hatte sie nämlich eine lang ersehnte Zusatzlieferung bekommen – eine wunderbare Chaiselongue, die sie Tante Felice zu Weihnachten schenken wollte. Doch sie fehlte! Das Möbelstück war zwar termingerecht eingetroffen, es gab jedoch in der ganzen Inventarliste keinen entsprechenden Vermerk.

Alicia hatte fieberhaft danach gesucht – doch er war unauffindbar!

»Dafür gibt es bestimmt eine vollkommen logische Erklärung«, versuchte sie sich laut zu beruhigen. »Vielleicht hat Mister Smith den Eintrag als privat verbucht und auf einem separaten Blatt festgehalten.« Genau, das musste es sein, dennoch blieb das mulmige Gefühl in ihrem Bauch. Es gab nur einen Weg, dieses Missverständnis aus dem Weg zu räumen. Entschlossen stand sie auf und zog an der Klingelschnur.

»Mister Smith!« Als dieser nicht kam, zog Alicia heftiger, doch der Sekretär reagierte auch darauf nicht. Sie trat auf den Flur hinaus und furchte nachdenklich die Stirn, als sie seinen Stuhl leer vorfand. »Seltsam.«

In diesem Moment hörte sie von der Straße her den Nachtwächter, der die zehnte Stunde verkündete.

Wie schnell die Zeit doch vergangen war. Alicia kehrte verwirrt hinter ihren Schreibtisch zurück. Die Stille war beinahe unheimlich, und sie empfand es als tröstlich, ihre eigene Stimme zu hören. »Weshalb hat er sich nicht verabschiedet, als er nach Hause gegangen ist?« Alicia schüttelte den Kopf, doch dann kam ihr ein Gedanke, der ihre Züge erhellte und ein nachsichtiges Lächeln auf ihre Lippen zauberte. Vermutlich hatte er es in seiner Hektik einfach vergessen. Sein kleines Missgeschick am Nachmittag schien ihn vollkommen aus dem Konzept gebracht zu haben. Alicia hatte ihn noch nie so nervös erlebt. Jedes Mal, wenn sie ihn angesprochen hatte, war er wie unter einem Peitschenhieb zusammengezuckt. Sie hatte sich sogar gezwungen gesehen, ihm einen Brandy aus dem Versteck ihres Vaters anzubieten, um ihn ein wenig zu beruhigen.

Nun, dann würde sie diese Angelegenheit eben wohl oder übel auf morgen verschieben müssen. Sie gähnte herzhaft und war unendlich froh, dass die Nächte als Schankmagd endlich ein Ende gefunden hatten.

Müde griff sie nach ihrem Mantel und drehte die Schreibtischlampe herunter. Das schwache Licht aus dem Flur genügte ihr, um zu sehen, wohin sie trat.

Nachdem sie ihren üblichen Rundgang beendet hatte, um sicherzugehen, dass alle Türen und Fenster verschlossen waren, trat sie auf den Hof hinaus. Das Nieseln hatte sich zu einem eisigen Regen gesteigert und der Wind zerrte heulend an ihrem Mantel.

Aus den nahegelegenen Hafenkneipen drang derbes Gelächter von betrunkenen Matrosen. Wortfetzen eines anzüglichen Liedes wehten an ihr Ohr, und Alicia lächelte leise vor sich hin. Sie kannte dieses skandalöse Lied. Schon als kleines Mädchen war sie täglich am Hafen gewesen. Sie liebte die Themse, und sie liebte das Meer. Sie liebte es, den Wincliff-Schiffen beim Beladen zuzusehen und wie sie majestätisch aus dem Hafen in die unendliche Freiheit hinaus glitten. Es war seit jeher ihr sehnlichster Wunsch gewesen, eines Tages einmal mit zu segeln. Nur ein einziges Mal wollte sie diesen Kurs der Grenzenlosigkeit kosten. Den Wind in den Haaren, die Sterne als stete Begleiter …

Ihr Blick wanderte sehnsuchtsvoll zum Horizont, bis Wes sich mit einem lautstarken Husten bemerkbar machte.

»Gibt es da etwas Besonderes zu sehen, Lady Wincliff, oder genießen Sie es einfach, mich in dieser Kälte warten zu lassen?«

Alicia ging mit gefurchter Stirn zu der wartenden Kutsche hinüber.

»Der Arzt hat dir doch Bettruhe verordnet, Wes. Wo ist Jasper? Er sollte mich abholen.«

Wes schnaubte abfällig. »Pah, ich werde Sie doch nicht diesem jungen Schnösel überantworten. Der wäre noch im Stande und würde Sie in einen Graben manövrieren.«

Alicia lächelte liebevoll zu ihrem alten Kutscher auf. Ein dicker Verband schaute unter seinem Hut hervor und verbarg eine hässliche Platzwunde oberhalb seines linken Ohrs.

Gestern Abend, als er sie wie üblich hinter der Schenke hatte abholen wollen, war er überfallen und wüst zusammengeschlagen worden. Armer Wes.

»Haben die Kopfschmerzen nachgelassen?«

Er freute sich offenkundig über ihre Anteilname, murrte aber trotzdem verdrießlich vor sich hin. »Wenn ich das Pulver, das Sie mir gegeben haben, mit einem kräftigen Schluck Whisky hätte hinunterspülen können, müsste ich jetzt bestimmt keine Schmerzen mehr leiden. Aber nein, ich musste mich ja mit dieser Brühe begnügen.«

Alicia gab sich alle Mühe, ihr Grinsen zu verbergen. »Diese Brühe war Tee, Wes. Ganz normaler Kamillentee.«

Er schnaubte abfällig. »Was denn, so ein Zeug hat sogar einen Namen?«

Sie hatte sich letzte Nacht wirklich Sorgen um ihn

gemacht. Als er endlich aus seiner Bewusstlosigkeit erwacht war, war ihm kein einziger Vorwurf und keine Klage über die Lippen gekommen. Dies war in der Tat ein höchst besorgniserregendes Erlebnis gewesen. Doch nun schien er sich wieder auf dem Weg der Genesung zu befinden.

Zur selben Zeit stand Mister Smith in einer der leerstehenden Lagerhallen am Hafen und presste ängstlich eine Mappe an die Brust. Er hatte es nicht gewagt, den Docht der Lampe hochzudrehen, da man das Licht von draußen vielleicht sehen konnte und ihm so auf die Schliche gekommen wäre. Trotz der Kälte glänzten Schweißperlen auf seiner Stirn, und sein Atem hörte sich an wie Kettengerassel. Da! Endlich hörte er Schritte. Das Geräusch hallte gespenstisch von den Wänden wider, und Smith drehte sich hektisch im Kreis, um seinen Auftraggeber zu entdecken.

»Ist alles erledigt?«

Erschrocken fuhr er herum und schaute dem schwachen Umriss einer nahenden Gestalt mit vor Angst geweiteten Augen entgegen. Wie immer war Nemesis' Stimme durch ein Tuch gedämpft und nicht zu erkennen.

Smith wischte sich mit einem Taschentuch den Schweiß von der Stirn. »I-i-ich habe alles g-g-gemacht. G-g-genau wie Sie es ge-gewünscht haben.«

»Sehr gut. Sind das die echten Frachtpapiere?«

Smith hob die Mappe und nickte eifrig.

»Sind es auch wirklich alle?«

»N-n-natürlich. Ich habe mich d-d-d-dreimal ververgewissert.«

»Das freut mich.«

Im nächsten Moment knallte ein Schuss, dessen Feuerblitz für den Bruchteil einer Sekunde eine kleine Gestalt in einem schwarzen Mantel enthüllte.

Smith keuchte ungläubig und starrte auf das klaffende Loch in seiner Brust. Mit letzter Kraft wankte er auf seinen Mörder zu und riss ihm das Tuch vom Gesicht. »S-s-sie sind Nemesis? Ich d-dachte … nur ein … Bote.«

Dies waren seine letzten Worte, und er sank tot zu Boden.

Nemesis schritt ungerührt über den Leichnam hinweg und hob die Frachtpapiere auf. »Im Denken warst du noch nie sonderlich begabt. Jawohl, ich bin Nemesis, und du wirst unser kleines Geheimnis mit ins Grab nehmen.«

Alicia war gerade dabei, in die Kutsche zu steigen, als ein ohrenbetäubender Schuss die Stille der Nacht zerriss. *Robert,* fuhr es ihr durch den Kopf. »Das war in unseren Lagerhallen«, rief sie erschrocken zu Wes hinauf, raffte ihre Röcke und rannte ohne zu überlegen auf die Gebäude zu.

»Bleiben Sie hier, Lady Alicia. So warten Sie doch.«

Sie hörte, wie Wes von seinem Kutschbock herunter kletterte und ihr keuchend nacheilte, doch sie konnte nicht warten. Sie wollte keine Zeit verlieren.

»Sie dürfen da nicht hin, das ist zu gefährlich. Wir werden die Konstabler verständigen«, brüllte Wes gegen den heulenden Wind an. Er atmete mühsam von den Strapazen und musste sich schließlich wegen seines Schwindels und der heftigen Kopfschmerzen geschlagen geben. Seine junge Herrin hatte bereits einen zu großen Vorsprung.

»So warten Sie doch!«

Alicias Füße berührten kaum mehr den Boden. Ihr Herz raste, und ihre Lungenflügel brannten wie Feuer. *O lieber Gott, lass mich nicht zu spät kommen. Bitte lass ihm nichts geschehen sein.* Robert. Sie konnte an nichts anderes denken. Er hatte ihr erzählt, dass er sich diese Nacht hier am Hafen aufhalten würde, und je näher sie der Lagerhalle kam, desto schrecklichere Bilder gaukelte ihr ihre Angst vor. Robert, der in seinem eigenen Blut am Boden lag. Verletzt, dem Tode nahe. Sie glaubte sogar seine Stimme zu hören. Glaubte, er würde ihren Namen rufen.

Nach einer halben Ewigkeit, so wollte es ihr scheinen, erreichte sie endlich die erste der Lagerhallen. Es brannte kein Licht. Ohne zu zögern fasste Alicia nach dem Türgriff, doch da wurde die Tür bereits von der anderen Seite her aufgerissen, und eine verhüllte Gestalt trat in Erscheinung.

»Verdammt«, keuchte der Angreifer und hob beinahe im selben Augenblick einen Gegenstand über den Kopf.

Alicia riss entsetzt die Augen auf, wollte aufschreien, doch da war es bereits zu spät. Etwas Hartes traf sie mit aller Macht an der Schläfe. Ein Schrei gellte auf, und durch den dichten Nebel des gleißenden Schmerzes erkannte Alicia, dass es ihr eigener war. Dann wurde es dunkel, und sie sank bewusstlos zu Boden.

8

Robert saß mit finsterer Miene auf einem unbequemen Stuhl und starrte auf die zierliche, blasse Frau in dem großen Bett. Sie wirkte so klein und zerbrechlich wie ein Kind, und doch zeichnete sich unter dem Laken der verführerische Körper einer atemberaubenden Frau ab. Doch er nahm dies nur unbewusst war. Alles, was er sah, war Alicias beängstigend blasses Gesicht. Ihr schwarzes Haar lag wie eine dunkle Wolke auf dem Kissen ausgebreitet. Glänzende, schwere Locken kringelten sich über dem weißen Verband an ihrer Stirn. Es war bereits mehr als eine Stunde her, seit der Arzt gegangen war, und sie war noch immer nicht erwacht.

Der Verband schien ihn in stillem Vorwurf anzufunkeln und ihn daran zu erinnern, dass er dieses Mädchen nicht genügend beschützt hatte.

Robert schloss kurz die Augen, als namenlose Furcht erneut seine Brust verengte. Niemals würde er das entsetzliche Bild vergessen können – oder das kalte Grauen, das ihn erfasst hatte.

Er war gerade dabei gewesen, mit Gilard und einigen seiner Männer eine Strategie zum weiteren Vorgehen zu entwickeln, als sie einen Schuss gehört hatten. Sogleich waren sie auf den Beinen gewesen und dem Knall entgegen gejagt. Doch als sie nur noch wenige hundert Meter von ihrem Ziel entfernt waren, musste Robert das Unfassbare erleben. Er sah, wie eine Frau durch die Nacht direkt auf das bewusste Gebäude zu rannte – ohne zu zögern, ohne auch nur ihren Schritt zu verlangsamen. Er hatte augenblicklich gewusst, dass es Alicia war. Welche andere Frau sonst würde so unbedacht in die Gefahrenzone vorpreschen?

Niemals könnte er seine Gefühle in Worte fassen. Er hatte ihren Namen gebrüllt, doch der Wind hatte seine Rufe davongetragen. Wenige Sekunden später hatte er ihren Schrei gehört. Einen Schrei, von Angst und Schmerz verzerrt.

Eisige Finger krallten sich erneut in Roberts Rücken, und er war sich sicher, dass er diesen Laut bis an sein Lebensende nie mehr vergessen würde. Er war nur noch von einem einzigen Gedanken beseelt gewesen: Alicia. Er musste zu ihr. Schon von weitem hatte er ihre reglose Gestalt am Boden liegen gesehen, und die kalte Angst, die er in diesem Augenblick empfunden hatte, ließ sich mit nichts vergleichen, ebenso wie diese unendliche Erleichterung darüber, dass Alicia noch atmete.

Und nun lag sie hier in einem seiner Betten. Roberts Gesicht verfinsterte sich erneut. Er war nicht darauf vorbereitet gewesen, dass Alicias Wohl ihm so sehr am

Herzen lag. Diese unerwarteten Gefühle jagten ihm eine teuflische Angst ein, und wenn er auch nur einen einzigen Funken Menschenverstand besäße, würde er jetzt seine Siebensachen packen, das nächstbeste Schiff nehmen und nie wieder zurückkehren. Alicia war einfach zu gefährlich. Sie besaß nicht den geringsten Selbsterhaltungstrieb, und je länger er in ihrer Nähe war, umso verantwortlicher fühlte er sich für diese eigensinnige Frau. Himmel, es blieb ihm ja gar nichts anderes übrig, als sie vor sich selbst zu beschützen.

Alicia stöhnte leise, bevor sie flatternd die Augen aufschlug. Unermessliche Erleichterung durchströmte Robert und drängte den Ärger kurzfristig beiseite. Das wurde aber auch Zeit.

Das helle Tageslicht blendete Alicia, als sie sich verwirrt in dem fremden Zimmer umschaute. Ein gleißender Schmerz ließ sie sogleich wieder die Augen schließen. Irgendjemand schien ihren Kopf mit einem Hammer zu bearbeiten. In ihren Schläfen dröhnte und pochte es so stark, dass sie ein erneutes Stöhnen nicht verhindern konnte.

»Wage es ja nicht, wieder einzuschlafen, Alicia.«

»Robert? Was machst du denn hier?«

Er setzte sich vorsichtig auf die Bettkante und überprüfte den Sitz ihres Verbandes.

»Ich wohne hier. Du bist in einem meiner Gästezimmer«, erklärte er und hielt ihr ein Glas Wasser an die Lippen. »Trink das, der Arzt sagte, das Pulver darin würde dir die Kopfschmerzen nehmen.«

Alicia zog verwirrt die Stirn in Falten. »Ich bin in deinem Haus? Ein Arzt?« Selbst das Nachdenken bereitete ihr unsägliche Schmerzen. Gehorsam trank sie das ganze Glas leer.

»Gilard und ich waren gestern Nacht an den Docks, als wir den Schuss hörten. Weißt du noch, was geschehen ist?«

Alicia starrte ihn fragend an, doch dann glättete sich

plötzlich ihre Stirn, und sie riss erschrocken die Augen auf, als die Erinnerung auf sie einpreschte.

»Ich bin niedergeschlagen worden!?«

Roberts vorangegangene Erleichterung verwandelte sich in Ärger. »Ja, verdammt, und du kannst Gott danken, dass der Bastard kein Messer in den Händen gehalten hat, sonst könnten wir deine Leiche jetzt neben die von Smith legen.«

»Mister Smith ist tot«, hauchte Alicia zutiefst erschüttert, und Robert schimpfte sich selbst einen gefühllosen Schuft.

»Ich glaube, das reicht jetzt, Robert«, erhob sich eine herrische Stimme von der anderen Bettseite. »Manchmal könnte ich dich für deine Gefühllosigkeit wirklich erwürgen.«

»Tante Felice? Du bist auch hier?«

Felice setzte sich auf die andere Bettseite und funkelte Robert über ihre Nichte hinweg böse an. »Es besteht kein Grund dazu, Alicia noch mehr aufzuregen.«

Zu Alicia gewandt, meinte sie liebevoll: »Robert hat mich verständigt, dass du hier bist, und ich bin natürlich sofort herbeigeeilt.«

Sie warf Robert einen zweiten bösen Blick zu. »Schließlich sollte wenigstens einer so weit denken, dass die Klatschmäuler keine neue Nahrung bekommen.«

Sie strich zärtlich die Bettdecke glatt. »Alicia, Liebes, du hast uns einen ganz üblen Schrecken eingejagt. Was, um Himmels willen, hattest du dort bloß verloren?«

Alicia errötete heftig und betrachtete ihre Fingerspitzen so intensiv, als gäbe es nichts Wichtigeres auf der Welt. Niemals würde sie den wahren Grund für ihr Handeln erklären. Wie sollte sie auch? Sie verstand ja selbst nicht, weshalb der Gedanke, Robert könnte etwas geschehen sein, sie mit solcher Angst erfüllt hatte.

Und sie weigerte sich standhaft, nach dem verborgenen Grund für ihre Gefühle zu suchen. Ziemlich sicher würde ihr gar nicht gefallen, was sie finden würde.

»Ich schätze, ich habe wohl ein wenig unbedacht gehandelt«, gab sie kläglich zu und zuckte im selben Moment zusammen.

»Ein wenig«, herrschte Robert sie ungehalten an.

»Verdammt noch mal, mäßige dich, Robert, sonst werfe ich dich aus dem Zimmer«, kam Felice ihr zu Hilfe.

»Das ist mein Haus, Felice, vergiss das nicht«, hieb dieser zurück.

Alicia massierte sich gequält die pochende Schläfe. »Könntet ihr euch vielleicht ein bisschen leiser streiten? Ich glaube nämlich, mein Kopf zerspringt jeden Moment.«

»Was dir verdammt recht geschieht«, schnauzte Robert, doch diesmal achtete er auf seine Lautstärke.

Als Alicia in sein unversöhnliches Gesicht aufblickte, stöhnte sie erneut. »Na schön, wenn du es unbedingt hören willst ... Es war sehr unvernünftig von mir. Ich hätte auf Wes hören und die Konstabler rufen sollen. Mein Handeln war wirklich sehr, sehr dumm. Zufrieden?«

»Besser«, lenkte Robert nun nachdenklich ein. »Kannst du mir sagen, was du mitten in der Nacht noch in den Docks zu suchen hattest?«

»Ich war in der Fabrik und habe mir die Frachtpapiere angesehen.«

»Lass den Verband in Ruhe, du hast eine saftige Beule abbekommen«, murrte er und griff sanft, aber entschieden nach Alicias Hand, die an dem Stoff herum zupfte.

»Aber dieses Ding ist lästig«, maulte sie und versuchte sich aus seinem Griff zu befreien.

»Das geschieht dir noch einmal recht. Hast du etwas herausgefunden?«

»Sie sind wirklich äußerst mitfühlend, Earl«, murrte sie zynisch.

»Nur bei dummen Dingern, die nicht wissen, wohin sie gehören.«

»Können wir diese kindische Unterhaltung nun beenden? Und uns Wichtigerem widmen?«, forderte Felice unbehaglich. Die Vertrautheit der beiden gefiel ihr ganz und gar nicht. »Also, Liebes, hast du in den Unterlagen irgendetwas gefunden?«

»Ich bin mir nicht sicher«, gestand Alicia gedämpft und suchte Roberts Blick. »Du hast mir versprochen, keine voreiligen Schlüsse zu ziehen.«

Das stille Flehen ihrer Augen traf ihn bis ins Mark. »Ich halte meine Versprechen, Alicia. Was hast du entdeckt?«

»Es gibt da eine kleine Ungereimtheit in den Büchern.«

Bei Felices entsetztem Keuchen hob Alicia rasch abwehrend die Hand. »Es gibt keine Unterlagen, dass die *Furniture* jemals für uns eine Lieferung gebracht hat. Dieser Punkt ist also ausgeschlossen.«

»Na wunderbar«, rief Felice erleichtert und warf Robert einen triumphierenden Blick zu.

»Was macht dir dann Sorgen?«, drang Robert behutsam vor.

Alicias Augen glitten zwischen Felice und Robert hin und her. »Letzten Monat haben wir eine besondere Lieferung erhalten. Doch diese ist nicht in der Inventarliste verbucht. Alles ist darauf festgehalten, nur diese eine Sache nicht.«

»Und was war das?«, wollte Felice gepresst wissen.

»Das kann ich dir nicht sagen, Felice, sonst verderbe ich dir die Weihnachtsüberraschung.«

»Ein Weihnachtsgeschenk«, rief diese erfreut und hob entschuldigend die Finger an die Lippen, als sie Alicia unter dem Lärm zusammenzucken sah. »Was ist es denn?«

»Das erfährst du am Weihnachtsmorgen, doch ich fürchte, es könnte möglicherweise wichtig für dich sein, Robert.«

Robert musterte Felice lange. »Ich nehme nicht an, dass du freiwillig das Zimmer verlässt, oder?«

Diese schüttelte verneinend den Kopf. »Nur über meine Leiche.«

»Das dachte ich mir. Dann stell dich vors Fenster und halte dir die Ohren zu.«

»Was? Das ist doch wohl ein Scherz?«, rief sie nun erbost.

Robert schüttelte ungerührt den Kopf. »Keineswegs. Entweder du verlässt das Zimmer, oder du tust, was ich dir gesagt habe. Eine andere Wahl hast du leider nicht.«

Felice hielt seinem herrischen Blick so lange wie möglich stand, bevor sie mit einem leisen Fluch aufstand. »Hältst du eigentlich den Rekord im Anstarren, ohne zu blinzeln?«

Roberts Lippen verzogen sich zu einem kleinen Lächeln. Anscheinend konnte sie noch genauso schlecht verlieren wie früher. »Sing!«

Sie fuhr wütend zu ihm herum und zischte ihn an. »Treib es nicht zu weit, Robert.«

Dieser schenkte ihr ein unverschämtes Lächeln. »Ich kenne dich und deine Neigung zum Schummeln nur zu gut, Felice. Und jetzt sing, damit wir sicher sind, dass du nicht lauschst.«

»Hast du vielleicht auch noch einen speziellen Wunsch, womit ich dich erfreuen kann?«, forderte sie ihn spitz heraus.

Robert überlegte einen Augenblick. »Die Nationalhymne würde mir schon gefallen. Mit viel Gefühl, wenn ich bitten darf.«

Im nächsten Augenblick begann Felice mit ihrer Darbietung. Robert lachte noch immer leise, als er sich zu Alicia hinunter beugte. Sogleich erstarb beider

Lachen und wich einer seltsamen, erwartungsvollen Spannung.

Alicia hatte Robert noch nie so entspannt gesehen. Es stand ihm ausgezeichnet und machte ihn um mindestens fünf Jahre jünger.

Sein Blick hing an ihren Lippen, liebkoste sie, und Alicia benetzte sie unbewusst mit der Zungenspitze.

Sogleich fuhr ein heißer Blitze in Roberts Lende und ließ ihn hart werden. Gleichzeitig bemerkte er, dass seine Augen begierig an ihrem Körper hinunterglitten. Nur mühsam gelang es ihm, seinen Blick von den zwei köstlichen Rundungen loszureißen, die sich deutlich unter dem Laken abzeichneten, und ihr stattdessen in ihr fein geschnittenes Gesicht zu sehen. Aber auch dies trug nicht dazu bei, die Hitze aus seinen Lenden zu vertreiben. Im Gegenteil. Er musste wirklich ein mit Blindheit geschlagener Idiot gewesen sein. Wie hatte er Alicia jemals als unscheinbar bezeichnen können, wenn doch alles in ihm danach schrie, sie wieder zu berühren?

Seine Augen glitten zu ihren leicht geöffneten Lippen, die geradezu darum flehten, von ihm liebkost zu werden … Robert räusperte sich verhalten, um ein qualvolles Aufstöhnen zu verhindern. Zu lebhaft war seine Erinnerung an die dunkle Gasse. An ihre süße, unschuldige Leidenschaft. *Verdammt.*

Ein besonders falscher Ton aus Felices Kehle befreite Alicia aus dem sinnlichen Netz, und sie räusperte sich vernehmlich. Sie beeilte sich damit, Robert von der Chaiselongue zu erzählen. Sie erklärte ihm auch, dass es sich hierbei um eine begehrte Antiquität handelte und sie fast ein halbes Jahr danach gesucht hätte, und ließ auch nicht aus zu erwähnen, dass immer noch die Möglichkeit bestand, dass Mister Smith dieses kostbare Stück eventuell separat verbucht hatte. Als ihr gewahr wurde, dass sie diesen nie mehr danach fragen konnte, hielt Alicia bestürzt inne.

»Der Schuss, den ich gehört habe …«

Sie musste den Satz nicht beenden, denn Robert verstand sie auch so.

»Ja, er war sein Todesurteil.«

Felice krächzte immer erzürnter vor sich hin, bis Robert es schließlich nicht mehr ertragen konnte. »Es reicht, Felice.«

Sie hörte ihn nicht.

Er stand auf und trat hinter sie. Als er ihre Arme berührte, schrie sie erschrocken auf und wirbelte mit Mordlust im Blick zu ihm herum.

»Wie kannst du mich nur so erschrecken. Ich hätte mir beinahe in die Hosen gemacht.«

»Für dieses Gekrächze wäre das wohl die Mindeststrafe.«

Felice verkniff sich selbst ein Lächeln und ignorierte ihren kratzenden Hals. Sie hatte sich tatsächlich alle Mühe gegeben, besonders falsch zu singen.

Robert schwieg einige Zeit, dann holte er etwas aus seiner Tasche hervor und trat wieder an den Bettrand heran.

»Dies hattest du in der Hand, als ich dich … gefunden habe.« Er reichte Alicia eine goldene Brosche.

»Die muss ich wohl dem Kerl abgerissen haben, als ich gestürzt bin.« Sie betrachtete das wunderschön gearbeitete Schmuckstück eingehend. Ein in Gold gefasster Stern, der mit funkelnden Rubinen und Smaragden besetzt war – ein Luxus, den sich ein gewöhnlicher Verbrecher bestimmt niemals leisten konnte. Alicia atmete tief ein, doch das beklemmende Gefühl des Wiedererkennens ließ sich nicht abschütteln.

»Was ist? Weißt du, wem es gehört?«, wollte Robert erstaunt wissen.

Alicia blinzelte nachdenklich. »Ich bin mir nicht sicher … irgendwie kommt mir dieser Schmuck bekannt vor. Doch ich kann mich einfach nicht daran erinnern, wo ich ihn schon einmal gesehen habe.«

Felice nahm ihr die Brosche aus der Hand und betrachtete sie ebenfalls eingehend.

»Vielleicht hast du sie an deinem Angreifer gesehen, und sie kommt dir deshalb bekannt vor?«

»Das wäre möglich«, gestand Alicia, doch das ungute Gefühl blieb.

»Kannst du dich an sonst irgendetwas erinnern?«, erkundigte sich Robert ernst. »Hast du den Kerl gesehen? Seine Stimme erkannt oder irgendetwas bemerkt, das uns bei seiner Festnahme helfen könnte?«

Alicia schüttelte bedauernd den Kopf. »Es ging alles viel zu schnell.«

Ein leises Klopfen an der Tür ließ alle aufblicken, und auf Roberts Zeichen trat Alfred ein.

»Euer Gnaden, Jason ist soeben zurückgekehrt.«

Robert warf Alicia einen fragenden Blick zu und staunte wieder einmal, wie sie seine Gedanken zu erraten schien. Sie nickte und zog sich die Bettdecke bis ans Kinn hoch.

»Führe ihn herein, Alfred.«

Wenige Augenblicke später trat Jason ein, ein triumphierendes Lachen auf dem Gesicht.

»Wir haben die *Furniture* endlich ausgemacht, Boss. Sie liegt keine zwei Stunden von hier entfernt in einer kleinen, verborgenen Bucht, genau wie Sie vermutet haben.«

Endlich ein Hinweis! Roberts Blut pulsierte. »Bist du sicher, dass es das richtige Schiff ist?«

»Eindeutig, Boss. Es ist die *Furniture*.« Er grinste noch breiter. »Und am Wasserstand gemessen, scheint sie bis obenhin Fracht geladen zu haben.«

»Verdammt, das wurde aber auch Zeit. Gleich nach der Abenddämmerung werden wir dem Schiff einen kleinen Besuch abstatten. Stell einen Trupp von zehn Männern zusammen. Wir treffen uns um fünf Uhr an der westlichen Stadtgrenze.«

Mit diesen Worten erhob sich Robert. »Ich habe noch

zu tun. Falls ihr etwas brauchen solltet, mein Personal steht euch zur Verfügung.«

Alicia schaute Robert nach, wie er mit Jason durch die Tür verschwand, und fühlte sich seltsam allein gelassen. Mit einem unterdrückten Stöhnen versuchte sie sich aufzusetzen.

»Warte, ich helfe dir«, bot Felice fürsorglich an und schüttelte Alicia die Kissen im Rücken auf. Sie wirkte seltsam bedrückt, und das Schweigen verstärkte Alicias Schuldgefühle. »Es tut mir Leid, Tante Felice. Ich wollte dir bestimmt keine Sorgen machen.«

Felice schaute betrübt auf das blasse Mädchen nieder, bevor sie sich seufzend auf die Bettkante setzte. »Das ist es nicht, was mich bekümmert, Liebes.«

»Was ist es denn sonst?«

»Der Blick, mit dem du Robert anschaust, ist es. Du brauchst es gar nicht abzustreiten«, warf sie rasch ein, als Alicia protestierend den Mund öffnete.

»Schließlich bin ich nicht blind. Du bist auf dem besten Weg, dich in Robert zu verlieben.«

Ein rosa Schimmer bedeckte Alicias Wangen, und sie schlang ihre Finger sittsam ineinander. »Wäre das denn so schlimm?«

Tiefe Trauer sprach aus den Augen ihrer Tante, als diese zögernd nickte. »Ja, Liebes, das wäre es, denn Robert wird deine Gefühle niemals erwidern.«

Alicia fühlte sich plötzlich elend, was nichts mit ihrer Kopfverletzung zu tun hatte. »Wie kannst du dir so sicher sein, dass er es nicht tun würde?«, hakte sie leise nach, obwohl sie die Antwort darauf fürchtete. »Vielleicht …«

»Alicia, mach dir nichts vor«, bat Felice nicht ohne Strenge. »Ich kenne Robert nun schon seit siebzehn Jahren und weiß immer noch kaum mehr über ihn als an dem Tag, an dem wir uns kennen gelernt haben. Er war schon immer ein distanzierter Mensch. Bereits als Kind ließ er niemals jemanden wirklich an sich heran.«

Sie schüttelte betrübt den Kopf. »Sein Vater war ein brutaler, gefühlloser Tyrann, der es niemals verdient hatte, einen Sohn wie Robert zu haben. Er isolierte ihn, wo es nur ging.«

Etwas in Alicias Herz zog sich zusammen, als sie sich den kleinen, ungeliebten Jungen vorstellte. »Wie … wie habt ihr euch eigentlich kennen gelernt?«

Ein schmerzliches Lächeln spielte um die Mundwinkel ihrer Tante, und in ihre Augen trat ein Glanz, ganz so, als hätte sie sich wieder in diese Zeit zurückgezogen. »Wir waren Nachbarskinder. Roberts Vater hatte sich nach fast einem halben Jahr endlich wieder einmal dazu herabgelassen, bei seinem Sohn eine kleine Stippvisite abzuhalten. Wenn ich mich recht erinnere, hatte er irgendein fernes Land in der Hoffnung auf irgendwelche Kunstschätze bereist. Roberts Mutter war bei seiner Geburt gestorben, und seinen Vater sah er höchstens ein- bis zweimal im Jahr. Bis zu jenem Tag hatte ich den Sohn des Earls noch nie zu Gesicht bekommen.«

»Warum denn das?«, wollte Alicia leise wissen. Vielleicht würde sie Robert verstehen können, wenn sie mehr über ihn wusste.

Felice fuhr bitter fort. »Robert war es strengstens untersagt, das Haus zu verlassen. Angeblich aus gesundheitlichen Gründen, da sich der Earl zu große Sorgen um seinen einzigen Erben machte. Dabei war Robert schon damals so gesund und stark wie ein junger Hengst. Er war ein Gefangener in diesem Museum – wie er es nannte –, und seine Lehrer waren die Wärter. Es war an meinem sechzehnten Geburtstag, als ich nach Einbruch der Dunkelheit im Garten spazieren ging. Von der großen Hecke her hörte ich ein Rascheln und ein Geräusch, als ob Stoff zerriss. Ich ging dem nach und fand einen ausgemergelten Jungen mit wirrem schwarzem Haar. Robert kauerte am Boden und riss Stoffbahnen aus seinem Hemd. Als ich ihn fragte, was er im Garten meines Vaters zu suchen hätte, funkelte er mich mit seinen grünen Augen an und meinte, ich solle mich zum Teufel scheren.« Felice lächelte liebevoll vor sich hin. »Erst zwölf Jahre alt, und doch legte er bereits eine Arroganz an den Tag, die der seines Vaters in nichts nachstand.« Ihre Miene verdüsterte sich. »Und doch hatte er etwas an sich, das es mir unmöglich machte, einfach wieder zu gehen. Es war der Schmerz eines Jungen, der nicht verstand, weshalb man ihm dieses Leid zufügte, gepaart mit dieser wilden Entschlossenheit, nicht zu zeigen, wie sehr er darunter litt. Erst als er begann, die Stoffbahnen um seine Hände zu wickeln, fiel mir das Blut auf. Seine Handrücken waren eine einzige blutige Fleischmasse …«

»Um Himmels willen«, entfuhr es Alicia leise. »Was war denn geschehen?«

Felice schüttelte den Kopf. »Sein Vater hatte ihn mit dem Rohrstock gezüchtigt, weil er in dem halben Jahr seiner Abwesenheit nicht perfekt Französisch gelernt hatte.«

»Was?«, rief Alicia fassungslos. Ihr Innerstes krampfte sich vor Abscheu gegen den alten Earl zusammen. »Das ist ja barbarisch.«

Felice nickte zustimmend. »Aber es war zum Teil auch Roberts Schuld. Er hatte gewusst, dass er nur einmal hätte schreien müssen, damit sein Vater aufhören würde, ihn zu schlagen, doch dieser Bengel war wild entschlossen gewesen, als Sieger aus dieser Sache hervorzugehen. Sein trotziges Schweigen hatte den Earl derart in Rage gebracht, dass er die Kontrolle über sich verloren hatte, bis der Rohrstock auf Roberts Fingern zerbrochen war.«

»Und wie ging es weiter?«, forderte Alicia ihre Tante auf, als diese schwieg.

Felice zuckte mit den Schultern. »Wir unterhielten uns einige Zeit, dann verschwand er wieder durch die

Hecke. Von diesem Abend an kam er regelmäßig in unseren Garten.«

»So wurdet ihr also Freunde«, folgerte Alicia leise und fühlte einen unangenehmen Stich in der Brust.

»Ich glaube nicht, dass man unsere Beziehung damals als Freundschaft bezeichnen konnte. Es war viel mehr ein … geschäftliches Abkommen.«

Alicia zog verwirrt die Stirn in Falten, und Felice klärte sie amüsiert auf.

»Ich glaube, ich diente Robert lediglich als Informationsquelle. Er stellte Fragen, und ich antwortete. Als Gegenleistung brachte er mir bei, wie man Schlösser knackte, geheime Codes entschlüsselte und solche Sachen … Nach einigen Monaten entdeckten wir dann ein gemeinsames Hobby. Oder besser gesagt eine Leidenschaft, die wir miteinander teilten. Beide liebten wir nichts mehr als das Lösen von Geheimnissen. Robert gelang es immer wieder, die interessantesten Fälle auszugraben und diese aufzudecken. Leider hatte ich nicht so viel Glück. Ich konnte betteln wie ich wollte, Robert ließ sich niemals dazu erweichen, mich an der Front mitmischen zu lassen. Wenn er tatsächlich einmal eine Arbeit für mich hatte, dann beschränkte sich diese ausschließlich auf das unauffällige Beschaffen von Informationen. Dennoch ließ er es sich nicht nehmen, mich über jeden seiner Schritte und Erfolge zu informieren.« Felice seufzte wehmütig. »Robert war ein Einzelgänger, Alicia, und ist es bis heute geblieben. Mit einer kleinen Ausnahme.«

»Adelaide.«

Felice nickte traurig. »Ja. Sie war die einzige Frau, für die er sich wirklich interessierte.«

Am liebsten hätte sich Alicia die Ohren zugehalten, um diesen Teil aus Roberts Leben nicht mit anhören zu müssen. Sie wollte nicht bestätigt bekommen, wie sehr er diese Hexe geliebt hatte.

»Kein Wunder, sie war das schönste Mädchen in

ganz Greenwich und auf jedem Ball ein absoluter Erfolg.«

Der bittere Geschmack von Galle kroch in Alicias Hals, als sie rau meinte: »Ich weiß. Sie war das sanftmütigste und sittsamste Geschöpf auf Gottes Erden.«

Felices Augen blitzten verärgert auf. »Nein, sie war ein kaltherziges, eitles Biest. Dennoch wollte Robert sie mit einer Inbrunst haben, wie ich sie niemals bei ihm erlebt habe.« Felices Stimme zitterte nun vor Bitterkeit. »Nach dieser Geschichte war Robert kaum mehr wieder zu erkennen. Sie hatte jegliches Zartgefühl und den Glauben an andere Menschen in ihm getötet. Sieh ihn dir doch an, Alicia. Heute ist Robert ein kalter, zynischer Mann.« Felice drückte mitfühlend Alicias Hand. »Glaube mir, Liebes, er ist nicht mehr im Stande, sich jemandem zu öffnen, geschweige denn jemanden zu lieben. Er wird dich nur verletzen, wenn du ihm dein Herz schenkst.«

9

Derweil saß Robert mit Gilard im grünen Salon bei einem Glas Portwein zusammen.

»Wie geht es der jungen Lady?«, wollte Gilard wissen, um Roberts Verschlossenheit zu durchbrechen. In den letzten zwanzig Minuten hatte er nur finster vor sich hin gebrütet und kein Wort von sich gegeben.

»Ehrlich gesagt, ich weiß es nicht«, gab er seinem Freund knapp Bescheid. Gilard bemerkte die steile Falte, die sich zwischen Roberts Augenbrauen einzugraben schien. »Alfred sagte doch, sie sei aufgewacht. Hat sie denn nicht gesprochen?«

»Doch.«

»Und?!«, bohrte er weiter und verkniff sich einen ungeduldigen Seufzer. Bei Gott, diesem Kerl musste man manchmal wirklich jedes Wort aus der Nase ziehen.

»Verdammt, sie hat sich für ihre Dummheit entschuldigt.« Robert stieß diese Worte in einem solch anklagenden Ton aus, dass Gilard amüsiert die Augenbrauen lüftete. »Meiner Meinung nach zeugt dies von gesundem Menschenverstand. Selbsteinsicht …«

»Du verstehst das nicht. Teufel auch, *ich* war es, der ihr ihre sträfliche Dummheit vorgeworfen hat, und Alicia besitzt für gewöhnlich die Neigung, mich in *allem* vehement zu belehren oder mir zumindest aufs Schärfste zu widersprechen.«

Er schüttelte langsam den Kopf. »Aber sie hat nichts dergleichen getan. Sie hat sich … einfach entschuldigt.«

Gilard wollte seinen Ohren nicht trauen. Robert machte sich tatsächlich Sorgen um das Mädchen, das nur wenige Zimmer entfernt im Bett lag. Maßloses Staunen und etwas, das gefährlich nah an Ehrfurcht grenzte, erfüllte ihn in Bezug auf diese kleine, unscheinbare Frau. Er hatte sie nur kurz gesehen, als sie sie bewusstlos gefunden hatten. Dann hatte Robert ihn auch schon angebrüllt, er solle nicht so dumm herumstehen und endlich eine Kutsche und einen Arzt holen. Zu diesem Zeitpunkt war er bereits über Roberts heftige Reaktion verblüfft gewesen, doch jetzt …

Was hatte dieses Mädchen bloß angestellt? Seine Neugierde war jedenfalls geweckt, und er nahm sich vor, ihr bei nächster Gelegenheit einen kleinen Besuch abzustatten. Zu Robert sagte er jedoch nur: »Ich verstehe. Du befürchtest also, dass ihre Kopfverletzung doch mehr Schaden angerichtet hat, als der Arzt zunächst annahm.«

Robert nickte grimmig. »Das steht zu vermuten. Vielleicht sollte ich noch einen Spezialisten zu Rate ziehen.«

Gilard korrigierte sich in Gedanken. Er musste dieses Mädchen ganz unbedingt näher in Augenschein nehmen.

»Ich glaube, wir sollten uns jetzt besser um die *Furniture* kümmern. Ich bin mir sicher, dass die kleine Lady nur etwas Ruhe braucht, um wieder ganz sie selbst zu werden.«

Beinahe hätte Gilard aufgelacht, als Robert ernsthaft über seinen Vorschlag nachdachte und schlussendlich zustimmend nickte.

»Himmel, was ist denn jetzt schon wieder los?« Der plötzliche Lärm in der Eingangshalle entlockte Robert einen ungeduldigen Fluch. Gleich darauf klopfte es kurz, und Alfred öffnete die Tür. »Verzeihen Sie bitte, Mylords. Aber in der Eingangshalle tobt gerade ein ziemlich aufgebrachter Gentleman. Angeblich sollen Sie seine Verlobte entführt haben, Euer Gnaden.« Alfred schüttelte missbilligend den Kopf. »Ein Verrückter, wenn Sie mir eine Meinung gestatten.«

Robert verfluchte insgeheim seine eigene Dummheit, nickte jedoch nur kühl.

»Führ ihn herein.«

Als Alfred die Tür wieder ins Schloss zog, sprang Gilard mit besorgtem Gesichtsausdruck von seinem Sessel auf. »Gib mir zwei Minuten, dann kann ich das Mädchen unauffällig aus dem Haus schaffen.«

»Nein.«

Roberts verschlossenes Gesicht ließ nichts von seinen Gedanken erahnen.

Gilard, der bereits ein Bein über die Fensterbank geschwungen hatte, um sich unbemerkt durch den Park zur Hintertür zu schleichen, hielt mitten in der Bewegung inne. »Verdammt, Rob, du hast damals in London schließlich das Gleiche für mich getan, als der Konstabler seine Frau bei mir vermutet hat.«

Robert trat hinter seinen Schreibtisch und ließ sich in den mächtigen Ledersessel sinken. »Das waren andere Umstände.«

»Ach.« Gilard zog sein Bein wieder herein und musterte seinen langjährigen Freund mit neuem Interesse. »Waren sie das wirklich?«

Eine steile Falte bildete sich auf Roberts Stirn. »Wisch dir dieses dümmliche Grinsen vom Gesicht. Ich meine lediglich, dass jene Frau nicht verletzt war. Falls Alicias Kopf wirklich Schaden erlitten hat, sollte man sie so wenig wie möglich bewegen. Das ist alles.«

Gilard schlenderte zum Kamin, damit Robert sein verblüfftes Grinsen nicht sehen konnte. Himmel, sein Freund machte sich tatsächlich höllische Sorgen, wenn er sich in solche Schwierigkeiten bringen ließ.

Die Tür öffnete sich erneut, und Bryan stürmte an Alfred vorbei in den Raum.

»Wo ist Alicia?«

»Setzen Sie sich, Birningham.« Robert hatte zwar ruhig geklungen, doch die unterschwellige Warnung war nicht zu überhören gewesen.

»Den Teufel werde ich tun.«

Bryan starrte feindselig von Robert zu Gilard, der sich unauffällig im Hintergrund hielt und die Szene neugierig verfolgte.

»Ich will Alicia sehen, und zwar jetzt gleich.«

Robert lehnte sich in seinem Sessel zurück und legte bedächtig die Fingerspitzen aneinander. »Und wie kommen Sie zu der Vermutung, dass Ihre Verlobte sich in meinem Haus aufhalten könnte?«

Einen kurzen Augenblick verharrte Bryan verwirrt, doch dann brach sich sein Ärger erneut Bahn.

»Versuchen Sie gar nicht erst, es zu leugnen, Whitehaven.« Seine Stimme überschlug sich vor Zorn. »Lady Pembroke hat mich persönlich davon unterrichtet. Auf ihrem Heimweg gestern Abend musste sie durch die Hafengegend fahren, und dort hat sie mit eigenen Augen gesehen, wie Sie Alicia in Ihre Kutsche getragen haben.« Er ging aufgebracht im Zimmer auf und ab. »Himmel, sie soll sich noch nicht einmal gewehrt haben. Lady Pembroke war so erschüttert über diese Frivolität, dass sie Ihnen bis hier vors Haus gefolgt ist. Sie musste sogar mit ansehen, wie Sie gemeinsam im Inneren verschwunden sind, und bis jetzt hat meine Verlobte das Haus nicht mehr verlassen.«

»Ich verstehe.«

Bryan hielt wie vom Donner gerührt mitten in der Bewegung inne. Er zitterte vor Zorn. »›Ich verstehe‹? Ist das alles, was Sie dazu zu sagen haben? Sie ruinieren Alicias Ruf, ziehen meinen Familiennamen in den Schmutz und zwingen mich, meine Verlobung mit ihr zu lösen … Und alles, was Ihnen dazu einfällt, ist ein verdammtes ›Ich verstehe‹?!«

Robert wartete einige Sekunden schweigend, bevor er sich langsam vorbeugte und Bryan mit seinen grünen Augen fixierte. »Nein, das ist keineswegs alles. Ich habe Ihnen zugehört, Birningham, und nun werden Sie mir zuhören. Setzen Sie sich.«

Bryan zögerte. Er versuchte, dem eindringlichen Blick des Earls standzuhalten, doch dieser Kälte vermochte wohl kein lebendes Wesen lange zu trotzen. Widerwillig ließ er sich in den Sessel fallen.

Robert nickte zufrieden. »Es stimmt. Lady Wincliff befindet sich in meinem Haus. Es stimmt auch, dass Lady Wincliff sich nicht zur Wehr gesetzt hat. Allerdings nicht aus dem Grund, den Sie anführen, Birningham … Alicia war bewusstlos. Wenn Sie Lady Pembrokes Kutscher fragen, den sie zweifellos zur Bewachung meines Hauses abgestellt hat, werden Sie unter anderem erfahren, dass wenige Minuten später ein Arzt und Felice eingetroffen sind.«

»Felice ist auch hier?!«

Der plötzlich aufkeimende Ärger ließ Robert innehalten. Dieser Mann schien sich mehr um Felice Gedanken zu machen, als sich nach dem Grund zu fragen, warum Alicia bewusstlos gewesen war. In diesem Augenblick öffnete sich erneut die Tür, und Felice rauschte in einem schlichten Morgenkleid und einem sehr besorgten Gesichtsausdruck ins Zimmer.

»Bryan, was tust du denn hier? Ich konnte dich ja bis in die oberen Stockwerke brüllen hören.«

Bryan erhob sich, und ein Muskel zuckte in seiner Wange. »Du hast also alles gewusst und nichts dagegen unternommen?!«

»Bitte, Bryan, urteile nicht vorschnell. Wir können dir alles erklären.« Felice ergriff seine Hände, doch er entzog sie ihr sogleich wieder.

»Was willst du mir erklären, Felice? Dass Alicia und du mich belogen und betrogen habt? Dass Alicia mir mit deinem Wissen Hörner aufgesetzt und mich so zum Gespött von ganz Greenwich gemacht hat?«

»Zu Letzterem braucht es wohl kaum Alicias Zutun«, ließ sich Robert kühl vernehmen. »Und im Übrigen wird diese Angelegenheit nicht länger Ihr Problem sein, Birningham. Ich werde Alicia heiraten.«

»Nein!«, rief Felice entsetzt und ließ sich in den nächstbesten Sessel sinken. »Das kannst du nicht tun, Robert. Das … das darfst du einfach nicht.«

Robert betrachtete eingehend Felices blasses Gesicht. »Weißt du eine bessere Lösung?«

»Lass mich mit Bryan reden, Robert. Wir werden bestimmt zu einem Kompromiss gelangen.« Entschlossen sprang sie auf, packte Bryan am Arm und zerrte ihn aus dem Zimmer.

Robert lehnte sich wieder in seinem Stuhl zurück.

»Hier, trink einen kräftigen Schluck, mein Freund. Das kannst du gebrauchen.«

Robert nahm Gilard mit einem knappen Nicken das Glas aus der Hand und stürzte den ganzen Inhalt auf einmal hinunter. Sein Blick ruhte auf der langen Narbe auf seinem Handrücken, und ein undefinierbares Lächeln lag um seine Mundwinkel.

»Mein alter Herr hatte anscheinend doch Recht. Die Dummen sollen bestraft werden. Er hat wohl vergessen zu erwähnen, dass die Strafe gleich lebenslänglich bedeutet.«

Gilard wusste sich keinen rechten Reim auf diese Worte zu machen, dennoch ahnte er, dass sie etwas Dunkles aus Roberts Vergangenheit herauf beschworen.

»Willst du sie tatsächlich heiraten?«

Robert ließ sich sein Glas erneut füllen. »Auch wenn die Leute vom Gegenteil überzeugt sind, so stehe ich dennoch zu meinen Fehlern. Ich werde meine Verlobung noch vor Ende dieser Woche bekannt geben.«

Nach einer schier endlos langen Zeit kehrten Felice und Bryan wieder zurück. Felice strahlte über das ganze Gesicht, und Robert konnte sich beim besten Willen nicht erklären, weshalb er einen bitteren Groll gegen sie empfand.

»Wir sind zu einer Übereinkunft gelangt, Robert. Es wird dich jedoch einiges kosten.«

Robert wandte sich zum Fenster um, um seinen Abscheu zu verbergen.

»Das stand zu vermuten. Wie viel?«

»Bryan hat sich freundlicherweise bereit erklärt, die Verlobung bestehen zu lassen. Unter zwei Bedingungen.«

»Und die wären?«

»Erstens musst du dich ab sofort von Alicia fern halten, und zweitens sollst du ihm den Wiederaufbau seines Landgutes finanzieren. Das wird zwar nicht ganz billig, aber dennoch besser als eine ungewollte Heirat.«

Roberts Blick glitt von Felice zu Birningham, und er war sich nicht sicher, wen er in diesem Augenblick mehr verachtete. Birningham, der seine Ehre anscheinend in Goldmünzen aufwog, oder Felice, die ihre Nichte wie ein Stück Vieh feilhielt.

»Gehe ich recht in der Annahme, dass das Landgut etwas mit Alicia zu tun hat?«

Bryan versuchte erneut Roberts Blick standzuhalten. »Ja, sie wird dort leben.«

»Dann liege ich bestimmt auch mit meiner Vermutung richtig, dass Sie nicht gewillt sind, Ihre Tage ebenfalls auf dem Lande zu verbringen?«

Bryan schnaubte abfällig. »Felice konnte mich zwar davon überzeugen, dass Alicia zum größten Teil unschuldig an der jetzigen Situation ist, dennoch kann ich nicht einfach darüber hinweg sehen, dass sie meinen Namen beschmutzt hat.«

»Das beantwortet nicht meine Frage.«

»Ich werde jeweils nur so lange bei ihr bleiben, bis sie meine Erben empfangen hat.«

Robert starrte mit vor Wut trübem Blick aus dem Fenster. Dieses verdammte Schwein. Plötzlich sah er im Geiste Alicia, ihr Leib von einem noch ungeborenen Kind gewölbt, allein in einem fremden, kalten Haus … Der scharfe Stich in seiner Brust traf Robert vollkommen unvorbereitet, und sein Entschluss stand fest.

Alicia würde niemals die Kinder dieses Bastards bekommen.

»Ich fürchte, Sie werden sich die Mittel für den Wiederaufbau Ihres Landgutes anderweitig beschaffen müssen. Alicia wird *meine* Frau werden.«

10

Als endlich wieder Ruhe im Haus eingekehrt war, stieg Robert nachdenklich die Treppe zu Alicias Schlafgemach hoch. Wie hatte ihm nur alles so entgleiten können?

Tausend Gedanken gingen ihm durch den Kopf, und er zögerte kurz, bevor er leise die Tür öffnete und ohne anzuklopfen den abgedunkelten Raum betrat. Die schweren Vorhänge waren zugezogen, und die heruntergedrehte Flamme einer Öllampe verlieh dem Raum einen warmen, goldenen Glanz. Robert nahm den schwachen Duft von Lavendel war. Er trat näher, und ein kleines Lächeln reizte seine Mundwinkel. Er hätte sich denken können, dass Alicia sich im Schlaf nicht wie ein scheues Kätzchen zusammenrollen würde. Sie lag mit gestreckten Gliedern auf dem Bauch und schien die ganze Welt für sich zu beanspruchen. Robert betrachtete Alicias schlafende Gestalt. Wie lange war es nun her, seit er diesem Mädchen das erste Mal begegnet war? Eine Woche? Zehn Tage? Es kam ihm wesentlich länger vor. Sie schien ihm so vertraut …

Alicia drehte sich schlafend und mit einem leisen Seufzen auf den Rücken, bevor sie seine Gegenwart spürte und blinzelnd die Augen öffnete.

»Robert?« Sie stöhnte leise auf und tastete nach dem Verband um ihren Kopf. »Habe ich schon wieder eins auf den Kopf bekommen?«

Er schob sachte ihre Finger von dem weißen Stoff fort und setzte sich auf die Bettkante. »Nein, das Hämmern stammt noch vom letzten Mal.«

Alicia schaute sich im schwach beleuchteten Zimmer um. »Wo ist Tante Felice?«

»Sie musste noch etwas erledigen.«

Alicia zog das Laken bis unters Kinn hoch. »Du solltest nicht hier sein, Robert. Ich meine … nicht ohne meine Tante.«

Robert las weder Angst noch Anklage in ihren Augen. Es war lediglich eine schlichte Feststellung. Leiser Ärger keimte in ihm auf. Sie war wirklich zu vertrauensselig.

Robert nickte. »Ich weiß.« Himmel, es juckte ihn in den Fingerspitzen, eine ihrer schimmernden Locken zu berühren – und nicht nur das … Sie wirkte so unglaublich unschuldig, und doch zeichneten sich unter der dünnen Decke verführerische Kurven ab, die Roberts Blut augenblicklich erhitzten.

»Du siehst so ernst aus. Ist etwas geschehen?« Alicia fühlte sich unter seinem eindringlichen Blick seltsam atemlos, und sie wurde sich mit jedem Augenblick, der schweigend verstrich, Roberts Gegenwart und der Intimität dieser Situation deutlicher bewusst. »Was war das für ein Tumult unten?«

Robert erhob sich und ging zu der kleinen Anrichte, auf der mehrere Karaffen Brandy standen. Er brauchte jetzt dringend eine Stärkung. »Birningham war hier.«

Alicia schnappte entsetzt nach Luft und setzte sich auf. Robert wandte sich ihr wieder zu. Das bisschen Farbe, das seit dem Überfall wieder in ihre Wangen getreten war, war verschwunden, und sie wirkte erschreckend blass.

»Du solltest dich besser wieder hinlegen.«

Alicia schüttelte schwach den Kopf, umfing mit den Armen die angezogenen Beine und ließ ihr Kinn auf die Knie sinken.

»Weshalb war er hier? Er konnte doch unmöglich wissen, dass ich in deinem Haus bin.«

Robert trat ans Fußende des Bettes und betrachtete Alicia, die unruhig die Finger ineinander verschlang. Bei Gott, er musste ein mit Blindheit geschlagener Narr gewesen sein, als er dieses Mädchen für unscheinbar gehalten hatte. Das nachtschwarze Haar umrahmte in sanften Locken ihr schmales Gesicht und züngelte über ihre schmalen Schultern, als wäre es von eigenem Leben erfüllt. Roberts Mund fühlte sich plötzlich trocken an, als er beobachtete, wie sie in einer unbewusst sinnlichen Geste eine Haarsträhne hinters Ohr strich.

»Anscheinend hat Lady Pembroke uns letzte Nacht im Hafen gesehen und ist uns bis hierher gefolgt.«

»O nein, nicht ausgerechnet diese Schlange! Ich

wette, sie hatte keine Zeit zu verlieren und ist gleich zu Bryan gerannt.«

»Diese Wette gewinnst du.«

Plötzlich riss Alicia entsetzt die Augen auf. »Es wird doch kein Duell geben, Robert, nicht wahr? Sag bitte, dass er dich nicht zu einer solchen Dummheit bewogen hat.«

Ein Muskel zuckte in Roberts Wange. »Nein, aber jetzt, wo du es sagst, würde ich ihn liebend gern über den Haufen schießen.«

Alicia konnte ihn nur anstarren. Er hatte etwas unglaublich Verwegenes an sich, wie er so breitbeinig am Bettende stand und auf sie herunterblickte. Auch jetzt trug er kein Jackett, und das blütenweiße Hemd stand in wunderbarem Kontrast zu seinen schwarzen Haaren und dem sonnengebräunten Gesicht. Die Ärmel trug er so weit hochgeschlagen, dass Alicia seine stählernen Unterarme bewundern konnte. So kräftig und doch so unglaublich zärtlich. Unwillkürlich biss sich Alicia auf die Lippen, um das Kribbeln zu verjagen, das ihr bei der Erinnerung an ihre Begegnung hinter der Hafenkneipe durch den ganzen Körper lief.

»Tu das nicht, Mädchen«, flüsterte Robert rau und konnte seinen Blick nicht von ihren Augen abwenden. Er war gefangen in der süßen Begierde, die er darin las und die sie in ihrer Unschuld nicht zu verbergen vermochte. War gefangen im Anblick der zarten Röte, die nun ihre Wangen überzog. Dennoch hielt sie seinem Blick stand. »Robert …« Wie von einer fremden Macht getrieben, setzte er sich neben Alicia aufs Bett und hob ihr Gesicht dem seinen entgegen. »Du solltest mich nicht so ansehen, Lissi.« Noch bevor Alicia etwas antworten konnte, bedeckten seine hungrigen Lippen ihren Mund. Alicia seufzte leise vor Wonne, und ihre Arme schlangen sich ganz von selbst um Roberts Nacken. Mein Gott, sie schmeckte so unglaublich süß und lebendig. Roberts Kuss wurde leidenschaftlicher, und Alicia teilte gehorsam die Lippen. Sie hieß ihn willkommen – so warm und süß. Seine Hände glitten besitzergreifend in ihre schwere Haarflut …

Plötzlich gewann Roberts Verstand wieder die Macht über seinen gepeinigten Körper, und er befreite sich schwer atmend aus ihren Armen. Beinahe fluchtartig erhob er sich. »Alicia, wir müssen reden.«

Sie blinzelte verwirrt, noch immer berauscht von Roberts sinnlichem Angriff. »Reden?«

»Ja, verdammt.« Robert brachte sich am Fenster in Sicherheit vor ihrer Anziehungskraft. Er brauchte diesen Abstand, die sichere Distanz zu ihren weichen Armen, ihren verführerischen Lippen …

Alicias Herz krampfte sich vor Enttäuschung zusammen, und ihr entwich ein unwilliges Schnauben. Seinem ernsten Gesicht nach zu deuten konnte es sich um nichts Erfreuliches handeln. Alicia atmete tief durch. »Es ist wegen Bryan, nicht wahr?«

Robert nickte ernst.

»Ich nehme an, er ist gekommen, um die Verlobung mit mir zu lösen?«

Erneut nickte Robert und war verwirrt über ihre Gefasstheit. Eigentlich hätte er Tränen erwartet und wilde Schimpftiraden.

Alicia seufzte ergeben und zog die Beine wieder an. »Das kann man ihm unter diesen Umständen wohl kaum verübeln.«

»Wohl kaum verübeln? Verdammt, hast du auch nur die geringste Ahnung davon, was er dir damit antut?«, fuhr Robert sie scharf an. Es war ihm unbegreiflich, wie sie diesen Bastard auch noch verteidigen konnte.

»Ich weiß sehr wohl, was das bedeutet, Robert. Schließlich bin ich nicht dumm«, gab Alicia zurück. Sie verstand wirklich nicht, weshalb er sich so aufregte. Schließlich ging die ganze Angelegenheit ihn gar nichts an. Sein Verhalten irritierte und ärgerte sie gleichermaßen, und sie bat: »Würdest du mich bitte allein lassen? Ich brauche Zeit zum Nachdenken.«

Robert stieß sich vom Fensterbrett ab und ging zur Tür. »Das ist nicht mehr nötig. Ich habe bereits einen Boten zu deinem Bruder gesandt.«

»Warum denn das?«, wollte Alicia verblüfft wissen. Jimmy würde doch noch früh genug erfahren, was geschehen war.

»Unter den gegebenen Umständen möchte ich ihm natürlich meine Aufwartung machen.«

»Ich … ich verstehe nicht.« Doch plötzlich verstand sie nur zu gut, und ihre Augen weiteten sich vor Überraschung. »Du willst mich heiraten?«

Ihr Herz begann plötzlich zu hämmern, und wilde Freude ließ sie am ganzen Körper zittern. Doch ein Blick in Roberts finsteres Gesicht erstickte ihre Euphorie mit einem einzigen, unbarmherzigen Schlag. »Nein, das willst du ganz und gar nicht.«

Sie fühlte sich plötzlich elend.

»Unter den gegebenen Umständen wird uns nichts anderes übrig bleiben.«

Alicia warf die Decke von sich und schwang ihre Beine auf den Boden. Sie war einfach zu aufgebracht, um still im Bett sitzen zu können. Ein leichtes Schwindelgefühl ließ sie kurz innehalten. »Nein … auf keinen Fall!«

»Leg dich hin, Alicia.«

Sie funkelte ihn wütend an. »Hör auf, mir Befehle zu erteilen, ich bin keine deiner Bediensteten.« Sie verschränkte die Arme vor der Brust. »Wir werden nicht heiraten. Das werde ich nicht zulassen, hörst du?«

»Du wirst es nicht zulassen?« Roberts Gesicht glich einer kühlen Maske, und Alicias Magen krampfte sich schmerzlich zusammen. Er wirkte so unnahbar, so kalt und abweisend, dass sie am liebsten geschrien hätte. Er wollte sie nicht. Tränen brannten in ihren Augen, doch sie kämpfte sie tapfer zurück. Zum Weinen würde sie später genügend Zeit finden. Zuerst musste sie ihn von diesem fatalen Fehler abbringen.

Alicia begegnete entschlossen seinem kühlen Blick.

»Auf keinen Fall, Robert. Ich weiß, dass du dich für die Auflösung meiner Verlobung verantwortlich fühlst. Aber das bist du nicht. Früher oder später wäre es sowieso geschehen.«

»Wäre es das?«

Sie nahm all ihren Mut zusammen. »Ja. Ich hatte niemals vor, Bryan zu heiraten. Ebenso wenig, wie er mich jemals zu seiner Frau nehmen wollte.«

»Ich verstehe.«

Alicia schüttelte energisch den Kopf. »Nein, das tust du nicht. Kein Wort hast du verstanden. Unsere Verlobung war einfach nur praktisch. Das war alles. Es ist nicht deine Schuld, dass ich niedergeschlagen wurde. Wäre ich nicht zu den Lagerhallen gelaufen, hättest du dich auch niemals dazu genötigt gesehen, mich hierher zu bringen. Dann wäre das alles nicht geschehen.«

»Du bist aber niedergeschlagen worden, Alicia, und alles andere ist ebenfalls geschehen.«

Wie konnte sie diesem sturen Kerl nur begreiflich machen, dass keinerlei Notwendigkeit zu einer Heirat bestand? Vor Verzweiflung schrie sie beinahe.

»Das ist mir egal. Ich treffe meine Entscheidungen selbst, und ich übernehme auch die volle Verantwortung für mein Handeln. Niemals werde ich dich unter diesen Voraussetzungen heiraten. Niemals, verstehst du?«

Nun war auch Robert richtig wütend über ihre Widerspenstigkeit. »Auch ich pflege die Verantwortung für meine Fehler zu übernehmen. Wir werden heiraten, und darüber gibt es keine Diskussion! Ich werde es kein zweites Mal zulassen, dass man mir vorwirft, eine ehrbare Frau verdorben und dann verstoßen zu haben.«

Alicias Zorn verflog jäh, und sie erbleichte. In ihren

Augen spiegelten sich blankes Entsetzen und Fassungslosigkeit.

»Mein Gott, Robert, was man über dich sagen würde, daran habe ich überhaupt nicht gedacht.«

In diesem Moment verfing sich ihr Fuß im Saum des Nachthemdes. Sie stolperte und prallte gegen Roberts Brust. Sogleich umfing er sie mit seinen starken Armen.

»Verdammt, Lissi, du hast sehr wenig nachgedacht, seit wir uns kennen.«

Sie sah mit flammenden Augen zu ihm auf. Die aufrichtige Betroffenheit in ihrem Blick besänftigte seinen Ärger, und er zog ihren zitternden Körper fest an sich. Das war ein Fehler. Mit einer Heftigkeit, die ihm beinahe den Atem nahm, wurde er sich ihrer spärlichen Bekleidung bewusst. Er spürte ihre Wärme durch den dünnen Stoff ihres Nachthemdes, spürte jede verführerische Kurve ihres schlanken Körpers.

Als er wieder sprach, klang seine Stimme rau. »Alicia, ich werde nicht länger mit dir über die Notwendigkeit oder den Verzicht auf eine Heirat debattieren. Wir werden heiraten.« Er lächelte schwach. »Du wirst sehen, es wird bestimmt nicht so schrecklich, mit mir verheiratet zu sein.«

Alicia teilte seine Meinung ganz und gar nicht. Ihre Finger krallten sich in den Stoff seines Hemdes, und sie schüttelte wild den Kopf.

»O Robert, es wird einfach furchtbar sein. Das musst du mir glauben. Du wirst mich bestimmt hassen, weil du mich für immer als eine lästige Pflicht am Hals haben wirst. Und ich werde dich hassen, weil du mich aus diesem Grund niemals lieben kannst.« Ihre Worte sprudelten mit solcher Heftigkeit aus ihr hervor, dass sie sich wie spitze Speere in seine Brust bohrten.

Sie meinte es ernst. Sie war überzeugt davon, dass er sie unglücklich machen würde.

»Schhh«, beruhigte er sie und presste einen Kuss auf ihre Stirn. »Ich könnte dich niemals hassen.«

Alicia schaute überrascht über diese unerwartete Zärtlichkeit zu ihm auf und erkannte, dass sie ihn mit ihren Worten verletzt hatte. Ihr Herz sank noch tiefer. »Aber wirst du mich jemals lieben können, Robert? So sehr, wie ich dich heute schon liebe?«

Er sah die unvergossenen Tränen in ihren Augen, die Aufrichtigkeit des Gefühls, das sie in ihrer Unschuld als Liebe deutete. Doch er sah auch ihre wilde Verzweiflung, und plötzlich fühlte er tief in seinem Inneren einen schmerzhaften Ruck. Seine Arme schlossen sich fester um ihren bebenden Körper, als könnte er sie so vor allem Unheil dieser Welt beschützen. Er wollte ihr sagen, dass sie sich nicht zu fürchten brauchte, wollte ihre Zweifel zerstreuen und die Traurigkeit aus ihren Augen verbannen. Doch er fand keine Worte.

Sein Mund befand sich nur noch Millimeter über ihren Lippen, und instinktiv wusste er, wie er sie überzeugen konnte. Er ließ seine Hand langsam in ihren Nacken gleiten. Sein Daumen zeichnete sanft die Konturen ihrer Unterlippe nach. Alicia erschauderte, und ihr Puls begann zu rasen. »Ich kenne diese Liebe nicht, Lissi. Ich weiß nicht einmal, ob ein solches Gefühl wirklich existiert.«

Sie war verzaubert. Verzaubert von seiner Berührung und der maskulinen Rauheit seiner Stimme.

»Dann lass mich dir die Liebe zeigen.« Mit einer Verwegenheit, die ihr selbst fremd war, ergriff sie Roberts Hand und hauchte einen sanften Kuss in seine Handfläche, bevor sie sie an ihre Wange führte. Robert schluckte hart, tief ergriffen von dieser unschuldigen und doch so sinnlichen Geste.

Alicia biss sich unsicher auf die Unterlippe, und Robert konnte nur still dastehen. Ihre Blicke waren fest ineinander verwoben, und er hielt angespannt den

Atem an, als sie seine Hand quälend langsam über ihren Hals immer weiter hinunter führte. Und dann spürte er das warme Fleisch ihrer nur spärlich bedeckten, herrlich festen Brust, die sich in seine Handfläche zu brennen schien. Ein heftiges Zittern ging durch seinen Körper, und seine Stimme klang heiser, als er sie warnte. »Du bewegst dich auf gefährlichem Grund, Liebes.«

Das wusste sie, doch es kümmerte sie nicht länger. »Ich fürchte mich nicht, Robert.« Etwas geschah mit ihr – genau wie damals in der dunklen Gasse –, und sie musste einfach wissen, was es war.

»Das solltest du aber«, stöhnte er und zog Alicia fest in seine Arme. Von wildem Hunger getrieben, verschloss er ihre Lippen mit einem alles verzehrenden Kuss. Für einen Augenblick schien Alicias Herz auszusetzen, nur um dann umso heftiger zu pochen. Ihr Atem zitterte in ihrer Kehle, während ungeahnte Empfindungen in ihr erwachten. Ihre Arme schlangen sich um seinen kräftigen Nacken, und sie erwiderte seinen Kuss mit all der Hingabe und Liebe, die ihr unschuldiges Herz erfüllte.

»Großer Gott, das solltest du wirklich«, keuchte Robert atemlos. Seine Lippen glitten mit wilder Sehnsucht über ihren süßen Mund. Alicia schmiegte sich ganz nah an seinen stählernen Körper und fühlte, wie er erschauderte. Seine langen, kräftigen Finger bahnten sich ihren Weg über ihren Rippenbogen und glitten nach vorn, um eine ihrer herrlich runden Brüste zu umfangen. Diese intime Berührung wirkte wie eine gewaltige Explosion auf Alicias Sinne, und sie warf den Kopf in den Nacken. Nie zuvor hatte sie ihren Körper so intensiv gespürt wie in diesem Moment, und sie war sich nicht sicher, wie lange sie es ertragen konnte. Roberts heiße Lippen glitten gierig an ihrem Hals weiter abwärts und schienen jeden Zentimeter ihrer zarten Haut zu versengen.

Alicia nahm nur am Rande wahr, dass er sie zum Bett zog, ohne in seinen Zärtlichkeiten innezuhalten. Sie spürte kaum den kühlen Luftzug, als er ihr Nachthemd bis zu den Hüften hochschob, doch dann fühlte sie seine Hände an ihren Schenkeln. Heiß und fordernd glitten seine rauen Handflächen zu ihren Hinterbacken, wo sich seine Finger gierig in ihr weiches Fleisch gruben. Robert schob seinen Unterleib höher und presste seine Härte an ihre heiße Mitte. Alicias Kehle entrang sich ein aufgewühltes Stöhnen, und ihr linkes Bein hob sich wie von selbst. Das war weit mehr, als Robert ertragen konnte. Mit einem einzigen Ruck riss er sich das Hemd vom Leib. Alicias Nachthemd folgte, und beides war vergessen, noch bevor die Kleidungsstücke den Boden berührten. Roberts Mund war plötzlich wie ausgetrocknet. Er hatte geahnt, dass Alicias Körper von erlesener Schönheit sein würde, doch mit diesem atemberaubenden Anblick hatte er nicht gerechnet. Er zog sie fest in die Arme und stöhnte unwillkürlich auf. Haut auf Haut. Niemals hatte er geahnt, dass ein Gefühl so erschütternd und mächtig sein konnte. Er setzte sich auf die Bettkante und zog Alicia mit sich, damit sie rittlings auf ihm zum Sitzen kam.

»Robert?!« Alicia war erschrocken über diese plötzliche Intimität. Er spürte ihr Zögern, und sein Mund ergriff erneut Besitz von ihrem Mund. Diesmal wild und zügellos. Seine Hände wanderten über ihren verlockenden Körper, umfassten ihre wohlgerundeten, weichen Brüste, die sich ihm entgegen zu drängen schienen.

»Du bist so schön. So unglaublich schön«, keuchte er, während er sein Gesicht in wilder Gier in das Tal zwischen ihre üppigen Brüste schmiegte und ihren weiblichen Duft tief in seine Lungen sog. Alicia seufzte vor Wonne. Vergessen waren Zweifel und Ängste. Alles, was zählte, war Robert – und diese berauschende Hitze, die ihren Körper, ihr ganzes Sein zu verbrennen drohte. Ihre Hände wanderten ruhelos über seine muskulösen Schultern. Seine Haut fühlte sich heiß und fest unter ihren Handflächen an und steigerte ihr Vergnügen ins Unermessliche. Tief in ihrem Innern war sie davon überzeugt, dass seine Berührungen unschicklich und aufreizend waren. Andere Leute machten Derartiges sicherlich nicht …

Erstaunlicherweise verlieh dieser Gedanke dem süßen, verbotenen Genuss einen ganz eigenen, elektrisierenden Reiz.

Roberts Berührungen wurden kühner. Entsetzt bemerkte Alicia, dass sich seine Fingerspitzen zum intimsten Zentrum ihrer Weiblichkeit vorwagten.

»Robert!«

»Schhh, ganz ruhig, Liebes. Es wird dir gefallen«, flüsterte er rau und knabberte verführerisch an einer empfindsamen Brustknospe. Glitzernde Funken der Lust sprühten hinter Alicias Augen, und sie krallte ihre Finger in Roberts Haar. Während er der zweiten Brustspitze die gleiche Liebkosung angedeihen ließ, glitten seine Finger immer tiefer. Quälend langsam und mit verführerischem Druck bahnten sie sich ihren Weg bis tief in das seidige Vlies ihres Schamhaars.

Ihr Körper erbebte. Seine Hand lag jetzt zwischen ihren Schenkeln. Unnachgiebig und mit quälenden, kreisenden Bewegungen tastete er sich immer weiter vor. Alicia erschauerte. Ihr Unterleib spannte sich beinahe schmerzhaft an, und sie schluchzte hilflos auf. Wie durch einen dichten Nebel hörte sie sich seinen Namen rufen. Robert biss die Zähne fest aufeinander. Schweißperlen bedeckten seinen Körper, so sehr bemühte er sich, sich zurückzuhalten. Doch Alicias ungebremste Leidenschaft, die natürliche Offenheit, mit der sie sich der Lust hingab, war mehr, als ein sterblicher Mann ertragen konnte.

Ein kehliger Laut entwich seinen Lippen, und er

verstärkte den Druck seiner Finger. »Gefällt es dir, Liebes?«

Alicias Hüften hoben und senkten sich im Rhythmus der köstlichen Folter.

»Sag mir, was dir gefällt«, forderte er rau, und die eigene Lust ließ ihn erschauern. Alicia schüttelte hilflos den Kopf. Wie sollte sie ihm sagen, was sie wollte, wenn sie doch gar nicht verstand, was mit ihr vorging. »Ich … ich weiß es nicht …«

Seine Hände nahmen ihr den Atem und raubten ihr fast den letzten Funken Verstand.

»Ist es das?« Tief stieß er einen Finger in ihr seidiges Geheimnis und spürte, wie sich die Pforten ihrer Weiblichkeit fest um ihn schlossen, um ihn in sich zu halten. Alicia stöhnte auf vor Lust, und Robert glaubte noch nie etwas Sinnlicheres gesehen zu haben.

Ein glänzender Schweißfilm bedeckte ihren Körper. Er fasste sie an den Pobacken und presste ihre Scham an seine harte, pulsierende Erektion. Alicia wand sich in seinen Armen. Sie wusste nur eines, sie musste dieses grenzenlose Sehnen in ihrem Unterleib stillen, musste dieses alles verzehrende Feuer löschen. Instinktiv wusste sie, dass nur dieser eine Körperteil von Robert, der sich so hart und unnachgiebig an ihre Scham presste, ihr die ersehnte Erfüllung schenken konnte. In blinder Gier wand sie sich an seinem harten Körper.

Roberts Herz raste, und er befürchtete, sich jeden Augenblick zu ergießen, wenn er nicht endlich die Hitze ihrer Scham um seinen pochenden Schaft spüren würde. »Ich kann nicht mehr, Liebes«, stöhnte er wild und legte Alicia mit einer einzigen, fließenden Bewegung auf das Bett. Dann entledigte er sich rasch seiner Hose und legte sich neben sie. Alicia spürte das unkontrollierte Zittern, das seinen Körper durchlief. Seine Hände setzten ihr aufreizendes Spiel fort, bis Alicia es nicht mehr auszuhalten glaubte. Sie spürte, wie er seine Haltung veränderte, und als sie ihre Augen öffnete, sah sie ihn zwischen ihren Beinen knien. Plötzlich loderte Panik in ihr auf. Sie musste diesem Wahnsinn Einhalt gebieten … musste ihn zurückhalten …

»Robert?«

»Vertrau mir, Liebes.«

Alicias Bedenken waren im selben Moment vergessen, als sich sein Gewicht auf sie herabsenkte und sie tiefer in die Matratze presste.

Seine Finger glitten über ihren Körper und schienen ihre Haut zu versengen.

»Sag, dass du mich genauso willst wie ich dich.« Die heiseren, einschmeichelnden Worte fluteten über Alicia hinweg und raubten ihr das letzte Fünkchen Widerstand. Wie konnte sie auch länger leugnen, was ihr Körper schon lange wusste?

»Ja, Robert. Ich will dich mehr als irgendetwas auf dieser Welt.«

Der Laut, der Roberts Kehle entwich, ging Alicia durch Mark und Bein. Seine Lippen senkten sich zu einem alles verzehrenden Kuss auf die ihren. Tief drang seine Zunge in ihren Mund ein, erforschte sie, als gäbe es nichts Wertvolleres für ihn. Alicia nahm verschwommen wahr, dass sich etwas Hartes, Unnachgiebiges an ihre Weichheit presste, und der sanfte, beharrliche Druck erregte sie ungemein.

Ein Warnlicht blinkte hinter ihren Augen auf, doch sie schenkte dem keine Bedeutung. Was konnte schon falsch daran sein, sich solch herrlichen Gefühlen hinzugeben? Besonders wenn man sie mit dem Mann erleben durfte, den man liebte.

Alicias Arme legten sich fester um seinen Nacken, und sie bog sich ihm ohne zu zögern entgegen.

Das war alles an Ansporn, was Robert brauchte.

»Mein Gott, ja, Lissi. Ja.« Mit beiden Händen umfasste er ihre Hüften, drang kraftvoll in sie ein und versank in ihrer süßen Wärme. Seine Lippen erstickten ihren Schmerzensschrei. »Psst, es ist gleich vorbei, Liebes. Gleich ist der Schmerz verflogen«, flüsterte er, am ganzen Körper zitternd, während er reglos in ihr verharrte und seine drängende Lust bezähmte.

Alicia schaute zweifelnd zu ihm auf. »Bist du sicher?« Sie fühlte sich beängstigend gedehnt.

»Ganz sicher, vertrau mir, Liebes.«

Bevor Alicia ihm versichern konnte, wie sehr sie ihm vertraute, küsste er sie wieder. Diesmal zärtlich, beruhigend. »Berühr mich, Liebes. Fass mich an«, flüsterte er, als er die empfindsame Stelle hinter ihrem Ohr liebkoste. Ein Schauer ergriff Alicia, und ihre Hände glitten bewundernd über seine breiten Schultern, über seinen Rücken. »Du bist wunderschön, Robert«, flüsterte sie mit einem Anflug von Ehrfurcht, der ihm ein dunkles Stöhnen entlockte. Hatte sie eigentlich eine Ahnung, was sie ihm da antat? Zu Alicias Staunen ließ das Unbehagen tatsächlich schnell nach, und an seiner statt wuchs eine unbekannte Hitze in ihrem Unterleib an. Nicht schmerzhaft, aber auch nicht weniger beängstigend. Prüfend zog sie sich ein wenig zusammen, und Robert glaubte, sterben zu müssen. Er konnte sich nicht länger zurückhalten. Bei Gott, er hatte es versucht, aber nun konnte er nicht mehr länger warten. Ein dünner Schweißfilm bedeckte seinen Körper. Mit fest zusammengebissenen Zähnen begann er sich vorsichtig in ihr zu bewegen, hielt jedoch sofort inne, als er Alicias leisen Schrei hörte. Ihre Augen waren weit aufgerissen, doch zu seiner ungeheuren Erleichterung las er keinen Schmerz in ihnen. Alles, was er dort sah, war unschuldige, reine Lust und … Neugierde. Alicia blinzelte erstaunt und benetzte sich die trockenen Lippen: »Könntest … könntest du das noch einmal machen, Robert?«

»So oft du es möchtest, Liebes«, grinste Robert, und ein unterdrücktes Lachen schwang in seiner Stimme mit. Doch bevor Alicia sich darüber ärgern konnte, bewegte er sich erneut in ihr, und sie vergaß völlig, was sie ihm hatte sagen wollen. Quälend langsam glitt er in sie hinein und wieder hinaus, und Alicia hatte das Gefühl, sterben zu müssen. Irgendetwas Gewaltiges wartete da auf sie, und sie fürchtete plötzlich, dieses Etwas vielleicht verpassen zu können, wenn Robert sich nicht beeilte. Wild entschlossen, sich diese Köstlichkeit nicht entgegen zu lassen, kam sie Roberts Stößen entgegen.

»O Gott, Lissi!«, keuchte Robert überrascht über ihre Initiative, bevor er sich hinkniete, Alicias Hüften anhob und immer tiefer und härter in ihre Weichheit stieß. Alicia schrie vor unglaublicher Lust auf, und gleißende Funken stoben hinter ihren geschlossenen Augenlidern. Kein Mensch konnte solche Wonnen überleben, fuhr es ihr durch den Kopf. Und dann kam die Erlösung mit ungeheurer Heftigkeit. Robert hatte nie zuvor etwas Schöneres gesehen als Alicia, die ihren ersten Höhepunkt erreichte. Sie hatte ihm nichts vorenthalten, hatte ihre Lust mit solch unschuldiger Begeisterung ausgelebt, dass Robert schon befürchtet hatte, sich vorzeitig in sie zu verströmen. Er spürte die wilden Zuckungen in ihrem Innern, und augenblicklich übertrugen sie sich auf ihn. Mit einem letzten, tiefen Stoß verschmolzen ihre Seelen miteinander. Robert warf wild den Kopf zurück und stieß einen heiseren Schrei aus. Sein Körper verfiel in unkontrollierbare Zuckungen. Dann brach er vollkommen erschöpft auf Alicia zusammen und rollte sich mit ihr im Arm auf den Rücken.

Genießerisch und vollauf zufrieden lagen sie lange Zeit schweigend da und warteten darauf, dass sich ihre Herzschläge wieder beruhigten. Seine Finger glitten sanft über Alicias schmalen Rücken, und sie belohnte ihn mit einem leisen, wohligen Seufzen.

Mit einem leichten Grinsen spürte er, wie seine Männlichkeit erneut erwachte, und er fragte sich, ob

Alicia wohl eine Vorstellung davon hatte, wie sehr er sie begehrte. Gerade in den letzten Tagen war ihm schmerzhaft bewusst geworden, dass der sinnliche Hunger, den sie bei ihrem ersten mitternächtlichen Besuch in ihm geweckt hatte, nicht geringer geworden war. Im Gegenteil. Alles in ihm verzehrte sich nach ihrer Nähe, ihrer Lebendigkeit. Wenn sie bei ihm war, erschien ihm die Kälte in seinem Inneren wesentlich geringer und unbedeutender. Manchmal konnte er sie sogar fast vergessen.

Er blickte auf den zierlichen Frauenkörper neben ihm, und sein Lächeln war wie weggewischt. Stattdessen nagten grässliche Schuldgefühle an seinen Eingeweiden.

Alicia spürte, wie er sich versteifte, und schaute fragend zu ihm hoch. Tiefe Besorgnis spiegelte sich in seinen Augen. »Deine Kopfverletzung!« Er berührte sanft ihre Stirn. Der Verband war verschwunden. »Wie konnte ich das nur vergessen? Wie fühlst du dich?«

Seine Besorgnis wärmte Alicia das Herz, und sie schenkte ihm ein Lächeln, strahlender als alles, was er jemals gesehen hatte. »Wie neu geboren, Mylord.« Sie hauchte einen kleinen Kuss auf seine harte Brust. »Wie neu geboren.«

Plötzlich fröstelte Robert, doch nicht vor Kälte. Seine Arme schlossen sich besitzergreifend um Alicia, und ihm wurde klar, dass er sie niemals mehr gehen lassen konnte. Niemals, so sehr sie sich auch gegen ihn wehren mochte. Dafür war sie ihm einfach zu kostbar mit ihrer unverfälschten Offenheit und Wahrheitsliebe. Und genau diese Erkenntnis war es, die ihn in Angst und Schrecken versetzte. Er würde Alicia eines Tages verlieren, oder sie würde ihn verlassen. Egal wie, am Ende würde er wieder allein dastehen. Das war so sicher wie das Amen in der Kirche. Das Schicksal hatte seinen mutwilligen Lauf wieder aufgenommen. Wann hatte es ihm schon jemals etwas Gutes beschert, ohne es ihm gleich wieder zu entreißen?

Alicia schmiegte sich eng an seinen warmen Körper, und ihre Finger spielten mit dem rauen Haar auf seiner breiten Brust. Plötzlich blickte sie mit einem verschmitzten Lächeln zu ihm auf. »Glaubst du …«, sie wickelte angelegentlich eine schwarze Locke seines Brusthaars um ihren Finger, und eine zarte Röte überzog ihre Wangen, »… wir könnten das noch einmal machen?«

Er gab sich den Anschein, sich diese Frage genau durch den Kopf gehen zu lassen, bis Alicia ihn lachend anstieß. »Jetzt gleich?!«

Roberts Augen weiteten sich in gespieltem Entsetzen. »Um Himmels willen, bedenke doch mein unglaubliches Alter …«

Alicia lachte fröhlich auf und riss ihm zur Vergeltung drei Brusthaare aus. »Du nachtragender Schuft, du.«

»Na warte!« Sein diabolisches Lächeln ließ Alicia kreischend die Flucht ergreifen, doch Robert war schneller. Er hielt sie zwischen seinen Schenkeln gefangen und begann sie gnadenlos zu kitzeln. Bald verwandelte sich ihr Kichern in ein wohliges Seufzen, gefolgt von hemmungslosem Stöhnen.

11

Robert kauerte hinter einem Felsvorsprung und beobachtete das Schiff, das ruhig im Wasser schaukelte. Ein ausgezeichnetes Versteck, gestand er insgeheim dem Kapitän der *Furniture* zu. Abgelegen, aber nicht unauffällig genug, um unliebsame Aufmerksamkeit zu erregen.

Die Abenddämmerung war bereits hereingebrochen, und mit ihr war ein eisiger Herbstwind aufgekommen, der sich wie Nadelspitzen in sein ungeschütztes Gesicht bohrte. Ganz wie Jason berichtet hatte, war der Schiffsrumpf anscheinend bis obenhin mit Fracht gefüllt.

Roberts Blut pulsierte vor Aufregung durch seine Adern. Endlich würden sie einen handfesten Beweis in die Finger bekommen. Auch wenn er bis jetzt noch nicht mit Gewissheit sagen konnte, dass es sich um Nemesis' Schiff handelte, und er auch nur erahnen konnte, welche Art von Fracht sich in dem mächtigen Schiffsrumpf verbarg, so stand eines doch fest – was auch immer es sein mochte, es war mit Sicherheit nicht legal. Weshalb sollte das Schiff denn sonst hier ankern, wenn es sich nicht um Schmuggelware handelte? Irgendetwas war auf jeden Fall faul an dieser Sache, und Robert war fest entschlossen, dieses Geheimnis zu lüften.

Eine Bewegung auf Deck holte Robert wieder in die Gegenwart zurück. Zu seinem Leidwesen schienen fast alle Matrosen an Bord zu sein. Vielleicht traute der Kapitän seinen eigenen Leuten nicht und hatte deshalb den Landurlaub gestrichen. Die zweite, weit weniger angenehme Lösung war, dass sie noch diese Nacht auszulaufen gedachten.

Sein Blick durchforstete die immer dichter werdende Dunkelheit und machte seine Männer in ihren Verstecken aus. Trotz der Kälte würden sie die Strecke zum Schiff schwimmend überwinden. Sie warteten nur noch, bis die Dunkelheit ganz über sie hereingebrochen war. Robert beobachtete gerade einen der Matrosen, der scheinbar planlos über das Deck wanderte, und plötzlich sagte ihm sein Instinkt, dass hier etwas ganz und gar nicht stimmte.

Weshalb brannten keine Laternen an Deck? Und warum, zum Teufel, kam es ihm so vor, als würden sich die Felsen plötzlich bewegen? Im selben Moment hörte er ein dumpfes Keuchen und blickte gerade rechtzeitig ans linke Ufer, um noch zu sehen, wie einer seiner Männer lautlos zusammenbrach.

»Verdammt, es ist eine Falle«, brüllte Robert seinen Leuten die Warnung zu. Im nächsten Augenblick entstand ein höllischer Tumult. Aus allen Richtungen sprangen plötzlich Matrosen aus ihren Verstecken. Schreie und wilde Rufe zerrissen die Nacht. Robert feuerte mit beiden Pistolen gleichzeitig, zwei Gegner gingen zu Boden. Seine Augen suchten nach Gilard, der sich mit einem wüst um sich schlagenden Matrosen einen Faustkampf lieferte. Gleich darauf duckte sich Robert blitzschnell zur Seite und entging nur knapp einem niedersausenden Holzknüppel, der es auf seinen Kopf abgesehen hatte.

Im Bruchteil einer Sekunde war er wieder auf den Beinen, ließ dem Angreifer keine Zeit, den Knüppel erneut zu schwingen, und rammte ihm mit aller Kraft das Knie in den Magen. Dieser sackte keuchend zu Boden.

Immer mehr Matrosen stürzten auf sie zu, und bald musste Robert einsehen, dass sie keine Chance hatten. Die Übermacht war einfach zu groß.

»Zieht euch zurück«, brüllte er seinen Männern zu und versuchte ihnen, so gut er es vermochte, die Gegner vom Leib zu halten. In blindem Zorn schlug er Köpfe zusammen und rammte seine Fäuste in wütende Fratzen.

Gilard wurde nun von vier Männern zugleich bedroht. Robert kämpfte sich verbissen zu seinem Freund vor, doch es wollte ihm einfach nicht gelingen; zu viele Gegner schnitten ihm den Weg ab. Unermüdlich hieb Robert nach links und rechts, verdrängte sowohl den Schmerz seiner aufgeplatzten Knöchel als auch die hässlichen Treffer seiner Feinde. Wie durch einen Nebel nahm er wahr, dass alle seine Männer voneinander abgeschnitten waren. Jeder hatte es mit mindestens zehn Matrosen zu tun. In diesem Augenblick sah er, wie hinter Gilard ein Angreifer einen Holzknüppel in die Luft schwang.

»Gilard, hinter dir«, versuchte er ihn noch zu warnen, doch da war es bereits zu spät. Mit einem dumpfen Aufprall ging sein Freund in die Knie und kippte besinnungslos vornüber.

»Neiiin«, schrie Robert auf wie ein verwundetes Tier und hieb mit neuer Kraft auf seine Feinde ein. »Für Gilard. Für Gilard.« Jeden schmetternden Hieb brachte er im Namen seines Freundes an. Doch er sah, dass seine Männer einer nach dem anderen fielen, und tiefer Schmerz erfüllte seine Brust.

Plötzlich vernahm er ein leises Pfeifen, das durch die Luft auf ihn zu sauste. Im nächsten Moment fiel etwas auf ihn nieder. Ein Netz! Diese feigen Schweine fingen ihn mit einem verdammten Fischernetz. Er versuchte sich zu befreien, fluchte, zerrte und schlug um sich.

»Verdammt, stellt ihn endlich ruhig.« Ein anderer brüllte vor Schmerz auf, als Roberts Faust durch das Netz schoss und ihn am Kinn traf.

»Dieser Kerl hat den Teufel im Leib«, keuchte ein anderer. Dann explodierte plötzlich etwas auf Roberts Kopf, und er fiel wie ein Sack in sich zusammen. Obwohl die dunkle Schwärze verlockend nach ihm zu rufen schien, kämpfte Robert mit aller Macht darum, das Bewusstsein nicht zu verlieren.

»Verdammt, wenn Nemesis diese Schweine das nächste Mal am Leben lassen will, kann er sie aber selbst zusammenschlagen. Dieser Bastard hier hat fast die Hälfte unserer Männer fertig gemacht.«

Ein derber Fußtritt landete in Roberts Rücken.

»Hör auf zu murren und drück ihm den Lappen auf Nase und Mund«, befahl eine krächzende Stimme. Gleich darauf roch Robert den süßlich bitteren Duft von Chloroform, und die schmerzlose Dunkelheit hüllte ihn in ihren gnädigen Mantel des Vergessens.

»Neiiiin!« Alicia fuhr entsetzt aus dem Schlaf hoch. Ihre Kehle fühlte sich rau an, und ihr Atem kam in rasselnden Stößen. »O Gott«, stöhnte sie. Schweiß bedeckte ihre Stirn, und das schlichte Nachthemd klebte ihr am Körper. Zitternd versuchte sie sich in der Dunkelheit zu orientieren, bis sie sich wieder gewahr wurde, dass sie in Roberts Haus im Bett lag.

»Dem Himmel sei Dank, es war nur ein Albtraum«, flüsterte sie bebend, doch das Grauen ließ nur ein wenig nach. Ihr Traum war ihr so wirklich erschienen. Sie hatte Robert gesehen, wie er reglos am Boden gelegen hatte.

Alicia schluckte schwer und versuchte die grässlichen Bilder abzuschütteln. Dennoch blieb ein unbestimmtes Gefühl von Gefahr zurück. Es schwebte wie eine finstere, drohende Wolke über ihr, die sich noch nicht entschließen konnte, wo sie sich letztendlich ausschütten wollte.

Mit bebenden Fingern entzündete sie die Öllampe auf dem Nachttisch. Sogleich erhellte das warme Licht den Raum, und Alicia war plötzlich unendlich froh, nicht voreilig in ihr eigenes Haus zurückgekehrt zu sein. Auch wenn Tante Felice es ihr dringend angeraten hatte.

Obwohl eine bedrückende Atmosphäre in diesen Mauern herrschte, spürte Alicia hier wenigstens Roberts Nähe. Es war sein Elternhaus, der Ort, an dem er zur Welt gekommen und aufgewachsen war. Das Museum, in dem er gefangen gehalten worden war – wie sie jetzt wusste.

Da Alicia sowieso nicht mehr schlafen konnte, zog sie sich einen Morgenmantel an, nahm die Kerze und schlüpfte in den Flur hinaus. Bereits durch ihre schlichte Anwesenheit in diesem Haus fühlte sie sich Robert auf eine eigentümliche, beinahe intime Art verbunden. Hier würde sie vieles über ihn erfahren und die Möglichkeit erhalten, ihn besser kennen zu lernen.

Und das wollte sie, gestand sie sich mit einem kleinen Lächeln ein.

Langsam schlenderte sie den Flur entlang, hielt bei jedem Bild an und hob die Kerze, um es besser betrachten zu können. Ein Museum, fürwahr.

Alicia rieb sich fröstelnd die Arme, während sie ihre Besichtigung weiterführte. Nach zwei Stunden fühlte sie sich schon bei dem Gedanken, dass Robert hier seine Kindertage verbracht hatte, elend. Nichts in diesem Haus strahlte auch nur einen Hauch von Wärme oder Geborgenheit aus. Die Dinge waren zu kostbar, um auch nur berührt werden zu dürfen.

Wie anders war doch ihre eigene Kindheit gewesen. So voll von Lachen und Herzlichkeit. Dem unumstößlichen Gefühl, beschützt und geliebt zu werden. Sie konnte sich nicht vorstellen, dass dieses Haus jemals ein Lachen zu hören bekommen hatte. Vermutlich würde es augenblicklich vor Schreck in sich zusammenfallen.

Alicia stieg die Treppe hinauf und gelangte in einen schwach beleuchteten Flur. Anscheinend war dies die Ahnengalerie. Unzählige finstere Gesichter blickten arrogant auf sie herab, und Alicia konnte sich eines unbehaglichen Schauderns nicht erwehren. Es waren ausnahmslos gut aussehende Männer und wegen ihrer schwarzen Haare und dieser unglaublich grünen Augen unleugbar vom selben Blute. Alicias Mut sank, als sie die weiblichen Porträts betrachtete. Himmel, sie hatte noch nie so wunderschöne Frauen zu Gesicht bekommen. Alicia ging Schritt um Schritt weiter und hoffte insgeheim, eine weniger hübsche Frau zu finden. Eine, die nicht dieses wundervolle goldene Haar oder diese verblüffend blauen Augen besaß. Sie fand keine und fühlte sich plötzlich elend. Adelaide hätte bestimmt großartig in diese Galerie gepasst, gestand sich Alicia bitter ein.

Als sie am letzten Porträt ankam, war ihr, als würde

ihr Herz einer Rose gleich erblühen. Robert. Ein Lächeln flog über Alicias blasses Gesicht, als sie zu dem kleinen, schwarz gelockten Jungen aufblickte.

»Als sein Vater ihn zwang, für dieses Bild Modell zu sitzen, wurde der junge Earl fuchsteufelswild.«

Alicia fuhr mit einem leisen Aufschrei zu der Frauenstimme herum. »Meine Güte, haben Sie mich erschreckt.«

Die kleine, korpulente Frau mit den freundlichen Augen errötete. »Entschuldigen Sie bitte, Mylady, das wollte ich nicht. Ich dachte, Sie hätten mein Kommen gehört.« Sie deutete auf das Porträt. »Anscheinend waren Sie in Gedanken.« Sie trat näher. »Mein Name ist Melissa Crouc, aber alle hier nennen mich Missi.«

Alicia fasste spontan Sympathie zu dieser ungekünstelten Frau, die ebenfalls in Nachthemd und Morgenmantel umherwandelte. Ihr langes, silberfarbenes Haar lag zu einem dicken Zopf geflochten über einer Schulter, und eine winzige Betthaube vervollständigte das Bild.

»Ich bin Alicia Wincliff. Sind Sie hier zu Gast?«

Missi lachte glucksend auf, wobei ihre Körperfülle freudig mithüpfte. »Ach Gott, nein, ich bin die Köchin, Stubenmädchen, Gouvernante und was sonst noch so anfällt. Aber was machen Sie hier oben, Kindchen? Konnten Sie nicht schlafen?«

Alicia schüttelte den Kopf und erklärte ein wenig verlegen: »Ich hatte einen Albtraum, und nun bin ich zu aufgewühlt, um in meinem Zimmer zu bleiben.«

Missi nickte verstehend. »Das hat dieses Haus so an sich.«

»Ich hoffe, Sie haben nichts dagegen, Missi?«

»Natürlich nicht. Schauen Sie sich um, so lange Sie wollen. Soll ich Sie vielleicht herumführen?«

Alicia nickte begeistert. »Das wäre wunderbar. Aber sollten Sie sich nicht auch zu Bett begeben?«

Missi lächelte gutmütig und nahm Alicia die Öllampe aus der Hand. »Ich werde früh genug zur letzten Ruhe gebettet, dann kann ich immer noch nachholen, was ich jetzt versäume.«

Missi führte Alicia von einem Raum in den anderen und erzählte kleine Episoden, die sich in den jeweiligen Zimmern ereignet hatten. Keine davon war sehr erheiternd.

»Weshalb ist diese Tür abgeschlossen?«, fragte Alicia neugierig.

»Der junge Earl hat nach dem Tod seines Vaters angeordnet, dass diese Gemächer verschlossen bleiben.«

»Warum?«, erkundigte sich Alicia.

Missi zuckte gleichmütig mit den Schultern. »Seine Gnaden hat keine weitere Erklärung abgegeben.«

Natürlich nicht. Robert war kein Mann, der sich vor anderen rechtfertigte.

»Ich verstehe«, gab Alicia leise zurück, da Missi anscheinend auf eine Reaktion ihrerseits wartete.

Sich sicher, dass Alicia ihr schnell genug folgte, trottete Missi zur letzten und abgelegensten Tür dieses Stockwerks. »Und das war das Schulzimmer des jungen Earl«, verkündete Missi und öffnete die Tür zu dem Raum, in dem es roch, als wäre seit Jahren nicht mehr gelüftet worden. »Kein sehr angenehmer Ort, wenn ich mir die Bemerkung erlauben darf.«

Von dem Augenblick an, in dem Alicia über die Schwelle trat, nahm sie die bedrückende Atmosphäre wahr. Der Raum war quadratisch angelegt und in dunklem Holz getäfelt. Ein mächtiges Bücherregal nahm die ganze Länge der hinteren Wand in Beschlag. An der gegenüberliegenden Seite befanden sich eine Schreibtafel und ein prunkvoller, dominanter Schreibtisch, und mitten im Raum, stand ein kleines, schäbig wirkendes Tischchen.

Roberts Schreibtisch. Wie von einer fremden Macht getrieben, ging Alicia langsam auf das Tischchen zu. Tiefe Trauer erfüllte ihr Herz. Eigentlich war es

Brauch, dass adelige Kinder zu dritt oder viert den Unterricht besuchten. Robert hatte hier anscheinend allein lernen müssen.

Dicker Staub bedeckte die Ablage. Alicia wischte mit der Hand über die Schreibplatte, und ein kleines, liebevolles Lächeln umspielte ihre Lippen, als sie mit dem Finger die eingeritzten Initialen L.R.S.W. nachfuhr. Lord Robert Spencer of Whitehaven. Alicia ging langsam zu dem Bücherregal und studierte die Titel auf den ledergebundenen Bänden.

Geografie, Geometrie, Rechnen, Physik, Chemie … Sie stöhnte innerlich auf. Alles schwerer, anspruchsvoller Stoff, und sie zählte zusätzlich mindestens fünf Fremdsprachen.

Wie lange sie auch suchte, sie fand nichts, das den Unterricht ein wenig aufgelockert hätte. Da waren keine farbigen Landkarten an den Wänden, die sie als Kind so sehr geliebt hatte, keine Bücher mit amüsanten Tiergeschichten zur Belohnung nach besonders schweren Lektionen. Nein, hier hatte es niemand darauf angelegt, Robert die Unterrichtsstunden angenehmer zu gestalten.

»Lady Alicia, fühlen Sie sich nicht wohl?« Missi kam mit besorgtem Gesicht auf sie zu. »Kommen Sie, hier drinnen ist die Luft so dick, dass man sie schneiden könnte. Im Flur wird es Ihnen gleich besser gehen.«

Alicia folgte ihr gehorsam, doch gerade als sie die Tür hinter sich zuziehen wollte, hörte sie ein dumpfes Geräusch. Ganz so, als wäre etwas umgefallen. Neugierig leuchtete Alicia den Boden ab und erstarrte. Der Rohrstock. Tiefer, abgründiger Hass und blinde Wut ließen Alicia erbeben. Langsam hob sie den Stock hoch und drehte ihn in den Fingern. Lerne oder erdulde die Strafe der Dummheit, stand da in großen Lettern.

»Zum Glück war ich damals noch nicht hier. Aber wie ich hörte, kaufte der alte Earl diese Rohrstöcke gleich im Dutzend.« Missi schüttelte betrübt den Kopf.

»Ich hätte jeden wie eine gemeine Ratte ersäuft, der es gewagt hätte, meine Kinder mit diesen Dingern zu schlagen. Einen Klaps auf die Wangen? Das ist schon in Ordnung, aber mit solchen Folterinstrumenten …? Was wollen Sie denn mit diesem Ding, Lady Alicia?«, fragte Missi erstaunt, als Alicia wütend die Tür zuzog und sich den Stock mit wilder Entschlossenheit unter den Arm klemmte.

»Verbrennen werde ich dieses Ding.«

Wenig später bedankte sich Alicia bei Missi für die Führung und ging zu Bett. Sie hatte genug gesehen und wünschte dem alten Earl von ganzem Herzen, dass seine Seele auf ewig im Fegefeuer geläutert werden mochte.

Als Alicia in ihrem Zimmer verschwunden war, breitete sich ein zufriedenes Lächeln auf Missis Lippen aus. »Das wurde aber auch Zeit.« Sie nickte und kehrte zum Angestelltentrakt und in ihr eigenes Zimmer zurück.

12

»Hörst du mich, Rob? Verdammt, wach doch endlich auf.«

Mit nahezu unmenschlicher Anstrengung versuchte Robert sich aus der Düsternis hoch zu kämpfen. Schmerz peinigte seinen geschundenen Körper, doch er schob dieses Gefühl, wie er es schon als Kind gelernt hatte, achtlos zur Seite. Jemand schlug ihm ins Gesicht, und ihm kam es vor, als würde sein Kopf in tausend Stücke explodieren. Von fern hörte er eine Stimme, doch es gelang ihm nicht, den Wortlaut zu verstehen. Mühsam zwang er sich, die Augenlider zu öffnen. Blendendes Licht ließ ihn blinzeln, doch dann ragte ein mächtiger Schatten über ihm auf. Es dauerte einen

Augenblick, bis sein benebeltes Hirn begriff, was seine Augen da sahen.

»Du lebst?«

»Teufel, dessen bin ich mir gar nicht so sicher«, gab Gilard erleichtert zurück und setzte sich auf seine Fersen. »Es gibt keinen Knochen in meinem Leib, der nicht brennt wie alle Höllenfeuer zusammen.«

Robert versuchte sich aufzusetzen, doch sein Freund zwang ihn mit sanfter Gewalt, liegen zu bleiben. »Warte noch ein Weilchen, bis die Wirkung des Chloroforms ganz nachlässt.«

»Wie viele Männer haben wir verloren?«, fragte Rob bitter, und die Bilder, wie einer nach dem anderen gefallen war, tauchten wieder auf.

»Keinen.«

Überrascht riss Robert die Augen auf, zuckte jedoch im selben Moment unter dem stechenden Schmerz zusammen. »Was meinst du damit?«

»Genau das, was ich sage. Unsere Männer sind zwar vorübergehend außer Gefecht gesetzt worden, doch alle leben noch. Obwohl sie sich vermutlich das Gegenteil wünschen werden, wenn sie wieder zu sich kommen. Ich glaube, der Überfall sollte uns wohl als nachdrückliche Warnung gelten.«

Robert bemühte sich erneut, sich aufzusetzen. Er hasste es, hilflos dazuliegen. Besonders wenn jemand auf ihn herab sah. Seine Entschlossenheit musste sich in seinem Gesicht gespiegelt haben, denn Gilard hielt ihn diesmal nicht davon ab.

»Was, zum Teufel …«, Robert befreite sich verwirrt aus dem Stoff und registrierte ärgerlich, dass es sich dabei um eine wärmende Wolldecke handelte.

»Verflucht, bist du jetzt mein Kindermädchen oder was?«

Der absurde Groll über die Decke entlockte Gilard ein kleines Lächeln. »Dein Zorn wäre es zwar wert gewesen, mein Freund, doch leider gebührt dein Dank jemand anderem.« Sein Grinsen wurde anzüglich. »Anscheinend hast du einen guten Eindruck hinterlassen, denn während wir anderen uns den Hintern abgefroren haben, hat man dich hübsch zugedeckt. Wenn es nicht so unwahrscheinlich wäre, würde ich fast behaupten, Nemesis wäre eine Frau.« Gilard betastete seine aufgesprungene Lippe und zuckte mit einer Schulter. »Vielleicht war es auch nur eine barmherzige Seele unter den Raufbolden, die fand, dass du erbärmlich genug aussiehst, auch ohne dass du dir noch Erfrierungen holst.«

Dies musste Robert erst einmal verarbeiten. Er war also zusammengeschlagen und betäubt worden, um dann *fürsorglich* zugedeckt zu werden?! Verflucht noch mal, was ging hier eigentlich vor sich?

Angewidert ob dem grässlichen Geschmacks in seinem Mund, verzog er das Gesicht. Er blickte sich um und erkannte bitter, dass seine Männer wie tote Fliegen herumlagen. Von den Gegnern war keine Spur zu sehen. Sein Kopf zuckte zum Wasser herum.

»Sie sind weg«, meldete sich Gilard unwillig. »Ich habe versucht, sie von weiter draußen ausfindig zu machen, doch sie sind wie vom Erdboden verschluckt. Ich nehme an, sie haben gleich nach dem Überfall abgelegt. Das würde zumindest das Chloroform erklären. Sie wollten Zeit schinden.«

Robert erhob sich und schaute mit leerem Blick in die verlassene Bucht. Sie waren verraten worden. Maßlose Enttäuschung und bittere Ernüchterung ließen die eisige Kälte in seinem Inneren wachsen und sich so weit ausbreiten, bis kaum mehr ein menschliches Gefühl in ihm Platz fand.

Die Trostlosigkeit krallte sich mit scharfen Klauen in Roberts Brust, und immer wieder sah er Alicias Lächeln vor sich.

Gilard stellte sich neben ihn. »Glaubst du, wir wurden von jemandem verraten?«

Robert ballte die Hände an den Seiten zu Fäusten, doch seine Stimme klang vollkommen unbeteiligt.

»Es steht wohl außer Frage, dass wir hier erwartet worden sind.«

Gilard betastete angelegentlich seine aufgeplatzte Unterlippe. »Hast du eine Ahnung, wem wir das zu verdanken haben?«

Robert fuhr zu ihm herum, und der wilde Schmerz in seinen Augen erschütterte Gilard zutiefst. Er hatte eigentlich mit keiner Antwort gerechnet. Es war einfach nur so dahingefragt gewesen …

»Das Wincliff-Mädchen?! Das glaubst du doch nicht ernstlich, oder?«

»Ich weiß nicht, was ich glauben soll!«

Alles in Robert sträubte sich dagegen, sich Alicia in der Rolle der Verräterin vorzustellen. Doch sein Verstand machte ihm schmerzlich bewusst, dass sie am meisten von seinem Scheitern profitieren würde. Lieber Gott, bitte nicht Alicia. Und doch wäre es bezeichnend für ihn, dass er auch dieses Mal von einer Frau verraten wurde, die ihm etwas bedeutete. Nein, verdammt. Es musste jemand anders sein.

»Sie muss es nicht zwingend gewesen sein. Was ist mit ihrer Tante? Sie scheint mir sehr redselig zu sein.«

»Felice kann schweigen wie ein Grab. Das hat sie in der Vergangenheit zur Genüge unter Beweis gestellt.«

»Vielleicht hat auch dieser Birningham Wind von unserem Vorhaben bekommen«, gab Gilard zu bedenken, und Robert nahm diesen kleinen Hoffnungsschimmer dankbar in sich auf. »Selbst unsere eigenen Männer dürfen nicht außer Acht gelassen werden. Es wäre nicht das erste Mal, dass ein Kerl für beide Seiten arbeitet. Wenn die Bezahlung stimmt …«

»Es genügt, Gilard. Ich habe begriffen, was du mir sagen willst.« Roberts Blick schweifte erneut durch die Bucht, doch alles, was er sah, war wieder Alicias Lächeln. Ein Lächeln so voller Glück und Zuneigung

… Oder hatte er sich vielleicht geirrt? Hatte er am Ende nur das gesehen, was er darin hatte sehen wollen? War da nicht noch ein anderer Ausdruck gewesen? Schadenfreude oder das Wissen um einen baldigen Sieg?

Raues Stöhnen und derbe Flüche holten ihn wieder zum Ort des Geschehens zurück.

»Sie kommen zu sich.«

Gilard nickte. »Dann sollten wir uns so bald wie möglich auf den Rückweg machen. Es ist schon wieder Abend.«

Robert blickte in den Himmel, erstaunt darüber, dass es ihm nicht selbst aufgefallen war. Tatsächlich. Die Sonne würde bald untergehen. Diese verdammten Bastarde hatten sie fast einen ganzen Tag lang außer Gefecht gesetzt.

Er wollte gerade Gilard folgen, um nachzusehen, wie schwer die Verletzungen seiner Männer waren, als plötzlich etwas zu Boden segelte – direkt vor seine Füße. Anscheinend war es ihm aus dem Jackett gefallen. Robert keuchte vor Schmerz auf, als er sich nach dem Stück Papier bückte. Teufel, hoffentlich waren seine Rippen nur geprellt und nicht gebrochen.

»Gilard, das solltest du dir ansehen.« Robert hielt ihm den Zettel hin. »Eine Botschaft.«

Lass die Finger von diesem Fall.
Das nächste Mal werdet ihr alle sterben.

Nemesis

»Lady Alicia …«

Alicia hielt mitten im Schritt inne. Seit Stunden schon war sie nervös in ihrem Zimmer auf und ab gelaufen und hatte auf Roberts Heimkehr gewartet.

»Missi, ist er endlich zurück?«

»Ja, Mylady, Seine Gnaden ist zurück, doch er hat

sich in seine eigenen Wohnräume zurückgezogen und will von niemandem gestört werden.«

»Na, das würde ihm so passen.«

Alicia musterte ihre neue Freundin genauer. »Du verschweigst mir doch etwas. Was ist los, Missi?«

»Er sieht nicht gut aus, Lady Alicia, und Lord Gilard ließ nach einem Arzt schicken.«

Alicias Herz setzte einen Takt aus. Ohne sich darüber Gedanken zu machen, schnappte sie sich den Morgenmantel und schlüpfte rasch hinein.

»Wer ist dieser Lord Gilard?«

»Ein Freund Seiner Gnaden. Er ist mit ihm vom Hof des Königs gekommen.«

Alicia nickte knapp, ohne wirklich hingehört zu haben, und stürmte aus dem Zimmer.

»Warten Sie, Lady Alicia. Sie sollten Seine Gnaden jetzt wirklich nicht stören. Er könnte sehr zornig werden.«

Alicia hob die Hand als Zeichen, dass sie Missis Warnung gehört hatte, stürmte jedoch unbeirrt die Treppe hinauf, um zu Roberts Räumen zu gelangen. Schon von weitem hörte sie zwei aufgebrachte Stimmen. Erleichtert vernahm sie Roberts herrischen Bariton. So schlimm war er wohl nicht verwundet, wenn er noch in diesen Tönen fluchen konnte.

Als sie beinahe die Tür erreicht hatte, trat Gilard kopfschüttelnd aus dem Zimmer. Bei Alicias Anblick blieb er jedoch unvermittelt stehen. Er brauchte kein Hellseher zu sein, um zu wissen, dass er nun endlich die Bekanntschaft mit diesem geheimnisvollen Mädchen machte. Teufel, kein Wunder verdrehte diese kleine Person seinem Freund den Kopf. Mit ihren ungebändigten schwarzen Locken, die ihr lose um die Schultern fielen, und den nackten Zehen, die unter dem züchtig geschlossenen Morgenmantel hervorlugten, bot sie tatsächlich einen Anblick für die Götter.

»Mylady, es ist besser, wenn Sie Robert allein lassen.

In seiner jetzigen Stimmung ist er nicht gerade umgänglich.«

»Na, da bin ich aber beruhigt, mit dieser Stimmung bin ich bereits bestens vertraut.« Alicia hob entschieden kampflustig das Kinn, doch ihre Augen straften diese Haltung Lügen. Sie machte sich augenscheinlich große Sorgen.

»Ist Robert schlimm verletzt? Wie ich hörte, ist ein Arzt unterwegs?«

Gilard hob unentschlossen die Schultern. »Nach einer Schlägerei kann man sich dessen nie ganz sicher sein, Mylady. Er hat einiges abbekommen … ich wollte einfach nur sichergehen.«

Alicia nickte zustimmend und betrachtete Gilards geschundenes Gesicht. »An Ihnen wird der Arzt auch einiges zu flicken haben. Ich werde Missi bitten, Ihnen ein heißes Bad zu bereiten. Wenn Sie mich jetzt entschuldigen würden?«

Gilard konnte sich ein kleines Schmunzeln nicht verkneifen. Auf den Mund gefallen war dieses Persönchen jedenfalls nicht. Genauso wenig mangelte es ihr an Entschlusskraft. Er trat einen Schritt beiseite, um Alicia den Weg freizugeben. »Sie können nicht sagen, ich hätte Sie nicht gewarnt.«

Alicia schenkte ihm ein zaghaftes Lächeln. »Ich werde daran denken.«

Sie klopfte kurz an und trat ohne auf eine Antwort zu warten ein. Gilard zog leise die Tür von draußen ins Schloss und hoffte inständig, dass nicht sie diesen Verrat begangen hatte.

Alicia fand sich in einem roten Raum wieder, der nur von wenigen Kerzen erhellt wurde. Verziert mit geschnitzten Drachen und ausgestattet mit schwarzen Lackmöbeln, wirkte diese Suite unglaublich bedrückend. Selbst der Kamin war kalt, und er sah auch nicht aus, als ob er jemals eingeheizt worden wäre. Alicia hasste dieses Zimmer auf Anhieb.

Robert stand mit hinter dem Rücken verschränkten Händen am Fenster und starrte in die Dunkelheit hinaus. »Verschwinde endlich, Gilard, ich habe dir bereits gesagt, dass ich keinen Arzt brauche.«

»Das freut mich zu hören, Robert, doch davon möchte ich mich selbst überzeugen.«

Alicia trat zögernd in die Mitte des Raumes und war selbst erstaunt über den beherrschten Klang ihrer eigenen Stimme. Am liebsten hätte sie sich ihm in die Arme geworfen, doch etwas an seiner Haltung warnte sie davor, ihm zu nahe zu kommen.

Er betrachtete schweigend Alicias Spiegelbild in der Fensterscheibe. Sie stand nur wenige Schritte hinter ihm und erschien ihm in ihrem Morgenmantel wie ein ätherisches Wesen. War es tatsächlich möglich, dass sie ihn verraten hatte? Die eisige Leere in seinem Innern schien sich mit aller Macht zu öffnen und drohte die neuen, noch zarten Gefühle, die er bei Alicias Anblick empfand, auf ewig zu verschlingen. Seit er und seine Männer den Rückweg nach Greenwich angetreten hatten, hörte er in seinem dröhnenden Schädel immer wieder denselben grässlichen Refrain. Verraten ... Verraten ... Er beobachtete, wie sie nervös die Finger ineinander schlang und seinen Rücken anstarrte. Anscheinend wagte sie nicht, sich im Raum umzusehen, und diese schlichte Tatsache stachelte seinen Unmut nur noch mehr an. Himmel noch mal. Sie hatte kein Recht, hier zu sein, genauso wenig wie sie das Recht besaß, sich in seine Gedanken, in sein Leben zu schleichen, nur um ihn dann wieder allein zu lassen. Er versteifte sich leicht, und auch dies nährte seinen Groll. Seine Stimme klang so unterkühlt, wie seine ganze Körperhaltung es verriet. »Was willst du hier?«

Alicia zuckte leicht zusammen, und sie hasste sich selbst für das leise Beben in ihrer Stimme. »Ich möchte wissen, was geschehen ist und wie schwer du verletzt bist.«

Das angespannte Schweigen zerrte an ihren Nerven, und sie fühlte sich plötzlich sehr klein und unbedarft. Der Mann vor ihr erschien ihr so unnahbar, so entsetzlich erhaben über all jene Gefühle, die sie so sehr aufwühlten und verunsicherten.

»Weißt du das denn nicht?«

Er beobachtete, wie sie fragend die Stirn in Falten legte. Sie sah so unglaublich unschuldig aus.

»Ich fürchte, ich verstehe nicht ganz. Woher sollte ich wissen …?«

Robert fühlte sich plötzlich unendlich müde.

»Wir werden morgen darüber reden. Geh jetzt.«

Der zurechtweisende Klang seiner Stimme verwirrte und ärgerte Alicia in gleichem Maße und ließ sie ihre Sorge um ihn für einen kurzen Augenblick vergessen. Verärgert trat sie näher an ihn heran. »Ich bin kein kleines Kind, das du einfach auf sein Zimmer schicken kannst, Mylord, und wenn du mich schon beleidigen willst, dann schau mir dabei wenigstens ins Gesicht.«

Noch immer befand er es für unnötig, sich zu ihr umzudrehen, und Alicia konnte nur schwer dem kindischen Drang widerstehen, zornig mit dem Fuß aufzustampfen. Hatte sie wirklich Mitleid für diesen gefühllosen Kerl empfunden? Robert betrachtete noch immer Alicias Spiegelbild in der Fensterscheibe. Er hatte sie verletzt, das konnte er deutlich erkennen, und doch hielt ihn etwas tief in seiner schwarzen Seele dazu an, es noch weiter zu treiben. Er wollte sie in die Flucht schlagen, wollte, dass sie aus seinem Zimmer, aus seinem Bewusstsein verschwand und all seine Erinnerungen und Gedanken an sie mit sich nahm – wollte, dass auch der bittere Geschmack von Verrat und der daraus entstandene Schmerz mit ihr verschwanden.

Als er wieder sprach, bemühte er sich absichtlich um einen gelangweilten Tonfall. »Geh endlich, Alicia.

Ich bin müde und habe wirklich keine Lust auf diese Spielchen. Und da ich momentan nicht gerade in bester körperlicher Verfassung bin, werden wir wohl auch keine wollüstigen Stunden in meinem Bett verbringen können. Ich wüsste also wirklich keinen Grund für dich, noch länger hier zu bleiben.«

Alicia zuckte erneut zusammen, doch diesmal aus Wut.

»Na fein. Wenn du unbedingt unausstehlich sein willst, bitte. Aber ich versichere dir, ich bin eine gelehrige Schülerin.«

Bei dem angriffslustigen Klang ihrer Stimme wandte sich Robert nun doch um, und es gelang ihm nur mit Mühe, ein dümmliches Grinsen zu unterdrücken.

Alicia stand knapp zwei Schritte von ihm entfernt, die Arme trotzig vor der Brust verschränkt, und hämmerte doch tatsächlich voller Ungeduld mit dem nackten Fuß auf den Teppich. Sie schien fest entschlossen zu sein, aus diesem Streit als Siegerin hervorzugehen.

Doch leider war dies auch Roberts Absicht.

Es dauerte einen Moment, bis sich Alicia von dem Schock erholt hatte, den sein Anblick bei ihr ausgelöst hatte. Seine Lippen waren aufgesprungen, die Wangen aufgeschürft, und an der linken Schläfe klebte eingetrocknetes Blut. Ihr Blick glitt über seine blutverschmierte Kleidung zu seinen zerschundenen Händen, und ihr Herz zog sich schmerzlich zusammen. Doch in seinen Augen lag eine deutliche Warnung, und Roberts nächste Worte wischten Alicias Mitgefühl mit aller Macht beiseite.

»Darf ich dies als eine erotische Herausforderung betrachten, meine Liebe?«

Er ließ seine Augen absichtlich beleidigend über Alicias unzulängliche Kleidung gleiten, bevor ein anzügliches Lächeln seine Lippen umspielte. »Vielleicht habe ich mich ja geirrt, und du verzehrst dich so sehr nach meinem prallen Schaft zwischen deinen seidigen

Schenkeln, dass du meinen etwas angeschlagenen Anblick in Kauf nimmst?«

Hektische Röte schoss in Alicias Wangen, und sie dankte Gott, dass sie solche Ausdrücke nicht zum ersten Mal hörte. Ihre Tätigkeit als Schankmagd hatte sie in dieser Hinsicht auf so ziemlich jedes schmutzige Wort vorbereitet. Doch bei Robert war es etwas anderes. Bei seinen Worten stieg keine Übelkeit in ihr auf. Vielmehr breitete sich eine schmelzende Hitze in ihrem Körper aus. Erinnerungen stiegen hoch … Dennoch hatte er kein Recht, sich so zu verhalten. Alicia musterte ihn ihrerseits von Kopf bis Fuß.

»So wie du aussiehst, schaffst du es gerade einmal bis zu deinem Bett. Also spar dir deine leeren Versprechungen und leg dich hin. Ich habe keine Lust, dich aufzufangen, wenn du umfällst.«

Robert trat bedrohlich einen Schritt näher, und Alicia musste den Kopf in den Nacken legen, um ihm ins Gesicht schauen zu können. Dennoch wich sie keinen Millimeter zurück.

»Muss ich dich vielleicht eigenhändig aus dem Zimmer werfen?«

»Was versprichst du dir eigentlich von diesen Einschüchterungsversuchen? Glaubst du vielleicht, ein böser Blick und ein bissiges Wort von dir genügen, und ich laufe kreischend und Haare raufend auf mein Zimmer zurück? Vergiss es, es funktioniert nicht. Das solltest du inzwischen gelernt haben.«

Sie blies sich eine lästige Haarsträhne aus dem Gesicht.

»Ich verlasse diesen Raum erst, wenn der Arzt dich untersucht hat und meine Fragen beantwortet sind. Habe ich mich verständlich ausgedrückt?«

Robert fiel es immer schwerer, sich auf den Beinen zu halten. Dieses verdammte Chloroform. »Verflucht, du hörst dich an wie ein zänkisches Eheweib.«

»Dann gewöhne dich besser daran … Himmel, nun

leg dich endlich hin, bei deinem Herumgewanke wird mir ja ganz schwindelig.«

Alicia beobachtete besorgt, wie Robert immer schwächer wurde, und das schlechte Gewissen nagte an ihr. Wenn auch nur ein bisschen. Schließlich war nicht sie es, die unbedingt auf einen Streit aus war. Robert schnitt eine Grimasse, und seine Stimme troff vor Sarkasmus. »Entschuldige bitte.«

Alicia nickte ernst. Als sie sah, wie Robert über seine eigenen Füße stolperte, eilte sie rasch an seine Seite und legte sich seinen Arm um die Schulter.

»Verdammt, gib doch Acht auf meine Rippen«, war Roberts einziger Dank.

»Sei nicht so wehleidig«, schimpfte Alicia ihrerseits zurück und wünschte sich, er würde sich nicht ganz so schwer auf sie stützen.

»Was ist das für ein seltsamer Geruch, der dir da anhaftet?« Sie schnüffelte noch einmal. Irgendetwas roch hier süßlich.

Robert versteifte sich sogleich. Er war aufrichtig empört. »Willst du mir jetzt vielleicht auch noch vorwerfen, dass ich stinke?«

Ein Laut, der verdächtig nach einem Kichern klang, entwich Alicias Kehle, und sie senkte rasch den Kopf.

Robert hingegen war aufrichtig beleidigt. »Entschuldige bitte, dass ich deine empfindsame Nase mit meinem *Gestank* beleidige.«

»Ich werde einfach die Luft anhalten, Mylord. Dann wird es bestimmt nicht ganz so schlimm.« Alicia gab sich die größte Mühe, um nicht laut zu lachen. Ihr Ärger war vergessen. Dieser Furcht einflößende Riese war aber auch wirklich zu köstlich, wenn er wie ein kleiner Junge schmollte.

Robert ließ sich vorsichtig aufs Bett nieder.

»Eigentlich meinte ich ja etwas anderes, doch jetzt, da du es sagst …«

Endlich bemerkte er den Schalk, der aus Alicias

Augen lachte, und nun musste auch er grinsen. »Jetzt hör aber auf. Du machst dich lustig über mich!«

Alicia klapperte unschuldig mit den Augenlidern. »Niemals, Euer Gnaden. Wie könnte ich auch?«

Doch das Lachen verschwand ebenso schnell, wie es gekommen war. Robert wurde wieder ernst, und er studierte aufmerksam Alicias Gesicht.

Sie tauchte einen Lappen in das bereitgestellte Wasser auf dem Nachttisch und begann vorsichtig das Blut von seinem Gesicht abzutupfen.

»Wirst du mir jetzt erzählen, was geschehen ist?«

Grüne Augen versenkten sich in die ihren. »Weißt du das nicht bereits?«

Er war wirklich in einer höchst seltsamen Stimmung. Alicia furchte nachdenklich die Stirn. »Es ist nicht allzu schwer zu erraten, dass du in einen Kampf verwickelt worden bist. Aber ich wüsste gern, was genau sich zugetragen hat.«

Alicia blinzelte verwirrt, als Robert ihr Gesicht zwischen beide Hände nahm und sie zwang, ihn anzusehen. »Wir sind geradewegs in eine Falle gelaufen. Jemand hat uns verraten.«

»O mein Gott«, keuchte sie entsetzt.

Robert studierte ihr Gesicht mit aller Intensität – suchte nach Hinweisen, die seinen niederschmetternden Verdacht bestätigten. Alicias Augen spiegelten die unterschiedlichsten Gefühle wider. Entsetzen, Furcht, Unglauben, Mitleid, gefolgt von unsäglicher Enttäuschung.

»Ich? Du glaubst … *ich* hätte dich verraten?« Ihr Herz fühlte sich plötzlich wie ein wunder Klumpen in ihrer Brust an.

»Sag mir, dass es nicht so ist, und ich werde dir glauben.« Seine Stimme hatte leise und eindringlich geklungen. Beinahe wie ein Flehen.

Plötzlich konnte sie seine Berührungen nicht mehr ertragen. Sie befreite sich aus seinen Händen und erhob sich. Wut und Schmerz schimmerten feucht in ihren Augen. »Glaubst du wirklich, ich könnte dich verraten und dabei riskieren, dass dir etwas zustößt?«

Robert fühlte sich plötzlich sehr verletzlich. »Ich weiß nicht mehr, was ich glauben soll, Alicia. Du bist deiner Familie gegenüber so unglaublich loyal …«

Er wollte die Hand nach ihr ausstrecken, hielt jedoch mitten in der Bewegung inne, als er sah, wie sie vor ihm zurückwich.

»*Du* wirst bald meine Familie sein, du Dummkopf«, schrie sie ihm wütend entgegen und ballte ihre schlanken Hände zu Fäusten.

»Wie kannst du mich heiraten wollen, wenn du mir nicht über den Weg traust und meinen Vater als gemeinen Schmuggler verdächtigst?«

Jetzt war auch Robert richtig wütend. »Ich habe nie einen Hehl daraus gemacht, dass es so ist. Birningham und dein Vater waren von Anfang an meine Hauptverdächtigen, und du wusstest nur zu gut, dass ich die anderen Möglichkeiten zwar überprüfen, deinem Vater jedoch auch weiterhin auf der Spur bleiben würde.«

»Aber du suchst ja keinen anderen Verdächtigen.«

Jetzt war sie ungerecht, und sie wusste es auch. Doch der wilde Schmerz und die Verzweiflung schienen sie beinahe entzwei zu reißen. Ihre Augen füllten sich mit Tränen.

Wie konnte er nur? Wie konnte er nur alles verurteilen, was ihr lieb und teuer war? Robert erhob sich blitzschnell vom Bett und packte Alicia bei den Oberarmen.

»Verdammt, Alicia. Wer, zum Teufel, sagt dir, dass ich mit meinem Verdacht nicht richtig liege?«

Sie schaute mit flammenden Augen zu ihm auf und schlug sich mit der Hand auf die linke Brust. »Mein Herz sagt es, Earl. Ich kenne und ich liebe meinen Vater. Alles, was ich über Recht und Unrecht weiß, hat er mich gelehrt. Und ich weiß mit absoluter Gewissheit, dass er sich niemals auf Täuschung oder Diebstahl einlassen würde.«

»Und wie erklärst du dir die Sache mit der Chaiselongue?«

Alicia versuchte sich aus seinem Griff zu befreien, doch er hielt sie unerbittlich fest.

»Dafür muss es eine logische Erklärung geben«, hob sie aufgebracht dagegen.

Robert schüttelte sie unsanft. »Verdammt, Weib, verschließ nicht die Augen vor den Tatsachen. Jeder kann einmal vom rechten Weg abkommen. Wer weiß, vielleicht hat Birningham ihm so lange den Mund wässrig gemacht, bis er ihm die Firma als Deckmantel überlassen hat.«

Alicia schüttelte wild den Kopf. »Niemals. Die Firma ist sein Leben!«

»Wenn große Summen Geldes im Spiel sind, ändern viele ihre Ansichten. Dein Vater wäre nicht der Erste, der dieser Versuchung verfällt.«

Alicia wand sich aus seinem Griff und wich vor ihm zurück. Bittere Anklage funkelte in ihren Augen. »Niemals! Und es ist auch nicht mein Vater, den du einen Verräter nennst, sondern mich. Und das nach allem, was wir zusammen erlebt und geteilt haben.«

Dieser Hieb hatte gesessen. Es war niederträchtig, dass sie ihm ihr gemeinsames Liebesspiel vorhielt. Die unterschiedlichsten Gefühle stürzten auf Robert ein. Gefühle, die so mächtig und verzehrend waren, dass er fürchtete, sie würden ihn erdrücken, wenn er sich nicht dagegen zur Wehr setzte.

»Und wer sagt mir, dass dies nicht auch nur eine List gewesen ist? Ein weiterer Schritt in einem verfluchten Plan, um mich von deiner und der Schuld deiner Familie abzulenken? Du selbst hast mir einmal versichert, dass du alles für deine Familie tun würdest. Sag mir, Alicia, wie weit würdest du gehen?«

Schmerz und Verwirrung sprachen aus seinem Gesicht, doch Alicia war dem gegenüber blind. Ihr war, als hätten seine Worte einen klaffenden Abgrund unter ihren Füßen aufgerissen. Ihr Herz schien plötzlich sehr viel langsamer zu schlagen, und mit jedem schmerzlichen Pochen fühlte sie eine unglaublich kalte Leere in sich aufsteigen. Seine Worte hatten sie soeben zur Hure gemacht.

Die Sekunden verstrichen, und als Alicia den Kopf hob und seinem Blick begegnete, entdeckte er die feuchte Spur von Tränen auf ihrer Wange. Jenen leisen Tränen, die einem Mann die Seele aus dem Leib reißen konnten.

Als sie sprach, klang ihre Stimme unendlich müde. »Diese Frage wirst du dir selbst beantworten müssen.«

In diesem Augenblick erkannte Robert seinen schrecklichen Fehler. »Alicia, ich wollte nicht ...« Er trat einen Schritt auf sie zu, doch sie hob abwehrend die Hand.

»Es tut mir Leid ... Ich ...«

Ein wehmütiges Lächeln spielte um ihre Lippen. »Nein, Robert, mir tut es Leid.«

Sie atmete tief ein, reckte ihr Kinn und schaute ihm fest in die Augen.

»Was du über mich denkst, ist jetzt klar, aber lass dir eines gesagt sein. Es ist mir egal, wie viele Gründe und Fakten du noch aufzählst. Ich glaube an meinen Vater und seine Ehre. Ebenso wie ich niemals an dir und der deinen gezweifelt habe. Und niemand ... verstehst du mich? Niemand außer ihm selbst wird mich jemals vom Gegenteil überzeugen.«

Robert fühlte sich, als würde sich eine Eisenfaust in seine Magengrube rammen. Ihr stumpfer Blick und die silbrig glänzenden Tränenspuren in ihren Wimpern schienen sich brennend heiß in seine Eingeweide zu fressen.

»Alicia ...«

Sie schüttelte erneut den Kopf. »Zwischen uns ist alles gesagt.«

In diesem Moment klopfte es an der Tür, und Gilard kam herein, gefolgt von einem untersetzten, wohl genährten Arzt.

Robert blieb nur noch der Blick auf Alicias Rücken, als sie hoch erhobenen Hauptes sein Zimmer verließ.

Sie hatte die Wahrheit gesagt, wurde ihm schmerzlich bewusst.

Sein Blick war noch immer auf die Tür gerichtet. Alicia war die Einzige hier in Greenwich gewesen, die keine Sekunde an seiner Ehre oder an ihm gezweifelt hatte. War es nicht gerade ihre unerschütterliche Loyalität, dieses uneingeschränkte Vertrauen gewesen, das ihn vom ersten Augenblick an in seinen Bann gezogen hatte? Erst jetzt erkannte er das unglaublich kostbare Geschenk, das sie ihm mit offenen Händen dargebracht hatte. Ihr Vertrauen, ihre Hingabe und sogar dieses Gefühl, das sie Liebe nannte. Sie hatte ihm all dies geschenkt, ohne jemals etwas für sich zurückzufordern. Mein Gott, und er war ein solcher Narr und hatte alles mit Füßen getreten.

Zwischen uns ist alles gesagt.

Die Endgültigkeit ihrer Worte und der bittere Verlust ließen ihn schwanken.

»Rob, ist alles in Ordnung?«

Gilard stand nur wenige Schritte von ihm entfernt und musterte ihn mit besorgter Miene. Roberts Blick glitt zu dem anderen Mann, der etliche Tiegel und Fläschchen auf dem Nachttisch auslegte.

»Nein, mein Freund, nichts ist in Ordnung. Und kein Arzt kann diese Wunden heilen.«

13

In ihrem Zimmer angelangt, ließ Alicia den Tränen freien Lauf. *Er wird dich nur verletzen, wenn du ihm dein Herz schenkst.* Das waren Tante Felices Worte gewesen. Oh, wie Recht sie doch gehabt hatte.

Ihr Blick schweifte durch das prunkvoll eingerichtete Zimmer und blieb an der riesigen Bettstatt hängen.

Scham und Schmerz zogen ihr das Herz zusammen und entluden sich in einem gequälten Schluchzer.

Sie musste weg. Keine Minute länger konnte sie in diesem Zimmer, in diesem schrecklichen Haus bleiben.

Tränenblind und in Windeseile schlüpfte sie in ihr Kleid, stopfte ihre wenigen Habseligkeiten in einen Beutel und eilte zur Tür. Doch dann hielt sie inne, und ihr Blick fiel auf das kleine Schreibpult am Fenster. Etwas musste noch erledigt werden.

Rasch kritzelte sie eine Botschaft auf einen Zettel, faltete ihn und verließ das Zimmer, ohne sich noch einmal umzublicken.

Das Haus lag vollkommen still, und sie gelangte ohne weiteren Zwischenfall zum Hauptportal.

»Das ist keine gute Idee, Lady Wincliff«, erklang plötzlich eine männliche Stimme hinter ihr.

Alicia wirbelte erschrocken herum. »Lord Gilard?«

Als er den gehetzten Ausdruck in ihren vom Weinen geröteten Augen sah, hätte er Robert am liebsten in den Hintern getreten. Der König mochte die scharfe Intelligenz seines Freundes zwar in den höchsten Tönen rühmen, doch manchmal war Robert wirklich ein absolutes Schaf. Aber damit würde er sich später auseinander setzen. Nun galt es, die Situation nicht noch zu verschlimmern.

»Ich möchte Ihnen nicht zu nahe treten, Lady Wincliff, doch wenn Sie jetzt aus dieser Tür gehen, werden Sie vermutlich einen riesigen Skandal heraufbeschwören. Sie wissen ja, wie gern die Leute tratschen.«

Es dauerte eine Weile, bis sie den Sinn seiner Worte verstand. Dann kam die tiefe Scham. Jeder, der sie zu dieser Stunde aus dem Haus des schwarzen Earls fliehen sähe, würde natürlich sofort gewisse Schlüsse ziehen, und dies hätte unabsehbare Folgen. Vorsichtig forschte sie in Gilards Gesicht nach einem Anzeichen von Verachtung, doch sie fand keine. Alles, was sie sah, war Freundlichkeit – und tiefes Verstehen. Ihre Wangen röteten sich.

Wie viel mochte er wohl wissen?

Doch was spielte das schon für eine Rolle? Sie straffte den Rücken und versuchte das letzte bisschen Stolz zusammenzuraffen. »Gibt es einen ... Hinterausgang?«

Gilard erkannte, wie schwer ihr diese Frage fiel, und verdammte seinen Freund erneut. Womit immer Robert sie verletzt haben mochte, die Tatsache, dass sie wie ein billiges Freudenmädchen durch den Hinterausgang verschwinden musste, setzte ihrem Schmerz die Krone auf.

»Warten Sie bitte einen Moment, Lady Alicia. Ich bin gleich zurück.«

Gilard verschwand kurz und kehrte mit seinem Mantel zurück.

»Es ist nicht nötig, dass Sie mich begleiten, Mylord. Oder wollen Sie einfach nur sichergehen, dass ich auch wirklich verschwinde? Fürchten Sie vielleicht, ich könnte meine Meinung ändern und wieder zurückkommen, um dem Earl Schwierigkeiten zu bereiten?«

»Ich glaube, Sie wissen, dass dies nicht der Grund ist, Lady Wincliff.«

Alicia wich unbehaglich seinem eindringlichen Blick aus und schämte sich für ihre kleinliche Rachsucht. Lord Gilard trug keine Schuld an ihrer eigenen Dummheit, und er begegnete ihr mit einer Freundlichkeit, die sie eigentlich gar nicht erwarten durfte.

Sie nickte schwach und ließ sich schweigend zur

Hintertür und durch den Garten führen. An einem kleinen, geschmiedeten Tor blieb Gilard stehen und blickte sich sorgfältig um. Niemand war zu sehen.

»Kommen Sie.« Er half Alicia in die bereits wartende Kutsche und ließ sich ihr gegenüber in die weichen Polster fallen. Während er beobachtete, wie sie starr aus dem Fenster blickte, überlegte er, was wohl geschehen sein mochte. Was hatte sein Freund mit seinen ominösen Worten gemeint, und welche Wunden galt es zu heilen? Roberts oder die dieses Mädchens?

Die kurze Fahrt schien für Alicia eine halbe Ewigkeit zu dauern, und sie war unendlich erleichtert, als die Kutsche vor ihrem Haus anhielt. Verlegen bedankte sie sich für Gilards Hilfe und überreichte ihm zögernd ein zusammengefaltetes Briefchen.

»Würden Sie dies bitte dem Earl übergeben?«

»Natürlich. Sie können sich darauf verlassen, dass er es erhält.«

Die Kutschentüre wurde von außen geöffnet, doch Gilard machte keine Anstalten, Alicia beim Aussteigen zu helfen.

»Ich weiß, es geht mich nichts an, aber eines möchte ich Ihnen vor Augen halten, Lady Wincliff. Robert ist ein außergewöhnlich intelligenter und mutiger Mann. Doch wenn es um Gefühle geht, ergreift ihn die nackte Angst, und er kann aufs Gemeinste verletzend werden. Aber glauben Sie mir, er tut es nur, um sich selbst zu schützen. Er weiß einfach nicht, wie er sich anders verhalten soll.«

Alicia zwang sich zu einem kleinen Lächeln. »In Ihnen hat der Earl einen wahren Freund gefunden. Aber Sie brauchen ihn nicht zu verteidigen, denn mich trifft mindestens ebenso viel Schuld. Ich bin mehr als einmal vor ihm gewarnt worden, doch ich wollte einfach nicht hinhören …« Sie tat einen tiefen Atemzug. »Aber was hat das jetzt noch zu bedeuten?«

»Das klingt, als hätten Sie bereits aufgegeben.«

Sie wich seinem Blick aus und wollte sich erheben, doch er hielt sie sanft, aber entschieden zurück.

»Bevor Sie gehen, möchte ich gern eine Frage beantwortet haben.«

Alicia war sich nicht sicher, was sein ernstes Gesicht zu bedeuten hatte, dennoch nickte sie schwach.

»Lieben Sie Robert?«

Alicia errötete heftig unter Gilards eindringlichem Blick.

»Wäre das denn klug?«

»Wenn es um Gefühle geht, sollte man auf das Herz und nicht auf den Verstand hören. Also, lieben Sie ihn?«

Er würde sie nicht gehen lassen, bevor sie ihm geantwortet hätte. Das erkannte Alicia deutlich an seinem entschlossenen Gesichtsausdruck.

»Ich fürchte, Sie haben Recht. Mit Verstand kann es wirklich nichts zu tun haben. Ja, ich liebe Robert. Vermutlich genau deshalb, weil er so ist, wie er ist. Ist das nicht verrückt?«

Ein erfreutes Lächeln erhellte Gilards Züge, und er half Alicia galant aus der Kutsche.

»Geben Sie ihm Zeit, Lady Alicia.«

Alicia schüttelte leicht den Kopf und kämpfte gegen die aufsteigenden Tränen an. »Dafür ist es zu spät. Auch ich habe meinen Stolz.«

Er lächelte eigentümlich. »Oh, Sie haben weit mehr als das.«

»Ich verstehe nicht?«

Während der Fahrt hatte er einen Entschluss gefasst. Es war zwar nicht ganz ungefährlich, sich in Herzensangelegenheiten anderer einzumischen, doch in diesem Fall eindeutig notwendig. Sein Lächeln wurde breiter. Robert würde ihm den Hals umdrehen, wenn er jemals dahinter kommen sollte.

»Sie besitzen die Waffen einer Frau, Lady Alicia. Es gibt nichts Gemeineres und vor allem nichts Wirkungsvolleres bei einem Mann, als genau diese Waffen richtig einzusetzen.«

Deutliches Unverständnis stand ihr ins Gesicht geschrieben.

»Ich meine die Eifersucht, Lady Alicia. Robert begehrt Sie ...«

Alicia errötete bis unter den Haaransatz.

»Sie müssen wissen, dass Robert eine ganz eigene Vorstellung von Besitzdenken vertritt, und nur der leiseste Verdacht, dass jemand anderes Hand an sein *Eigentum* legen könnte, würde ihn rasend machen.«

»Ich dachte, Sie wären sein Freund«, rief Alicia entrüstet.

Gilard nickte. »Das bin ich, und genau deshalb möchte ich ihn endlich glücklich sehen.«

14

Als Robert am nächsten Tag die Augen aufschlug, wusste er, dass Alicia fort war.

Das Haus war wieder kalt und trostlos wie zuvor. Mühsam setzte er sich auf, das Stechen seiner geschundenen Rippen missachtend. Verdammt, wie lange hatte er bloß geschlafen? Ein Blick auf die Standuhr verriet, dass es bereits später Nachmittag war. »Verflucht noch mal.«

Robert stieg aus dem Bett, zog sich eine Hose über und verließ barfuß und ohne Hemd das Zimmer. Sein Weg führte geradewegs zu Alicias Zimmer, auch wenn er wusste, dass er es leer vorfinden würde. Die Tür stand offen.

Aus einem unerfindlichen Grund zögerte er mit dem Eintreten. Ganz so, als könnte er auf diese Weise die Wahrheit etwas hinauszögern. Robert schimpfte sich selbst einen Narren und trat ein.

»Euer Gnaden! Wie schön. Sie sind schon wieder auf den Beinen«, begrüßte ihn Missi erfreut und schenkte ihm ein freundliches Lächeln. »Ich dachte mir schon, dass ein paar geprellte Rippen Sie nicht lange ans Bett fesseln würden.«

Robert rang sich ein Lächeln ab. »Nein, da hätten diese Bastarde schon kräftiger zuschlagen müssen.« Er beobachtete, wie sie geschäftig das Bett abzog und die Wäsche achtlos zu Boden warf. Der dumpfe Stich kam völlig unerwartet.

Missi erhob sich und presste die Hände in das schmerzende Kreuz. »Sie sehen hungrig aus, Euer Gnaden. Soll ich mal sehen, was die Küche zu bieten hat?«

Robert nickte. »Du scheinst noch immer meine Gedanken lesen zu können.«

Missi lachte erfreut. »Nicht immer, Euer Gnaden, aber oft.«

Sie hob die Wäsche auf und eilte an ihm vorbei nach draußen.

Robert war allein.

Sein Blick heftete sich auf das nackte Bett, und er fühlte wieder diesen bitteren, alles verzehrenden Verlust.

Gedankenverloren ging er durch das Zimmer, und sein Augenmerk fiel auf ein achtlos über die Stuhllehne geworfenes Kleidungsstück. Er trat näher und erkannte, dass es der Morgenmantel war, den Alicia getragen hatte. Seine Fingerspitzen berührten sachte den weichen Stoff, und plötzlich fühlte er einen dicken Kloß in seiner Kehle. Sie hatte ihn am Vorabend getragen. Robert schloss die Augen und versuchte die grässliche Erinnerung daran abzuschütteln, doch alles, was er sah, war die namenlose Enttäuschung in Alicias Augen, die silbrige Tränenspur auf ihrer zarten Wange.

Seine Finger gruben sich in den weichen Stoff des

Morgenmantels, und der sanfte Duft von Veilchen schnürte ihm die Kehle zu.

Nun kannte Alicia ihn so, wie er wirklich war. Ein Mann, in dem nichts als Kälte und schwarze Leere herrschten. Ja, sie wusste es jetzt, und sie hatte keine Zeit verloren und ihn schnellstmöglich verlassen. War es nicht genau das, worauf er gewartet hatte? Er hatte doch gewusst, dass es so kommen würde.

Aber er hatte nicht gewusst, dass die Leere, die sie zurücklassen würde, so vernichtend sein würde.

»Sie ist noch gestern Nacht heimgefahren.« Gilard stand im Türrahmen und schwenkte gelassen den braungoldenen Brandy in seinem Glas.

»Ich weiß es«, war alles, was Robert darauf erwiderte.

Gilard trat ein. »Sie hat mich gebeten, dir diesen Brief zu übergeben.«

Kopfschüttelnd sah er, wie Roberts Rücken sich versteifte und legte das noch immer zusammengefaltete Papier auf das kleine Tischchen neben ihn.

»Willst du meine Meinung hören?«

»Nein.«

Gilard schlenderte bereits zur Türe hinaus. »Das hätte mich auch sehr gewundert.«

Robert nahm das Stück Papier und setzte sich aufs Bett. Sie hatte ihm eine Botschaft hinterlassen? Was wollte sie ihm wohl mitteilen?

Du Idiot. Lies es, dann weißt du es.

Robert ärgerte sich über seine eigene Feigheit, dennoch schaffte er es erst nach einigem Zögern, den Brief auseinander zu falten.

Mätressen heiratet man nicht.
Deshalb betrachte ich unsere Verlobung als gelöst!

Alicia

Alicia stürzte sich in die Arbeit, um ihren Schmerz zu vergessen. Doch als die Tage verstrichen, wurde auch die Arbeit immer weniger. Das Haus war von oben bis unten geputzt. In der Fabrik waren sämtliche Maschinen geölt und überholt worden. Selbst die lästige Korrespondenz hatte sie innerhalb viel zu kurzer Zeit erledigt.

Nun blieben ihr immer öfter stille Momente zum Nachdenken. Lord Gilards Worte gingen ihr nicht mehr aus dem Kopf. Die Waffen einer Frau? Alicia war sich nicht sicher, ob sie solche Waffen überhaupt besaß.

»Fertig«, stellte Margarete zufrieden fest und steckte den letzten Kamm in Alicias glänzendes schwarzes Haar.

»Darf ich mich jetzt endlich anschauen?«, fragte Alicia und starrte voller Ungeduld auf den mit einem Leintuch verhängten Spiegel.

»Noch nicht ganz«, erwiderte Margarete und nahm beinahe ehrfürchtig das zarte Geschmeide aus Gold und funkelnden Smaragden zwischen ihre Finger.

Alicia seufzte. Sie konnte Margaretes geheimnisvolles Gebaren kaum mehr ertragen.

An ihr wurde herumgezerrt und gezwickt, und sie war nicht einmal imstande zuzusehen, was genau ihre Zofe da tat. Es war einfach lächerlich. Schließlich wusste sie nur zu genau, wie sie aussah. Dennoch hätte sie es nie übers Herz gebracht, Margarete den Spaß zu verderben. Dieses ganze Ritual schien der jungen Zofe überaus wichtig. Nun ja, sie bekam ja auch nicht allzu oft die Gelegenheit dazu. Meistens beließ Alicia es bei einer eher schlichten Aufmachung.

»Lady Alicia, Sie sehen aus wie eine Königin«, hauchte Margarete voller Bewunderung und klatschte begeistert in die Hände.

Alicia lächelte etwas verlegen zu ihrer jungen Zofe hoch. »Du übertreibst wieder einmal maßlos.«

Margarete grinste breit. »Sie werden sehen. Bereit?«

Alicia holte tief Atem, während Margarete langsam das Tuch vom Spiegel zog.

»Ich fühle mich …«, sie verstummte und blinzelte verwundert in ihr Spiegelbild. Das konnte unmöglich sie sein. Das war eine andere Frau. Eine Frau, deren goldbraune Augen blitzten und doch von einem geheimnisvoll melancholischen Schleier umflort waren. Ihre schwarzen, leicht gebogenen Augenbrauen, die sie als geborene Wincliff kennzeichneten, hatten niemals einen eleganteren Eindruck gemacht. Ihr dunkles Haar war aus dem Gesicht zurückgekämmt und im Nacken zu einem einfachen Chignon zusammengebunden. Alicia blinzelte erneut, und ihre Augen wanderten über das Kleid dieser fremden Frau, die ihr aus dem Spiegel zulächelte. Der weite Ausschnitt ihres smaragdgrünen Seidenkleides betonte ihren schlanken Hals und entblößte schmale Schultern. Das Mieder hob ihre schmale Taille hervor und lenkte die Aufmerksamkeit von ihren vollen Brüsten ab. Das Kleid fiel ohne weiteren Zierrat in weichen Falten bis auf den Boden.

»Meine Güte. Bin ich das wirklich?«

Margarete klatschte wieder in die Hände. »Sagte ich es nicht? Wie eine Königin.«

Alicia umarmte die Zofe rasch. »Du musst eine Zauberin sein.«

Margarete errötete vor Freude über dieses Kompliment. »Ihre Tante müsste jeden Augenblick kommen, Lady Alicia.«

Sie nickte und lächelte ihrem Spiegelbild zu. Vielleicht hatte Lord Gilard doch Recht. Vielleicht besaß sie ja wirklich diese ominösen Waffen … Die Frau im Spiegel tat es bestimmt. Wenn diese doch nur heraustreten und ein Teil ihrer selbst werden würde.

Robert stieg entschlossen aus der Kutsche. Diesmal würde er sich nicht wieder mit fadenscheinigen Ausflüchten davon abhalten lassen, Alicia zu sehen. Seit beinahe zwei Wochen kam er fast täglich hierher. Er hasste diese Stufen, hasste diese verdammte Tür, die ihn von seiner Verlobten fern hielt. O ja. Solange er die Verlobung nicht löste, war sie noch immer von Bestand. Es war höchste Zeit, dass Alicia das endlich begriff.

Eine eisige Windböe fuhr ihm durchs Haar. Er wusste nur zu gut, wie sehr er sie verletzt hatte, und dies machte ihm schwer zu schaffen. Doch der reine Zorn hatte aus ihm gesprochen, diese kalte, zerstörerische Macht in seinem Innern, die er nicht zu beherrschen vermochte. Aber Alicia war eine vernünftige, intelligente Frau. Sie würde es bestimmt verstehen – und ihm verzeihen.

Seine Brust wurde eng, und er kam sich sehr gemein vor. Wahrscheinlich hatte Alicia sich in ihrem Zimmer eingeschlossen und die letzten Tage nichts anderes getan, als seinetwegen heiße Tränen zu vergießen. Das hatte sie wirklich nicht verdient.

Entschlossen, ihrem Leid ein Ende zu bereiten, eilte er die Stufen zum Hauptportal hinauf. Die Tür schwang geräuschlos auf, noch bevor er angeklopft hatte.

»Ich wünsche Lady Wincliff zu sprechen.«

Bertram, der Diener, verneigte sich ehrerbietig. »Vergebung, Euer Gnaden. Lady Wincliff hat bereits das Haus verlassen.«

Robert fixierte den armen Kerl mit finsterem Blick. »Das bezweifle ich. Mein Kutscher hat mir das Gegenteil berichtet.«

Bertram trat nervös von einem Bein auf das andere. »Vergebung, Euer Gnaden, aber ich habe meine Befehle. Lady Wincliff wünscht niemanden zu sehen …«

Roberts Geduld war am Ende. »Mich wird sie aber sehen müssen.«

Mit diesen Worten stieß er die Tür auf, schob den

lästigen Diener entschlossen zur Seite und trat ein. »Holen Sie Lady Wincliff.«

»Aber …«

Robert baute sich Angst einflößend vor ihm auf. »Und zwar sofort.«

Wie sehr Alicia sich auch sträuben mochte, er würde ihre selbst auferlegte Einsamkeit nun beenden und die Dinge zwischen ihnen ein für allemal klären.

»Worauf warten Sie?«

»Ich werde Lady Wincliff von Ihrer Gegenwart unterrichten, Euer Gnaden. Wenn Sie solange im blauen Salon warten würden …«

»Das ist nicht nötig, Bertram, ich bin hier«, erklang Alicias kühle Stimme vom obersten Treppenabsatz her. Robert wirbelte herum und brachte kein Wort mehr heraus. Anstelle des traurigen, verzweifelten Täubchens präsentierte sie sich ihm wie ein majestätischer Schwan. Unvernünftiger Zorn wallte in ihm auf, als sie in einem Traum aus grüner Seide zu ihm herunter schwebte. Sie wirkte keineswegs betrübt.

Bei allem, was ihm heilig war, sie hatte niemals schöner ausgesehen.

Alicias Herz schlug ihr bis in die Kehle, und sie rang verzweifelt um Fassung. Ihn nach so langer Zeit endlich wieder zu sehen …

»Was kann ich für dich tun?«

»Du gehst aus?« Robert hätte sich selbst auf die Zunge beißen können, als er den beißenden Klang in seiner Stimme hörte.

»Ja, ich besuche mit Tante Felice Lady Stierlings Ball. Ehrlich gesagt bin ich sehr in Eile, deshalb möchte ich dich bitten, gleich auf den Punkt zu kommen. Gibt es Neuigkeiten von der *Furniture*?«

Ein Muskel zuckte heftig in seiner Wange. Das war nicht das, was er gewollt hatte. Eigentlich … zur Hölle noch mal, ihr Auftritt hatte ihn ganz aus der Fassung gebracht.

Er schüttelte den Kopf. »Nein, sie scheint noch immer wie vom Erdboden verschwunden zu sein. Aber heute ist ein neues Schiff im Hafen eingelaufen. Ich wollte es mir gerade ansehen.«

Alicias Neugierde war geweckt, und sie hätte nichts lieber getan, als mit ihm diesem neuen Hinweis nachzugehen, doch eine leise Stimme in ihrem Kopf riet ihr davon ab.

»Ich bin schon sehr gespannt auf deinen Bericht. Wenn du mich jetzt entschuldigen würdest ...«

Robert ballte zornig die Hände zu Fäusten, als sie scheinbar unbekümmert an ihm vorbei schwebte.

Bertram räusperte sich vernehmlich. »Lady Wincliff, die Kutsche Ihrer Tante ist soeben vorgefahren.«

»Ich bin bereit. Und richte Margarete bitte aus, sie soll sich den Abend frei nehmen. Ich werde erst spät zurück sein.«

»Sehr wohl, Lady Wincliff.«

Es war ein rauschendes Fest. Hunderte von Kerzen erleuchteten den prunkvoll gestalteten Ballsaal der Stierlings. Die Musik spielte, Menschen tanzten und lachten.

Doch Alicia wünschte sich nichts sehnlicher, als dass dieser Abend endlich ein Ende fand.

Das Zusammentreffen mit Robert hatten sie schmerzlich aufgewühlt. Jeder Gedanke, jede Erinnerung an ihn schien eine neue Wunde in ihr Herz zu reißen. Und nun stand er nur wenige Schritte hinter ihr und unterhielt sich mit einer überaus hinreißenden blonden Schönheit. Ihr glockenhelles Lachen schnitt sich wie heißer Stahl in Alicias Herz. Wie konnte er es wagen?

»Stimmen Sie mir da nicht auch zu, Lady Wincliff?«

Lord Stierling schreckte sie aus ihren tristen Gedanken hoch. Zu ihrer Schande wusste sie gar nicht, worum sich das Gespräch gerade drehte. So nickte sie nur lächelnd. Lord Stierling, nein, er bat sie ja, ihn Garrick zu nennen, leistete ihr schon den ganzen Abend Gesellschaft. Er war äußerst zuvorkommend und charmant, doch irgendetwas an ihm ließ Alicia innerlich frösteln.

So auch jetzt. Die Musik verstummte und setzte zu einem beschwingten Walzer an.

Sie fühlte, wie seine Augen beinahe anzüglich über ihren Körper glitten; auf seinen Lippen lag ein genüssliches Lächeln.

Er verbeugte sich formvollendet. »Darf ich Sie aufs Parkett begleiten, Lady Wincliff?« In diesem Moment erklang ein vertrauter Bariton dicht hinter ihrem Rücken.

»Diesen Tanz hat sie bereits mir versprochen. Nicht wahr, Lady Alicia?«

Ihr Herz krampfte sich zusammen. Die Wunden waren noch zu frisch, als dass sie es hätte ertragen können, in seinen starken Armen zu tanzen. Zu tief war ihre Enttäuschung und vor allem zu mörderisch ihre Eifersucht auf das blonde Gift, mit dem er soeben getanzt hatte. Sie hatte ihm schon einmal gesagt, dass sie eine gelehrige Schülerin wäre. Was er konnte, konnte sie schon lange.

Mit einem bedauernden Lächeln legte sie anmutig ihre Hand in Stierlings Armbeuge.

»Ich fürchte, Sie irren sich, Lord Spencer. Der vergangene Tanz wäre der Ihre gewesen. Wenn Sie uns jetzt entschuldigen würden … ich liebe den Walzer.«

Robert schaute dem Paar mit vor unbändiger Wut zusammengebissenen Zähnen nach, hin und her gerissen, ob er Stierling zum Duell fordern oder Alicia den Hals umdrehen sollte. Verdammt, sie hatte ja keine Ahnung, in welche Gefahr sie sich mit ihrem Dickkopf brachte.

Gilard spürte die drohende Gefahr, auch wenn Roberts Gesicht kaum eine Regung zeigte.

»Komm, alter Freund. Lass uns sehen, ob es hier etwas Vernünftiges zu trinken gibt.« Als Robert nicht reagierte, meinte Gilard so leise, dass nur sie es hören konnten: »Lass ihren Ärger erst ein wenig abkühlen.«

Roberts Kopf zuckte zu ihm herum, und seine Augen glichen tobenden Vulkanen. »Wie kommst du darauf, dass sie wütend auf mich ist? Sie scheint es einfach zu genießen, sich jedem in die Arme zu werfen. Vielleicht bin ich ihr nicht mehr interessant genug.«

Beinahe hätte Gilard den fatalen Fehler gemacht und laut gelacht. Wie oft hatte er eben diese Worte aus den Mündern von Roberts abgelegten Frauenbekanntschaften gehört? Doch ein Blick in seine Augen verriet ihm, dass sein Freund es ernst meinte. Todernst.

»Anscheinend sehe ich mehr als du, Rob. Ihr Handeln war nichts anderes als blinder Trotz, und wenn du nur eine Minute darüber nachdenken würdest, wüsstest du vielleicht auch den Grund – der mich ehrlich gesagt brennend interessieren würde.«

Robert schnaubte gereizt. Seine Augen verfolgten Alicia, ohne sie auch nur einen Wimpernschlag lang aus dem Blickfeld zu verlieren.

Jede ihrer anmutigen Bewegungen, jede ihrer Drehungen in Stierlings Armen reizte ihn bis aufs Blut. Weshalb musste sie ihm alles ausgerechnet mit diesem Mistkerl heimzahlen? Und verdammt noch mal, weshalb sah sie nur so unglaublich hinreißend aus in diesem viel zu tief ausgeschnittenen Kleid?

»Das dürfte ihm eine Lehre gewesen sein.« Lord Garricks Augen funkelten boshaft.

Alicia furchte irritiert die Stirn. »Wie bitte?«

Er drehte sie schwungvoll im Kreis und schenkte ihr sein gewinnendstes Lächeln.

»Na, der Korb, den Sie Whitehaven gegeben haben. Daran wird er einige Zeit zu würgen haben.«

Er lachte schadenfroh auf und sank schlagartig noch tiefer in Alicias Achtung.

»Ich sage es ja immer wieder. Der Bessere gewinnt eben.«

Er deutete Alicias Schweigen fälschlicherweise als Zustimmung und fühlte sich bemüßigt, seine Gedanken auch weiterhin mit ihr zu teilen.

»Man kann es nicht glauben, doch dieser Kerl hat doch glatt die Frechheit, hier einfach aufzutauchen, als sei dies die natürlichste Sache der Welt.«

Alicia geriet in Wut. Sicher, sie war schrecklich wütend auf Robert, was jedoch noch lange nicht bedeutete, dass sie ihn nicht mehr liebte. Und der Teufel sollte sie holen, wenn sie es zuließ, dass irgendjemand in diesem herablassenden Ton über ihn sprach.

»Ich schätze es nicht sonderlich, wie eine Siegestrophäe behandelt zu werden, Lord Stierling«, erwiderte sie spitz. »Außerdem haben Sie den Earl höchstpersönlich zu diesem Ball eingeladen. Wenn Sie mich fragen, sollten Sie stolz sein und sich geehrt fühlen, dass er sich in Ihrem Haus überhaupt zeigt.«

Stierling machte ein finsteres Gesicht. »Ich habe wohl vergessen, dass Sie die Hintergründe für meinen Groll gegen ihn nicht kennen. Nun, das kann man ändern, obwohl diese Geschichte nicht unbedingt für das empfindsame Ohr einer Dame geeignet ist.«

Alicia schnaubte wenig damenhaft. »Ich kann Ihnen versichern, meine empfindsamen Ohren wurden bereits zur Genüge mit diesen Lügengeschichten belästigt. Ich wäre Ihnen also sehr verbunden, wenn Sie Ihre Version für sich behalten, Lord Stierling.«

»Lügengeschichten? Hat *er* das behauptet?«, fragte Garrick empört, und für einen Sekundenbruchteil erkannte Alicia glühenden Hass in seinen verdächtig glasigen Augen.

In diesem Moment war sie beinahe überzeugt, dass ihr Tanzpartner verrückt war. Das würde erklären, weshalb ihr Körper in seiner Gegenwart ständig mit einer Gänsehaut reagierte.

Dennoch dachte sie nicht daran, jetzt einen Rückzieher zu machen, und reckte kampflustig das Kinn. »Der Earl hat es nicht nötig, sich zu rechtfertigen.«

Garricks Augen fixierten Alicias Gesicht, und seine Lippen verformten sich zu einem herablassenden Lächeln.

»Verzeihen Sie mir, Lady Wincliff. Ich vergaß, dass Sie Whitehaven weit … *besser* kennen als die meisten von uns.«

Alicia weigerte sich, seinen Spott zur Kenntnis zu nehmen, und schwieg. Nie zuvor war ihr ein Tanz so lange vorgekommen. Doch auch dieser endete, und Garrick führte sie zurück zu Felice. Im letzten Moment wechselte er jedoch die Richtung und schob Alicia zu einer Gruppe älterer Männer.

Alicia blickte verwirrt zu ihm hoch und erkannte ein boshaftes Funkeln in seinen Augen. Eine böse Vorahnung beschlich sie.

»Meine Herren, darf ich Ihnen Lady Alicia Wincliff vorstellen«, richtete er sein Wort an die verblüfften Gesichter der Männer.

»Sie hegt eine äußerst seltsame Meinung über die Vergangenheit des schwarzen Earls, wenn ich das so sagen darf, und ich sehe mich gezwungen, diese zu widerlegen, bevor ein weiteres Unglück geschieht.«

Bei der Erwähnung des schwarzen Earls wechselten die Beteiligten unbehagliche Blicke. Alle bis auf einen. Dieser starrte Alicia mit so gefährlich gerötetem Gesicht an, dass sich diese augenblicklich Sorgen um ihn machte. Der Ärmste schien an Bluthochdruck zu leiden. Für Stierling konnte sie nur ein mitleidiges Lächeln aufbringen. Dies war also seine kleinliche Rache dafür, dass sie ihn zurechtgewiesen hatte.

»Was meinen Sie mit einer äußerst seltsamen Meinung, Lord Stierling?« Die aggressive Schärfe in den

Worten des rotgesichtigen Mannes ließ Alicia aufhorchen.

Sie besah sich den Mann genauer. Er hatte eine untersetzte, massige Statur und ein aufgedunsenes Gesicht, das von einem buschigen Schnauzer beherrscht wurde. Eigentlich keine sonderlich auffällige Person, beschloss Alicia ungerührt. Trotzdem begann sie sich unter seinem scharfen, eindringlichen Blick unbehaglich zu fühlen.

»Wie Lady Alicia mir vorhin berichtete, hält sie Lady Adelaides tragisches Schicksal für nichts als eine Lügengeschichte«, erklärte Stierling nun herablassend und freute sich teuflisch über die entsetzten Gesichter aller Beteiligten. Sein Triumph wurde jedoch durch Alicias sachliche Haltung erheblich geschmälert.

»Sie verdrehen die Tatsachen, Lord Stierling. Lady Adelaides schlimmes Schicksal betrübt mich natürlich eben so sehr wie alle anderen. Was ich sagte, war, dass es Lügen waren, die den Earl of Whitehaven in diese Geschichte mit hineingezogen haben.«

»Was erlauben Sie sich!«, fuhr der Rotgesichtige sie harsch an, und in seinen Augen las Alicia das Versprechen auf ewige Verdammnis.

»Ich hörte gerade meinen Namen und dachte, ich geselle mich auch zu diesem kleinen Kränzchen«, erklang Roberts Stimme dicht hinter Alicia und ließ ihr Herz schneller schlagen. Sie bemerkte auch, wie sich immer mehr Neugierige in die Nähe der kleinen Gruppe schoben, um möglichst viel von der Unterhaltung mitzubekommen.

»In der Tat sprachen wir …«

»Wie können Sie es wagen, mir unter die Augen zu treten? Haben Sie denn gar kein Schamgefühl?«, unterbrach der Rotgesichtige Alicia und richtete seinen anklagenden Blick auf Robert.

»Wird die da«, er deutete mit einem dicken Finger auf Alicia, »… wird sie die Nächste sein, mit der Sie

Ihre sadistischen Spielchen treiben? Werden Sie sie auch schwängern und dann fallen lassen?«

Ein lautes Raunen erhob sich unter den Umstehenden, und Roberts Blick verhärtete sich gefährlich.

»Schluss jetzt«, fuhr Alicia scharf dazwischen. »Ich habe endgültig genug von diesen schändlichen Beleidigungen und Lügengeschichten.«

»Lügengeschichten!«, brauste der Mann nun drohend auf, doch Alicia hob herrisch die Hand, um ihm Einhalt zu gebieten.

»Sie haben für heute genug gesagt, Mister. Ich weiß nicht, wer Sie sind oder woher Sie sich das Recht nehmen, hier Ihr Gift zu versprühen … Aber Sie verschwenden es an die falsche Person.« Sie holte tief Atem, um sich wieder ein wenig zu beruhigen, und wandte sich zu Robert um. In seinen Augen las sie tiefe Befriedigung.

»Wollen Sie es ihnen nicht endlich erklären, Earl?«, forderte sie ihn brüsk auf, doch er schüttelte den Kopf.

»Ich würde Sie nur ungern unterbrechen, Lady Alicia. Sie scheinen gerade so schön in Fahrt zu sein. Nur zu …«

Sie warf ihm einen bitterbösen Blick zu und wandte sich wieder zu den Herren um. Im ganzen Ballsaal war es so leise, dass selbst das Fallen einer Stecknadel sich wie ein Kanonendonner angehört hätte.

Das sollte Alicia nur recht sein. Es wurde wirklich Zeit, diesem Unfug ein Ende zu bereiten.

»Man sollte eigentlich meinen, jeder müsste inzwischen begriffen haben, dass es nur einen einzigen Grund geben kann, weshalb der Earl damals die Verlobung mit Lady Adelaide gelöst hat.«

»Natürlich weil er ihrer überdrüssig geworden war, dieser Bastard.«

Dieser Kerl hatte nun endgültig ihren Zorn erregt. Alicia wandte sich den anderen Männern zu. »Wie gesagt, es gibt nur einen einzigen Grund für das Verhalten des Earls. Das arme Mädchen trug bereits das Kind eines anderen Mannes unter dem Herzen«, fuhr sie unverblümt fort und sah mit nicht geringer Genugtuung, wie den Männern vor Schreck die Kinnlade aufsprang. Der Rotgesichtige schluckte schwer.

»Also, ich verstehe wirklich nicht, weshalb dies nicht jedem sofort klar war. Es ist die einzig logische Erklärung. Ob freiwillig oder nicht, Lady Adelaide hatte bei einem anderen Mann gelegen. Somit kann wohl niemand dem Earl einen Vorwurf daraus machen, dass er von der Verlobung zurückgetreten ist. Oder?«

»Was für ein himmelschreiender Unsinn. Ich muss Ihnen zugestehen, Lady Alicia, an Fantasie scheint es Ihnen wahrlich nicht zu mangeln«, zischte Stierling abfällig.

Ihre Augen hefteten sich auf ihn. »Was Sie angeht, Lord Stierling, so frage ich mich, welchen Nutzen Sie wohl daraus ziehen können, dass Sie den Earl bei jeder sich bietenden Gelegenheit mit diesem tragischen Vorfall in Verbindung bringen.«

Alicia schürzte nachdenklich die Lippen. »Beinahe könnte man meinen, Sie versuchten etwas zu verbergen ...«

Stierling kniff seine Augen zu gefährlichen Schlitzen zusammen. »Was wollen Sie damit andeuten?«

Alicia zuckte vage mit einer Schulter. »Lediglich dass ich es seltsam finde, dass Sie so versessen darauf sind, dem längst vergangenen Skandal immer wieder neue Nahrung zu geben. Manchmal beschleicht mich das Gefühl, als wollten Sie den Verdacht absichtlich auf eine falsche Person ziehen. Was natürlich bedeuten würde, dass Sie den echten Täter kennen.«

»Sie sind ja verrückt.«

Alicia wischte seine Worte mit einer Handbewegung beiseite und richtete ihre Aufmerksamkeit wieder auf die anderen Männer.

»Wie dem auch sei …«

Sie blickte jedem im Kreis ernst in die Augen. »Falls Sie noch immer an der intakten Ehre des Earls zweifeln sollten …«

Stierlings herablassendes Schnauben verriet mehr als tausend Worte, dass er diese für gar nicht vorhanden hielt, doch Alicia ging darüber hinweg und fuhr fort. »… sollten Sie sich einmal Gedanken darüber machen, weshalb er nicht jeden Einzelnen, der ihn in den letzten Jahren fälschlicherweise mit Acht und Bann belegt hat, zugrunde gerichtet hat. Wie wir alle wissen, ist er einer der mächtigsten und reichsten Mitglieder des Hochadels in ganz England, und es wäre ihm ein Leichtes gewesen, ganz Greenwich den gesellschaftlichen Garaus zu machen.«

Ihre Augen hefteten sich zufrieden auf Stierlings wütendes Gesicht. »Doch er hat es nicht getan, und diese Tatsache spricht in meinen Augen sowohl für seinen edlen Charakter als auch für sein ausgeprägtes Ehrgefühl.«

Betretenes Schweigen herrschte unter den Zuhörern, als Alicia ihren kleinen Vortrag beendet hatte. Alle starrten sie teils verunsichert, teils vollkommen erschüttert an. Sie wandte sich halb zu Robert um.

»Habe ich etwas vergessen, Earl, oder wollen Sie dem noch etwas hinzufügen?«

»Ich danke Ihnen, Lady Alicia. Sie waren sehr gründlich.«

Roberts Worten folgte ein allgemeines Aufkeuchen. Nur der Rotgesichtige ihnen gegenüber sah aus, als würde er ihre Seelen liebend gern persönlich ins Fegefeuer stoßen. Er fixierte Alicia.

»Wie können Sie es wagen, Adelaides Namen derart in den Schmutz zu ziehen?«, flüsterte er mit vor Wut heiserer Stimme.

Alicia furchte ärgerlich die Stirn, bevor sie ihn sachlich aufklärte. »Mylord, es geht hier nicht darum, schmutzige Wäsche zu waschen, sondern darum, der offensichtlichen Wahrheit ein wenig auf die Sprünge zu helfen.«

»Wenn Sie das glauben, dann sind Sie eine gottverdammte Närrin.«

Mit diesen Worten machte er auf dem Absatz kehrt und stürmte durch die Menge davon. Alicia wandte sich kopfschüttelnd zu Robert herum.

»Was für ein unleidiger Zeitgenosse. Wer war dieser ...« Alicia brach mitten im Satz ab, als sie die unbändige Freude und tiefe Befriedigung in Roberts Gesicht sah. Und da war noch etwas anderes – zart und warm. Ihr verräterischer Herzschlag beschleunigte sich, und ein sengender Schmerz durchfuhr ihren Körper. Was für ein gefühlloser Kerl er doch war. Wie konnte er sie mit einer solchen Wärme in den Augen ansehen, wenn er sie doch für eine gemeine Verräterin und Hure hielt? Ihr Schmerz verwandelte sich in tiefen Groll, und sie ballte ihre Hände zu Fäusten. Ja, wie konnte er nur? Fand er vielleicht einen sadistischen Gefallen daran, ihr seine Liebe für einen kurzen Moment zu schenken, nur um sie ihr gleich wieder zu entziehen, sobald sie danach greifen wollte?

»Wer war dieser Kerl?«, fragte sie nun spitz.

Robert lächelte noch immer, von dankbarem Staunen tief erfüllt.

Alicia schien nicht einmal zu bemerken, welch einen Tumult sie gerade heraufbeschworen hatte. Vermutlich würden morgen alle Zeitungen voll davon sein, und jeder in ganz Greenwich würde sich schon beim Frühstück das Maul über diese Enthüllung fusselig reden.

»Das war Lord Jonathan Raeburn. Adelaides Vater.«

»Oh«, entfuhr es Alicia leise, und eine sanfte Röte überzog ihre Wangen.

Robert legte ihre Hand in seine Armbeuge und führte sie aus der Hörweite der neugierigen Zuschauer. Er spürte ihr Zögern, spürte ihre innere Anspannung, und der bittere Verlust lastete schwer auf seiner Brust. Die zierliche Frau an seiner Seite war nicht mehr seine vertrauensvolle Alicia. Ihre Augen hatten jenen warmen Glanz der Zuneigung verloren …

Mein Gott, er hätte seinen rechten Arm dafür hergegeben, nur um seine grässlichen Worte ungesagt werden zu lassen.

Als er stehen blieb, entzog sie ihm sogleich ihre Hand.

»Ich hoffe, dir ist bewusst, dass gerade sämtliche Augenpaare im Saal auf uns gerichtet sind?«

Robert schenkte ihr ein bewunderndes Lächeln. »Wundert dich das vielleicht? Du hast gerade die Ehre des schwarzen Earls wieder hergestellt. Nicht viele Menschen besitzen deinen Mut, Liebes.«

Alicia straffte bei diesem Kosewort die Schultern.

»Das hatte wenig mit Mut zu tun, Mylord. Es war lediglich eine kleine Richtigstellung der Tatsachen.«

Ihre Distanziertheit versetzte ihm einen dumpfen Stich. »Verdammt, Lissi, das was du eben getan hast, war weit mehr als das. In meinem ganzen Leben ist noch nie jemand so für mich eingetreten.«

Seine Stimme klang rau von den unterschiedlichsten Gefühlen, die in ihm tobten. »Du hast ja keine Ahnung, was das für mich bedeutet.«

Alicia krümmte sich innerlich vor Qual. Sie sah die wilde Dankbarkeit und das hilflose Erstaunen, das ihn erfüllte. In diesem Augenblick erkannte Alicia das Unfassbare. Robert hatte sich nicht nur aus seinem unbeugsamen Stolz heraus niemals gegen diese Verleumdungen zur Wehr gesetzt. Nein, es war dieser kleine Junge in ihm, der glaubte, es nicht wert zu sein, dass sich jemand um ihn kümmerte. Die Hitze unvergossener Tränen kroch ihre Kehle hoch, und sie verdammte den alten Earl für seine Gefühlskälte aus tiefstem Herzen. Doch sie erkannte auch noch etwas anderes. Etwas sehr viel Gefährlicheres. Sie wurde sich bewusst, dass sie Robert von Sekunde zu Sekunde mehr verfiel. Sie verzehrte sich mit solch brennender Sehnsucht nach ihm, dass sie beinahe körperlich darunter litt.

Sie musste dem ein Ende bereiten, bevor sie auch noch den letzten Rest an Selbstachtung verlor. Musste weg von ihm, bevor sie sich ihm in die Arme warf und ihm versicherte, dass er das Kostbarste und Wertvollste in ihrem Leben war.

Mein Gott, sie hatte wirklich nichts dazugelernt.

Es kostete Alicia all ihre Kraft und Selbstbeherrschung, um gleichmütig mit einer Schulter zu zucken und kühl zu entgegnen: »Du brauchst dich nicht zu bedanken, Robert. Ich habe dir lediglich den Gegendienst erwiesen, den ich dir Jimmys wegen schuldig war. Jetzt sind wir quitt, und somit haben wir uns von nun an nichts mehr zu sagen.«

Mit diesen Worten drehte sie sich um und wollte zu ihrer Tante zurückkehren, doch er hielt sie am Arm zurück. »Verdammt, Alicia …«

»Fass mich nicht an«, zischte sie wütend, riss sich los, und für einen kurzen Moment sah er den wilden Schmerz in ihren Augen.

»Fass mich nie wieder an, solange du mich für eine Verräterin hältst.« Sie holte zittrig Atem, um sich ein wenig zu beruhigen.

»Falls ich über unseren Fall etwas Neues in Erfahrung bringe, werde ich es dir durch Tante Felice übermitteln lassen, und das Gleiche erwarte ich von dir. Aber ansonsten will ich nichts mehr mit dir zu tun haben. Ist das jetzt klar?«

Sie wartete keine Antwort ab, sondern wandte sich erneut um und ging hoch erhobenen Hauptes zu Felice und ihrem Onkel. Diesmal hielt er sie nicht zurück.

Die Aufregung und die stickige Luft waren plötzlich zu viel für Alicia, und sie sehnte sich nach Ruhe und

Alleinsein. Der offen stehende Balkonflügel zog sie geradezu magnetisch an, und erleichtert atmete sie die kühle Herbstluft ein. Alles um sie herum trat in den Hintergrund. Sie verzehrte sich nach Robert.

Tief in Gedanken versunken, ging sie über die Terrasse und weiter durch den sorgsam gepflegten Park. Die zahlreichen Marmorstatuen schimmerten geheimnisvoll im fahlen Mondlicht, und die wenigen Blumen, die dem Herbst trotzten, verströmten einen zarten, süßlichen Duft.

Plötzlich spürte sie ein eisiges Prickeln im Nacken. Sie war nicht mehr allein.

Alicia schaute sich suchend um, doch niemand war zu sehen. Ihr Blick glitt zu den offenen Balkontüren, und nur langsam wurde ihr bewusst, dass das Summen, das sich aus der Musik und den Stimmen der geladenen Gäste zusammensetzte, nur noch leise aus dem hell erleuchteten Ballsaal zu ihr herüberwehte. Wie konnte sie nur so unvorsichtig sein und sich so weit entfernen?

Wieder spürte sie dieses unangenehme Prickeln in ihrem Nacken, und ihr Herz begann zu rasen. Alicia raffte ihre Röcke und eilte hin zur Terrasse, doch da löste sich unmittelbar vor ihr ein Schatten aus den Büschen.

»Lady Wincliff, wie angenehm, Sie hier zu treffen.« Garrick trat mit einem süffisanten Lächeln auf den Lippen näher. »Darf ich mich Ihnen anschließen?«

»Ich wollte gerade in den Ballsaal zurückkehren. Meine Tante wird mich bestimmt schon suchen«, erwiderte sie nervös und wollte an ihm vorbei gehen, doch er vertrat ihr den Weg.

»Nicht so eilig …«

15

Gilard beobachtete, wie Garrick sich aus dem Saal stahl, und plötzlich beschlich ihn ein ungutes Gefühl. Er ließ seine Augen suchend über die tanzenden Paare gleiten und stieß einen unterdrückten Fluch aus. Er konnte Alicia nirgends entdecken. Vor einer Weile hatte er sie beobachtet, wie sie durch die offen stehenden Balkontüren spaziert war. Allem Anschein nach war sie noch nicht zurückgekehrt.

Robert traute diesem Stierling nicht über den Weg, und Gilard war gewillt, es ihm gleichzutun. Es handelte sich bestimmt um keinen Zufall, dass es Stierling ausgerechnet jetzt nach frischer Luft verlangte.

Gilards Blick heftete sich zielsicher ans andere Ende des Saals, wo Robert von zahlreichen Adeligen umlagert wurde. Sein finsteres Gesicht zeigte deutlich, wie wenig ihm an dieser Gesellschaft lag. Wenig später trat Gilard neben ihn und beugte sich vertraulich zu ihm hinüber. »Ich dachte, es würde dich möglicherweise interessieren, dass Lady Wincliff einen ausgedehnten Spaziergang in den Gärten unternimmt.«

In diesem Augenblick tanzte Felice fröhlich lachend an ihnen vorbei, und Roberts Mund presste sich zu einer gefährlich schmalen Linie zusammen.

»Und natürlich ist sie ohne weibliche Begleitung verschwunden.« Himmel, diesem Weib sollte man den hübschen Hals umdrehen. Es lag ihr anscheinend im Blut, sich über die herrschenden Sitten hinwegzusetzen, ohne auch nur einen einzigen Gedanken an ihren guten Ruf zu verschwenden.

»Und nicht nur das. Du solltest ihr besser nachgehen. Vor wenigen Augenblicken hat sich Stierling an ihre Fersen geheftet.«

»Zum Teufel noch mal, weshalb hast du das nicht gleich gesagt?« Robert drängte sich verärgert durch die Menge. Sein Blut pulsierte heiß durch seine Adern.

Es benötigte nicht viel Fantasie, um zu ahnen, was Stierling im Schilde führte. Schließlich hatte Alicia vor wenigen Minuten sein Ansehen in der Gesellschaft empfindlich geschmälert. Er hätte wissen müssen, dass diese Ratte Alicia nicht ungeschoren davonkommen lassen würde.

Robert trat auf die Terrasse hinaus, sah nach links und rechts, doch von Stierling fehlte jede Spur. Er war allein. Seine Brust fühlte sich plötzlich bleiern an, und sein Herzschlag beschleunigte sich. Alicia! Wo konnte sie nur stecken?

Er horchte in die Nacht hinaus, doch alles blieb still.

Stierling weidete sich an Alicias Nervosität und trat noch einen Schritt näher. »Nicht so eilig, Lady Alicia. Man könnte ja beinahe versucht sein zu glauben, Sie würden sich vor mir fürchten.«

Alicias Puls raste, doch sie versuchte ruhig zu bleiben. »Hätte ich denn Grund dazu?«

Seine Augen glitten genüsslich über ihren Körper. »Nun, Sie haben mir heute Abend ziemlich übel mitgespielt. Das muss ich schon sagen. Ihre Anspielungen haben mir gar nicht gefallen.«

Alicia fühlte sich wie eine Fliege im Netz, die zusah, wie die Spinne sich bedrohlich näherte. »Das glaube ich Ihnen gern.«

Stierling überging ihre Worte, so als hätte sie nichts gesagt. »... und ich glaube, das Mindeste, was ich von Ihnen erwarten darf, ist eine Entschuldigung.«

Dieser Kerl genoss sein momentanes Gefühl von Macht, und obwohl sie am ganzen Körper zitterte, wuchs ein unvernünftiger Zorn in ihr an. Männer und ihre verdammten Einschüchterungsversuche! Alicia verschränkte die Arme vor der Brust.

»Was wollen Sie wirklich, Lord Stierling?«

Sein plötzliches Lachen überraschte Alicia und brachte sie kurzzeitig aus dem Konzept.

»Ah, wie ich sehe, bevorzugen Sie den direkten Weg. Wie erfrischend.«

»Es freut mich, dass es Ihnen gefällt. Also sagen Sie, was Sie zu sagen haben. Es ist recht kalt hier draußen.«

»Hat Ihnen eigentlich schon einmal jemand gesagt, dass Sie sehr verführerisch wirken, wenn Sie wütend sind?«

Alicia spürte instinktiv, dass sie sich auf gefährliches Terrain begaben.

Sie reckte stolz ihr Kinn. »Ich betrachte diese Unterhaltung als beendet. Guten Abend, Lord Stierling.«

Mit diesen Worten wollte sie an ihm vorbei gehen, doch er hielt sie am Arm zurück. Seine Finger gruben sich schmerzhaft in ihr Fleisch, und seine Stimme klang hart wie kalter Stahl.

»Tun Sie das nicht, Lady Wincliff. Machen Sie nicht den Fehler und lassen mich hier auf diese Art stehen. Dann könnte ich sehr wütend werden. Und das wollen Sie doch nicht, oder?«

Jetzt zeigte er endlich sein wahres Gesicht. Alicias Herz schlug heftig gegen ihre Rippen, und einen Augenblick lang spielte sie mit dem Gedanken, lauthals um Hilfe zu schreien. Sie tat es jedoch nicht.

»Lassen Sie mich los. Sie tun mir weh.«

Sein Griff verstärkte sich. »Sie wissen noch gar nicht, was Schmerzen sind. Aber sollten Sie sich noch einmal öffentlich gegen mich stellen, werden Sie es erfahren. Haben wir uns verstanden?«

Alicia nickte kleinlaut und biss die Zähne fest aufeinander, um nicht laut zu schreien.

»Nimm deine verdammten Finger von ihr«, ertönte plötzlich eine vor Zorn vibrierende Stimme. Alicia hätte vor Erleichterung beinahe geweint.

Robert trat hinter einer Statue hervor.

Stierling zuckte wie unter einem Peitschenhieb zusammen, und sein Griff lockerte sich, als er den kalten Hass in Roberts Augen sah. Seine ganze Körperhaltung zeigte, wie angespannt er war und wie sehr er sich beherrschen musste, um Stierling nicht auf der Stelle zu erschlagen.

»Du hättest besser auf meine Warnung gehört, Stierling«, knurrte er mit leiser, drohender Stimme. »Ich habe dir gesagt, du sollst dich von Alicia fern halten …«

»Man wird sich ja wohl noch unterhalten dürfen«, gab Stierling verdrossen zurück, doch in seiner Stimme schwang eindeutig Nervosität mit.

Roberts Blick glitt fragend über Alicias Gestalt. »Hat er dir etwas angetan?«

Sie schüttelte den Kopf und versuchte dem Zittern ihres Körpers Herr zu werden. »Nein, nein, mir ist nichts geschehen. Ich habe mich nur erschrocken, das ist alles.«

»Gut, dann geh wieder hinein.« Er sagte es barsch, doch der Blick, mit dem er Stierling bedachte, ließ Alicia alarmiert einen Schritt auf ihn zu treten.

In seinen Augen lag ein deutliches Urteil. Stierlings Todesurteil.

»Das werde ich nicht tun! Ich werde nicht zulassen, dass du ihn totschlägst oder dich zu einer solchen Dummheit wie einem Duell hinreißen lässt.«

»Ein überaus verlockender Gedanke, fürwahr.«

Alicia schnappte entsetzt nach Luft. »Robert, bitte, es ist ja niemand zu Schaden gekommen …«

Sein glühender Blick fixierte ihr leichenblasses Gesicht. Es war nicht schwer zu erkennen, dass sie sich fast zu Tode geängstigt hatte, und der feuchte Schimmer in ihren vor Schreck geweiteten Augen setzte ihm schwer zu.

»Das sehe ich aber ganz anders. Er hat Hand an dich gelegt, und diese Dummheit wird er sehr teuer bezahlen.«

»Aber es ist doch nichts Ernstliches passiert«, hob sie energisch dagegen.

»Verdammt, Alicia, sei keine Närrin. Was, glaubst du, wäre geschehen, wenn ich nicht rechtzeitig eingegriffen hätte?«

Alicia wollte diesen Gedanken nicht weiter führen. Dieser Stierling hätte ihr wehgetan. Dessen war sie sich sicher.

»Ich …«

»Genug jetzt«, fauchte Robert, dem es immer schwerer fiel, seine Wut im Zaum zu halten. »Geh wieder hinein und überlege es dir beim nächsten Mal besser, wenn du den Wunsch verspürst, allein in einem Park herumzugeistern.«

»Sie tun besser, was er sagt, Lady Alicia.« Gilard trat jetzt ebenfalls aus dem Dunkel hervor, fasste sie am Ellbogen und zog sie sanft, aber bestimmt von den beiden Männern fort.

Alicia schaute ängstlich über die Schulter zu Robert zurück. »Wir können sie doch nicht allein lassen.«

Er zog sie weiter. »Doch, das können wir.«

»Bitte, Lord Gilard. Robert wird sich ins Unglück stürzen, und es wäre meine Schuld. Wir müssen verhindern, dass er Stierling ernstlich verletzt.«

Das Flehen in ihren Augen erweichte ihn. »Keine Angst, Robert wird diese Ratte nicht gleich umbringen. Aber was auch immer früher zwischen den Beiden vorgefallen ist, es ist an der Zeit, dass sie ihren Kampf endlich austragen, bevor es wirklich Tote zu beklagen gibt.«

Robert blickte den Beiden kurz nach, bevor er sich wieder zu Stierling umwandte.

»Und jetzt zu dir.« Seine harte Faust landete mit solcher Wucht auf Stierlings Kinn, dass dieser den Halt verlor und der Länge nach hinfiel.

»Zum Teufel mit dir, Whitehaven«, keuchte er und betastete seinen schmerzenden Kiefer. »Das Weib ist mir nachgestiegen. Ist es da ein Wunder, dass ich mich ihren Reizen ergeben wollte?«

Robert ballte die Hände erneut zu Fäusten. »Gib Acht, welche Lügen du verbreitest. Sie könnten dir das Genick brechen.«

Stierling rappelte sich mit einem anzüglichen Lächeln auf den Lippen auf. Blut tropfte aus seinem Mundwinkel. »Mein Gott, du scheinst diese ganze Angelegenheit ja sehr persönlich zu nehmen. Hast du dich vielleicht zum Retter aller unschuldigen Mädchen emporgehoben?«

Robert überging den Spott. »Nenne mir die Namen deiner Sekundanten, damit meine mit ihnen die Einzelheiten unserer Begegnung besprechen können.«

Stierlings Lächeln war wie weggewischt, und es verschlug ihm sekundenlang die Sprache.

»Sekundanten? Wovon, zum Teufel, sprichst du überhaupt?«

Robert zog eine Braue hoch. »Ist das nicht offensichtlich? Ich fordere dich natürlich.«

»Das kannst du nicht tun. Dazu besteht keinerlei Grund.«

Robert streifte sich lässig die Handschuhe über. »Das sehe ich anders. Du hast meine Verlobte beleidigt und tätlich angegriffen. Wie viele Gründe bräuchte ich sonst noch, um Genugtuung zu fordern?«

»Deine Verlobte«, krächzte Stierling entgeistert, fing sich jedoch sogleich wieder. »Verdammt, Whitehaven, du scheinst ja ein goldenes Händchen in der Auswahl deiner Verlobten zu haben. Du solltest besser nach einer Ausschau halten, die dir nicht bei der erstbesten Gelegenheit Hörner aufsetzt.«

Ein boshaftes Lächeln umspielte Roberts Lippen. »Du beleidigst und belästigst meine Verlobte nicht nur, sondern stellst nun auch noch ihren untadeligen Ruf in Frage?« Er schüttelte bedächtig den Kopf. »Das schreit geradezu nach Satisfaktion. Meinst du nicht auch? Ein Mann in meiner Position kann ein solches Verhalten schließlich nicht einfach ungesühnt lassen.«

Stierlings Blick verriet seinen Aufruhr. »Das meine ich überhaupt nicht. Sie hat sich mir an den Hals geworfen. Was glaubst du denn, weshalb sie sonst allein hier in den Park gekommen ist? Sie wollte ein Stelldichein mit mir. Diese kleine Hure ist nicht besser als Adelaide.«

»Alicia hat rein gar nichts mit Adelaide gemeinsam«, erklärte Robert gefährlich leise. »Und ich dulde es nicht, dass du sie noch weiter beleidigst. Benenne deine Sekundanten.«

»Den Teufel werde ich tun. Ich lasse mich doch nicht wegen eines verdammten Frauenzimmers von dir über den Haufen schießen«, rief Stierling, nun zwischen Wut und Verzweiflung hin und her gerissen. »Das ist doch nichts als deine Rache wegen Adelaide.«

»Nein, Adelaide hat mit dieser Sache nichts zu tun. Sie hatte sich damals für dich entschieden. Sie hatte ihre Wahl getroffen«, erklärte Robert geduldig.

»Zum Teufel mit dir, Whitehaven, du kannst mich nicht fordern. Ich habe keinerlei Erfahrung mit Duellen. Das … das wäre Mord!«

»Ich nenne es lieber Gerechtigkeit, für all die Frauen, die du in den vergangenen Jahren gequält hast.«

Stierling ballte seine Hände zu Fäusten. »Was willst du damit sagen?«

»Lediglich, dass ich über deine kranken Vorlieben mit jungen Frauen Bescheid weiß. Das ist auch der Grund, weshalb ich ein für allemal dafür sorgen werde, dass du meiner Verlobten nie wieder zu nahe treten kannst.«

Stierlings Lippen bewegten sich tonlos. Die kalte Entschlossenheit und die Endgültigkeit von Roberts Worten hatten ihr Ziel nicht verfehlt. Auch wenn bei Duellen der Gegner vorwiegend nur verletzt wurde, so geschahen doch zuweilen Unfälle mit tödlichem Ausgang. Roberts Äußerung ließ keinen Zweifel daran, dass eben dies geschehen würde. Stierling benötigte einige Anläufe, bis ihm seine Stimme wieder gehorchte.

»Du hast vor, mich zu töten! Es geht dir gar nicht um Satisfaktion, du willst mich töten.«

Robert ließ sich zu keiner Antwort herab.

»Damit wirst du nicht durchkommen! Auch wenn das Gesetz gelegentlich bei Duellen ein Auge zudrückt, so kann es nicht einfach über Mord hinwegsehen. Du wirst zumindest aus dem Land verbannt werden …«

Robert nickte zustimmend. »Kein sehr großes Opfer, nicht wahr? Schließlich habe ich bereits einige Jahren im Ausland verbracht, und es war eigentlich recht angenehm. Aber wir vergeuden hier nur unsere Zeit. Ich werde morgen früh meine Sekundanten zu dir schicken. Überlassen wir doch ihnen die Details.«

»Warte, verdammt. Du sollst gefälligst warten!«, brüllte Stierling wütend hinter ihm her. »Ich werde mich nicht wegen einer Hure mit dir duellieren.«

Robert hielt mitten im Schritt inne. Das Wort Hure in Verbindung mit Alicia war nun eindeutig zu oft gefallen.

»Ach, fast hätte ich etwas vergessen.« Er kam gemächlich zu Stierling zurück, während dieser sich verunsichert umschaute.

»Was hast du vor, Whitehaven?«

Robert lächelte freundlich und erklärte im Plauderton: »Da es sich hier um eine uralte Tradition handelt, sollten wir sie auch mit gebührendem Respekt und in der richtigen Reihenfolge durchführen. Findest du nicht auch?« Er blieb einen Schritt vor Stierling stehen. »Um ganz korrekt zu sein, müsste ich dir doch meinen Handschuh ins Gesicht schleudern, oder? Du erlaubst?« Robert machte eine behandschuhte Faust und ließ sie direkt unter Stierlings Kinn landen.

Stierling brach mit einem erstickten Aufschrei zusammen.

16

Der Morgen graute bereits, als Robert von seinem Club heimkehrte. Stierling war nicht der Einzige, der zwei Männer zu seinen Sekundanten benennen musste, die die Einzelheiten der Forderung regeln würden. Auch er brauchte welche. Und da er in den letzten Jahren gesellschaftlich nicht sehr oft in dieser Gegend verkehrt hatte, blieb seine Auswahl eher begrenzt. Ein diabolisches Lächeln hob seine Mundwinkel an. Er hatte genau den Richtigen für diese Angelegenheit gefunden. Bei Jimmy war ein Geheimnis so sicher, als hätte Robert es persönlich in die Zeitung geschrieben. Das Gerücht über das bevorstehende Duell würde rasant die Runde machen.

»Und, besitzt Stierling noch alle seine Zähne?« Gilard lehnte lässig im Türrahmen zum Arbeitszimmer und nippte an seinem Brandy.

»Keine Ahnung.« Robert ging an ihm vorbei in den Raum und schenkte sich ebenfalls ein Glas ein.

Gilard seufzte übertrieben und ließ sich in einen der Sessel fallen. Er beobachtete, wie sein Freund finster in die Flammen des Kamins starrte.

»Falls es dich interessiert, Lady Alicia fühlte sich nach unserer Rückkehr nicht sehr wohl. Sie hat ihre Tante gebeten, sie nach Hause zu begleiten.«

»Das war wohl das Klügste. Sie schien mir ziemlich blass.«

Gilard nickte. »Ja, nicht wahr? Dieser Bryan wirkte auch ziemlich besorgt, als sie sich unterhielten.«

Robert nahm einen tiefen Schluck aus seinem Glas. Allein bei diesem Namen krampften sich seine Eingeweide vor Wut zusammen. »Hast du nicht gesagt, Alicia habe sogleich den Ball verlassen?«

»Gleich danach, ja. Es war nur ein kurzes Gespräch«, besänftigte Gilard seinen Freund und freute sich höllisch über dessen verkniffene Miene.

»Möchtest du vielleicht wissen, was sie so dringend zu besprechen hatten? Ich stand nämlich rein zufällig in Hörweite.«

»Es interessiert mich nicht im Geringsten«, beschied Robert bissig.

»Das habe ich auch nicht anders erwartet«, gab Gilard wenig überzeugt zurück und erhob sich gähnend. Beim Hinausgehen verkündete er: »Wie ich hörte, treffen sie sich übermorgen bei ihm zu Hause. Vermutlich wegen ihrer Wiederverlobung. Ich wüsste wirklich zu gern, ob sie den Termin für ihre Hochzeit vorziehen müssen.«

Robert drehte sich langsam um, und seine Augen glitzerten angriffslustig.

»Was willst du damit sagen?«

Gilard hielt ungerührt Roberts Blick stand. »So wie ihr euch aufführt, brauche ich nur eins und eins zusammenzuzählen, und wer weiß …«

»Zum Teufel! Sag, was du zu sagen hast, und verschone mich mit deinen Spielchen«, fuhr Robert seinen Freund barsch an, denn es schwante ihm Übles.

»Du weißt sehr wohl, was ich meine. Lady Alicia hat eure Verlobung gelöst. Falls sich jetzt aber herausstellen sollte, dass euer Zusammensein nicht … fruchtlos geblieben ist, wird sie natürlich schnellstmöglich einen Vater suchen müssen.«

Dieser Hieb saß.

»Rede keinen Unsinn. Alicia würde niemals …« Robert hielt mitten im Satz inne, und Gilard registrierte zufrieden den nachdenklichen Blick seines Freundes. Auch wenn er sich miserabel bei diesem kleinen Täuschungsmanöver fühlte, so war er sich doch sicher, das Richtige zu tun.

»Ich habe mich zwar für dich ausgesprochen, mein Freund, doch sie meinte, es sei zu spät. Sie habe schließlich auch ihren Stolz.« Gilard schüttelte bedauernd den Kopf.

»Sie wird schon wieder zur Vernunft kommen, wenn sich ihr Ärger erst gelegt hat«, erklärte Robert – mehr zu seiner eigenen Beruhigung, als um Gilard davon zu überzeugen.

Dieser fühlte sich wie ein gemeiner Verräter. Dennoch wollte er seine Rolle zu Ende spielen und noch ein bisschen Öl ins Feuer gießen. Er zuckte gleichmütig mit den Schultern und wandte sich zum Gehen. »Das hoffe ich doch sehr. Sie scheint mir jedoch ziemlich starrsinnig zu sein ... Aber wer weiß schon, was in dem Kopf einer Frau vor sich geht. Diese Geschöpfe werden mir wohl immer ein Rätsel bleiben.«

Mit diesen Worten ließ er Robert allein.

Robert sank schwer in den Sessel vor dem Kamin und starrte brütend in die schwache Glut.

Nein. Alicia würde niemals einen anderen Mann heiraten, wenn sie sein Kind unter dem Herzen trug. Oder doch? Nein, niemals. Dafür war sie zu ehrlich. Aber was hatte sie mit diesem Bryan zu bereden? Und woher, zum Teufel, nahm sie sich das Recht, andere Männer zu treffen? Verdammt noch mal, sie waren schließlich immer noch verlobt. Egal, was sie über diese Verbindung dachte. Gilard hatte Recht. Alicia konnte wirklich unglaublich stur sein. Und ihre Handlungen aus jüngster Vergangenheit zeigten deutlich, dass sie sehr impulsiv handeln konnte, ohne sich über die Folgen im Klaren zu sein. Er musste unbedingt etwas unternehmen.

Alicia vergrub die Finger in den Falten ihres Kleides. Sie war schrecklich angespannt und fühlte sich einfach fürchterlich. Als Bryan sie auf dem Ball gebeten hatte, ihn zu besuchen, wäre sie am liebsten davongerannt und hätte sich irgendwo versteckt, nur um ihm nicht allein gegenübertreten zu müssen. Dennoch hatte sie seine Einladung angenommen. Das hatten sowohl ihr Anstand als auch ihr schlechtes Gewissen von ihr verlangt. Schließlich hatte die Tatsache, dass sie Robert liebte, nicht nur ihr eigenes Leben verändert.

Sie hatte die vergangene Nacht wach gelegen und sich ununterbrochen den Kopf darüber zermartert, wie sie Bryan das Geschehene am besten erklären konnte. Doch sie war zu keiner befriedigenden Antwort gelangt. Wie auch? Sie verstand ja selbst nicht, wie es Robert gelungen war, diese brennende Sehnsucht nach seiner Nähe in ihr zu entfachen. Er hatte ihr Herz für sich gefordert, und sie hatte es ihm unwiderruflich geschenkt.

Dies war die schlichte Wahrheit, und nun saß sie hier in Bryans Arbeitszimmer. Sie vergrub nervös die Finger in den Falten ihres gelben Musselinkleides und zwang sich, ihren Blick zu heben.

Bryan saß ihr völlig entspannt am Schreibtisch gegenüber und betrachtete sie mit einem Lächeln auf den Lippen. Sein Erscheinungsbild wirkte wie immer, gerade so, als wäre er dem neuesten Modemagazin entsprungen. Sein senffarbenes, an den Schultern stark gepolstertes Jackett unterstrich die Farbe seines tadellos sitzenden Haares. Die Krawatte war auf eine äußerst komplizierte Weise gebunden, die jegliche Kopfbewegung stark behinderte und angeblich zum letzten Schrei der Modewelt zählte. Für Alicia grenzte es jedoch eher an ein Wunder, dass Bryan daran nicht erstickte. Der Kragen seines eleganten Rüschenhemdes war so hoch geschnitten, dass er das Kinn umrahmte, und dazu trug er eine mit Silberfäden durchwirkte hellrosa Weste.

Alicia ertappte sich bei dem Gedanken, dass Robert bestimmt niemals zu solch grellen Farben greifen würde. Eine Sekunde später fühlte sie sich deswegen schuldig. Wie konnte sie nur solche Vergleiche anstellen? Gerade jetzt, wo er sich doch so verständnisvoll zeigte.

Sie hatte angenommen, dass er bei ihrem Besuch

wütend werden und zu toben anfangen würde, doch seine freundliche Ruhe war wesentlich schlimmer.

»Natürlich war ich im ersten Moment sehr verletzt. Ich würde lügen, wenn ich dies abstreiten würde.« Es war kein Vorwurf. Noch nicht einmal Bitterkeit schwang in seiner Stimme mit. Nein, es war lediglich eine Feststellung, und er lächelte auch noch dabei.

Alicia nickte beschämt.

»Aber nach längerem Überlegen bin ich zu dem Schluss gekommen, dass mich selbst ebenso viel Schuld an den Geschehnissen trifft.«

Alicia blinzelte verwirrt, und Bryan erklärte: »Ich glaube, ich habe gar nicht bemerkt, dass du nun erwachsen und zu einer schönen, begehrenswerten Frau herangewachsen bist, Alicia. Im Geiste sah ich wohl immer noch das kleine Mädchen mit Zöpfen vor mir, das mir bei jeder sich bietenden Gelegenheit die Zunge herausgestreckt hat.«

Alicia errötete schuldbewusst. »Du hast mich immer an den Haaren gezogen. Irgendwie musste ich mich ja rächen.«

Er lachte leise auf. »Ja, das musstest du, und ich habe es sehr genossen.«

Daraufhin folgte erneut ein peinliches Schweigen, und Alicias Blick glitt sehnsuchtsvoll zu der geschlossenen Türe, hinter der ihre Zofe auf ihre Rückkehr wartete.

»Ich bin ausgesprochen froh, dass du heute gekommen bist, Alicia. Es lag mir wirklich sehr viel an diesem klärenden Gespräch. Schließlich werden wir uns in Zukunft in der Firma sehr oft über den Weg laufen und auch viel miteinander zu tun haben. Da wären versteckte Feindseligkeiten doch wirklich zermürbend.«

Sein Blick fiel auf das wunderschön geschnitzte Holzkästchen auf seiner Schreibplatte, das bis obenhin mit Geld vollgestopft war. Wie wertvoll ihr heutiges

Kommen in Wirklichkeit für ihn gewesen war, würde sie niemals erfahren.

»Ich bin auch sehr froh«, gestand Alicia etwas verlegen. »Du verhältst dich wirklich ausgesprochen ehrenhaft, Bryan, und dafür kann ich dir nicht genug danken.«

Bryan nahm ihr Kompliment mit einem salbungsvollen Lächeln entgegen und ließ sich tiefer in seinen Sessel gleiten.

»Wann werdet ihr eigentlich die Verlobung öffentlich bekannt geben? Findest du nicht, dass es langsam an der Zeit wäre?«

Alicias Wangen brannten vor Verlegenheit. »Es wird keine Hochzeit geben«, gestand sie leise und brachte es nicht über sich, ihm ins Gesicht zu schauen.

Bryan erhob sich sichtlich verwirrt aus seinem Sessel und kam um den Schreibtisch herum.

»Was sagst du da? Whitehaven weigert sich, dich zu heiraten? Das glaube ich einfach nicht. Und das ausgerechnet jetzt, da alle Zeitungen sein ausgeprägtes Ehrgefühl und seinen allzu edlen Charakter rühmen.«

»Nicht doch, Bryan«, versuchte Alicia seinen aufgebrachten Redeschwall zu unterbrechen.

»Er ist also doch nichts anderes als ein übler Halunke und ein Blender.«

Seine Worte weckten Alicias Unmut. »Das ist nicht wahr!«, erwiderte sie hitzig und besaß sogleich seine volle Aufmerksamkeit.

»Du verurteilst Robert vorschnell. Nicht er war es, der die Verlobung gelöst hat, sondern ich.«

»Du? Was, um Himmels willen, ist denn in dich gefahren?«

Alicias Wangen färbten sich dunkelrot. Diesmal hatte seine Stimme gepresst geklungen, und er wirkte plötzlich sehr angespannt. »Hat … hat er dir etwas angetan?«

Alicias Kopf schoss in die Höhe. »Nein, natürlich

nicht.« Sie hielt kurz inne und fügte etwas leiser hinzu: »Zumindest nicht das, was du meinst.«

»Aber ich gehe doch recht in der Annahme, dass ihr euch … sagen wir mal … näher gekommen seid?«

Alicia nickte, und in ihrer Stimme war weder Scham noch Reue zu vernehmen. »Ja, das sind wir.«

Bryan schüttelte verständnislos den Kopf. »Dann begreife ich nicht, weshalb du seinen Antrag ablehnst.«

Bryan lehnte sich gegen die Tischplatte und verschränkte die Arme vor der Brust, während Alicia hartnäckig schwieg. »Du möchtest mir also nicht sagen, was dein Sinneswandel zu bedeuten hat?«

Sie schüttelte den Kopf. »Es tut mir Leid, aber ich kann nicht.« Das war sogar die Wahrheit. Sie konnte kein Wort über die näheren Umstände erzählen, ohne die Nachforschungen bezüglich der Schmugglerbande zu gefährden. Auch wenn sie aus tiefstem Herzen an Bryans Unschuld glauben wollte, so hatte der fehlende Frachteintrag doch ihr Misstrauen geweckt. Alicia strich sich eine lose Haarsträhne aus dem Gesicht und senkte ihren Blick auf ihre im Schoß gefalteten Hände. Sie durfte die Untersuchungen keinesfalls gefährden.

Bryan war sehr still geworden, doch plötzlich ließ er geräuschvoll den angehaltenen Atem ausströmen und beugte sich zu ihr vor. »Himmel, dann ist ja alles in bester Ordnung.«

Alicia schaute verwirrt in sein vor Freude strahlendes Gesicht und verstand die Welt nicht mehr. Er lächelte doch tatsächlich, als hätten sie gerade eben festgestellt, dass draußen die Sonne schien.

»Wenn du ihn nicht heiraten willst, dann steht doch unserer Verlobung nichts im Weg, Liebes.«

Als Alicia ihre Einwände anbringen wollte, hob er abwehrend die Hände.

»Na schön, du hast bei einem anderen Mann gelegen. Das ist zwar bedauerlich, doch noch lange kein Weltuntergang.«

Alicia war sich nicht sicher, was sie nun denken sollte. In der Tat wirbelten so viele gegensätzliche Meinungen durch ihren Kopf, dass sie keinen konkreten Gedanken fassen konnte.

»Wie ich schon sagte, trage ich zum Teil selbst die Schuld daran. Ich habe dich einfach zu lange vernachlässigt.«

»Ach?«, etwas Geistvolleres fiel ihr beim besten Willen nicht ein.

Sie konnte nur mit ansehen, wie Bryan mit einem charmanten Lächeln vor ihr auf ein Knie ging und ihre zitternden Hände in die seinen nahm.

Er lachte leise auf. »Schau doch, Liebes. Wir kennen uns nun schon unser ganzes Leben. Auch wenn unsere Heirat von unseren Vätern beschlossen wurde, so haben wir doch großes Glück, dass wir uns immer gut verstanden haben. Und da auch du kein anderes Heiratsangebot hast, wäre es doch wirklich dumm, unsere Verlobung aufzulösen.« Sein Grinsen wurde noch breiter. Besonders in Anbetracht der Tatsache, dass der Earl bestimmt ein hübsches Sümmchen dafür springen lassen würde, damit diese heikle Geschichte nicht ans Tageslicht kam.

Alicia war so verwirrt, dass sie nur stumm nicken und gleich darauf den Kopf schütteln konnte. Irgendwie gaukelte ihr Verstand ihr vor, dass Bryans Ansicht in der Tat nicht einer gewissen Logik entbehrte. Dennoch …

»Bryan, ich bin mir nicht ganz sicher, ob du mich *richtig* verstanden hast. Auch wenn ich mich weigere, Robert zu heiraten, bedeutet das nicht, dass ich ihn nicht mehr liebe. Und außerdem möchtest du mich ganz bestimmt nicht mehr heiraten. Da ich nicht mehr … Ich meine …«

»Da du nicht mehr jungfräulich in die Ehe kommst«, half er liebenswürdig aus. »Das habe ich durchaus verstanden, meine Liebe. Aber wir haben uns auch niemals die Treue geschworen. Zumindest nicht, bis wir verheiratet sind«, fügte er rasch hinzu. »Und ich muss gestehen, dass du mir diesen kleinen ›Fehltritt‹ gerade gestanden hast, bedeutet mir sehr viel. Es zeigt, dass du sowohl ehrlich als auch verantwortungsbewusst bist, und ich könnte mir keine besseren Eigenschaften bei meiner Ehefrau vorstellen als genau diese.«

Alicia war sprachlos und gleichzeitig auch tief enttäuscht. Robert hatte mit ihr eine wundervolle Liebesnacht verbracht, hielt sie jedoch für eine Verräterin und Hure – Bryan wollte sie heiraten, liebte sie aber nicht.

Ihr Herz fühlte sich plötzlich zentnerschwer an. Was durfte sie sich von einer solchen Zukunft erhoffen?

Sie war so vertieft in ihre trüben Gedanken, dass sie Bryans Worte nicht mehr wahrnahm. Erst als er ihr ein strahlendes Lächeln schenkte und sich erhob, wurde ihr bewusst, dass sie irgendetwas Wesentliches verpasst haben musste.

»Ich bin sehr erleichtert, dass du meinen Vorschlag nicht gleich vom Tisch fegst. Ich werde mich bemühen, dir standesgemäß den Hof zu machen, und dann werden wir ja sehen, ob wir eine gemeinsame Zukunft haben oder nicht.«

Eine gemeinsame Zukunft? Wovon sprach dieser Mann eigentlich?!

»Dann hole ich dich heute Abend gegen sieben Uhr ab. Ich freue mich bereits darauf.«

»Heute Abend?«

Bryan tippte ihr spielerisch mit dem Zeigefinger auf die Nasenspitze.

»Das Ballett, Liebes. Jetzt musst du mich leider entschuldigen. Ich habe noch dringende Geschäfte zu erledigen.«

Somit war sie wohl entlassen.

Alicia ließ sich wie betäubt von Bryan zur Tür geleiten und ließ es sogar zu, dass er sie zum Abschied auf die Wange küsste.

Als sie endlich in der Kutsche saß, war sie sich nicht sicher, ob sie nun lachen oder weinen sollte. Sie tat beides. Das alles war einfach zu viel und zu verrückt.

17

Robert hatte Birninghams Stadthaus beobachtet, als Alicia Bryan einen Besuch abgestattet hatte. Hin und her gerissen, zwischen Wut und dem namenlosen Gefühl, betrogen zu werden, hatte er beobachten müssen, wie Alicia in Begleitung ihrer Zofe das Haus betreten hatte. Ihm war nichts anderes übrig geblieben, als zu warten. Mit jeder Minute, die nach ihrem Eintreten verstrichen war, hatte seine Unruhe und somit auch sein Zorn zugenommen. Und es hatte verdammt lange gedauert, bis sie Birninghams Haus endlich wieder verlassen hatte. Auf den ersten Blick hatte er gesehen, dass Alicia den Tränen nahe gewesen war, und seltsamerweise hatte dies eine beruhigende Wirkung auf ihn ausgeübt. Aber nicht lange! Denn kurz darauf war Birningham hinter ihr erschienen und hatte doch tatsächlich die Stirn besessen, sie in aller Öffentlichkeit auf die Wange zu küssen.

Was, zum Teufel, sollte er davon nur halten?

Wie ein gleißender Blitzschlag hatte im selben Augenblick die Erinnerung an Gilards Worte seinen Geist durchzuckt. Alicia suchte einen Vater!

Niemals zuvor hatte Robert so viel Hass in sich verspürt wie in diesem Moment, und sein Entschluss hatte festgestanden. Keinesfalls würde er sich um sein Kind betrügen lassen!

Und Gott sollte Alicia beistehen, wenn sie ihm nehmen wollte, was ihm rechtmäßig gehörte.

Robert hatte den ganzen Nachmittag Zeit gehabt, um seinen Hass zu schüren, und er weigerte sich noch immer standhaft, der leisen Stimme der Vernunft sein Ohr zu schenken. Alicia sollte sich in seinem Zorn und seiner Verachtung winden.

Zu allem entschlossen, stieg er aus der Kutsche und eilte die wenigen Stufen zur Haustür hinauf. Die Tür schwang wie immer geräuschlos auf, noch bevor er anklopfen konnte. Zumindest durfte man sich auf das Personal verlassen, dachte er grimmig und kam ohne Umschweife zum Punkt. »Ich will zu Lady Alicia.«

Bertram erkannte auf den ersten Blick, dass auch diesmal Lügen zwecklos waren. Er hatte zwar strikte Anweisung, nebst der Tante der jungen Lady niemanden ins Haus zu lassen, doch was nutzten solche Befehle, wenn man einfach zur Seite geschoben wurde? Dennoch fühlte er sich dazu verpflichtet, es zumindest zu versuchen.

»Lady Alicia erwartet in Kürze Besuch, Euer Gnaden. Soll ich ihr ausrichten, dass Sie hier waren?«

»Das werde ich selber tun«, fauchte Robert und verschaffte sich Einlass.

Bertram eilte rasch voraus. »Ich werde Mylady von Ihrer Anwesenheit unterrichten, Euer Gnaden. Wenn Sie solange im blauen Salon warten würden ...«

»Ich bin hier.«

Robert wandte sich langsam der Stimme zu, und für einen Augenblick vergaß er seinen ganzen Zorn. Sie hatte geweint, dass konnte er deutlich erkennen. Und die bläulich schimmernden Augenringe zeugten von einer ruhelosen Nacht. Mit einem Schlag kehrte seine Wut in geballter Ladung zurück. Das war ja wohl das Mindeste, was er in diesem Fall von ihr erwarten durfte.

Unvernünftiger Zorn wallte in Robert auf, als er seine Augen über Alicias Erscheinung gleiten ließ. Ging sie etwa schon wieder aus? Sie trug ein dunkelblaues Seidenkleid, das sich verführerisch eng an ihren schlanken Körper schmiegte und in einer weichen Wolke aus feinster Spitze zu Boden fiel. Ein hauchzartes Schultertuch hing elegant drapiert um ihre Ellbogen, und die schweren, schwarzen Locken trug sie zu einem lockeren Knoten hochgesteckt. Sie sah zwar müde, doch keineswegs zerknirscht aus.

»Guten Abend, Robert. Was führt dich hierher?«

»Ich glaube kaum, dass du das, was ich dir zu sagen habe, hier draußen in Gegenwart deines Personals hören willst.«

Der gepresste Klang seiner Drohung ernüchterte Alicia schlagartig. Närrin, die sie war, hatte ihr Herz bei Roberts Anblick vor Freude heftig zu jubeln begonnen. Doch der unversöhnliche Ausdruck in seinem Gesicht genügte, um ihr zu verdeutlichen, dass es sich hierbei keineswegs um einen Höflichkeitsbesuch handelte.

Seine unnachgiebige Haltung ließ sie kurz zögern, doch dann hielt sie es für das Vernünftigste, ihn nicht noch mehr zu reizen.

»Gehen wir in die Bibliothek?«

Alicia schritt mit bangem Herzen voran. Sie konnte sich wirklich nicht erklären, was Robert diesmal über die Leber gelaufen war. Schließlich hatte er ihr vorgestern auf dem Ball schon die Leviten gelesen, weil sie so unvernünftig gewesen war und sich allein im Park herumgetrieben hatte. Oder ging es vielleicht gar nicht um sie? Hatte er etwas Neues über die Schmugglerbande erfahren und war so zornig, weil er es ihr mitteilen musste?

Robert warf die Tür zur Bibliothek mit einem solchen Knall zu, dass Alicia erschrocken aufschrie und zu ihm herum wirbelte.

»Bist du verrückt?«

Robert lehnte sich demonstrativ mit dem Rücken gegen die Tür und verschränkte die Arme vor der

Brust. Er versperrte ihr absichtlich den Weg, erkannte Alicia, und allmählich fühlte sie sich nicht mehr ganz wohl in ihrer Haut. Sie überlegte, ob es vielleicht klüger wäre, Bertram zu Hilfe zu rufen, doch sie bezweifelte ernstlich, dass dieser überhaupt in die Bibliothek gelangen konnte, wenn Robert es nicht wollte.

Obwohl Alicia am liebsten so viel Abstand wie möglich zwischen sich und Robert gebracht hätte, blieb sie mitten im Zimmer stehen.

»Na schön, was habe ich jetzt wieder angestellt? Du machst ein Gesicht, als würdest du mich am liebsten in der Luft zerreißen.« Es hätte eigentlich ein kleiner Scherz sein sollen, um die entsetzliche Spannung ein wenig zu lösen, doch der mörderische Ausdruck in Roberts Augen verriet, dass sie mitten ins Schwarze getroffen hatte.

»Du möchtest also gleich zum Punkt kommen?« Er stieß sich geschmeidig von der Tür ab und trat langsam auf sie zu.

»Der *Punkt* ist, das ich mir von niemandem mein Kind nehmen lasse.«

Alicia war wie vor den Kopf gestoßen. *Er hatte ein Kind?!*

»Ich verstehe nicht, was das mit mir zu tun hat. Ich wusste nicht einmal, dass du bereits ein Kind hast.«

Mit zwei mächtigen Schritten war er bei ihr und packte sie grob bei den Oberarmen.

»Hör auf mit diesen Spielchen. Du weißt verdammt genau, dass ich dieses Kind meine.« Seine Hand legte sich besitzergreifend auf ihren Bauch, und Alicia riss entsetzt die Augen auf.

»Bist du betrunken?«

»Schluss jetzt mit diesem Theater. Du brauchst es gar nicht zu leugnen. Ich habe dich heute bei Birningham gesehen. Will er, dass du mein Kind wegmachen lässt, oder warst du zu feige, es ihm zu sagen? Vielleicht hast du ja auch vor, ihm ein fremdes Ei ins Nest zu legen?«

Alicia war so entsetzt über diese hässlichen Unterstellungen, dass sie ihn nur ungläubig anstarren konnte.

Ihr Schweigen brachte Robert noch mehr in Rage, und er begann zu brüllen. »Was auch immer du vorhast, dein verdammter Plan wird nicht aufgehen. Ich will dieses Kind haben.« Er stieß sie voller Verachtung von sich. »Ob mit dir oder ohne dich, das ist mir vollkommen egal. Hast du mich verstanden?«

Alicia begegnete seinem hasserfüllten Blick mit einer Ruhe, die weit von dem entfernt war, was sie wirklich fühlte.

»Ich habe dich sehr gut verstanden, Mylord. Genau so, wie vermutlich das ganze Haus dein Brüllen gehört hat. Es gibt nur ein Problem.«

Ohne zu überlegen, holte Alicia mit der Faust aus und schmetterte sie Robert mit aller Kraft ans Kinn. Dann schrie sie: »Ich erwarte kein Kind von dir. Wie kannst du es überhaupt wagen? Du kommst in mein Haus, brüllst hier herum wie ein Wahnsinniger und beschimpfst mich für Dinge, die ...«

Der Fausthieb war so unerwartet gewesen, dass Robert ihn gar nicht hatte kommen sehen. Und bei Gott, er hatte gesessen.

Er schüttelte benommen den Kopf und rieb sich das brennende Kinn. Erst jetzt drang die volle Bedeutung von Alicias Worten in seinen Verstand, und dieser Hieb saß noch bedeutend tiefer als der erste.

»Du bist *nicht* schwanger?«

»Natürlich nicht!«

Robert fühlte sich wie ein gottverdammter Idiot. Himmel, er hatte sich gerade zum absoluten Narren gebrandmarkt.

»Bist du sicher? Ich meine, es wäre ja immerhin möglich ...«

Er besaß zumindest den Anstand zu erröten, und dies wirkte wie Balsam für Alicias empörte Seele.

Roberts Blick heftete sich auf Alicias Schoß, als könnte er die unzähligen Stofflagen ihres Kleides durchdringen. »Verzeih mir. Ich habe mich wohl zum Narren gemacht ...«

»Hättest du nicht einfach fragen können?«

Roberts Lächeln fiel etwas schief aus. »Du kannst wohl kaum erwarten, dass ein allseits gefürchteter Ganovenjäger, der seit Jahren mit den blutrünstigsten Banditen auf allen Kontinenten kämpft, den Mut aufbringt, dich einfach zu fragen ob du vielleicht ein Kind von ihm erwartest.«

Ein perlendes, wenn auch herablassendes Lachen belohnte seine Selbstironie.

»Ach Robert, dein Humor tritt immer dann zutage, wenn man ihn am wenigsten erwartet.«

Robert war überhaupt nicht nach Scherzen zumute. »Weshalb warst du dann heute bei Birningham?«, forderte er nun ohne Umschweife zu wissen.

Alicia blinzelte erstaunt. »Woher weißt du, dass ich dort war?«

»Weil ich dich gesehen habe, und da dachte ich natürlich ...«

»Und da dachtest du natürlich wieder einmal nur das Schlimmste von mir«, vervollständigte Alicia bitter seinen Satz. »Ist es dir denn nicht in den Sinn gekommen, dass Bryan und ich Geschäftspartner sind? Schließlich ist er Mitinhaber der Wincliff Corporation.«

Robert trat unangenehm berührt von einem Fuß auf den anderen. »Dann war das Treffen also rein geschäftlich?«

Verdammt noch mal, er kam sich so unbeholfen vor wie ein dummer Junge.

Alicia errötete sanft, und sie hätte Bertram vor Erleichterung um den Hals fallen können, als er genau in diesem Moment anklopfte und sie einer Antwort enthob.

Auf ihr Zeichen trat er ein und verkündete: »Lady Wincliff, Lord Birningham ist soeben eingetroffen. Seine Lordschaft lässt ausrichten, dass Sie sich bitte beeilen mögen. Ich habe ihn in den blauen Salon geführt. Ich hoffe, das war in Ihrem Sinne.«

»Danke, Bertram. Ist meine Tante ebenfalls eingetroffen?«

»Lady Angelstown wartet ebenfalls im blauen Salon, Mylady.«

»Richte ihnen bitte aus, dass ich gleich zu ihnen stoßen werde.«

»Schon wieder dieser Birningham? Damit ist meine Frage beantwortet.« Robert hätte sich selbst auf die Zunge beißen können, als er den eifersüchtigen Klang in seiner Stimme hörte. Auch Alicia entging dies nicht, und ein Funke Hoffnung erhellte ihr Gemüt. Andererseits fühlte sie sich aber auch schrecklich, weil sie mit einem anderen Mann den Abend verbringen musste.

»Ich besuche mit Bryan und Tante Felice das Ballett. Wir … wir haben sogar die Möglichkeit, hinter die Bühne zu gehen, um Savanna Sharan, die berühmteste Ballerina der Welt, kennen zu lernen.«

Roberts Gesicht zeigte keinerlei Emotionen, doch seine Stimme klang unheilvoll. »Meinen Glückwunsch.«

Er wandte sich wütend um, doch Alicia wollte ihn noch nicht gehen lassen. Nicht so. Nicht schon wieder im Zorn. Wie gern würde sie … Ja, was eigentlich? Mit ihm zusammen sein? An Roberts und nicht an Bryans Seite das Ballett besuchen?

»Robert?« Sein Name war ihr nur leise entschlüpft, doch er hatte sie gehört und blieb stehen, ohne sich nach ihr umzudrehen. Sie sah an seinen breiten Schultern, wie angespannt er war, fühlte die unterschwellige Wut, und ihr Herz sank tiefer.

»Bryan hat mich vorgestern auf dem Ball gebeten, mich mit ihm zu treffen. Und nach allem …« Sie strich sich mit zitternden Fingern das Kleid glatt. »Nach allem, was geschehen ist, konnte ich ihm diesen Wunsch nicht abschlagen.«

Robert drehte sich nun doch zu ihr um und betrachtete eindringlich ihr Gesicht.

»Und weshalb wartet er nun im Nebenzimmer auf dich?«

Alicia errötete sanft. »Weil ich ihm gesagt habe, dass es zwischen dir und mir keine Heirat geben wird. Er … er hat mich gebeten, mir den Hof machen zu dürfen.«

»Was?«, zischte Robert und kam ihr bedrohlich langsam die wenigen Schritte entgegen.

»Ich habe ihm gesagt, wie aussichtslos sein Werben sein würde«, verteidigte sie sich rasch, doch Robert ging darüber hinweg.

»Du scheinst etwas sehr Wesentliches zu vergessen, Alicia.« Seine langen, schlanken Finger legten sich mit festem Griff um ihre Oberarme. »Du wirst nämlich die nächste Lady von Whitehaven werden. Die Verlobung ist keineswegs gelöst, und es wird allmählich Zeit, dass du dich an diesen Gedanken gewöhnst.«

Alicia hielt seinem wütenden Blick trotzig stand. »O nein, Mylord, du scheinst derjenige zu sein, der hier etwas vergisst. Ich habe unsere Verlobung gelöst, weil sie nichts anderes als eine Farce war.«

Alicia versuchte seine Finger abzuschütteln, doch dies hatte nur zur Folge, dass sich sein Griff noch verstärkte und somit ihre Wut schürte.

»Wie kannst du allen Ernstes glauben, ich würde dich anstandslos heiraten, wenn du mir bei jeder sich bietenden Gelegenheit nur das Schlimmste unterstellst?«

Robert schüttelte sie unsanft. »Du weißt verdammt gut, dass ich im Zorn gesprochen habe …«

»Macht das deine Worte vielleicht ungesagt? Oder

auch nur die Tatsache, dass du mich als eine Verräterin und Hure beschimpft hast?«, hielt sie aufgebracht dagegen.

»Ich habe dich niemals eine Hure genannt, zum Donnerwetter noch mal.«

»Aber deine Worte haben es getan!«

»Was ist denn hier los?« Felice stand in der offenen Tür, und in ihrem Gesicht spiegelte sich Verwirrung. »Robert, lass augenblicklich meine Nichte los.«

Sie fegte mit wehenden Röcken in den Raum und starrte von einem zum anderen. »Kann mir vielleicht jemand erklären, was hier vor sich geht?«

Robert ließ seine Hände sinken, und Alicia trat mit geröteten Wangen einen Schritt zurück. »Es ist nichts, Tante Felice. Nur eine kleine Meinungsverschiedenheit. Du brauchst dich wirklich nicht aufzuregen.«

Felice gab sich jedoch noch lange nicht zufrieden und funkelte Robert böse an. »Das sehe ich aber ganz anders.«

»Lass es gut sein, Felice. Es ist nichts, womit wir nicht selbst fertig werden.« Roberts Stimme hatte zwar ruhig geklungen, doch seine unterschwellige Drohung blieb nicht im Verborgenen.

Alicia sah alarmiert, wie Felice sich zum Kampf rüstete, und fuhr rasch dazwischen.

»Robert ist eigentlich nur gekommen, um uns über die Schmugglergeschichte auf dem Laufenden zu halten.«

Felice musterte beide der Reihe nach, doch schließlich siegten ihr Abenteuergeist und ihre Neugierde. »Haben sich denn neue Hinweise ergeben? Hast du vielleicht gar die *Furniture* ausfindig gemacht?«

Robert warf Alicia einen Blick zu, der deutlich besagte, dass das eigentliche Thema noch lange nicht ausgestanden war. Dann wandte er sich an Felice und schüttelte missmutig den Kopf. »Nein, wir treten noch immer auf der Stelle. Die *Furniture* scheint wie vom

Erdboden verschwunden zu sein. Aber es ist ein neues Schiff im Hafen eingelaufen. Ich war gerade auf dem Weg, um es mir genauer anzusehen.«

Felice nickte wenig begeistert. »Ich hoffe, wir finden die *Furniture* bald.« Ihr Blick glitt erneut von Robert zu Alicia, als sie unbehaglich hinzufügte: »... damit wir dieses unangenehme Thema baldmöglichst beenden können und endlich wieder Ruhe in dieses Haus einkehrt.« Sie hängte sich bei Alicia ein. »Wenn du uns jetzt entschuldigst. Wir sind spät dran und sollten Bryan nicht länger warten lassen.«

Allein dieser Name reichte aus, um in Robert erneut die Wut zu schüren. Als er jedoch mit ansehen musste, wie Felice Alicia aus dem Raum und vor ihm in Sicherheit brachte, hätte er am liebsten wild um sich geschlagen. Felice war eine jahrelange Freundin. Wie konnte sie auch nur einen Augenblick lang glauben, dass er Alicia irgendetwas zuleide tun würde? Er starrte auf die offen stehende Tür, durch die die beiden soeben verschwunden waren, und fühlte sich bitter verraten.

Er benötigte dringend frische Luft.

Als er die Stufen zu Alicias Stadthaus hinunterstieg, gab er seinem Kutscher das Zeichen, ihm zu folgen. Er brauchte jetzt Bewegung. Die Abenddämmerung hatte bereits eingesetzt und mit ihr ein eisiger Nieselregen, doch Robert schenkte dem keine Beachtung. Mit forschem Schritt schlug er die Richtung zum Hafen ein. Er bemerkte die Kutschen kaum, deren Insassen es plötzlich für sehr wichtig hielten, ihm ein freundliches Hallo zuzurufen oder zu winken. Dank Alicia hatte er sich zum Liebling der feinen Gesellschaft erhoben. Himmel, darauf hätte er wirklich verzichten können. Das dumpfe Dröhnen seiner eigenen Schritte hallte durch die Straße, und alles, was er sah, war Alicia in ihrem dunkelblauen Samtkleid. Wie sie vor ihm gestanden und ihm vorgeworfen hatte, er hätte sie zu seiner Hure gemacht.

Robert kochte vor Wut. Wie konnte sie ihre Zweisamkeit nur so in den Schmutz ziehen? Für ihn war es der Himmel auf Erden gewesen. Es verging kaum eine Stunde, ohne dass er an jene Liebesnacht dachte. An das Vertrauen, die innige Liebe in ihren Augen. An ihr leises, betörendes Lachen, an die kleinen Laute der Lust. An ihren Körper. Jede Sekunde durchlebte er wieder und wieder, und immer genoss er sie aufs Neue. Weshalb konnte sie das nicht? Weshalb konnte sie sich nicht einfach mit dem zufrieden geben, was er bereit und wozu er fähig war, ihr zu geben?

»Pass auf, wo du hintrittst, du Narr.«

Robert schreckte aus seinen Gedanken auf und wich im letzten Moment einem Fischer aus, der eine Kiste Krabben auf der Schulter trug. Verwirrt schaute er sich um. Ohne es zu bemerken, war er die drei Meilen zu Fuß zum Hafen gegangen. Verdammt noch mal, er musste die Probleme mit Alicia so schnell wie möglich bereinigen. Diese Unachtsamkeit konnte ihn und seine Männer das Leben kosten.

Er musste mit seinem Kopf bei der Arbeit sein.

Er verdrängte das Bild voller Schmerz und dumpfer Resignation, das er in Alicias Augen gelesen hatte. Versuchte zu verdrängen, was sein Herz bereits wusste. Alicia hatte ihn aufgegeben.

Mit forschem Schritt ging er die Pier entlang und hielt nach dem neu angekommenen Schiff Ausschau.

Harms Bericht zufolge musste es das Zweitletzte an diesem Steg sein. Der widerliche Gestank von verrottetem Fisch und an Land geschwemmtem Seetang nahm Robert beinahe den Atem. In einiger Entfernung kehrten Seeleute sturzbetrunken und grölend von ihrem Landurlaub aufs Schiff zurück. Ansonsten war alles ziemlich ruhig, einige Fischer, die ihren Tagesfang an Land brachten, einige Kinder und Hunde, die sich hier aufhielten – nichts Verdächtiges. Doch als Robert das Schiff sah, beschlich ihn ein seltsames Gefühl. Das

Frachtschiff hieß *Calcutta* – ein stolzes, schönes Schiff und anscheinend noch sehr neu. Roberts Augen verengten sich zu schmalen Schlitzen. Was stimmte hier nicht?

Er schlenderte auf dem Steg umher, schob Taurollen mit dem Fuß auseinander, doch das seltsame Gefühl ließ nicht nach.

18

Alicia war sich nicht sicher, wie sie den Abend überstanden hatte. Gleich bei ihrem Eintreten kam ihr das Gerücht von einem bevorstehenden Duell zwischen dem schwarzen Earl und Lord Stierling zu Ohren, und je später der Abend, desto wilder wurden die Spekulationen um eventuelle Gründe. Alicia versuchte verzweifelt, ihre Angst um Robert zu verdrängen, und konzentrierte sich ausschließlich auf die Bühne. Die künstlerische Darbietung der Primaballerina war zwar sehr beeindruckend gewesen, ebenso das kurze Treffen hinter der Bühne, doch Alicia war es einfach nicht vergönnt gewesen, es richtig zu genießen.

All ihre Gedanken drehten sich nur um Robert und die Tatsache, dass sie in seinen Augen noch immer verlobt waren. Sie verstand ihn einfach nicht. Weshalb freute er sich nicht darüber, dass sie ihn von seinem Versprechen entbunden hatte? Er war wieder frei. Konnte tun und lassen, was immer ihm beliebte, ohne dass jemand erneut seine Ehre in Zweifel zog. Weshalb bestand er dann auch weiterhin auf einer Ehe mit ihr? Nein, sie durchschaute ihn beim besten Willen nicht, und sie hätte schreien können, als Felice darauf bestand, diesen Abend mit einem Glas Champagner feierlich zu beenden.

Alicia verspürte nur noch einen Wunsch: Sie wollte

nach Hause. Wollte in die Sicherheit ihres vertrauten Zimmers zurückkehren, um endlich Ruhe zu finden. Sie war es leid, dass ihre Augen instinktiv die Menschenmenge nach Robert durchforsteten. War es leid, die entsetzliche Enttäuschung in ihrer Brust zu fühlen, weil sie ihn nirgends entdecken konnte. Und alles, was Felice und Bryan miteinander besprachen, weckte nur ihren Unmut, weil sie damit diesen grässlichen Abend noch mehr in die Länge zogen.

»Alicia, Liebes, fühlst du dich nicht wohl?« Felice betrachtete sie mit besorgtem Blick. »Du bist ja ganz blass.«

Alicia rang sich ein kleines Lächeln ab. »Ich habe Kopfschmerzen.«

Sie hasste es zu lügen, doch mittlerweile hätte sie fast alles getan, nur um endlich allein zu sein.

»Aber weshalb hast du denn nichts gesagt, meine Liebe?«, erkundigte sich Bryan ebenfalls besorgt. Alicia senkte beschämt die Augenlider und zuckte vage mit den Schultern.

Bryan beglich rasch die Rechnung, und wenige Minuten später befanden sich alle drei in der Kutsche auf dem Heimweg.

»Und du bist sicher, dass ich dich nicht hinein begleiten soll?«, wollte Felice noch einmal wissen, als Alicia mit Bryans Hilfe ausstieg.

»Das ist wirklich nicht nötig, Tante Felice. Ich werde mich gleich hinlegen, und morgen fühle ich mich bestimmt wieder wie neu geboren.« Wenn es doch nur so wäre.

Sie verabschiedeten sich, und Alicia verspürte eine unglaubliche Erleichterung, als sie zusah, wie die Kutsche sich wieder in Bewegung setzte und langsam im dichten Nebel verschwand. Bald verhallte auch das laute Klappern der Pferdehufe, und Ruhe kehrte ein. Alicia atmete tief die feuchtkalte Luft ein und stieg langsam die wenigen Stufen zum Hauptportal hoch.

Die Eingangshalle lag in schwachem Kerzenschein erleuchtet, und ein schnarrendes Geräusch hallte von den Wänden wider. Alicias Lippen verzogen sich zu einem kleinen Lächeln, als sie Bertram zusammengesunken und laut schnarchend in einem Sessel neben der Tür entdeckte. Anscheinend hatte er auf ihre Rückkehr gewartet und war vom Schlaf übermannt worden. Sie trat leise an ihn heran und weckte ihn vorsichtig.

»Bertram«, flüsterte sie. »Geh zu Bett, sonst werden dir morgen alle Knochen im Leib wehtun.«

Schlaftrunken hob er die Lider. »Oh, Mylady, ich muss wohl ...« Er erhob sich mit steifen Gliedern und rieb sich rasch den Schlaf aus den Augen. »Vergebung, Mylady. Ich fürchte, ich habe Sie gar nicht kommen gehört.«

»Dafür brauchst du dich nun wirklich nicht zu entschuldigen, Bertram. Du sollst doch nicht immer auf meine Rückkehr warten. Und außerdem bin ich durchaus im Stande, die Haustür selbst zu öffnen.«

»Ohne Zweifel sind Sie das, Mylady. Dennoch gehört es zu meinen Pflichten.«

Alicia hatte es vor langer Zeit aufgegeben, Bertram zu erklären, dass es völlig unnötig war, die ganze Nacht wach zu bleiben, nur um ihr die Türe zu öffnen. Er vertrat seine eigene Auffassung von Pflichtgefühl und ließ sich auch mit gut gemeinten Reden nicht davon abbringen.

»Soll ich Margarete wecken, damit sie Ihnen zur Hand gehen kann?«

Alicia schüttelte den Kopf. »Ich glaube, ich kann heute auf ihre Dienste verzichten. Alles, was ich jetzt noch will, ist einfach nur zu schlafen. Das solltest du übrigens auch tun.«

Bertram verneigte sich leicht, und Alicia wünschte ihm eine angenehme Nachtruhe. Danach ging sie geradewegs auf ihr Zimmer.

Als sie jedoch die Tür öffnete, blieb ihr der Schrei in der Kehle stecken. Das Zimmer war verwüstet. Die Schränke waren aufgerissen, und die Kleider lagen in einem schrecklichen Durcheinander im ganzen Zimmer verstreut. »Was …«

Plötzlich durchzuckte es Alicia wie ein Blitz. »Mamas Schmuck!« Es war alles, was ihr noch von ihrer Mutter geblieben war. Rasch eilte sie zu einem kleinen Sekretär, der aufgebrochen war, und suchte in der Schublade nach ihrer Schmuckschatulle.

Es war alles noch da. Erleichtert ließ sie den angehaltenen Atem entweichen. Welch ein Glück. Doch halt … Geschwind durchsuchte sie die herumliegenden Papiere. Das Frachtpapier war weg. Das Schriftstück mit der fehlenden Chaiselongue war verschwunden.

Plötzlich hörte sie ein Geräusch aus dem Nebenraum, und das Blut gefror ihr in den Adern. Jemand versteckte sich dort. Alicia schnappte sich sicherheitshalber eine Vase. Wieder hörte sie ein dumpfes Pochen. Sie stieß die Tür auf, bereit, ihren Angreifer mit der Waffe in ihrer Hand niederzuschlagen, doch zu ihrer Überraschung war niemand zu sehen. Wieder dieses Pochen. Sie näherte sich vorsichtig dem Geräusch. Die Truhe.

»Meine Güte, Margarete!«

Rasch stellte sie die Vase ab und hob den Deckel an.

Die junge Zofe setzte sich sogleich mit vor Schreck weit aufgerissenen Augen auf. Das arme Mädchen war gefesselt und geknebelt.

Alicia befreite sie aus dieser misslichen Lage.

»Margarete, bist du unversehrt?«, wollte sie besorgt wissen.

Ihre Zofe nickte, schüttelte den Kopf und nickte erneut. Tränenspuren überzogen ihre Wangen, und sie weinte bitterlich.

»Ich … ich bekam keine Luft mehr … Als … als ich

wieder erwachte, war alles dunkel … ich glaubte … es wäre ein Sarg …«

»Ganz ruhig, komm erst einmal mit in mein Zimmer.«

Sie führte die junge Zofe in ihre eigene Kammer hinüber und setzte sie aufs Bett, dann rief sie nach Bertram. Als er wenige Augenblicke später erschien, blieb er wie vom Donner gerührt in der Türe stehen.

»Was, um Himmels willen, ist denn hier geschehen?«

Alicia versuchte ihre Gedanken zu ordnen, was angesichts einer hysterischen Zofe und einem völlig verdatterten Butler recht viel verlangt war.

»Bertram, schick einen Jungen zum Earl of Whitehaven, er soll so schnell wie möglich herkommen. Er wird schon wissen, was zu tun ist. Dann bring bitte für Margarete einen Brandy.« Sie besah sich Bertrams blasses Gesicht und korrigierte sich schwach: »Bring gleich drei Gläser, ich glaube, wir können jetzt alle einen kräftigen Schluck gebrauchen.« Bertram nickte und eilte davon.

Bald darauf erschien Robert mit besorgtem Gesicht in der Tür.

»Alicia, bist du in Ordnung?«

Sie nickte beschämt. Die letzten Minuten hatte sie mit Selbstvorwürfen verbracht. Wie hatte sie nur so dumm sein können, ausgerechnet Robert zu benachrichtigen? Sie hätte doch auch ihren Onkel oder ihren Bruder rufen lassen können.

»Mir ist nichts geschehen. Aber meine Zofe hat einen schlimmen Schock erlitten.«

Sie erzählte in knappen Worten, was sich zugetragen hatte.

»Fehlt etwas?«

Alicia schüttelte den Kopf. »Es war kein gewöhnlicher Raubüberfall. All mein Schmuck ist noch da. Das

Einzige, was fehlt, ist das Frachtpapier, das ich dir gezeigt habe.«

Sie zeigte ihm einen Zettel: *Lass die Sache ruhen, sonst wird es Tote geben.*

»Das hier haben sie Margarete um den Hals gebunden.«

Roberts Gesicht verfinsterte sich drastisch. »Ich habe eine ähnliche Botschaft erhalten.«

In diesem Augenblick kam Gilard herein.

»Und?«, wollte Robert barsch wissen.

»Wir haben die Männer gefunden. Anscheinend hat man beide niedergeschlagen und wie ein Geschenkpaket verpackt. Sie sagen, die anderen wären zu viert gewesen.«

»Von welchen Männern sprecht ihr?« Alicias Gesicht rötete sich vor Zorn. »Du hast mich beobachten lassen? Du verdächtigst mich also tatsächlich, etwas mit dieser Geschichte zu tun zu haben?«

Sie konnte vor Empörung kaum mehr atmen. Doch Robert hob seine Hand, um ihrem Redeschwall ein Ende zu bereiten.

»Alicia, ich habe die Männer zu deinem Schutz abgestellt. Doch anscheinend war das nicht genug.«

Alicia blinzelte verwirrt. »Zu meinem Schutz?«

Er nickte. »Wir scheinen diesen Schmugglern näher zu sein, als uns bewusst ist. Ihr Vorgehen wird immer gefährlicher. Pack einige deiner Sachen zusammen. Du kommst mit mir.«

»Nein. Ich denke gar nicht daran, mit dir irgendwohin zu gehen«, protestierte Alicia vehement.

Doch er beachtete sie nicht weiter, sondern lenkte seinen Blick auf Bertram und die Zofe.

»Das Gleiche gilt für euch. Und – Gilard, schick Harm zu Felice und lass ihr ausrichten, dass ich sie morgen früh sprechen will.«

Dieser nickte und eilte davon. Auch Bertram und Margarete machten sich sogleich ans Packen.

»Ich werde nicht bei dir wohnen, Robert. Wenn ich unbedingt das Haus verlassen muss, werde ich Felice um ein Zimmer bitten. Von mir aus auch Bryan. Aber mit dir bin ich fertig.«

Diese Worte stachelten Roberts Zorn nur noch mehr an. »Du wirst genau das tun, was ich dir sage. Du bist meine Verlobte, und ich bin für deine Sicherheit verantwortlich.«

»Exverlobte!«, berichtigte Alicia ihn trotzig.

Robert erkannte, dass mit Alicia im Augenblick nicht zu reden war. Sie war vermutlich zu aufgebracht von den jüngsten Geschehnissen. Vielleicht wollte sie ihn aber auch nur wieder ärgern. Ein teuflisches Lächeln breitete sich auf seinen Lippen aus. Bevor diese Nacht zu Ende war, würden sich noch einige Dinge ändern. Doch vorerst beschloss er, es auf eine andere Art zu versuchen.

»Dieses Thema werden wir später noch verfolgen. Du wirst jetzt einige deiner Sachen zusammenpacken, Alicia. Schließlich haben wir immer noch ein Abkommen, falls du dich erinnerst. Du hast versprochen, alles zu tun, was ich sage, wenn es um die Schmugglerbande geht. Oder hast du das schon vergessen?«

»Ich kann mich nicht erinnern, dass dieses Abkommen mich auch dazu verpflichtet, meinen Ruf ruinieren zu lassen. Oder hast du daran nicht gedacht? Was glaubst du, werden die Leute über mich reden, wenn sie erfahren, dass ich unter deinem Dach lebe?«

Robert wollte ihr gerade erklären, dass sie sich gar nichts dabei denken würden, doch Alicia ließ ihm keine Gelegenheit. »Sie werden denken, ich sei deine Hure.« Sie riss entsetzt die Augen auf und hielt die Finger an ihre Lippen. »Und sie hätten sogar Recht.« Sie wandte sich ab und stürzte aus dem Zimmer.

»Verflucht noch mal, Alicia …« Er hatte sie mit wenigen Schritten eingeholt und hielt sie grob an den Oberarmen fest.

»Sag das nie wieder, hast du mich verstanden? Setze diese Nacht nie wieder so herunter. Es war wunderschön …«

Er fand keine Worte, die sein Innerstes nach außen hätten drehen können.

Alicia fand dafür umso mehr. »Wunderschön?« Sie lachte freudlos auf. »Wunderschön?! Anscheinend nicht *schön* genug, Mylord, denn sonst müssten wir dieses Gespräch jetzt nicht führen. Ich kam in tiefer Liebe in dein Bett, und du? Du hast mich zu deiner Hure gemacht.«

»Ach ja?« Ihre hässlichen Worte verletzten ihn tief. Robert hatte noch nie das Bedürfnis verspürt, eine Frau zu schlagen, doch diese trieb ihn wirklich an die Grenze seiner Selbstbeherrschung.

»Du glaubst also, meine Hure zu sein?« Als sie zornig ihr Kinn vorreckte, fuhr er bedrohlich sanft fort. »Dann habe ich anscheinend vergessen, dich für geleistete Dienste zu entschädigen.«

Bevor sie auch nur reagieren konnte, zog er sie in seine Arme und verschloss ihren Mund mit einem harten, strafenden Kuss. Gleichzeitig packte er mit einer Hand ihr Mieder, zog daran und ließ einen Beutel mit Münzen zwischen die üppigen Rundungen ihrer Brüste gleiten.

Alicia war wie betäubt, als sie in seine zornigen Augen aufschaute.

»Das sollte wohl genügen für diese eine Nacht.« Abrupt drehte er sich um und stürmte wütend die Stufen hinab. Dieses Weib machte es einem wirklich nicht einfach, die Manieren eines Gentlemans beizubehalten.

Alicia starrte auf seinen breiten Rücken. O nein, so einfach würde sie ihn nicht davonkommen lassen.

»M'lord«, Robert zuckte bei dem schweren Akzent zusammen und wirbelte herum, doch all seine Worte waren wie weggewischt, als er sie am obersten Treppenabsatz stehen sah, ein keckes Lächeln auf den Lippen und eine der Münzen zwischen den Zähnen, um sie auf ihre Echtheit zu prüfen. Was hatte sie jetzt schon wieder vor?

»Ihr seid nich knauserig, werter Herr.« Sie leerte die Münzen in die hohle Hand. »Nee, das seid Ihr nich. Doch das erste Mal mach ich's immer kostenlos.«

Mit diesen Worten schleuderte sie ihm die Münzen entgegen. Dann wandte sie sich mit einem mörderischen Blick um und verschwand in ihrem Zimmer. Robert stand noch eine Weile da. Nicht sicher, ob er ihr nachstürmen sollte, um ihr den frechen Hals umzudrehen, oder um sie so lange zu küssen, bis sie kein Wort mehr in diesem grässlichen Akzent hervorbrachte.

Er tat nichts dergleichen, sondern warf den Kopf in den Nacken und lachte, bis ihm die Tränen kamen. Was für ein Teufelsweib. Sie reagierte wirklich nicht so, wie man es von einer Lady erwarten würde.

»Dies verspricht ja ein äußerst unterhaltsamer Abend zu werden, mein Freund«, ließ sich Gilard von der Eingangstür her vernehmen. Seinem breiten Grinsen nach hatte er Alicias kleinen Auftritt ebenfalls miterlebt. »Ich möchte wirklich nicht in deiner Haut stecken, wenn sie herausfindet, was du vorhast. Sie wird dir die Hölle heiß machen.«

Roberts Blick glitt erneut zum oberen Stockwerk hoch, und es zuckte verdächtig um seine Mundwinkel. »Zweifellos wird sie das.«

Bei Gott, wie sehr er diese Frau begehrte. Er kannte keine andere, die Feuer und Eis, Lady und Kurtisane so vollkommen verkörperte wie diese eine, und er wollte verflucht sein, wenn er sie nicht wieder in sein Bett bekommen würde. Er hatte einmal ihre Lust, ihr Verlangen geweckt, und es würde ihm wieder gelingen. Allein dieser Gedanke versetzte ihn in Hochstimmung.

»Ist alles vorbereitet?«

Gilard reichte ihm einen weißen Umschlag. »Jason hat ihn soeben gebracht. Um den Rest werde ich mich persönlich kümmern.«

Robert nahm das Stück Papier entgegen und überflog den Inhalt kurz. Gilard hatte Recht. Alicia würde ihm in der Tat die Hölle heiß machen.

»Danke, Gilard. Dann treffen wir uns später.«

Bertram kam mit einem sonderbaren Gesichtsausdruck die Treppe herunter. Anscheinend glaubte er, der Earl sei verrückt geworden. Robert grinste übers ganze Gesicht. Dieser alte Kerl hatte recht. Er war verrückt. Verrückt nach Alicia.

»Sind die Sachen von Lady Alicia gepackt?«

Bertram errötete verlegen. »Lady Wincliff gab den Befehl, ihre Koffer wieder auszupacken, Euer Gnaden. Sie sagte, sie würde nirgendwo hingehen.«

Robert lachte leise vor sich hin. Das sah ihr wieder ähnlich.

»Na schön, wir können die Sachen auch später holen. Sieh zu, dass die Kutsche bereitsteht.« Als Bertram unsicher von Robert zu Alicias Zimmer hinauf blickte, fuhr Robert fort: »Tu, was ich dir aufgetragen habe. Es geht mir nur um euer aller Sicherheit.« Mit einem Nicken zum oberen Stockwerk hin fügte er hinzu: »Um das andere kleine Problem werde ich mich schon kümmern.«

Immer zwei Stufen auf einmal nehmend, eilte Robert hinauf. Alicia saß mit trotzig vor der Brust verschränkten Armen auf dem Bett, und in ihren Augen las er eine deutliche Kriegserklärung. Bei allem, was ihm heilig war, wusste sie denn immer noch nicht, dass diese Herausforderung ihm das Blut pulsieren ließ?

»Bist du bereit?«, fragte er in freundschaftlichem Ton und erntete dafür ein verächtliches Schnaufen.

»Ich habe Ihnen bereits mitgeteilt, dass ich nicht einmal daran denke, Sie zu begleiten, Earl.«

Ah, nun wieder ganz die kühle Lady.

»Das dachte ich mir schon.« Robert schlenderte unter ihrem misstrauischen Blick auf sie zu und lächelte. Im nächsten Moment schrie Alicia wütend auf. »Lass mich sofort herunter, du Widerling. Du sollst mich loslassen … ohhhh!«

Robert hatte sich Alicia über die Schulter gelegt. Sie wehrte sich aus Leibeskräften, doch nebst einem kräftigen Klaps auf ihre Kehrseite erreichte sie gar nichts.

»Ich … wer…de dich an…zei…gen.« Bei jeder Stufe drückte sich Roberts breite Schulter schmerzlich in ihren Bauch und steigerte ihren Zorn ins Uferlose.

»Das ist Menschenraub«, fauchte sie, als sie endlich wieder über ebenen Boden schritten.

»Ich zeige dich an.«

»Du wiederholst dich, Liebes.« Am Klang seiner Stimme konnte Alicia nur zu deutlich erkennen, dass sich dieser Schuft glänzend amüsierte.

»Ich hasse dich! Oh, wie sehr ich dich hasse. Lass mich auf der Stelle herunter. Ohhhh.«

Im nächsten Moment schwang er sie in die weichen Kutschenpolster. »Dein Wunsch sei mir Befehl, Teuerste.«

Wütend schob sie sich das gelöste Haar aus dem Gesicht, rutschte ganz an das andere Ende der Bank und verschränkte erbost die Arme vor der Brust.

»Ich hoffe, du weißt, dass dies einer Entführung gleichkommt?«

Robert half Margarete beim Einsteigen und nahm Alicia gegenüber Platz. Als er versehentlich ihr Knie mit seinem berührte, stieß sie einen unwilligen Laut aus und starrte aus dem Fenster auf die dunkle Straße hinaus.

»Ich sehe diese ›Entführung‹ eher als Sicherheitsmaßnahme an, die ich längst hätte treffen müssen.« Er lächelte die Zofe freundlich an. »Geben Sie mir da nicht Recht, Margarete?«

Diese nickte eifrig. »Oh, unbedingt, Euer Gnaden. So etwas möchte ich nie wieder erleben müssen, und ich … das heißt Bertram und ich sind Ihnen sehr dankbar, dass auch wir bei Ihnen unterkommen dürfen.«

Erneut schnaubte Alicia gereizt. Robert hatte die junge Zofe also schon auf seiner Seite. Prima, das hatte ja nicht viel gebraucht. Ein Lächeln, eine kleine Kostprobe seines Charmes, und schon lag sie ihm zu Füßen.

Alicia weigerte sich stur, während der nächsten Minuten am Gespräch teilzunehmen. Sollten doch beide dahin gehen, wo der Pfeffer wuchs.

Sie war so sehr mit ihrem Ärger beschäftigt, dass sie erst nach einiger Zeit die an ihnen vorbeiziehende Gegend wahrnahm. Die Häuser waren Bäumen und weiten Wiesen gewichen, und die gepflasterte Straße wurden immer holpriger. Auch der Wind hatte zugenommen, und im Kutscheninneren wurde es unangenehm kalt.

Alicia blinzelte verwirrt und strengte die Augen an, um sich in der Dunkelheit draußen zu orientieren. Sie hatten Greenwich hinter sich gelassen!

»Wohin fahren wir?«

Robert kämpfte gegen ein Lächeln an. Er hatte sich schon gefragt, wie lange es wohl noch dauern würde, bis Alicia von seinem Plan Wind bekam.

»Wie ich schon sagte, ich bringe dich in Sicherheit. Das hätte ich schon längst tun sollen.«

Alicia hüllte sich in die dicke Wolldecke, die Margarete unter der Bank hervorgezogen hatte, und musterte Roberts Gesicht aufmerksam.

»Das beantwortet keineswegs meine Frage. *Wohin* bringst du mich?«

»Zu einem Freund.«

wieder offen zur Schau. Sein Gesicht wirkte hart und unbeteiligt.

Ihr Zögern weckte Roberts Unmut. Himmel, musste sie ihn denn schon wieder herausfordern? Jetzt war wirklich nicht der richtige Zeitpunkt, um zu schmollen. »Würdest du jetzt *bitte* aussteigen, Alicia«, forderte er und griff nach ihrem Ellbogen. Doch anstelle sich ihm zu entziehen, wie er es eigentlich erwartet hatte, legte sie ihre andere Hand auf die Seine und drückte sie sanft.

»Robert?« Ihre Augen suchten seinen Blick. »Du … du wirst mich doch nicht allein hier zurücklassen? Nicht wahr?«

Er sah die Unsicherheit und die aufkeimende Furcht in ihren wunderschönen Augen und fühlte sich plötzlich wie ein gemeiner Schuft. Ihr Verhalten hatte nichts mit schmollen zu tun, wie er erst jetzt erkannte. Nein, sie fürchtete sich. War es vielleicht ein Wunder, nach allem, was sie am heutigen Abend erlebt hatte? Robert schimpfte sich einen gefühllosen Narren. Er hätte sie in seinen Plan einweihen müssen. Hätte ihr erzählen müssen, was er hier zu tun gedachte … Doch er hatte es nicht gewagt.

»Wir werden beide nicht allzu lange hier bleiben, Liebes. Eine Stunde vielleicht. Nicht länger.«

Alicia entspannte sich ein wenig und stieg aus. Ihr Blick glitt erneut an den mächtigen Mauern hoch. Nun war sie erst recht verwirrt. Wenn dies hier nur eine Zwischenstation war, wo war dann ihr Ziel?

»Wirst du mir jetzt endlich sagen, was du vorhast?«

In diesem Augenblick wurde das hölzerne Hauptportal des Klosters aufgeschoben, und ein untersetzter, wohlgenährter alter Mann in einer Mönchsrobe trat mit einer Fackel in der Hand heraus.

»Robert, mein Junge! Bist du es wirklich?« Die beiden Männer umarmten sich herzlich.

»Ich bin es, Bruder Matthew. Danke, dass du uns zu dieser späten Stunde noch empfängst.«

»Es ist mir eine Freude. Besonders unter diesen Umständen. Es ist alles vorbereitet, mein Junge.« Seine freundlichen Augen glitten zu Alicia, die einen Schritt zurückgeblieben war.

»Und du musst Lady Alicia Wincliff sein, mein Kind. Auch dir ein herzliches Willkommen.« Als er sie mit derselben Überschwänglichkeit umarmte, wie er es zuvor bei Robert getan hatte, errötete sie sanft.

»Aber was stehen wir denn noch hier draußen herum? Kommt mit ins Warme. Wir sind leider noch nicht vollzählig. Doch es dürfte sich nur noch um wenige Minuten handeln.«

Alicia schaute fragend zu Robert auf, doch zu ihrer Bestürzung wich er ihrem Blick erneut aus. Himmel noch mal, was ging hier eigentlich vor sich?

Sie sollte nicht mehr lange im Unklaren bleiben, denn im nächsten Moment hörten sie das dumpfe Dröhnen von Hufschlägen.

»Das wird er wohl sein«, verkündete Robert und nickte dem Mönch fast unmerklich zu. Als ob dies ein verabredetes Zeichen gewesen wäre, nahm dieser Alicias Arm.

»Komm, mein Kind, du möchtest dich bestimmt frisch machen.«

Nein, dass wollte sie ganz und gar nicht. »Ich möchte endlich wissen, was hier vor sich geht. Was hat diese Geheimnistuerei zu bedeuten?« Sie schaute anklagend von einem zum anderen.

Bruder Matthew blickte verwirrt zu Robert. »Sie weiß es gar nicht, mein Junge? Ich fürchte, das verstehe ich nicht.«

»Was weiß ich nicht?«

»Später«, brummte Robert und eilte wieder zum Portal. Vorerst hatte er noch etwas Dringenderes zu erledigen.

Gerade als er ins Freie trat, sprang der Reiter von seinem vor Erschöpfung hart schnaubenden Pferd.

»Wo ist sie?« Jimmys Stimme bebte vor Zorn, und seine funkelnden Augen hefteten sich auf Robert.

»Ich verlange sofort meine Schwester zu sehen. Oder ich trete jede verdammte Tür ein, bis ich sie gefunden habe.«

»Wir werden uns zuerst unterhalten«, erklärte Robert bemüht ruhig. »Dann bringe ich dich zu ihr.«

»Mit dir rede ich nicht, du Schwein.«

Robert ermahnte sich zur Geduld.

»Alicia!« Das alte Gemäuer schien unter Jimmys lautstarker Stimme zu erbeben. Im nächsten Moment stürzte er sich in blinder Wut auf Robert, doch dieser wich im letzten Augenblick aus, und Jimmy stürzte unter der Wucht seines eigenen Schlages zu Boden. Robert schnaubte gereizt, beobachtete, wie Alicias Bruder wieder aufsprang, und wich geschmeidig dem nächsten Hieb aus.

»Kämpfe endlich!«, schrie Jimmy.

Robert schüttelte jedoch den Kopf. »Ich werde mich nicht mit dir schlagen.«

»Dann bist du ein elender Feigling.«

Robert musste einsehen, dass es zwecklos war. Dieser junge Spund würde ihm wohl erst zuhören, wenn er ihn niedergeschlagen hätte.

»Alicia, wo bist du?«

Glaubte dieser Narr vielleicht, er hätte Alicia irgendwo in ein Verlies im Keller des Klosters gesperrt?

»Alicia!«

Plötzlich öffnete sich das Portal hinter Robert, und Alicia erschien. »Ja doch, du brauchst nicht so zu schreien.«

Die Tatsache, dass Alicia sich frei bewegen durfte, irritierte Jimmy sichtlich. Er fasste sich jedoch bald wieder. »Bist du in Ordnung, Lissi? Hat dieser Mistkerl dir auch nichts angetan?«

Alicia wollte ihren Bruder schon wegen des Mistkerls schelten, besann sich jedoch eines Besseren. Schließlich war diese Betitelung gar nicht so falsch. Zumindest in ihren Augen. »Mir geht es bestens, Jimmy. Aber was machst du hier? Und weshalb führst du dich wie ein Wahnsinniger auf? Hat dir denn niemand erzählt, was vorgefallen ist?«

»Das war überhaupt nicht nötig. Dieser Hund hat dich gegen deinen Willen entführt, und ich fordere Genugtuung.«

Robert wich gewandt dem nächsten Fausthieb aus, und Alicia schrie entsetzt auf.

»Jimmy, lass den Unsinn. Du wirst niemanden zum Duell fordern.«

Jimmy wirbelte zu ihr herum, und sie sah in seinen Augen Schmerz und eine verzweifelte Entschlossenheit, die beinahe an Besessenheit grenzte.

O Gott, fuhr es ihr durch den Kopf. Er machte sich ihretwegen Vorwürfe. Glaubte, sie im Stich gelassen zu haben. Tiefe Liebe erwärmte ihr das Herz. »Jimmy, ich glaube, da liegt ein Missverständnis vor.«

Jimmy stand noch immer mit vorgerecktem Kinn und an geballten Fäusten da und starrte sie an. »Ich habe die Unordnung gesehen, die in deinem Zimmer herrscht. Du musst dich nach Leibeskräften gewehrt haben.«

Alicia trat auf Jimmy zu und lächelte zu ihm auf. »Aber nein, Jimmy, Robert hat mich nicht entführt.«

Sie warf Robert einen bitterbösen Blick zu. »Zumindest nicht im klassischen Sinn. Jemand ist in unser Haus eingebrochen und hat mein Zimmer derart verwüstet. Robert hat lediglich einen Ort ausfindig gemacht, an dem wir sicher sind, bis die Sache geklärt und keine Gefahr mehr für uns besteht.«

Jimmy wollte seinen Groll jedoch nicht so schnell aufgeben und zischte sarkastisch: »Wie überaus großzügig. Doch ist ihm natürlich nicht in den Sinn gekommen, dass dein Ruf vollends zerstört ist, wenn er dich einfach mitnimmt, was? Spätestens morgen früh wird diese Geschichte in ganz Greenwich das Tagesgespräch sein.«

Er stürzte sich erneut auf Robert, diesmal so unverhofft, dass sein Schlag diesen in der Magengrube traf und er heftig nach Atem rang.

»Du elender Schweinehund, du hast mich nur zu deinem Sekundanten ernannt, damit ich abgelenkt bin und du dich an Lissi heranmachen kannst.«

Alicias Herz setzte einen Takt aus, und ihr Blick heftete sich auf Robert. »Jimmy ist dein Sekundant? Was hat das zu bedeuten? Sind die kursierenden Gerüchte etwa wahr?«

Robert verdrehte unwillig die Augen. »Alicia, können wir darüber vielleicht später reden?«

Sie öffnete bereits den Mund, um heftig zu widersprechen, doch Jimmy war anscheinend auch noch nicht fertig mit ihm.

»Du hast den Ruf meiner Schwester vernichtet. Ich verlange, dass du sie augenblicklich heiratest. Pater, kommt her.«

Alicia wollte ihren Augen und Ohren nicht trauen. Da schlich sich doch tatsächlich ein junger Priester heran, dem diese Angelegenheit äußerst unangenehm zu sein schien.

»Sind hier denn plötzlich alle verrückt geworden?«, rief Alicia fassungslos und trat verärgert zwischen die Männer. »Jetzt ist aber Schluss. Ich will keine Beschimpfungen und keine Duellforderungen mehr hören, ist das klar? Und den Priester werden wir auch nicht benötigen, da mein Ruf seit gestern keinen allzu schlimmen Schaden genommen hat.«

»Keinen allzu schlimmen Schaden«, rief Jimmy aufgebracht. »Glaubst du etwa, Bryan will gebrauchte Ware?«

»Pass auf, was du sagst, kleiner Bastard«, Roberts

Stimme knallte wie ein Peitschenhieb durch die Luft, und als er sah, wie sämtliche Farbe aus Alicias Wangen gewichen war, hätte er diesen Narren seinerseits am liebsten zum Duell gefordert.

»Da du lieber in den Betten billiger Weiber herumtollst, als deine Pflicht als Alicias Beschützer zu erfüllen, hat ihre Zofe deine Aufgabe übernommen und ist als Anstandsdame mitgekommen. Und falls du auch nur einen einzigen Funken Verstand in deinem verfluchten Schädel hast, wirst du auch erkennen, dass ich Alicia nicht in irgendeine gottverlassene Waldhütte gebracht habe, sondern in die Obhut der Kirche.«

Jimmys Stimme überschlug sich vor Schmerz. »Das wird auch nichts mehr nutzen. Sie ist vermutlich bereits aus der Gesellschaft ausgeschlossen. Die Leute werden die Straßenseiten wechseln und mit dem Finger auf sie zeigen, wenn sie Alicia sehen. Alle halten sie jetzt für eine Hure.«

Diesmal hielt sich Robert nicht zurück und schlug Jimmy mit einem gezielten Fausthieb nieder. »Benutze niemals wieder diesen Ausdruck, wenn du von Alicia sprichst.«

Alicia reckte instinktiv das Kinn vor. Niemals hätte sie gedacht, wie schmerzhaft Worte sein konnten. Aber Jimmy hatte Recht. Sie war in der Tat nichts anderes als gebrauchte Ware. Eine Hure.

Jimmy suchte Alicias Blick, während er sich ächzend erhob. »Bitte, Lissi, sag mir die Wahrheit. Hat er dich angefasst? Hat er dich hierher gebracht, um mit dir …«

Die Antwort kam von Bruder Matthew. Wie ein düsteres Donnergrollen beschied er streng: »Junger Mann! Dies hier ist ein Gotteshaus und kein Bordell. Niemand würde in diesen Gemäuern der Fleischeslust frönen, es sei denn mit Gottes Segen.«

Jimmys Blick haftete noch immer an Alicias blassem Gesicht. Er brauchte die Antwort von ihr und nicht von einem Fremden.

Alicia hob fast unmerklich den Kopf höher. »Jimmy, meine körperliche Verfassung ist noch immer dieselbe wie am heutigen Morgen. Robert hat sich auf dem Weg hierher nichts Derartiges zu Schulden kommen lassen.«

Jimmy fiel ein Stein vom Herzen. Mit zwei großen Schritten war er bei Alicia, riss sie in die Arme und zerquetschte sie fast vor Erleichterung.

»O Lissi, ich hatte ja solche Angst um dich. Wenn er sich dir aufge … ich meine, wenn er dich …«

»Wie du siehst, bin ich wohlauf, Jimmy.«

»Es tut mir schrecklich Leid, was ich vorhin gesagt habe. Ich fühle mich wie ein Versager …«

Alicia schaute über Jimmys Schulter hinweg zu Robert, denn nur er hatte die wahre Bedeutung ihrer Worte verstanden. »Du brauchst dich nicht zu rechtfertigen, Jimmy, es stimmt ja. Wenn sich eine Frau einem Mann vor der Hochzeit hingibt, hat sie keine anderen Worte verdient.«

Sie sah, wie die Zornesröte in Roberts Gesicht stieg. »Da diese Angelegenheit nun geregelt ist, können wir vielleicht hineingehen und uns aufwärmen?«, fragte Robert in beißendem Tonfall.

»Ganz meine Meinung«, stimmte Bruder Matthew sogleich zu. »Warum in dieser Kälte herumstehen, wenn ein wärmendes Feuer und ein guter Schluck Wein auf einen warten …«

»Nicht so schnell.« Jimmys Gesicht zeigte aufrichtige Betroffenheit, als er Alicia anschaute. »Es tut mir Leid, Lissi, aber ich kann nicht zulassen, dass du von der Gesellschaft ausgestoßen wirst. Ebenso wie ich werden auch die anderen dieselben Schlüsse ziehen, wenn sie von diesem nächtlichen Ausflug erfahren …«

»Das wird nicht geschehen«, erklang nun Roberts feste Stimme. »Niemand wird es wagen, über die Gemahlin des Earls of Whitehaven schlecht zu reden. Ansonsten werde ich persönlich dafür sorgen, dass jeder die Konsequenzen in aller Härte zu spüren bekommt.«

Seine Worte hatten wie ein heiliger Schwur geklungen, und plötzlich wirbelten Alicias Gedanken im Kreis. Duell … Sekundant … Gemahlin … Hure …

Jimmy musterte Robert nachdenklich. »Dann gedenken Sie sich wie ein Ehrenmann zu verhalten, Whitehaven? Werden Sie meine Schwester heiraten?«

Alicia schnappte entsetzt nach Luft. »Bist du verrückt geworden?«

Endlich nahm das Gespräch einen Lauf, dem auch Robert zugetan war, und an der Entschlossenheit in Jimmys Augen erkannte er, dass er soeben einen Verbündeten gefunden hatte, wie sehr sich Alicia auch gegen diese Vermählung wehren würde.

»Ich hatte nie vor, mich anders zu verhalten.« Er reichte Jimmy den weißen Umschlag aus seiner Manteltasche.

»Seid ihr jetzt beide verrückt geworden?« Alicia konnte es einfach nicht glauben. Sie wurde hier einfach übergangen! »Will eigentlich niemand meine Meinung hören? Schließlich geht es hier um *meine* Zukunft.«

Jimmy faltete den Brief zufrieden zusammen.

»Verdammt, Mann, weshalb haben Sie das denn nicht gleich gesagt? Jetzt habe ich mich für nichts zum Narren gemacht.«

»Wovon sprichst du?« Alicia riss ihm den Brief aus der Hand und las laut vor:

»Lord Robert Spencer, elfter Earl of Whitehaven, erhält mit diesem Schreiben die Erlaubnis, Lady Alicia Wincliff baldmöglichst und noch vor Ablauf einer angemessenen Verlobungsfrist zu ehelichen …« Alicias Stimme war immer leiser geworden, bis sie nur mehr zu einem Flüstern geschrumpft war. Sie fühlte sich, als wäre gerade eine eiserne Faust auf sie herab gesaust.

Es war eine Sondergenehmigung, um augenblicklich zu heiraten.

»Das … das ist doch absurd.« Sie blickte von Jimmy zu Robert, doch beide schienen wild entschlossen zu sein.

Kaum eine Stunde später saßen Robert und Alicia wieder in der Kutsche, Richtung Greenwich. Margarete hatte es mit den Worten, sie wolle ›das junge Eheglück nicht stören‹, vorgezogen, auf dem Bock neben dem Kutscher zu sitzen.

Junges Eheglück. Alicia fühlte sich noch immer wie betäubt. Wie in Trance hatte sie an der Trauung teilgenommen. Sie konnte sich an kaum etwas erinnern. Sie hatte nur Roberts Hand gefühlt, die jedes Mal fester zudrückte, wenn sie ihren Einsatz verpasst hatte. Und dann hatte er sie auf Bruder Matthews Aufforderung hin geküsst, um den Bund zu besiegeln. *Jetzt gehörst du mir.* Er hatte die Worte nicht laut ausgesprochen, doch seine Augen, seine Lippen hatten es getan, und Alicia hatte seine stumme Botschaft bis in den hintersten Winkel ihres Körpers gespürt. Jetzt gehörte sie ihm.

Sie blickte verstohlen zu Robert hinüber. Er saß entspannt zurückgelehnt in dem weichen roten Polster und hielt die Augen geschlossen. Die heruntergedrehte Flamme der kleinen Öllampe tauchte das Kutscheninnere in ein sanftes Licht, das sich deutlich auf Roberts stolzen Gesichtszügen abzeichnete. Alicia erlaubte sich, ihn genauer zu betrachten. Ihr Ehemann. Sie konnte es noch immer nicht glauben. Ihr Blick glitt über sein kurz geschnittenes, schwarzes Haar. Über die markanten Wangen bis hin zu seinem breiten Kinn, auf dem sich sprießende Bartstoppeln zeigten. Und schließlich blieben ihre Augen an seinen sinnlichen Lippen hängen. Es waren volle Lippen, die sich weich und zärtlich, aber auch hart und strafend anfühlen konnten. Alicias Mund war plötzlich trocken, und sie gestand sich ein, dass sie niemals einem beeindruckenderen Mann begegnet war. Und er gehörte ihr, so wie sie nun zu ihm gehörte. Ein leiser Stich der Freude stahl sich in ihr verwirrtes Herz.

»Ich hoffe, dir gefällt, was du siehst.«

Alicia schreckte entsetzt zusammen, als sie entdeckte, dass Robert sie seinerseits beobachtete. Sie sah das amüsierte Glitzern in den grünen Tiefen seiner Augen und spürte, wie sich ihre Wangen vor Scham röteten. Rasch wandte sie den Blick aus dem Kutschenfenster.

»Ich versuche mich lediglich an deinen Anblick zu gewöhnen«, erwiderte sie verdrossen. »Bilde dir also bloß nicht zu viel darauf ein.«

»Das würde ich niemals wagen, meine Liebe.« Das dunkle Lachen in seiner Stimme erboste Alicia noch mehr. Wie konnte er nur so gelassen sein, wenn sie selbst sich doch so schrecklich vor der Zukunft fürchtete. Es war alles so verwirrend.

»Soll ich mich vielleicht ausziehen, damit du dich auch an diesen Anblick gewöhnen kannst? Schließlich ist mein Gesicht nicht das Einzige, was du in Zukunft zu sehen bekommen wirst.«

Alicia schnappte empört nach Luft – doch zu ihrem eigenen Entsetzen nicht so sehr seiner unverschämten Worte wegen, sondern vielmehr, weil diese die sinnlichen Bilder ihrer ersten Liebesnacht heraufbeschworen. Und das hatte er auch beabsichtigt, dieser Schuft. Da war sie sich ganz sicher.

»Mach dir bloß nicht die Mühe, Earl. Ich beabsichtige nämlich keineswegs, dich jemals wieder … im Adamskostüm zu sehen.«

Robert strich sich bedächtig die Haare aus der Stirn und seufzte ergeben. »Wie schade.«

Schade?! Schade? War das alles? Alicia glaubte an ihrer eigenen Wut ersticken zu müssen. Robert beobachtete seine kleine, zänkische Braut genau und amüsierte sich köstlich über ihre Empörung. »Ich fürchte, dann stehen wir vor einem kleinen Problem.« Ganz langsam beugte er sich zu ihr vor und strich ihr eine glänzende, schwarze Haarsträhne langsam hinters Ohr. Er spürte, wie sie bei dieser sanften Berührung erbebte, und seine Brust füllte sich mit zärtlicher Wärme.

»Hältst du es eventuell für möglich, dass ich deine Meinung irgendwie ändern kann?«, flüsterte er rau, während seine Lippen nur wenige Millimeter über den ihren schwebten. »Ich selbst kann es nämlich kaum erwarten, dich endlich wieder in deiner ganzen, nackten Schönheit in meinen Armen zu halten.«

Unglaublicherweise besänftigten diese Worte Alicias Wut mit einem Schlag, und alles in ihr verzehrte sich nach Roberts Lippen. Doch dann sah sie seine Zufriedenheit, und seine offensichtliche Belustigung gab ihr den Rest. O ja, dieser Kerl war äußerst zufrieden mit sich selbst. Weshalb auch nicht? Er hatte ja schließlich erreicht, was er gewollt hatte. Er hatte sie hintergangen, hatte sich mit ihrem eigenen Bruder gegen sie verschworen und sie gezwungen, ihn zu heiraten. Ja, er konnte wirklich mit sich zufrieden sein. Alicia verdrängte entschieden die leise Stimme in ihrem Herzen, die sich über diese Heirat freute, und rutschte wütend aus Roberts Reichweite.

»In der Tat, wir stehen tatsächlich vor einem Problem«, funkelte sie ihn böse an. Wenn er dachte, sie würde sich ihm einfach so ergeben und sein Vorgehen wortlos hinnehmen, dann hatte er sich aber geirrt. Sie war keine Frau, über die man einfach bestimmen konnte …

20

»Aufwachen, Liebes, der Tag steht in voller Blüte. Die Sonne scheint, und meine Besorgnis macht mich wahnsinnig, wenn du mir nicht gleich erzählst, was geschehen ist.«

Alicia zog sich murrend das Kissen über den Kopf. Wie schaffte es ihre Tante nur immer wieder, so schrecklich gut gelaunt zu sein?

»Es ist doch noch mitten in der Nacht, Tante Felice«, kam Alicias gedämpfter Protest unter dem Kissen hervor.

»Unsinn, das Frühstück ist längst vorbei, und wenn du noch lange im Bett bleibst, wirst du das Mittagessen auch noch verpassen.«

Alicia setzte sich augenreibend auf und gähnte herzhaft hinter vorgehaltener Hand. Und da sah sie ihn. Den Ring, den Robert ihr letzte Nacht bei der Trauung angesteckt hatte. Mein Gott, es war also doch kein Traum gewesen. Es war tatsächlich geschehen. Robert und sie waren verheiratet. Beim Gedanken an den hässlichen Streit in der Kutsche zuckte Alicia zusammen. Was für ein Start in eine gemeinsame Zukunft. Alicia ließ sich wieder zurück in die Kissen fallen und starrte an die Decke.

»Nun mach schon, wir wollen vor dem Essen noch an den Hafen hinunter«, hetzte Felice, während sie Alicia ein Kleid und Schuhe bereitlegte.

»Ich werde nirgends mit dem Earl hingehen«, erklärte Alicia schwach und erkannte im selben Moment, dass sie sich vor einem Zusammentreffen mit ihm fürchtete. Sie wollte nicht wieder den Zorn in seinen unglaublich grünen Augen sehen. Wollte nicht, dass sie dort das Anzeichen von Reue entdecken musste. Und das würde sie. Dessen war sie sich sicher. Nach dem gestrigen Streit musste er ihre Heirat einfach bereuen. Alicias Magen krampfte sich schmerzlich zusammen. Sie fühlte sich plötzlich schrecklich allein.

Felice lachte hell auf. »Er hat also nicht übertrieben. Robert sagte bereits, du hättest Gift und Galle gespuckt, als er dich gestern hierher brachte.«

Alicia protestierte schwach. »Ich habe ihn lediglich von meiner Meinung ihm gegenüber in Kenntnis gesetzt.« Sie musterte ihre Tante verstohlen. »Was genau hat er dir denn von gestern Abend erzählt?«

»Viel zu wenig, Lissi. Eigentlich nur, dass in dein Haus eingebrochen wurde und er dich sicherheitshalber hierher gebracht hat.«

Die tiefe Enttäuschung kam völlig unerwartet. Er hatte es verschwiegen. Alicias Herz krampfte sich vor Sorge zusammen. Bedeutete das vielleicht, dass es für ihn einfach nicht wichtig genug war, um es zu erwähnen? Oder hatte er es sich nach ihrem Streit gar anders überlegt und versuchte es nun geheim zu halten, damit er die Heirat so schnell wie möglich wieder annullieren konnte? Bei diesem Gedanken wurde ihr beinahe übel.

Felice lächelte sie liebevoll an. »Aber du wirst ihm doch nicht wirklich so böse sein, dass du nicht mitkommen und freiwillig auf ein kleines Abenteuer verzichten wirst?«

Sie ließ sich elegant in den Sessel vor dem Kamin fallen. »Vielleicht finden wir die *Furniture* ja, oder sonst irgendeinen Hinweis … *Ich* würde mir das auf keinen Fall entgehen lassen.«

Alicia rang sich ein kleines Lächeln ab. »Du bist wirklich unmöglich, Tante. Wie du nur hinter allem ein Abenteuer vermuten kannst …«

Diese zuckte lächelnd mit ihren Schultern. »Man gönnt sich ja sonst nichts. Nun mach aber, Liebes. Und während du dich anziehst, erzählst du mir, was gestern geschehen ist.« Sie hob einen mahnenden Finger. »Und lass bloß keine schaurigen Einzelheiten aus.«

Alicia tat ihrer Tante den Gefallen und schmückte die Stelle ein wenig aus, wie sie ihre Zofe gefunden und aus deren misslicher Lage befreit hatte. Felice hörte ihr wie gebannt zu.

»War dieses Schriftstück, das sie mitgenommen haben, das einzige Beweisstück? Ich meine, hast du nicht noch ein zweites?«

Alicia schüttelte den Kopf. »Nein, leider nicht. Es war die einzige Spur. Leider hatten wir auch noch keine Zeit, den Inhalt genau zu überprüfen. Ich bin mir noch nicht einmal sicher, ob es wirklich ein Beweis war. Es hat mich nur stutzig gemacht, dass …« Sie unterbrach sich abrupt. »O nein, Tante Felice. Jetzt wäre ich beinahe darauf hereingefallen.« Alicia schüttelte vorwurfsvoll den Kopf, konnte sich aber ein kleines Lächeln nicht verkneifen.

Felices Wangen nahmen einen zarten Rosaton an. »Einen Versuch war es zumindest wert, nicht wahr?« Sie stöhnte herzerweichend auf. »Dann muss ich wohl tatsächlich bis Weihnachten auf mein Geschenk warten …«

Nachdem Alicia ihre Morgentoilette beendet hatte, verschwand sie hinter der Trennwand und zog sich an. Ihre Tante plapperte munter weiter, doch Alicia war so sehr mit ihren tristen Gedanken beschäftigt, dass sie kein Wort bewusst wahrnahm. Sie verspürte schreckliche Gewissensbisse ihrer Tante gegenüber. Sie wollte Felice ihre Heirat zwar nicht verheimlichen, dennoch wagte sie es nicht, dieses Thema zur Sprache zu bringen. Sie musste zuerst mit Robert ins Reine kommen – musste einfach wissen, wie es nun weitergehen sollte.

Dies setzte jedoch voraus, dass sie ihm gegenübertrat. Schon allein bei diesem Gedanken zog sich ihr Magen schmerzlich zusammen.

»Aber auch ich habe eine interessante Neuigkeit, Liebes. Vielleicht bringt uns das sogar mit den Schmugglern weiter.«

Alicia, streckte erstaunt den Kopf hervor, dankbar über diese Ablenkung.

»Wirklich?! Was denn?«

Felice lächelte siegessicher: »Das erzähle ich erst, wenn Robert auch zuhört.«

Als sie Alicias enttäuschtes Gesicht sah, fügte sie sanft hinzu: »Aber so viel kann ich schon einmal verraten. Ich war gestern bei den Hastings zum Tee eingeladen. Lady Mathilde wurde wegen einem Problem in der Küche kurz abberufen, und ich hatte dann das Glück, ihren Mann bei einem Gespräch zu belauschen.«

»Und? Nun erzähl doch weiter ...«, drängte sie gespannt, doch Felice schüttelte lachend den Kopf.

So blieb Alicia nichts anderes übrig, als sich zu beeilen und Robert zu begegnen.

Er und Gilard saßen im kleinen Salon und unterhielten sich gedämpft am Frühstückstisch. Als die Damen eintraten, erhoben sich beide galant. Robert wirkte sehr angespannt und ungeduldig. »Ich dachte schon, du würdest noch den ganzen Tag verschlafen.«

Alicia versuchte sich ihre Unsicherheit nicht anmerken zu lassen. Offensichtlich war er noch immer schrecklich wütend. »Auch ich wünsche Ihnen einen guten Morgen, Mylord.«

Sie nickte Gilard etwas verlegen zu und ließ sich von Robert den Stuhl zurechtrücken.

Robert setzte sich Alicia gegenüber an den Tisch und forderte: »Da nun endlich alle anwesend sind, erzählst du uns hoffentlich von dieser heißen Spur, Felice.«

»Gleich.« Sie bat Alfred, ihr eine Tasse Tee zu bringen, und erklärte ausführlich, wie sie ihn zubereitet haben wollte.

»Felice ...«, zischte Robert entnervt. Er war wirklich nicht in der Verfassung für solche Spielchen. Nicht nur, weil er seine Hochzeitsnacht von seiner frisch angetrauten Frau getrennt verbracht hatte. Auch die Tatsache, dass Alicia seit ihrem Eintreten seinem Blick auswich, zerrte an seinen Nerven.

»Schon gut, Robert, du brauchst nicht gleich aus der Haut zu fahren. Wie ich schon sagte, war ich gestern bei Lady Mathilde eingeladen. Da hörte ich, wie Lord Hasting jemanden in seinem Büro empfing. Er schien sehr wütend zu sein, dass dieser Mann ihn aufsuchte. Ich … nun, zufällig war die Türe nur angelehnt, und mit ein wenig Nachhilfe meinerseits war der Spalt so groß, dass ich den Mann sehen konnte. Nicht gerade die Art Mensch, mit denen Hasting sonst Umgang zu haben pflegt, wenn ich das so sagen darf. Er schien ein Matrose zu sein.« Sie machte eine eindrucksvolle Pause, was Robert schier in die Luft gehen ließ.

»Hasting fuhr den Mann barsch an, dass er sich gefälligst an die Abmachung halten solle. Falls er Fragen hätte, solle er ihm eine Botschaft zukommen lassen, damit sie sich in der Werft treffen könnten, wie sie es bisher auch immer getan hätten.

Der andere meinte darauf, dass er keine Zeit verlieren durfte, da schwerwiegende Probleme aufgetreten wären.« Sie rieb sich aufgeregt die Hände. »Und jetzt kommt das Beste, meine Freunde. Hasting wollte natürlich mehr über diese Probleme wissen. Und der Kerl erzählte von acht Männern, die ihnen bereits zu nahe getreten waren. Sie hätten sie zwar kurzweilig ausgeschaltet, doch die Mannschaft weigere sich seither, den Zielhafen anzulaufen.« Felice strahlte über die gebannten Gesichter ihrer Freunde. »Na, ist das nicht unglaublich? Wir waren die ganze Zeit auf der falschen Fährte. Hasting ist unser Mann.«

Robert schien jedoch seine Zweifel zu haben. Irgendwie war ihm die ganze Geschichte zu glatt.

»Ist der Name des Schiffes gefallen?«, wollte er wissen.

Felice schüttelte bedauernd den Kopf. »Nein, das nicht, aber du musst zugeben, dass es zu viele Zufälle sind. Und es war auch noch nicht alles. Hasting wollte natürlich wissen, wo das Schiff nun vor Anker liegt, und der Kerl sagte, dass es sich knapp eine Tagesreise von hier in einer Bucht in der Nähe von Cornwall befinde und auf weitere Anweisungen warte. Hasting geriet daraufhin in Rage und brüllte, dass der Alte in höchstens zwei Wochen wieder hier sei und dass bis dann alles über die Bühne gegangen sein müsse.« Felice seufzte frustriert. »Und dann kam leider Lady Mathilde zurück, und ich konnte dank ihrem Geplapper kein Wort mehr verstehen. Aber ich entschuldigte mich bald und befahl meinem Kutscher, er solle dem Mann folgen. Sobald er weiß, wohin der Kerl gegangen ist, wird er mir Bericht erstatten.« Sie schaute erwartungsvoll von einem Gesicht zum anderen.

Alicia war die Erste, die eine Reaktion zeigte. »Es scheint tatsächlich alles übereinzustimmen. Auch wenn meinem Papa die Bezeichnung ›der Alte‹ vermutlich nicht sonderlich gefallen würde.«

Gilard kratzte sich nachdenklich am Kinn. »In der Tat, vielleicht haben wir tatsächlich hinter den falschen Spuren her geschnüffelt. Was meinst du, Rob?«

Robert ging nachdenklich zum Fenster hinüber und blickte auf den regen Verkehr vor dem Haus. Die Sache gefiel ihm nicht. Es passte zu gut. Irgendetwas in seinem Inneren sagte ihm, dass da etwas nicht stimmte. Trotzdem wollte er Felice nicht enttäuschen.

»Ich gestehe, dass ich diese neuen Informationen zuerst verdauen muss. Es ist nicht eben rühmlich, wenn man über Wochen die falschen Leute verdächtigt hat.«

Damit gab sich Felice zufrieden und meinte großmütig: »Mach dir deshalb keine Gedanken, Robert, jedem kann einmal ein Fehler unterlaufen. Schließlich zählt nur, dass am Ende die Richtigen einsitzen.«

Alfred brachte Felice den Tee, und sie nippte zufrieden daran.

»Ausgezeichnet, genau wie ich ihn mag.«

Der alte Diener schenkte ihr eines seiner seltenen Lächeln, bevor er sich an Alicia wandte. »Euere Gnaden, wünschen Sie nun Ihr Frühstück?«

Alicia zuckte bei dieser Anrede zusammen und hoffte inständig, dass Felice nichts davon mitbekommen hatte. Sie fühlte sich plötzlich wie ein gehetztes Reh und wollte zuerst dankend ablehnen, doch etwas an Roberts Haltung sagte ihr, dass er mit Gilard allein sprechen wollte.

»Ja, bitte. Doch nur eine Tasse Schokolade. Ich werde sie in der Bibliothek zu mir nehmen.« Er verneigte sich und verließ den Raum. »Tante Felice, möchtest du mir nicht Gesellschaft leisten?« Sie musste ihrer Tante von der Heirat erzählen, bevor sie es von jemand anderem erfuhr.

Robert bedachte Alicia mit einem nachdenklichen Blick.

»Wollen wir denn nicht in den Hafen hinunter gehen?«, fragte Felice enttäuscht, erhob sich jedoch und folgte Alicia aus dem Raum.

Robert schaute den Frauen noch lange nach. Er war sich nicht sicher, wie er Alicias Verhalten deuten sollte. Sie war heute Morgen sehr blass und schweigsam gewesen. Auch das Zusammenzucken hatte er bemerkt, als Alfred sie mit ihrem neuen Titel angesprochen hatte. War es vielleicht ein Fehler von ihm gewesen, dass er Alicia den Vorzug hatte geben wollen? Vielleicht wäre es ihr doch lieber gewesen, wenn er Felice von der Heirat erzählt hätte. Er schüttelte den Kopf und tat einen tiefen Atemzug. Himmel, er war noch nicht einmal vierundzwanzig Stunden ein verheirateter Mann, und schon tauchten tausend Probleme auf. Er wusste einfach nicht, wie er mit Alicia umgehen sollte. Vor nicht allzu langer Zeit war zwischen ihnen alles noch so einfach gewesen …

»Nun, Rob? Was hältst du von Lady Felices Geschichte?«

Robert nahm einen Schluck Tee. »Dasselbe wollte ich dich gerade fragen.«

Gilard legte sich erneut Brot und Schinken auf den Teller und meinte bedächtig: »Ich gebe zu, dass die Geschichte sich exakt mit unseren Nachforschungen decken könnte …«

»Aber du hast auch deine Zweifel.«, folgerte Robert.

Gilard atmete tief ein und ließ die Luft geräuschvoll entweichen, eine Angewohnheit, die Robert während der Jahre vertraut geworden war.

»Es ist nur so, dass wir diesen Hasting schon zu Beginn überprüft haben, wie du ja weißt. Das Bild, das ich von ihm habe, zeigt nicht gerade einen besonders cleveren oder skrupellosen Mann. Er scheint nie weiter als bis Wales gekommen zu sein, das heißt bis auf jenes Mal, als er Lady Mathilde als seine Braut aus Frankreich holte.« Er schwieg einige Zeit. »Natürlich wäre es möglich, dass er bereits damals Kontakte zu den richtigen Leuten knüpfte. Aber ehrlich gesagt bezweifle ich es.«

Robert nickte zustimmend. »Falls Hasting wirklich unser Mann ist, muss er unweigerlich einen Komplizen haben. Dieser Bryan ist nach wie vor mein Hauptverdächtiger. Er hätte sowohl den Verstand als auch die nötigen Verbindungen. Dennoch möchte ich mich nicht zu Spekulationen hinreißen lassen. Es ist wohl das Klügste, wenn wir auf Felices Kutscher warten. Vielleicht bringt dieser ein wenig Licht in die Angelegenheit. Bis dahin möchte ich, dass du zwei Männer zu Hastings Beobachtung abstellst. Ich will wissen, mit wem er spricht, wohin er geht, was er isst, wann er sich die Nase putzt. Einfach alles.«

Gilard nickte und kaute nachdenklich an seinem Toast.

»Gibt es etwas Neues von Stierling?«, wollte Robert nun wissen.

»Nein. Er weigert sich noch immer, seine Sekundanten zu benennen. Anscheinend soll er sich in seinem Stadthaus verbarrikadiert haben. Gerüchten zufolge weigert er sich strikte, irgendjemanden zu empfangen.«

Ein leises Nicken war Roberts einzige Reaktion.

Gilard beendete sein Frühstück und erhob sich. »Dann werde ich mir wohl oder übel diesen Hasting vornehmen. Und was hast du vor, Rob?«

Robert trank ebenfalls seine Tasse aus und starrte finster in den Kamin auf der anderen Seite des Zimmers. »Ich werde wohl meiner lieben Ehefrau im Kampf gegen Felice und sich selbst beistehen müssen, bevor sie noch auf dumme Gedanken kommen. Danach sehe ich mich wie geplant noch einmal im Hafen um.«

Gilard legte die Stirn in Falten. »Was meinst du damit? Wobei musst du ihnen beistehen?«

Robert rieb sich müde mit der Hand übers Gesicht. »Alicia und ich hatten keinen sonderlich angenehmen Start in unsere Ehe. Und ich fürchte, wenn Felice glaubt, Alicia vor mir beschützen zu müssen, wird sie Himmel und Hölle in Bewegung setzen, um dies auch zu tun.«

»Aber Felice ist eine deiner ältesten Freundinnen. Sie würde doch bestimmt nichts gegen dich unternehmen.«

Robert lachte freudlos auf. »O doch, sie würde. Blut ist dicker als Wasser, wie du weißt.«

21

Robert ging geradewegs auf die Bibliothek zu und trat lautlos ein. Unbemerkt von den beiden Frauen blieb er kurz stehen und gönnte sich einen Moment, um seine Braut in Ruhe zu betrachten. Die helle Mittagssonne umschmeichelte Alicias schlanke Gestalt und ließ ihre schwarzen, hochgesteckten Locken in einem bläulichen Schimmer glänzen. Robert konnte sich noch genau daran erinnern, wie sich ihr Haar anfühlte. Weich wie Seide, warm und einladend, wie alles an seiner Frau. Seine Frau … Ein warmes Lächeln umspielte seine Lippen. Wie schnell er sich doch an diesen Gedanken gewöhnt hatte. Es war beinahe ein wenig unheimlich, doch seit Bruder Matthew sie zu Mann und Frau erklärt hatte, verspürte er einen inneren Frieden, der mit nichts zu vergleichen war. Roberts Blick glitt zu Alicias schlankem Hals, und er spürte plötzlich ein ihm unbekanntes Sehnen, das er nicht genau bestimmen konnte. Ein Sehnen, das nur entfernt mit seinem körperlichen Verlangen nach ihr zu tun hatte. Er wünschte sich urplötzlich, ein Teil von Alicia zu werden. Ebenso wie sie bereits ein Teil von ihm war.

Verärgert über sich selbst, wollte er sich gerade bemerkbar machen, als Felices Worte ihn aufhorchen ließen.

»Versprich mir, dass du Robert davon überzeugst, dass er sich diesem Hasting an die Fersen heftet. Auf dich wird er bestimmt hören, Lissi. Glaub mir, ich bin mir ganz sicher, dass dieser Kerl die Finger mit im Spiel hat. Ist das nicht wunderbar? Endlich können wir den Verdacht von deinem Vater ablenken.«

Alicia atmete tief ein, bevor sie entschieden antwortete. »Robert weiß bestimmt, wie er die neuen Informationen verwerten muss, Tante Felice. Er wird sie mit Sicherheit gewissenhaft prüfen …«

Diese Antwort gefiel ihm und nahm der Unterhaltung den bitteren Beigeschmack einer Verschwörung.

»Das klingt fast so, als würdest du nicht an Hastings Schuld glauben.«

Felices angriffslustiger Ton verwirrte Alicia ein wenig, und sie erklärte zögernd: »Offen gestanden finde ich diese ganze Geschichte etwas merkwürdig.«

Felice setzte ihre Teetasse heftiger als nötig auf dem Tisch ab.

»Was soll daran merkwürdig sein?«

Alicias Hände bewegten sich unschlüssig. »Ich weiß ja auch nicht, es ist nur ein Gefühl … Es … es wirkt irgendwie so inszeniert.«

Felice sprang empört auf. »Das ist ja wohl das Letzte. Willst du mich vielleicht eine Lügnerin nennen?«

»Nein, natürlich nicht, Tante Felice«, versuchte Alicia sie zu beschwichtigen. »Ich meine lediglich, dass es genauso gut auch ein dummer Zufall sein könnte, der sich je nach Interpretation des Gespräches genau mit unserem Problem deckt.«

Ihre Tante schüttelte fassungslos den Kopf. »Das glaubst du doch nicht im Ernst, oder? Bist du so versessen darauf, deinen Vater am Galgen baumeln zu sehen …«

Alicias entsetztes Keuchen schnitt sich mitten in Roberts Brust, und er verdammte Felice für ihre dramatische Wortwahl.

»Ich würde sagen, das reicht, Felice«, donnerte er wütend und trat zu ihnen. »Niemand wird hier dem Henker übergeben.«

Er warf einen Blick auf Alicias wachsbleiches Gesicht und verfluchte Felice aufs Neue.

»Wird hier nicht mehr angeklopft?«, zischte Felice ihn wütend an.

»Das ist mein Haus«, erklärte Robert schlicht. »Und es stände dir gut, dich daran zu erinnern, dass du hier Gast bist.«

Felice war wie vom Donner gerührt. »Was sagst du da?«

Robert hatte noch nie in diesem Ton mit ihr geredet, und sie erkannte plötzlich, dass sich irgendetwas geändert hatte.

»Ich glaube, ich muss mich nicht wiederholen.«

Felices Blick fiel auf Alicias blasses Gesicht. Ihre

Nichte saß stocksteif in ihrem Sessel und schien kaum mehr zu atmen. Dann glitten ihre Augen zurück zu Roberts unversöhnlichem Antlitz.

»Was geht hier vor sich?«, forderte sie nun gedehnt zu wissen. Alicia wich ihrem Blick unbehaglich aus, und die Spannung schien beinahe zum Greifen.

»Lissi?« Roberts zärtliche Stimme ließ Alicia überrascht aufsehen, und die Wärme in seinen Augen ließ ihr Herz schneller schlagen.

Ohne auf Felices verdutztes Gesicht zu achten, kam er auf Alicia zu und hielt ihr die Hand entgegen. »Komm, Liebes, es wird Zeit, dass wir hier einiges klären.«

»Dürfte ich vielleicht endlich erfahren, was sich hier abspielt?«, forderte Felice streng.

Alicia war so verwirrt über Roberts freundliches Verhalten, dass sie ihm ohne zu zögern ihre Hand reichte und sich hochziehen ließ. Besitzergreifend legte er seinen Arm um ihre Mitte und wandte sich der völlig überrumpelten Felice zu.

»Felice, darf ich dir die Gemahlin des Earls of Whitehaven vorstellen?«

»Was?!«, keuchte diese und ließ sich auf den nächstbesten Stuhl fallen.

»Alicia und ich haben gestern Nacht geheiratet.« Er schaute auf seine Braut hinunter, und ein kleines Lächeln umspielte seine Lippen, als er ihr ehrlich erstauntes Gesicht sah.

»Das … das ist doch nicht möglich«, hauchte Felice und blickte erschüttert von einem zum anderen. »Alicia, sag mir, dass das nicht stimmt! Sag, dass es nicht die Wahrheit ist. Du bist schließlich mit Bryan verlobt!«

Alicia zuckte bei Felices schneidendem Tonfall zusammen und rückte instinktiv etwas näher an Robert heran. Sie spürte, dass er sich etwas versteifte, als sie mit ihrer Antwort zögerte, und plötzlich wurde ihr bewusst, wie viel ihm ihre Antwort bedeutete. Es war ihr Zugeständnis, das er hören wollte. Ihre Bestätigung, dass sie die Ehe mit ihm akzeptierte. Vielleicht war es sogar ein neuer Anfang. Robert hatte seine Ehre und seine Zukunft in ihre Hände gelegt, wohl wissend, dass sie mit einem einzigen Wort beides vernichten konnte. Sie schenkte ihm ein schüchternes Lächeln, und ihr Herz wollte schier überfließen.

»Es stimmt, Tante Felice. Robert ist mein Ehemann«, antwortete sie mit fester Stimme und spürte, wie er sich entspannte.

»Es kam auch für mich etwas überraschend, und ich bedauere sehr, dass du nicht dabei sein konntest.«

Felice schaute die beiden mit vor Verblüffung offen stehendem Mund an. »Das … das darf doch nicht wahr sein. Du kannst Bryan doch nicht so vor den Kopf stoßen.«

Alicia zuckte unter dem lodernden Zorn in ihren Augen zusammen. Noch nie hatte sie diese Seite ihrer Tante zu Gesicht bekommen.

»Er war so großzügig … Welcher andere Mann wäre bereit gewesen, dich trotz allem doch noch zu heiraten.«

»Ich«, beschied Robert kalt. Felices Vorwürfe erregten seinen Zorn. »Und mit Großzügigkeit hatte Birninghams Verhalten wahrlich nichts zu tun. Der verdammte Bastard war heute Morgen bei mir und versuchte mich mit Alicias gutem Ruf zu erpressen.«

»Was?« Alicia schaute mit vor Empörung geweiteten Augen zu ihm auf. »Bryan?«

Robert nickte, und als er ihre Enttäuschung sah, drückte er sie sanft an sich. »Du siehst also, dass du seinetwegen kein schlechtes Gewissen zu haben brauchst.«

Nun wandte er sich wieder Felice zu. »Ich glaube, jetzt wären deine Glückwünsche angebracht, Felice.«

Doch diese sprang aus ihrem Sessel auf und stürmte quer durch den Raum. »Das würde dir so passen. Das letzte Wort ist noch lange nicht gesprochen.«

Mit einem lauten Knall warf sie die Tür hinter sich zu und rief nach Alfred.

Robert starrte mit gefurchter Stirn auf die Tür. Er war enttäuscht. Seit Jahren hatte er in Felice eine gute Freundin gesehen, und ihre abweisende Reaktion legte sich schwer auf seine Brust. Einen so schlechten Ehemann gab er nun auch wieder nicht ab.

»Sie meint es bestimmt nicht so, Robert. Sie war vermutlich nur etwas … überrascht und wütend, weil wir sie um ein Abenteuer betrogen haben. Einbruch, Entführung, heimliche Heirat … genau Tante Felices Lieblingsbeschäftigungen.«

Roberts Blick glitt zu der zierlichen Frau, die er noch immer im Arm hielt. Seiner Frau. Plötzlich war er erfüllt von ehrfürchtigem Staunen.

»Könnte es sein, dass du mich schon wieder zu trösten versuchst, oder kannst du vielleicht gar meine Gedanken lesen?«, grinste er zärtlich und zog sie dicht an seinen Körper. Er spürte wieder dieses Sehnen, das weit über das körperliche hinaus ging, und genoss Alicias Nähe. Er genoss den sanften Duft von Rosenwasser, der heute von ihr ausging, die Wärme, die ihr Körper ausstrahlte … Es schien ihm eine Ewigkeit vergangen zu sein, seit er sie das letzte Mal so nah bei sich gespürt hatte.

»Leider gelingt es mir nicht sehr oft, deine Gedanken zu lesen«, gestand Alicia schüchtern. »Sonst hätte ich mich nicht so sehr gefürchtet.«

»Gefürchtet?«

Alicia nickte beschämt. »Ich dachte du würdest unsere Ehe annullieren.«

Robert rückte verwirrt von ihr ab, und ein gefährliches Glitzern trat in seine Augen.

In diesem Augenblick erschien er Alicia wie ein Racheengel. Düster und gefährlich.

Das Grün seiner Augen hatte sich verdunkelt, und seine Lippen bildeten einen grimmigen Strich.

Rasch fuhr sie fort: »Nach diesem grässlichen Streit … und … Tante Felice wusste es nicht … und du warst vorhin so wütend …«

Robert zog sie mit so plötzlicher Heftigkeit wieder in seine Arme, dass Alicia einen kleinen Schrei ausstieß. Und dann küsste er sie. Küsste sie mit einer Leidenschaft, die ihr schwindlig werden ließ. »Niemals«, flüsterte er an ihrem Mund. »Nie wieder werde ich dich gehen lassen, Lissi. Du gehörst mir. Nur mir.«

Ja, sie gehörte ihm, stimmte Alicia ihm von ganzem Herzen zu und erwiderte seinen Kuss mit all der Liebe und Hingabe, die sie schon seit so langer Zeit für ihn empfand. *Dein Schicksal ist besiegelt,* drangen Roberts Worte in ihr Bewusstsein zurück. Die Worte, die er an jenem ersten Abend zu ihr gesagt hatte, als sie Jimmys wegen zu ihm gekommen war. Erst jetzt wurde ihr bewusst, wie wahr sie doch gewesen waren. Robert war ihr Schicksal.

»Du gehörst mir.« Wie um ihr seine Worte zu beweisen, hob er sie hoch und trug sie, ohne in seinem glühenden Kuss innezuhalten, zum nahestehenden Schreibtisch hinüber. Dort setzte er sie auf der Kante ab. Mit sanfter Gewalt schob er ihre zarten Schenkel auseinander und drängte sich ganz dicht an sie heran.

»Robert«, keuchte Alicia benommen. »Wir können doch nicht hier …«

Sein sinnliches Lachen löste wohlige Schauer in ihr aus. »Können wir nicht?« Seine geschickten Finger öffneten ihr Kleid innerhalb von Sekunden, und als er endlich ihre herrlich blassen Brüste freigelegt hatte, war ihm, als müsste er vor Lust vergehen. Mühsam beherrscht presste er ihren nackten Oberkörper sanft auf die Schreibplatte zurück und vergrub sein Gesicht in dem warmen Tal ihrer weichen Brüste.

»O Gott, Lissi«, stöhnte Robert rau. Ihr Duft war so

vertraut, die Wärme ihrer samtenen Haut so betörend, dass er im nächsten Augenblick die Kontrolle über sich verlor.

Seine Lippen, seine Hände ließen Alicia vor Wonne aufschreien. Plötzlich spürte sie, wie er ihr Höschen zerriss, und dann war er in ihr. Hart und heiß füllte er sie bis an die Grenze des Erträglichen aus, und Alicia klammerte sich in hilfloser Lust an seine Schultern.

»Sag, dass du mir gehörst …«, stöhnte er rau an ihrem Hals. »Bitte … sag es …« Wieder und wieder stieß er sich tief in ihren heißen Schoß. Er hörte das Rauschen seines eigenen Blutes in den Ohren, hörte Alicias kleine Lustschreie und wie sie nach immer mehr verlangte. Dann spürte er, wie sich ihre schlanken Beine um seine Hüften schlangen und sie ihm mit eigenen, ungezügelten Bewegungen entgegenkam. Ja, sie gehörte ihm mit Leib und Seele.

Gleißende Blitze schienen in seinem Kopf zu zerspringen und zogen ihn in eine andere Wirklichkeit, die nur aus Lust und Ekstase bestand. Seine wilde Gier nach Alicias geschmeidigem Körper, nach ihrer samtweichen Haut und ihrer natürlichen Leidenschaft rissen die kalten Mauern um sein Herz ein für allemal nieder und befreiten ihn von dem eisigen Nebel, der so viele Jahre auf seiner Seele gelastet hatte.

Und endlich fühlte er sich *frei.* »Ja, komm mit mir, Liebes«, stöhnte er rau und spürte, wie Alicias Körper sich um ihn spannte, um sich gleich darauf der alles umfassenden Erlösung hinzugeben. Ihre wilden Zuckungen übertrugen sich augenblicklich auf ihn, und mit einem letzten, tiefen Stoß erlangte auch er seine lange ersehnte Befreiung.

22

Alicia nippte zufrieden an ihrem Tee und genoss das Kreischen der Möwen, das gedämpft durch das Fenster ihres Arbeitszimmers hereindrang. Soeben hatte sie jemand Neues für den armen Mister Smith eingestellt, und sie war sehr zufrieden mit ihrer Wahl. Mister Frank war ein junger Mann, der wegen seines steifen Knies nirgends sonst eine Stelle angeboten bekommen hatte. Anscheinend hatte es sich herumgesprochen, dass Alicia keinen Wert auf Äußeres oder Herkunft legte, sondern allein die mitgebrachten Fähigkeiten für sie zählten. Sie hatte ihn fast eine ganze Stunde lang auf Herz und Nieren geprüft und war sehr beeindruckt von seinem breiten Wissensgebiet und seinen rechnerischen Fähigkeiten gewesen.

Alicia warf einen Blick durch die offen stehende Tür und beobachtete, wie er sich an seinem Schreibtisch einrichtete. Er strahlte vor Freude.

Auch Alicia war ihr Glück deutlich anzusehen. War das Leben nicht wunderbar? Robert und sie waren nun seit einer guten Woche verheiratet, und ihr Herz wollte von Tag zu Tag mehr überströmen vor Liebe zu ihm. Mit leisem Bedauern wünschte sie sich jedoch etwas mehr Zeit mit ihm allein, denn seit Robert ihre Heirat in der *Times* bekannt gegeben hatte, spielte die gesamte Gesellschaft verrückt. Sie überschlugen sich fast, um das frisch vermählte Paar zu Bällen und Soireen einzuladen oder standen Schlange, um ihnen endlose Besuche abzustatten. Sie lachte leise vor sich hin. Armer Robert. Er hätte sich bestimmt niemals träumen lassen, wie viele Veränderungen ihre Ehe mit sich bringen würde, von Alicias Umzug in sein Haus ganz zu schweigen. Sie würde wohl nie sein Gesicht vergessen, als die Dienstboten all ihre Kisten und Kleiderkoffer ins Haus getragen hatten.

»Mein Gott, ziehst du hier gleich mit einem ganzen

Heer ein?«, hatte er wissen wollen und sie daraufhin gnadenlos gehänselt.

Missi und Alfred hatten sich als wahre Engel erwiesen. Sie waren unbezahlbare Hilfen in diesem ganzen Chaos gewesen und hatten die Träger mit Argusaugen beaufsichtigt. So war Alicia und Robert doch noch etwas Zeit geblieben, um ihren Nachforschungen nachzugehen. Doch leider waren ihre Bemühungen, den Besitzer der Brosche ausfindig zu machen, erfolglos geblieben. Sie hatten jedes Juweliergeschäft aufgesucht und erklärt, sie hätten dieses einzigartige Schmuckstück gefunden und suchten nun den wahren Eigentümer. Doch niemand hatte es wiedererkannt. Der einzige Hinweis, den sie erhalten hatten, war, dass es sich hierbei um ein sehr altes Stück handeln musste, vermutlich sogar ausländischer Herkunft. Frustriert mussten sie einsehen, dass sie in dieser Hinsicht in eine Sackgasse geraten waren. Alicia hatte sich stundenlang den Kopf darüber zerbrochen, weshalb ihr diese Brosche so bekannt vorkam. Doch nebst diesem undefinierbaren Gefühl des Wiedererkennens war sie zu keinem befriedigenden Schluss gekommen.

Alicia atmete tief durch. Nun ja, wenigstens war die Gefahr des Duells zwischen Robert und Stierling gebannt. Robert und sie hatten sich des öfteren deswegen gestritten, doch er konnte manchmal wirklich unglaublich stur sein. Zum Glück hatte Stierling ihr nun diese Sorge abgenommen. Eines Nachts war er einfach verschwunden und seine Dienstboten glaubten gehört zu haben, dass er sich bereits auf dem Weg nach Spanien befand. In der Gesellschaft war er unwiderruflich als Feigling gebrandmarkt, und auch die Gerüchte, dass er in Wirklichkeit derjenige gewesen war, der die arme Adelaide ins Unglück gestürzt hatte, wurden immer lauter.

»Der Bessere gewinnt eben«, äffte Alicia Stierlings

Worte vom Ball nach. Wie Recht er doch damit gehabt hatte.

Alicia versuchte sich erneut auf den Inhalt des Dokuments zu konzentrieren, dass nun schon seit fast einer geschlagenen Stunde vor ihr auf dem Tisch lag. Es war die Inventarliste der Schiffsladung, die heute Morgen von der *Elizabeth* abgeladen worden war. Tief in Gedanken spielten ihre Finger mit der Schreibfeder, während sie erneut die Unmengen an Gewürzen und Wolle prüfte und mit den Bestellbüchern verglich. Doch auch bei diesem Versuch scheiterte sie kläglich. Sie brachte heute einfach nicht die nötige Disziplin auf, um sich richtig zu konzentrieren. Alicia legte die Schreibfeder nieder und lehnte sich mit einem ergebenen Seufzen in ihrem Sessel zurück. »Dann eben nicht. Morgen ist auch noch ein Tag.«

Sogleich breitete sich ein kleines Lächeln auf ihren Lippen aus. Wie sehr die Ehe mit Robert sie doch verändert hatte. Noch vor wenigen Wochen wäre es ihr nicht im Traum eingefallen, mitten in der Arbeit einfach aufzuhören …

Mit einem dumpfen Aufschlag segelte die Schreibfeder zu Boden und hinterließ einige hässliche schwarze Tintenkleckse auf dem Teppich. »O nein.« Alicia duckte sich rasch, um den Schaden in Grenzen zu halten, und verharrte mitten in der Bewegung.

Da lag eine Mappe – kaum sichtbar unter dem Tisch verborgen. Ein eisiger Schauer durchfuhr Alicias Körper, und ihre Fröhlichkeit war wie weggewischt. Zurück blieb das dumpfe Gefühl von Verlust. Ihre Finger zitterten, als sie die Mappe hervorzog, und noch bevor sie den Inhalt überhaupt gelesen hatte, wusste sie es: Dies war der Beweis, den sie niemals zu finden gehofft hatte.

Lange Zeit brachte sie es nicht über sich, die Mappe zu öffnen. Doch als sie es tat, wollte ihr Herz in tausend Stücke zerspringen. Das durfte doch nicht wahr sein.

»Mister Frank, besorgen Sie mir bitte eine Kutsche.«

»Natürlich, Euer Gnaden.« Er beeilte sich so sehr, dass er mit seinem steifen Bein beinahe die Treppe hinunter fiel.

»Mister Frank«, rief ihm Alicia hinterher.

»Ja, Euer Gnaden?«

Alicia rang sich ein kleines Lächeln ab. »Es eilt nicht so sehr, dass Sie sich deswegen den Hals brechen müssten.«

Sein Gesicht zeigte zuerst Verwirrung, doch dann lächelte er sie von tiefer Dankbarkeit erfüllt an. »Gewiss, Euer Gnaden. Ich … ich danke Ihnen.«

Alicia holte wie betäubt ihren Mantel, nahm das neue Fundstück und folgte Mister Frank nach draußen. Was sollte sie nur tun?

Felice hatte sich zwischenzeitlich wieder etwas beruhigt, und nach einer eher brüsken Entschuldigung ging sie wieder dem Tagesgeschehen nach. Dennoch ließ sie keine Gelegenheit aus, mit Robert zu streiten. So auch jetzt. Sie saßen sich im Speisesaal gegenüber. »Du glaubst also nicht, dass Hasting unser Mann ist?«

Robert erklärte ihr, zu welchem Schluss Gilard und er gekommen waren, und zwang sich zur Geduld. Diese neue Felice gefiel ihm überhaupt nicht, doch er wusste, wie sehr sie Alicia am Herzen lag. Auch wenn sie es ihm nie offen gestanden hatte, wusste er doch, wie tief die bitteren Vorwürfe und das distanzierte Verhalten ihrer Tante sie trafen. Allein Alicias wegen ließ er sich Felices Benehmen wortlos gefallen.

»Du weißt genau, dass Birningham nach wie vor mein Hauptverdächtiger ist. Er ist clever genug, hat schon viele Länder bereist …«

»Ach, du kannst Bryan nur nicht leiden, weil er Alicias Verlobter ist. Gib es doch zu. Nur die Eifersucht lässt dich blind gegenüber den wahren Tatsachen sein.«

Robert lehnte sich in seinem Sessel zurück und fixierte Felice mit einem undurchdringlichen Blick. »Er *war* ihr Verlobter. Alicia ist jetzt *meine* Frau. Du solltest diese Tatsache nicht ständig vergessen.«

»Pah«, schnaubte Felice abfällig. »Sei dir da nicht so sicher. Es ist noch lange nicht das letzte Wort gesprochen.«

»Zwischen Alicia und mir jedoch schon. Auch ihr Bruder hat auf dieser Heirat bestanden. Du bist in der Tat die einzige Person, die deswegen Gift und Galle spuckt.«

Felice schleuderte ihm einen bitterbösen Blick zu. »Sag bloß, das wundert dich.«

»Offen gestanden von dir schon«, meinte Robert ehrlich. »Ich hätte eigentlich gedacht, dass du dich freuen würdest.«

»Freuen?! Alicia war seit Jahren Bryans Verlobte. Stell dir nur mal vor, wie gedemütigt der arme Kerl jetzt dasteht.«

Allmählich regte sich Roberts Unmut. »Erwarte nicht, dass mir das schlaflose Nächte bereitet.«

»Nein, aber ich erwarte, dass du endlich zur Vernunft kommst und diese Heirat rückgängig machst. Du kannst nicht einfach hier auftauchen und dir nehmen, was immer dir gefällt.«

Ein gefährlicher Sturm braute sich in Roberts Augen zusammen. »Ich kann und ich habe, und ich denke gar nicht daran, diese Heirat zu annullieren. Ob es dir nun gefällt oder nicht, Alicia ist und bleibt meine Frau. Entweder akzeptierst du das, oder du hältst dich von uns fern. Ich habe es nämlich satt, dass du Alicia mit deinen verdammten Spitzfindigkeiten verletzt.«

Die Entschiedenheit in Roberts Stimme trieb Felice einen kalten Schauder über den Rücken, und sie zwang sich zu einem ruhigeren Ton.

»Warum Alicia? Warum musstest du ausgerechnet sie heiraten?«

Robert nahm einen tiefen Schluck aus seiner Kaffeetasse und machte keinen Hehl daraus, dass ihn ihre Fragerei langweilte.

»Weshalb nicht Sie?«

Felice verschränkte gebieterisch die Arme vor der Brust. »Liebst du sie?«

Robert stöhnte innerlich auf. Hatte diese Frau denn wirklich nichts Besseres zu tun, als ihm auf die Nerven zu gehen?

»Du solltest wissen, dass ich nichts von solchen sentimentalen Albernheiten halte.«

»Albernheiten?«, fuhr Felice auf. »Die Liebe ist für dich also nichts als eine Albernheit?«

Nun reichte es Robert endgültig. »Verdammt noch mal, was erwartest du eigentlich von mir, Felice? Was willst du hören? Dass ich mich unsterblich in sie verliebt habe?« Er schüttelte verächtlich den Kopf. »Ich habe keine Ahnung, ob ein solches Gefühl überhaupt existiert. Ich begehre Alicia – ja, das gebe ich offen zu –, und ich will sie immer in meiner Nähe wissen. Meines Erachtens reichen diese Gründe vollkommen aus. Es sind schon oft Ehen auf weit weniger Grundsteinen geschlossen worden. Du kannst es akzeptieren oder auch lassen, das ist mir wirklich vollkommen egal. Nichts und niemand wird an meiner Heirat etwas ändern. Habe ich mich jetzt verständlich ausgedrückt?«

»Vollkommen«, gab Felice schnippisch zurück. »Aber was wirst du tun, wenn sich herausstellt, dass tatsächlich Alicias Vater hinter dieser Schmugglerbande steckt? Glaubst du, sie würde auch nur eine Sekunde länger bei dir bleiben, wenn du ihren Vater dem Henker übergibst?«

Als Robert schwieg, fuhr Felice bedrückt fort. »Ich kenne dich zu gut, Robert. Du könntest ihn niemals laufen lassen. Dein Ehrgefühl würde es verbieten. Und was ist dann mit meiner Nichte? Du würdest ihr das Herz brechen und sie jeder Zukunft berauben. Genau davor möchte ich sie jedoch beschützen.«

Felice erhob sich geschmeidig und legte ihre Hand auf seine. »Bitte überlege es dir noch einmal. Bevor es zu spät ist.«

Nach diesen Worten verließ sie den Raum, um sich frisch zu machen. Robert nahm einen kräftigen Schluck aus seinem Weinglas. Jetzt endlich verstand er Felices aggressives Verhalten. Auch er hatte sich schon dieselbe Frage gestellt. Könnte er wirklich Alicias Vater überführen? Himmel, er hoffte nur, dass er niemals in diese Situation geraten würde. Nein. Alicia war sich sicher, dass ihr Vater unschuldig war, und er war nur allzu gewillt, ihr zu glauben.

Robert ließ sich Felices Worte bezüglich seiner Antipathie gegen Bryan noch einmal durch den Kopf gehen. Es stimmte tatsächlich, dass er Birningham nicht ausstehen konnte. Er hasste, wie dieser ging, hasste seine Art zu sprechen, hasste schon allein seinen Anblick.

Ein erstauntes Lächeln trat auf Roberts Lippen. Himmel, er war wirklich eifersüchtig auf diesen Bastard gewesen.

Der Himmel verdunkelte sich rapide, und der leichte Herbstregen verwandelte sich in ein heftiges Unwetter. Roberts unruhiger Blick glitt immer wieder zum Fenster.

Der Regen peitschte gegen die Scheiben, und heftige Windböen heulten durch die Straßen. Gleißende Blitze und ohrenbetäubendes Donnergrollen verrieten, dass der Sturm näher kam.

Alicia war noch immer in der Fabrik. Robert fühlte sich hin und her gerissen zwischen dem Wunsch, sie sicher durch diesen Sturm nach Hause zu bringen, und seinem Wissen, dass Alicia es ihm vermutlich nicht danken würde. Sie war sehr stolz auf ihre Selbstständigkeit. In diesem Augenblick hörte er erleichtert die Haustür ins Schloss fallen. Sie war da.

Er hörte, wie Alfred Alicia ehrerbietig begrüßte, und bemerkte zu seinem eigenen Erstaunen, wie angespannt er die ganze Zeit über gewesen war. Himmel, hatte er vielleicht geglaubt, sie würde ihm fortlaufen?

Als er aufblickte, sah er Alicia in der Tür zum Salon stehen, und ein heftiger Ruck ging durch seine Brust. Sie sah am Boden zerstört aus.

»Ist alles in Ordnung, Liebes?« Robert erhob sich besorgt.

Alicia betrat sehr langsam den Salon. Sie fühlte sich elend und wusste nicht, was sie denken sollte. Die Mappe schien sich in ihre Handflächen zu brennen, und obwohl darin der stichhaltige Beweis lag, dass ihre Firma tatsächlich mit diesem Schmuggel in Verbindung stand, hatte sie es nicht über sich gebracht, sie zu vernichten.

Das Gefühl, innerlich zerrissen zu werden, bereitete ihr beinahe körperliche Schmerzen. Einerseits fürchtete sie, ihren Vater damit zu belasten, andererseits aber musste sie auch die Wahrheit erfahren. Denn wenn es nicht ihr Vater war, wer missbrauchte dann die Wincliff Corporation?

»Was für ein Unwetter«, ließ sich Felice vernehmen, die kurz nach Alicia den Salon betrat. »Man sollte meinen …« Sie verstummte abrupt, als ihr Blick auf Alicia fiel. »Lissi, was ist mit dir?« Felice wollte besorgt an ihre Seite eilen, doch Alicia gebot ihr mit einem leichten Kopfschütteln Einhalt.

Roberts Blick fiel auf der Mappe, die Alicia fest an sich gepresst hielt, und er wusste instinktiv, dass sie etwas gefunden hatte.

Ohne ein Wort überreichte sie ihm das Beweisstück und ging zum Fenster hinüber.

»Was ist das?«, verlangte Felice begierig zu wissen. »Nun mach schon Robert, spann mich nicht auf die Folter.«

Robert musterte schweigend Alicias starren Rücken. Vermutlich würde er niemals ermessen können, wie schwer es ihr gefallen war, ihm diese Unterlagen auszuhändigen. Schließlich bedeutete es, dass ihr Vater möglicherweise dieser Nemesis war.

Als ob sie seine Gedanken gelesen hätte, wandte sie sich ihm zu. »Papa hat nichts damit zu tun. Nicht das Geringste.«

»Nun zeig endlich her«, fauchte Felice ungeduldig, doch Robert legte seine Hand auf die Mappe und hielt sie fest.

Es war sonderbar, aber ihm war, als könnte er Alicias Gefühle dadurch schützen, dass er diesen Beweis niemandem zeigte.

»Diese Dokumente beweisen, dass am 10. des letzten Monats ein Schiff namens *Furniture* im Auftrag der Wincliff Corporation an den Docks lagerte. Ebenfalls beweisen sie, dass das Schiff dort entladen wurde«, erklärte Alicia matt.

Felice sog scharf die Luft ein. »Das kann ich einfach nicht glauben.« Sie überlegte einen Moment. »Vielleicht ist dieses Schiff sowohl für den legalen Handel als auch für Schmuggel käuflich. Es bedeutet ja nicht …«

Alicia ließ sich müde in einen Stuhl sinken. »Ich fürchte, du irrst dich, Tante Felice …« Es kostete sie sehr viel Überwindung, weiter zu sprechen. »Der Umfang dieser angeblichen Fracht ist viel zu groß. Selbst wenn wir diese Unmengen an Wolle bestellt hätten, hätten wir doch nirgends den Platz dafür gehabt, sie zu lagern.«

Felices Finger krampften sich ineinander. »Bist du dir ganz sicher?«

Alicia nickte betrübt.

»Oh, Liebes, es tut mir so Leid. Dann ist dein Vater also doch darin verwickelt.«

»Nein«, Alicia sprang auf. »Das beweist lediglich, dass unsere Firma irgendjemandem als Deckmantel dient. Papa ist nicht hier, und wie wir wissen, muss die Fracht bis zu seiner Rückkehr getilgt sein. Was nur bedeuten kann, dass Papa nichts davon wissen darf. Aber Bryan ist hier.«

Felice schüttelte entschieden den Kopf. »Nein, das glaube ich nicht. Was ist mit Hasting?«

»Es wäre möglich, dass die beiden zusammen arbeiten«, gab Robert zu bedenken.

»Alicia?«

»Ich … ich fühle mich nicht sehr wohl.« Sie klammerte sich Halt suchend an die Stuhllehne.

Robert ging mit besorgtem Blick um den Tisch auf sie zu. »Du solltest dich hinlegen, Liebes. Komm, ich bringe dich hinauf.«

Alicia ließ sich widerstandslos von ihm die Treppe hinauf und in ihre gemeinsamen Räume tragen. Als er sie jedoch sanft aufs Bett legte und sich wieder erheben wollte, hielt sie ihn zurück.

»Bleib«, bat sie leise. Die Intensität ihres Blickes ließ Robert erzittern. Er las so viel Leid und Kummer darin, dass es ihm die Brust zusammenschnürte. Und dann, mit einer Leidenschaft, die an Verzweiflung grenzte, bedeckten ihre Lippen seinen Mund.

Alicia suchte Trost und Vergessen in seinen Armen.

23

Sehr viel später lag Alicia erschöpft und zufrieden in Roberts Armen. Gemeinsam erörterten sie die neuen Beweise. »Smith hat also mit den Schmugglern unter einer Decke gesteckt«, schloss Robert. Die akribische

Schrift in der belastenden Mappe stammte eindeutig von ihm.

»Leider fehlt die Unterschrift am Ende. Es wäre wohl doch zu viel verlangt gewesen, wenn der Täter diese belastenden Papiere namentlich unterzeichnet hätte«, fügte Alicia enttäuscht hinzu.

Da durchfuhr es Robert wie ein Blitz, und er drückte ihr einen schmatzenden Kuss auf die Stirn. »Aber natürlich! Mein Gott, weshalb bin ich nicht schon früher auf diese Idee gekommen? Du bist ein Schatz, Liebes.«

Alicia beobachtete verwirrt, wie Robert splitternackt aus dem Bett sprang. War ihr irgendetwas Wesentliches entgangen? Mit wenigen Schritten durchmaß er den Raum und holte die zwei Drohbriefe sowie jenen, den Jason abgefangen hatte, aus seinem Schreibtisch.

»Wir benötigen gar keine Unterschrift«, erklärte er grinsend und kehrte zu Alicia zurück. »Mithilfe der Briefe müsste es uns ebenso gelingen, den Täter ausfindig zu machen. Jedenfalls wenn sich dieser unter unseren Verdächtigen aufhält.«

Er reichte der nun ebenso aufgeregten Alicia die Schriftstücke.

»Du erkennst doch sicher die Schrift deines Vaters.«

Sie nickte und besah sich die Papiere. Im nächsten Augenblick atmete sie auf. »Es ist nicht seine. Auch nicht die von Mister Smith, Gott sei seiner Seele gnädig.« Um jedoch auch Roberts letzte Bedenken zu zerstreuen, holte sie einen Brief ihres Vaters aus der Frisierkommode. »Sieh selbst. Ich habe ihn vor drei Wochen erhalten.«

Robert verglich die Papiere sehr genau. Man konnte seine Schrift schließlich auch verändern, doch gewisse Merkmale blieben immer. Bei diesen traf es jedoch eindeutig nicht zu.

»Vielleicht sollten wir von Bryan und Hasting ebenfalls eine Schriftprobe ergattern. Und wir müssen uns damit beeilen, Robert, denn Papa wird in wenigen Tagen hier eintreffen. Die Schurken werden sich also sputen, wenn sie die Fracht noch vor seiner Rückkehr tilgen wollen.«

Alicia war so aufgeregt, dass sie Roberts wieder erwachtes Verlangen gar nicht bemerkte. Er genoss den entzückenden Anblick ihres nackten Körpers in vollen Zügen.

»Ich schlage vor, du übernimmst Hasting«, erklärte sie gerade. »Ich werde mich um Bryan kümmern. Schließlich habe ich noch eine kleine Rechnung mit ihm offen.«

Robert ergriff grinsend Alicias Handgelenke und zog sie so weit auf sich, dass sie flach auf ihm zum Liegen kam.

»Ich glaube, du solltest dich zuerst um mich kümmern, Liebes ...«

Alicia keuchte erfreut auf, als sich der harte Beweis seines Verlangens pulsierend heiß gegen ihre Scham presste. »Du Lüstling. Kriegst du denn nie genug?«, lachte sie leise auf und bewegte die Hüften in verführerisch kreisenden Bewegungen.

»Nein, nie, mein Liebling, und ich wette, du möchtest es auch gar nicht anders haben.«

Gleich am nächsten Morgen schickte Alicia Bryan eine Nachricht, in der sie ihn dringend um einen Besuch bat. Missmutig hatte Robert ihr geraten, sie solle ihn auf Lord Wincliffs baldige Heimkehr hinweisen. Alicias kleiner Racheplan gefiel im ganz und gar nicht, auch wenn er ihr in einer Hinsicht beipflichten musste. Es eilte. Und wenn es sich um eine andere Frau und nicht ausgerechnet um diesen verfluchten Birningham gehandelt hätte, wäre er von Alicias durchtriebenem kleinen Plan begeistert gewesen. Notgedrungen schluckte er den bitteren Geschmack der Eifersucht hinunter und beobachtete vom Fenster aus, wie Birningham kaum eine Stunde später aus seiner Kutsche stieg. Dieser eitle Fatzke.

»Er ist da«, brummte Robert und presste die Lippen zu einem grimmigen Strich zusammen.

Alicia trat hinter ihn, um ebenfalls einen Blick zu erhaschen. »Wunderbar. Ich werde ihn in der Bibliothek nebenan empfangen. Gib mir zwanzig Minuten, bevor du hereinstürmst.«

Roberts Blick glitt über Alicias safrangelbes Morgenkleid. Sie sah einfach hinreißend aus. Ihre Wangen waren vor Aufregung sanft gerötet, und ihre Augen blitzten vor diebischem Vergnügen. Roberts Eifersucht brannte ihn bis unter die Fingernägel, und er wünschte sich wirklich, sie hätte ein Kleid mit einem weniger tiefen Ausschnitt gewählt. Am besten eines, das bis zu den Ohren hoch geschlossen war.

»Du bekommst zehn.«

Als Alicia protestierend den Mund öffnete, warf er ihr einen warnenden Blick zu. »Zehn – und keine Minute länger. Geh jetzt, bevor ich es mir noch anders überlege und diesen Kerl mit einem Tritt auf die Straße zurück befördere.« Er zögerte einen Moment, bevor er hinzufügte: »Und lass die Tür einen Spalt weit offen.«

Alicia verließ eilends den Raum, damit Robert ihr zufriedenes Grinsen nicht sehen konnte. Auch wenn er es bisher noch nie mit Worten gesagt hatte – er empfand weit mehr für sie, als er zugeben wollte. Er benahm sich einfach unmöglich.

Sie lehnte gerade die Verbindungstür an, als sie auch schon Alfreds Klopfen vernahm. Rasch schlüpfte sie hinter den Schreibtisch, strich sich eine lose Haarsträhne hinters Ohr und bat würdevoll einzutreten.

»Euer Gnaden, Lord Birningham ist soeben eingetroffen.«

»Führe ihn bitte herein, Alfred.«

Wenige Augenblicke später betrat Bryan den Raum.

Sein Besuch war ihm sichtlich unangenehm, worüber Alicia sich diebisch freute. Sie nahm ihm seinen Erpressungsversuch wirklich sehr übel.

»Bryan, ich bin ja so froh, dass du so schnell kommen konntest.« Sie ging ihm mit einem erfreuten Lächeln und ausgestreckten Händen entgegen.

»Deine Botschaft klang sehr dringend.«

»Suchst du etwas Bestimmtes?«, erkundigte sie sich freundlich, als Bryan sich unruhig im Raum umsah.

»Wo ist Whitehaven?« Aha, das schlechte Gewissen, dachte Alicia.

Sie bat ihn Platz zu nehmen. »Er besucht mit seinem Freund eine Pferdeauktion. Ich erwarte ihn erst zum Essen zurück.«

Bryan entspannte sich langsam und schlug elegant die Beine übereinander.

»Nun, was gibt es denn so dringend mit mir zu besprechen?«

Alicia ordnete die verschiedenen Papiere vor sich auf dem Schreibtisch. »Ich habe gerade einen Brief meines Vaters erhalten, in dem er mir mitteilte, dass er etwas früher als erwartet zurückkehren würde. Bis dahin ist jedoch noch viel zu erledigen ...«

Bryan wirkte noch immer ganz entspannt. »Früher als geplant? Wann wird er denn hier sein?«

Alicia schenkte ihm ein übertrieben freundliches Lächeln. »Schon morgen mit der Abendflut. Bei gutem Wind vielleicht auch früher. Ist das nicht wunderbar? Ich habe Papa ja so vermisst.«

Robert benötigte seine gesamte Willenskraft, um an seinem Posten auszuharren. Wie gern wäre er in den Raum nebenan gesprengt und hätte diesen so süffisant lächelnden Gecken zur Hölle gejagt. Dies waren mit Sicherheit die acht längsten Minuten seines Leben gewesen. Alicia hielt sich peinlich genau an ihren Plan, wie er ihr anerkennend zugestehen musste. Sie machte ihre Sache wirklich ausgezeichnet.

Neun Minuten. Robert verließ lautlos das Nebenzimmer und machte sich für seinen Auftritt bereit.

Zehn. Robert öffnete die Tür und blieb wie angewurzelt stehen.

Wilder Zorn und glühende Eifersucht schienen ihn bei diesem Anblick zu übermannen. Alicia hatte doch tatsächlich den Nerv, auf Bryans Armlehne zu sitzen und ihn provozierend an der kunstvoll gebundenen Halsbinde zu zupfen.

»Was, zum Teufel, hat das zu bedeuten?«, donnerte er wütend und durchmaß mit wenigen Schritten den Raum.

Der personifizierte Zorn, dachte Alicia anerkennend, als Robert sich bedrohlich vor ihnen aufbaute. Wie gut er seine Rolle spielte. Alicia war inzwischen aufgesprungen und gab sich völlig verstört. »Ich bat Bryan gerade, … mir die Adresse seines Schneiders aufzuschreiben …«

Seine glutvollen Augen schienen sich in ihre zu brennen. »Auf seinem Schoß?«

Himmel, er war wirklich begabt, schoss es ihr durch den Kopf.

Bryan sprang ebenfalls auf und besaß sogar den Anstand zu erröten.

»Wir haben nicht … ich meine …« Unter Roberts finsterer Miene bat er Alicia, ihm etwas zum Schreiben zu bringen. Er notierte kurz Namen und Adresse seines Schneiders und überreichte ihr den Zettel.

»Hier, bitte. Ich fürchte, ich muss mich nun entschuldigen. Mister Frank benötigt noch Aufsicht in der Fabrik.«

Er verabschiedete sich hastig und verschwand.

Alicia betrachtete anerkennend Roberts angespannte Körperhaltung. Er wirkte wie ein Bulle, der gleich zum Angriff übergehen würde. Sie lauschte gespannt, wie sich die Haustür öffnete und wieder schloss.

»Du warst fantastisch, Robert«, rief sie mit vor Freude geröteten Wangen und fiel ihm lachend um den Hals. »Bryans Gesicht werde ich nie vergessen, als du wie ein Racheengel in den Raum gestürzt kamst.« Sie drückte ihm einen liebevollen Kuss auf die Lippen und kicherte vergnügt vor sich hin, während sie sich zum Schreibtisch umwandte.

Neugierig zog sie die anderen drei Schreiben aus ihrem Mieder, faltete sie auseinander und strich sie behutsam glatt. »Ich wusste es! Sieh dir das an«, rief sie sogleich zufrieden. »Huch«, schrie sie im nächsten Moment erschrocken auf, als Robert sie grob am Handgelenk packte und zu sich herum wirbelte. Er bebte vor Zorn.

Alicia begriff plötzlich, dass an seinem Verhalten nichts gespielt war. Er war fast rasend vor Eifersucht, wurde ihr bewusst. Irrwitziger Weise ließ dies ihr Herz höher schlagen.

»Nie wieder, Alicia … Tu das nie wieder.« Dann zog er sie in seine stählernen Arme und verschloss ihre Lippen mit einem nahezu brutalen Kuss. Strafend … hart und unglaublich erregend. Schwer atmend und etwas widerwillig befreite sie sich aus seinen Armen. »Also wirklich, Robert. Du weißt ganz genau, dass das zu unserem Plan gehörte«, beschied Alicia streng. »Und schau mich nicht so böse an, dazu besteht überhaupt kein Grund.«

Robert zog sie zurück in seine Arme. Sein Gesicht war noch immer gerötet, und eine Ader pochte bedrohlich an seiner Schläfe. »Das glaubst du vielleicht. Es war niemals die Rede davon, dass du es dir gleich auf seinem Schoß gemütlich machen musst.«

»Armlehne. Ich saß auf der Armlehne, Robert.« Alicia seufzte leise.

»Haarspalterei«, knurrte Robert und öffnete den Mund, um seinem Ärger erneut Luft zu machen.

Glücklicherweise klopfte es genau in diesem Augenblick an der Tür.

»Was?«, brüllte Robert und bedeutete Alicia mit einem finsteren Blick, dass diese Angelegenheit noch lange nicht ausgestanden war.

»Euer Gnaden. Lord Birningham schien es so eilig mit seinem Aufbruch zu haben, dass er seinen Mantel vergessen hat. Soll ich ihm diesen durch einen Boten zukommen lassen?«

Alicia schüttelte den Kopf. »Ich werde Bryans Mantel mit in die Fabrik nehmen. Dort kann ich ihn ihm geben.«

»Wenn Sie mich fragen, sollten Sie ihm auch gleich die Anschrift einer guten Wäscherei mitbringen, Euer Gnaden. Mit herkömmlichen Mitteln wird dieser hässliche Farbfleck bestimmt nicht rausgehen.«

»Ein Farbfleck?« Robert war plötzlich ganz Ohr.

Alfred deutete anklagend auf den Ärmel des Mantels. »So ist es, Euer Gnaden. Eine Schande bei einem solch exquisiten Material.«

Robert betrachtete den grünen Farbfleck eingehend, und plötzlich fiel es ihm wie Schuppen von den Augen. »Gott verdammt, wieso bin ich nicht vorher darauf gekommen.«

»Robert, also wirklich«, tadelte Alicia automatisch, doch das breite Grinsen auf seinem Gesicht war unglaublich ansteckend. Es war ganz so, als wüsste er um ein Geheimnis, das dem Rest der Welt verborgen geblieben war.

»Was ist denn?«, dränge Alicia aufgeregt, doch im selben Moment wandte sich Robert an den Butler.

»Alfred, schicken Sie umgehend einen Boten zu Jason. Er soll auf schnellstem Wege die Männer zusammenrufen und zum Hafen hinunter kommen.«

»Was ist denn los?«, wollte Alicia erneut wissen. Doch auch diesmal blieb ihre Frage unbeantwortet. Allmählich regte sich in ihr der Ärger. Dies wahr wohl seine kleinliche Rache, weil sie ihn eifersüchtig gemacht hatte, dachte Alicia erbost. Zu allem Übel auch noch eine, die blendend funktionierte. Sie hätte vor Neugierde aus der Haut fahren können.

»Ist Gilard oben?«

Alfred nickte erneut. »Der junge Lord pflegt noch immer zu schlafen, Euer Gnaden.«

Sogleich stürzte Robert die Treppe hinauf.

»Verdammt noch mal, willst du mir nicht endlich sagen, was du entdeckt hast?«, keifte Alicia vom Fuß der Treppe zu Robert hinauf.

Dieser blieb ob des ungewohnten Kraftausdrucks aus Alicias Mund kurz stehen und erkannte gerade noch, wie sich heiße Röte über ihren Hals bis hin zum Haaransatz ausbreitete.

Sie räusperte sich vor Verlegenheit.

»Ich bin gleich zurück. Warte hier auf Gil und mich.« Mit diesen Worten war er auch schon im oberen Stockwerk verschwunden, und Alicia hörte, wie er polternd die Tür zu Gilards Räumen aufstieß.

Alicia stampfte wütend mit dem Fuß auf.

»Wach auf, es gibt Arbeit.«

Gilard fuhr aus dem Schlaf hoch, und innerhalb von Sekunden sah sich Robert einem auf ihn gerichteten Pistolenlauf gegenüber.

»Verdammt noch mal, Rob, ich hätte dich fast erschossen«, fluchte Gilard, als er den vermeintlichen Angreifer erkannte.

Robert wandte sich unbeeindruckt um und riss die Vorhänge zur Seite, was seinem Freund ein unwilliges Aufstöhnen entlockte.

»Ich kann nur hoffen, dass das Haus brennt oder zumindest einige Meuchelmörder eingedrungen sind«, murrte Gilard, dem es ganz und gar nicht gefiel, auf diese brutale Art aus dem Schlaf gerissen zu werden.

Robert grinste übers ganze Gesicht. »Wir müssen sofort zum Hafen.«

Gilard sicherte seine Pistole und ließ sich stöhnend in die Kissen zurück sinken.

»Das hätte doch bestimmt noch zwei, drei Minuten warten können. Zumindest so lange, dass du angeklopft hättest.«

»Nein, tut es nicht, und nun zieh dich endlich an. Meine kleine Frau ist nicht gerade ein Geduldsmensch, und wenn du dich nicht beeilst, wird ihre Neugierde siegen, und sie platzt ohne mit der Wimper zu zucken ebenfalls in deine Räume herein.«

Gilard stöhnte erneut auf. Nach allem, was er nun schon über dieses Mädchen wusste, würde sie das vermutlich tatsächlich tun.

»Na schön. Aber nun verschwinde. Ich komme gleich nach unten.«

Als Robert Gilards Zimmer verließ, sah er gerade noch etwas Gelbes um die Ecke huschen. Beinahe hätte er laut aufgelacht. Alicia horchte also an Türen.

Grinsend kehrte er zu seiner mit Unschuldsmiene wartenden Gemahlin zurück.

»Du bist mir noch immer eine Antwort schuldig«, forderte Alicia ungeduldig, errötete jedoch unter seinem wissenden Blick.

Wenige Augenblicke später kam auch Gilard die Treppe herunter, immer noch damit beschäftigt, sich die wirren blonden Haare aus der Stirn zu streichen. Vor den beiden blieb er stehen und maß Robert mit einem vorwurfsvollen Blick. Alicia hingegen erhielt ein freundliches Lächeln. »Entschuldigen Sie bitte mein Erscheinungsbild, Mylady. Ich wurde gerade von einem groben Ochsen aus dem Bett gezerrt.«

Alicia nickte ernst und warf Robert ebenfalls einen bitterbösen Blick zu. »Ja, dieses Gefühl kenne ich.« Im nächsten Augenblick erkannte sie den Fauxpas und errötete zu ihrem Leidwesen erneut.

Als die beiden Männer dann auch noch die Stirn besaßen, sie ausgerechnet jetzt auszulachen, reckte sie entschieden hochnäsig das Kinn. »Ich meinte natürlich, dass ich den besagten Ochsen kenne.«

»Da bin ich aber erleichtert«, grinste Gilard und bemühte sich aufrichtig, eine würdevolle Miene zu wahren. Robert hingegen gab sich noch nicht einmal den Anschein. Er grinste über das ganze Gesicht, was ihm einen recht schmerzhaften Tritt gegen sein Schienbein einbrachte. »Das kommt davon, wenn du immer auf kleinen Ausrutschern herumreiten musst«, zischte Alicia nicht ohne Genugtuung und wandte ihm abrupt den Rücken zu. Himmel, tat das weh. Ihre Zehen waren bestimmt gebrochen.

»Falls sich die Herren nun genügend auf meine Kosten amüsiert haben, könnten wir uns vielleicht wichtigeren Dingen zuwenden?«, erkundigte sie sich spitz und hinkte in die Bibliothek voraus.

Glücklicherweise gelang es Robert und Gilard, eine ernste Miene aufzusetzen, als sie Alicia in den Raum folgten.

»Wir müssen jetzt sofort zum Hafen hinunter«, verkündete Robert, und seine Augen blitzten vor Aufregung.

Gilard schenkte ihm sogleich seine volle Aufmerksamkeit. »Ist die *Furniture* etwa gesichtet worden?«

Robert schüttelte mit einem eigentümlichen Lächeln den Kopf. »Sie liegt schon seit einiger Zeit dort vor Anker. Genau vor unserer Nase, und wir Dummköpfe haben das ganze Theater nicht durchschaut.«

Gilard wechselte mit Alicia einen fragenden Blick. »Ich schätze, ich verstehe noch immer nicht.«

Robert packte ihn bei den Schultern. »Du weißt doch noch, wie wir in der Bucht zusammengeschlagen wurden …«

»Wie könnte ich das vergessen.«

»Als wir wieder zu uns kamen, war das Schiff verschwunden.«

Gilard nickte erneut.

»Dann ankerte die *Calcutta* im Hafen. Irgendetwas hat mich immer an ihr gestört.«

»Und das wäre?«, hakte Alicia nach.

Robert grinste: »Sie war zu sauber!«

»Und?«

»Ja, versteht ihr denn nicht? Ein Schiff, das angeblich mehrere Wochen auf hoher See verbracht hat, müsste doch zumindest eine Salzkruste aufweisen, Muscheln oder auch nur Tang. Aber die *Calcutta* hatte nichts von alledem.« Er hielt den beiden Bryans verschmutzten Mantelärmel unter die Nase.

»Sie ist frisch gestrichen, und ich könnte wetten, dass sich unter dem jetzigen Namen noch der alte befindet. Nämlich *Furniture*.«

Gilard schlug sich mit der flachen Hand gegen die Stirn. »Teufel noch mal, das muss ich mir ansehen. Wenn es stimmt …«

»Da gibt es noch etwas«, meldete sich Alicia nun zu Wort und deutete auf den Schreibtisch. Sie zeigte den Männern Bryans Handschrift, die sich völlig mit ihrem Brief deckte. Doch die von Robert gefundene Botschaft war eindeutig von einer anderen Person geschrieben worden.

»Birningham hat also tatsächlich einen Komplizen«, folgerte Robert.

»Glaubst du, Lord Hasting könnte dahinter stecken?«, wollte Alicia wissen, doch Robert schüttelte den Kopf.

»Das bezweifle ich. Dennoch werden wir ihn im Auge behalten.«

Er wandte sich an Gilard. »Nimm sechs der Männer und lass sie das Schiff beobachten. Zwei schickst du in die Lagerhallen, um herauszufinden, ob die Fracht bereits getilgt wurde. Zwei werden diesen Hasting bewachen, und du wirst dich um Birningham kümmern. Ich werde mich im Hafen umsehen.«

»Und ich? Was soll ich tun?«, fragte Alicia aufgeregt.

Robert betrachtete sie einen Moment nachdenklich. Er fühlte sich hin und her gerissen, zwischen leisem Amüsement und der Sorge um seine junge Frau. Sie war wirklich einzigartig. Während jede andere Lady allein bei dem Gedanken, sich diesen Schmugglern nähern zu müssen, in tiefste Ohnmacht fallen würde, brannte Alicia geradezu darauf. Das hatte er nun davon, dass er eine Frau mit Abenteuergeist geheiratet hatte. Natürlich wusste er, dass sie durchaus ein Recht darauf hatte, dabei zu sein. Schließlich hatte sie ihn in seinen Nachforschungen weiter gebracht als alle seine Spitzel zusammen. Dennoch wünschte er sie sich weit weg von allen Gefahren.

Urplötzlich zog sich seine Brust zusammen. Wenn ihr irgendetwas zustoßen würde … Wenn er sie verlieren würde … Mein Gott, dafür liebte er sie einfach zu sehr. Er konnte und wollte sich ein Leben ohne sie nicht mehr vorstellen. Bei dieser Erkenntnis schluckte Robert schwer. Ja, das war es. Er liebte diese zierliche Frau. Hatte sie schon geliebt, als er sie bei ihrem mitternächtlichen Besuch das erste Mal geküsst hatte. Himmel, wie blind er doch gewesen war.

»Alicia …«

Sie ahnte bereits, was nun kommen würde, und tiefe Enttäuschung und Wut röteten ihre Wangen. »O nein, Mylord. Du wirst mich jetzt nicht einfach abschieben. Ich denke gar nicht daran, hier Däumchen drehend auf deine Rückkehr zu warten. Ich werde dich zum Hafen begleiten.«

»Es ist zu gefährlich.«

»Pah. Am helllichten Tag? Meine Begleitung ist eher die beste Tarnung für dich. Niemand wird sich etwas dabei denken, wenn er mich an der Pier herumspazieren sieht. Ich bin seit meiner Kindheit fast täglich dort. Du hingegen wirst in jedem Fall Aufmerksamkeit erregen.«

»Lady Alicia hat Recht, Rob«, schaltete sich Gilard

nun ein, was ihm einen finsteren Blick seines Freundes einbrachte.

»Euer gemeinsamer Spaziergang an der Pier wird wesentlich unauffälliger wirken, als wenn du dort allein herumstreifst. Die Matrosen kennen Lady Alicia und werden sich denken, dass sie ihrem Mann die Schiffe der Wincliffs zeigen will.«

Robert musste einsehen, dass sie Recht hatten. Was jedoch nicht hieß, dass es ihm auch gefiel. »In Ordnung. Wir sehen uns den Hafen gemeinsam an.«

Alicias Lächeln war strahlender noch als der Sonnenschein. »Ich hole schnell meinen Mantel.« Schon stob sie davon.

Gilard blickte ihr mit nachdenklich in Falten gelegter Stirn nach. »Du wirst dir wegen heute Abend etwas einfallen lassen müssen, mein Freund. Ich bezweifle, dass deine kleine Frau freiwillig zu Hause bleibt, wenn wir das Schiff entern.«

Robert nickte besorgt. »Ich weiß. Doch eher würde die Hölle zufrieren, als dass sie sich von ihrem Vorhaben abhalten ließe.«

Robert sah im Geiste bereits, wie Alicia mit Mordlust in den Augen und einem Messer zwischen den Zähnen die Ankerkette der *Calcutta* hinaufkletterte.

»Ich fürchte, ich brauche ein kleines Wunder.«

Gilard schürzte die Lippen, doch in seinen Augen lachte der Schalk. »Was hältst du von Chloroform? Bei uns war es ziemlich wirksam.«

Robert grinste breit über diese absurde Idee. »Dann würde ich lieber zwanzig blutrünstigen Schmugglern in die Hände fallen, als Alicia nach ihrem Erwachen unter die Augen treten zu müssen. Sie würde mich vermutlich eigenhändig Kielholen lassen.«

24

Wenige Minuten später flanierten Alicia und Robert gemütlich über die Anlegestege im Hafen. Zumindest vermittelten sie aus der Ferne gesehen diesen Eindruck.

»Dein finsteres Gesicht wird uns noch verraten«, zischte Alicia beleidigt.

Es verletzte sie, dass Robert sie so offensichtlich nicht bei sich haben wollte. Während der ganzen Fahrt in der Kutsche hatte er sie kaum beachtet und nur still vor sich hin gebrütet. Sah dieser dumme Kerl denn nicht ein, wie hilfreich sie ihm sein konnte? Sie schlenderten vorbei an Kisten und Körben, an Taurollen und aufgehängten Netzen und beobachteten unauffällig die Aktivitäten – Seemänner, die ihre Schiffe entluden, Fischer, die damit beschäftigt waren, die Netzte zu flicken und wieder an Bord der kleinen Fischerboote zu hieven. Alicia versuchte das milde Herbstwetter, die salzige Luft und die vertrauten Gerüche des Hafens zu genießen, und wie Gilard vorausgesehen hatte, dachte sich niemand etwas dabei, Alicia hier anzutreffen. Einige Matrosen grüßten sie freundlich, doch ansonsten schenkte keiner den beiden besondere Aufmerksamkeit.

»Hier beginnen unsere Anlegeplätze«, erklärte sie mit einem resignierten Seufzen. »Es sind insgesamt acht.«

Robert bedachte sie mit einem finsteren ›Das weiß ich selbst‹-Blick, und Alicia musste sich auf die Zunge beißen, um ihrem Unmut nicht lautstark Luft zu verschaffen. Musste er seine schlechte Laune denn immer an ihr auslassen? Schweigend arbeiteten sie sich immer näher an die *Calcutta* heran. Es war ein stolzer Dreimaster, der sanft im Wasser schaukelte.

»Du hast Recht, Robert«, flüsterte sie aufgeregt, als sie die *Calcutta* genauer betrachtete. Obwohl die Schiffe der Wincliffs in sehr gepflegtem Zustand waren, hob sich das Schmugglerschiff deutlich von ihnen ab. »Sie muss ganz frisch gestrichen sein.«

Robert nickte, und gemeinsam schlenderten sie näher heran.

Plötzlich spürte er, wie sich Alicia an seinem Arm versteifte und nach Atem rang. »Was ist?«

Alicia kämpfte die unvermittelt aufgetretene Übelkeit nieder. Die salzige Luft und der Geruch nach Seetang, den sie vor wenigen Minuten noch als so angenehm empfunden hatte, drohte ihr plötzlich den Magen umzudrehen.

»Fühlst du dich nicht wohl, Liebes?« Der Ärger war aus Roberts Blick verschwunden, und nun schaute er tief besorgt auf sie herab.

»Komm, ich bring dich nach Hause.«

Alicia schüttelte entschieden den Kopf. »Nein, es ist nichts.«

Sie atmete ein paar Mal tief ein. »Es ist schon wieder vorbei.«

Dies war nicht das erste Mal, dass sie von einer derartigen Übelkeit erfasst wurde. Doch glücklicherweise ging es genauso schnell vorüber wie die Male zuvor. Als sie weitergehen wollte, hielt Robert sie am Arm zurück. Sein Blick verriet Ungeduld und Sorge. »Was war gerade eben mit dir? Und sag mir nicht, dass es nichts war. Du bist kalkweiß im Gesicht und zitterst am ganzen Körper.«

Alicia stöhnte widerwillig auf. Musste er denn jedes Mal soviel Aufhebens um nichts machen? »Ehrlich, Robert, mir geht es gut.«

»So siehst du aber gar nicht aus. Bist du krank?«

Alicia schüttelte den Kopf. »Aber nein, mir war nur kurz schwindelig. Vermutlich liegt es daran, dass ich heute vor Aufregung nicht gefrühstückt habe. Bestimmt ist mir deshalb nicht ganz wohl.«

Roberts Augen musterten ihr Gesicht eindringlich.

Er war sich nicht sicher, ob Alicia die Wahrheit sagte. Doch die Farbe kehrte in ihre Wangen zurück, und sie schien sich tatsächlich bereits wieder besser zu fühlen. Dennoch nahm er sich vor, noch heute einen Arzt zu rufen. Er wollte nicht riskieren, dass Alicias Kopfverletzung vom Überfall her bleibende Schäden zurückließ.

In diesem Augenblick lenkte eine Bewegung an Bord der *Calcutta* Alicias Aufmerksamkeit auf sich. »Mein Gott, Robert, wir sind auf dem richtigen Weg. Siehst du den Kerl an der Reling? Das ist derselbe, der damals in Huberts Schenke hinter uns her war.«

Robert betrachtete den Mann eingehend. »Bist du sicher?«

Alicia nickte begeistert. »Ganz sicher. Dieses Narbengesicht werde ich so schnell nicht wieder vergessen. Und sieh da ...« Sie deutete unauffällig auf den jungen Burschen, der an die Wand einer Lagerhalle gelehnt am Boden saß und Taue flickte. »Das ist der arme Junge, den sie meinetwegen zusammengeschlagen haben.« Sie drückte leicht Roberts Arm. »Ich bin ja so froh, dass er keine ernstlichen Verletzungen davongetragen hat.«

Robert beobachtete jede Bewegung an Bord. »Und du bist dir wirklich ganz sicher? Schließlich war es in der Schenke ziemlich dunkel und verraucht ...«

»Natürlich bin ich mir sicher«, beschied Alicia empört. »Ich war diesen Männern schließlich nah genug, dass ich sie sehr genau betrachten konnte.«

Nun war es an Robert, sie mit einem finsteren Blick zu strafen. »Du brauchst mich nicht daran zu erinnern, dass du auf ihren Schößen gesessen hast.«

Bevor Alicia richtig stellen konnte, dass sie nur auf dem Schoß des Jungen gesessen hatte und nicht auf dem des Narbengesichts, kam die Übelkeit mit aller Heftigkeit zurück. Himmel, was war nur mit ihr los? Allmählich machte sie sich selbst ein wenig Sorgen.

Wie sollte sie heute Nacht Robert beschützen, wenn diese elende Übelkeit sie andauernd lähmte? Sie versuchte, ihr Unwohlsein vor Robert zu verbergen, doch da hätte sie genauso gut versuchen können, einem Esel das Fliegen beizubringen.

Er maß sie mit einem vorwurfsvollen Blick. »Es ist also nichts, was? Verdammt, Alicia, mit seiner Gesundheit scherzt man nicht. Ich bringe dich jetzt nach Hause, und dort wirst du dich schnurstracks ins Bett begeben.«

»Das ist wirklich nicht nötig.«

»Diese Entscheidung wirst du mir überlassen«, brummte Robert und führte sie ungeachtet ihrer Einwände zu der wartenden Kutsche zurück.

Alicia setzte sich Robert steif gegenüber und verschränkte missbilligend die Arme vor der Brust. Sie hasste es, wenn er sich wie ein herrischer Tyrann aufführte. »Wir haben wirklich keine Zeit für solche Albernheiten, Mylord. Ich sagte doch bereits, dass ich mich schon wieder viel besser fühle. Wir sollten uns lieber mit unserer Vorgehensweise heute Nacht beschäftigen.«

Robert beschloss, dass dieser Moment genauso gut wie jeder andere war, um Alicia die Sachlage klar zu machen. »Es gibt weder ein *wir* noch ein *uns* heute Nacht.«

»Das ist nicht dein Ernst!«, rief Alicia empört. »Du kannst mich nicht einfach ausschließen. Wir haben immerhin ein Abkommen.«

Roberts Gesicht wirkte wie versteinert, und seine Stimme klang unterkühlt. »Du wirst tun, was ich sage. Das war ebenfalls Teil unserer Abmachung.«

»Aber einer, bei dem wir uns nie einig waren«, hieb Alicia dagegen. Sie war wütend und unglaublich enttäuscht.

»Das ist nicht von Bedeutung.« Der verdächtig feuchte Glanz in ihren Augen brachte Robert etwas ins

Wanken und machte ihn gleichzeitig unglaublich wütend.

»Verdammt noch mal, du kannst wohl kaum im Ernst erwarten, dass ich dich mitnehme, um ein elendes Schmugglerschiff zu kapern. Du bist schließlich eine Frau. Himmeldonnerwetter noch mal, du bist *meine* Frau. Die Gemahlin des Earl of Whitehaven.«

Alicias Augen sprühten Funken. »Jetzt komm mir nicht mit Adelstiteln. Wir wissen beide, dass du dich keinen Deut um das Gerede der Gesellschaft kümmerst. Außerdem kann ich genau so gut mit einer Pistole umgehen wie jeder andere deiner Männer auch.«

Irrwitziger Weise traute er ihr dies sogar zu.

»Aber nicht, wenn du krank bist.«

»Ich bin nicht krank«, brüllte Alicia wütend. Wie typisch von ihm, ihr diese kleine Unpässlichkeit vorzuhalten.

»Das sehe ich anders. Du hast selbst zugegeben, dass du dich nicht wohl fühlst.«

Alicia wischte seinen Einwand aufgebracht beiseite. »Und das kommt dir natürlich sehr gelegen, nicht wahr? Du wolltest mich von Anfang an nicht dabeihaben.«

Robert machte sich gar nicht erst die Mühe, dies zu leugnen.

»Wir werden nicht länger darüber streiten, Alicia. Mein Entschluss steht fest. Du wirst dich heute Nacht hier im Hafen nicht blicken lassen. Es ist schließlich nicht zu übersehen, dass du dich ganz offensichtlich krank fühlst.«

Er hatte auf ein kleines Wunder gehofft, und nun war es zu seiner eigenen Überraschung eingetreten. Auch wenn es ihn beunruhigte, dass Alicia unter diesen seltsamen Anfällen litt. Sie konnte jetzt gar nicht anders. Sie musste einfach einsehen, dass sie ihn heute Nacht unmöglich zu den Schmugglern begleiten konnte. Schließlich war sie eine intelligente und vernünftige Frau.

Robert beschloss, dass Alicias Ärger eindeutig das kleinere Übel war. Immer noch besser, als sich ihrer Sicherheit wegen zu Tode zu ängstigen.

»Wie gesagt, mein Entschluss steht fest.«

»Dazu hast du kein Recht«, zischte Alicia zurück. Sie hätte wild um sich schlagen können über diese Ungerechtigkeit.

So viel zur Vernunft. Roberts Geduld war am Ende. Er packte Alicia bei den Schultern und schüttelte sie unsanft. »Verdammt, Alicia. Ich habe jedes nur erdenkliche Recht dazu. Ich bin nicht nur dein Ehemann, sondern auch verantwortlich für die Sicherheit meiner Männer. Es sind gute Männer, fähige Männer, die ihr Handwerk verstehen. Und ich denke gar nicht daran, ihr Leben aufs Spiel zu setzen, nur weil du es dir in deinen dummen, kleinen Sturkopf gesetzt hast, heute Nacht ein verdammtes Abenteuer zu erleben.«

Alicia schluckte hart. Von dieser Seite hatte sie die Sache noch gar nicht betrachtet. Doch was sie am meisten verletzte, war, dass er anscheinend annahm, sie wollte ihn nur aus reiner Selbstsucht begleiten. Ihr Herz wurde plötzlich schwer. Erkannte er denn nicht, wie viel er ihr bedeutete? Spürte er denn nicht die schreckliche Angst, die sie um ihn ausstand?

»Und was ist, wenn du meine Hilfe brauchst?«, wollte Alicia kleinlaut wissen. »Ich kann dir den Rücken freihalten. Oder dir zu Hilfe eilen, wenn du in Not bist.«

Beinahe hätte Robert aufgelacht – wenn er nicht so erschüttert gewesen wäre. Die Erkenntnis, dass sie diesen ganzen Aufstand nur fabrizierte, weil sie überzeugt war, ihn retten zu können, traf ihn mit unerwarteter Heftigkeit.

Die Kutsche kam vor ihrem Stadthaus zum Stehen, und Robert stieg aus. Als er Alicia jedoch behilflich sein wollte, warf sie ihm einen mörderischen Blick zu.

»Ich möchte Ihnen wirklich nicht zur Last fallen, Eure Hocherhabenheit.« Sie übersah geflissentlich seine Hand und sprang ohne fremde Hilfe aus der Kutsche. Robert betrachtete ihren starren Rücken, als sie vor ihm die Treppe hinaufstieg.

Ohne sich noch einmal nach ihm umzudrehen, marschierte Alicia in ihre Schlafräume. Sie schäumte vor Wut.

»Dieser arrogante, gemeine Kerl«, murrte sie aufgebracht vor sich hin, während sie wie eine Tigerin im Zimmer auf und ab schritt. »Wie kann er es wagen, mich als selbstsüchtiges kleines Biest hinzustellen. Als ob allein meine Gegenwart reicht, um seine Männer wie tote Fliegen umfallen zu lassen.«

Es klopfte kurz an der Tür, und Alicia wirbelte wütend herum, bereit, Robert eine ordentliche Strafpredigt zu halten.

»Missi?«

Die alte Frau brachte ein Tablett. Auf ihrem gutmütigen, rundlichen Gesicht stand ein kleines Lächeln. »Wie ich sehe, haben Sie jemand anderen erwartet. Bin ich froh, dass dieser mörderische Blick nicht mir gilt.« Sie kicherte leise vor sich hin. »Lord Robert hat mich gebeten, Ihnen etwas zum Essen zu bringen.«

Das sah diesem Schuft wieder einmal ähnlich. »Glaubt er vielleicht, mit einem vollen Magen sei meine Wut auf ihn verschwunden?«

»Nicht doch, Kindchen. Er hofft eher, dass Ihre Übelkeit verschwindet.«

»Pah«, schnappte sie böse, doch allein der Gedanke, dass er an ihr versäumtes Frühstück gedacht hatte, ließ es ihr ganz warm ums Herz werden.

Missi stellte das Tablett auf den kleinen Tisch vor dem Kamin. »Kommen Sie, Kindchen. Sie sollten jetzt wirklich etwas essen. In Ihrem Zustand ist reichhaltige Kost sehr wichtig.«

Alicia verdrehte unwillig die Augen. »Ich bin nicht krank.«

Zu ihrem Erstaunen lachte Missi gutmütig auf. »Da gebe ich Ihnen Recht. Übelkeit und auch Schwindelgefühle sind ganz normal.«

Alicia versteifte sich. Die nette, freundliche Missi machte sich lustig über sie. Das war gemein. »Ich sage es zum allerletzten Mal: *Ich bin nicht krank*.«

Missi nickte und versuchte offensichtlich, ein ernstes Gesicht aufzusetzen. »Aber entschieden angriffslustig, wenn mich nicht alles irrt.«

Alicia errötete bis zu den Haarwurzeln und meinte matt: »Entschuldige bitte, Missi. Ich wollte dich wirklich nicht so anfahren … Ich wollte meine Wut nicht an dir auslassen.«

Missi winkte ab. »Ach, machen Sie sich um mich keine Sorgen, Kindchen. Ich bin wie ein altes Schlachtschiff. Glauben Sie mir, ich kann mich schon wehren.« Sie zwinkerte Alicia fröhlich zu. »Ich bin schließlich schon lange genug in diesem Haus. Und nun setzen Sie sich hin und genießen das Essen.«

Alicia gehorchte artig. Sie konnte dem köstlichen Duft der Speisen nicht länger widerstehen. Anscheinend war sie richtiggehend ausgehungert. »Ich möchte mich trotzdem entschuldigen. Ich bin so schrecklich wütend.«

Missi zog sich ebenfalls einen Stuhl heran und ließ sich schwerfällig darauf nieder, ganz so, als wäre es das Natürlichste auf der Welt, dass die Gemahlin des Earls und die Dienstmagd gemeinsam am Tisch saßen.

»Na, dann erzählen Sie doch mal. Was hat Lord Robert wieder angestellt? Sie müssen verzeihen, dass ich ihn Lord Robert nenne. Aber ich kannte ihn schon als ganz kleinen Kerl, und es fällt mir immer noch schwer, ihn mit dem Namen Earl of Whitehaven in Verbindung zu bringen.«

Alicia nickte verstehend. »Ach, Missi, er will mir einfach nicht erlauben, ihn heute Abend zu begleiten. Und das nur, weil ich eine Frau bin. Ist das nicht fürchterlich gemein?«

Missi atmete erleichtert auf. »Das kann ich nicht finden, Lady Alicia. Ich habe mich schon die ganze Zeit gefragt, wann er endlich mit dieser Narretei ein Ende machen würde.«

Alicia schnappte entsetzt nach Luft, doch Missi winkte erneut ab. »Ja, ja, ich weiß darüber Bescheid. Dieses Haus hat Augen und Ohren, müssen Sie wissen, Kindchen. Und ich muss Lord Robert Recht geben. Eine Frau hat wirklich nichts auf einem Schmugglerschiff zu suchen. Besonders nicht in Ihrem Zustand.«

Alicia hätte schreien können. »Himmel, Missi, nicht du auch noch. Ich kann diese Moralpredigten nicht mehr hö …«

Plötzlich riss sie entsetzt die Augen auf, presste die Hand vor den Mund und stürzte zum Nachttopf. Alicia würgte, was ihr Magen hergab, und merkte kaum, dass Missi ihr mit einem feuchten Tuch den Nacken kühlte.

»Kindchen, Sie dürfen sich nicht so aufregen. Das schadet Ihnen nur.«

Als das Würgen endlich nachließ, fühlte Alicia sich zittrig und ausgelaugt, doch von der Übelkeit war keine Spur mehr übrig geblieben.

»Ich muss mir ernstlich den Magen verdorben haben«, keuchte sie mehr zu sich selbst.

»Ein verdorbener Magen?«, fragte Missi verwirrt. »Sie meinen, Sie sind gar nicht …?«

Alicia wischte sich angeekelt den Mund ab. »Was bin ich nicht?«

Missi wirkte aufrichtig enttäuscht. Sie konnte sich

doch unmöglich so sehr geirrt haben. »Lord Robert erzählte mir, sie hätten über Übelkeit geklagt.«

»Ich habe *nicht* geklagt«, beschied Alicia empört, doch dann wurde ihre Stimme leiser. »Aber es stimmt.« Ihre Augen waren ein einziger See aus Kummer. »Ach Missi, ich mache mir allmählich wirklich Sorgen. Das geht jetzt schon seit Tagen so. Ich fürchte, es wird sogar schlimmer. Zuerst waren es nur leichte Schwindelgefühle, doch nun scheine ich sogar auf manche Gerüche empfindlich zu reagieren.«

»Ach du liebe Zeit«, rief Missi erfreut, erkannte jedoch im selben Moment, dass ihre junge Herrin gar nicht ahnte, was mit ihr geschah.

»Sagen Sie, liebes Kind, sind vielleicht auch Ihre Monatsbeschwerden ausgeblieben?«

Alicias Gesicht wurde flammend rot. »Ich bin mir nicht sicher, sie sind nie besonders regelmäßig. Aber was hat das mit meinem verdorbenen Magen zu tun?«

Missi lächelte sie gutmütig an und half ihr auf den Stuhl zurück. »Alles. Denn Sie erleben gerade das Abenteuer des Lebens.«

»Ein feines Abenteuer, mit dem Kopf im Nachttopf«, murrte Alicia.

»Kindchen, ist Ihnen noch nie der Gedanke gekommen, dass Sie schwanger sein könnten?«

Alicias Kinnlade sprang vor Schreck auf. »Schwanger? Aber das kann doch noch gar nicht sein … Ich meine …« Sie errötete erneut bis zu den Haarwurzeln. »Das ist doch ausgeschlossen, dass es so schnell geht. Dazu muss man doch mindestens … mindestens …«

»Ach Kindchen, ich musste meinen Jeffrey nur ansehen, und schon war ich guter Hoffnung«, gluckste Missi entzückt.

Alicia hielt den Atem an. Ein Blick genügte? Sie versuchte sich an ihren letzten Mond zu erinnern, und plötzlich erkannte sie, dass sie tatsächlich schon längst überfällig war.

»Meine Güte, Missi«, keuchte sie verwirrt. »Ich glaube, du hast Recht.«

»Aber natürlich habe ich das. Ich habe immerhin sieben Töchter und drei Söhne zur Welt gebracht.«

Alicias Hand glitt instinktiv zu ihrem noch flachen Bauch. Sie fühlte sich wie betäubt, doch das leise Sehnen, der kleine Hoffnungsschimmer erblühte ganz sacht in ihrem Herzen. War es wirklich möglich? Würde sie tatsächlich ein Kind bekommen? Roberts Kind?

»Sie sollten sich jetzt etwas ausruhen, Kindchen. Ruhe ist jetzt sehr wichtig, müssen Sie wissen.« Missi schlug die Decken vom Bett zurück und war ganz gerührt über das ehrfurchtsvolle Lächeln auf Alicias Lippen.

»Kommen Sie, ein Stündchen Schlaf wird Ihnen gut tun.«

Alicia gehorchte unverzüglich. Bald war sie allein, doch an Schlaf war nicht zu denken. Sie hatte jetzt schließlich Verpflichtungen. Ihre Hand streichelte sanft über ihren Bauch. »Roberts Kind.«

25

Robert und Gilard hatten sich nahe an die *Calcutta* herangepirscht und hielten sich hinter zwei Fässern verborgen. Ihre schwarze Kleidung ließ sie beinahe mit der Nacht verschmelzen. Seit knapp zwanzig Minuten verharrten sie nun schon in ihrem Versteck. Doch anstatt sich voll auf die zunehmenden Aktivitäten zu konzentrieren, musste Robert ständig an Alicia denken. Gewissensbisse plagten ihn. War er vielleicht etwas zu hart mit ihr umgegangen? Er hätte wirklich nicht so schroff zu sein brauchen. Und auch die Tatsache, dass er sie geschüttelt hatte, machte ihm zu schaffen. Sie war schließlich krank. Wenn er sich an die

Abschiedsszene erinnerte, lief es ihm kalt den Rücken hinunter. Er war zu ihr in die Bibliothek gegangen, um sie davon in Kenntnis zu setzen, dass er jetzt aufbrach. Den ganzen Nachmittag hindurch hatte er sich auf dieses Treffen und gegen die unweigerlich auftretende Auseinandersetzung gestählt. Ja, er hatte sich sogar einige kluge Argumente bereitgelegt. Nur für den Fall. Er hatte also da gestanden, breitbeinig, mit versteinertem Gesicht – kurz, er war die Entschlossenheit in Person gewesen. Alicia hingegen hatte ihm ein liebreizendes Lächeln geschenkt und ihm viel Glück gewünscht. War das zu fassen?! Eine Frechheit.

Er war unverzüglich in sein Arbeitszimmer gegangen und hatte an einen ihm bekannten Spezialisten geschrieben. Irgendetwas stimmte mit Alicia ganz und gar nicht. Robert machte sich ernstliche Sorgen.

Zwei Männer schritten gerade die Laufplanke von der *Calcutta* herunter.

»In zwei Stunden kommen die Männer zum Entladen. Der Boss will, dass die Fracht in die hinterste Werft gebracht wird. Morgen wird ein Großteil davon getilgt werden.«

»Ich hab den Boss noch nie gesehen. Du vielleicht?«, wollte der andere wissen.

»Biste verrückt? Jeder, der den sieht, stirbt. Denk nur an den Smith, den Spinner. Ich hab flüstern hören, dass er darum den Namen Nemesis trägt. Muss früher so was wie 'n Dämon der Rache gewesen sein.« Er bekreuzigte sich. »Ich hoffe bloß, ich muss dem nie gegenübertreten.«

Robert warf Gilard einen vielsagenden Blick zu und wandte sich an Jason. »Sind die Männer auf ihren Posten?«

Dieser nickte und flüsterte zurück: »Ja, Boss.«

»Dann sollten wir wohl langsam anfangen, was?«, grinste Robert zurück und zog seine Pistole aus der Manteltasche.

Eine Bewegung im Eingang des Lagers erweckte seine Aufmerksamkeit. »Birningham«, flüsterte Robert, als dieser auf den Steg trat.

»Falls Probleme auftauchen, ich bin in der Kapitänskajüte.«

Er hatte die Planke zum Deck hinauf schon beinahe passiert, als er noch einmal stehen blieb und sich umwandte. »Falls jemand auftaucht, der nicht zu unseren Männern gehört, so darf er den Hafen nicht lebend verlassen. Ist das klar?«

Die beiden Männer grinsten kalt. »Klarer geht's nich.«

Bryan nickte zufrieden und verschwand unter Deck.

Robert schaute noch einmal auf die Uhr. In etwas mehr als anderthalb Stunden würden die anderen Männer kommen, um das Schiff zu entladen. Genügend Zeit also, das Schiff zu entern und die Mannschaft gefangen zu nehmen. Er winkte Jason zu sich. »Nehmt zuerst die Wachposten fest. Ich werde mich um Birningham kümmern. Haltet euch bereit und wartet auf mein Zeichen, dann überwältigt ihr die Mannschaft an Bord.«

Jason nickte. »Wie sieht Ihr Zeichen aus, Boss?«

Robert spähte um das Fass herum. »Keine Ahnung, aber du wirst es bemerken.«

Jason nickte erneut. »Falls ich in zehn Minuten noch nichts von Ihnen gehört habe, greife ich an.«

»Tu das.« Dann verschmolz Robert mit der Nacht.

Jason beobachtete, wie ein Schatten sich unbemerkt an Deck schlich, und eilte wieder zu seinen Männern zurück.

Felice kam am späteren Abend vorbei und blickte sich suchend um. »Wo ist denn Robert?«

»Er ist gerade dabei, die Schmugglerbande festzunehmen«, erklärte Alicia mit leisem Bedauern. Sie wäre jetzt so schrecklich gern dabei.

»Weshalb weiß ich nichts davon?«, erkundigte sich Felice, und in ihren Augen stand blanke Wut.

Alicia fühlte sich schuldig. Sie hatte wirklich nicht daran gedacht, Felice zu benachrichtigen. Nach allem, was heute geschehen war, hatte sie es schlichtweg vergessen.

»Ach Felice, du hättest auch nicht mehr Glück gehabt als ich. Robert wollte mich nicht dabeihaben.« Sie erzählte ihrer Tante, wie sie Bryan eine Schriftprobe entlockt hatten, von der Farbe auf seinem Mantel, wie sie am Hafen auf den Jungen und den Narbengesichtigen gestoßen waren … Doch anstatt nach noch mehr spannenden Einzelheiten zu verlangen, wie sie es für gewöhnlich tat, schien sie immer wütender zu werden.

»Wir müssen sofort zum Hafen hinunter«, stellte sie schließlich fest.

Alicia schüttelte entschieden den Kopf. »Robert wäre sehr zornig, wenn wir das täten.«

»Aber er könnte unsere Hilfe brauchen, Lissi«, gab Felice nervös zu bedenken. Tiefe Sorge lag in ihren Augen und schien sich von Sekunde zu Sekunde zu vertiefen. »Schließlich sind die Hälfte seiner Männer nach Cornwall unterwegs, um dort nach der *Furniture* zu suchen. Wenn es tatsächlich eine falsche Spur gewesen ist … Wenn er nun meinetwegen unterliegen würde …« Sie schüttelte aufgebracht den Kopf: »Das könnte ich mir niemals verzeihen. Niemals. Ich muss unbedingt zum Hafen hinunter. Entweder du begleitest mich, oder ich gehe allein.« Felice machte sich schreckliche Vorwürfe. »Du meine Güte, vielleicht liegt Robert bereits in einer Lache seines eigenen Blutes und betet um Hilfe.«

Alicia konnte sich kaum vorstellen, dass Robert tatsächlich beten würde. Doch Felices Worte beschworen schreckliche Bilder herauf. Ihre Hand glitt schützend zu ihrem Bauch. Sie war hin und her gerissen zwischen dem innigen Wunsch, ihr Kind keiner Gefahr auszusetzen, und der Sorge um Robert. Was sollte sie nur tun?

»Na schön, Tante Felice, ich komme mit. Aber ich muss mich zuerst umziehen. Mein gelbes Kleid würde uns schon von weitem verraten. Möchtest du einen dunklen Mantel?«

Felice schüttelte den Kopf. »Ich habe einen eigenen dabei. Meine Kutsche wartet draußen.«

Mit fliegenden Röcken stob Alicia in ihre Räume hinauf, zog sich ein dunkelgrünes Tageskleid an und war innerhalb von zwei Minuten bereit.

»Ich bin so weit, Tante Felice.« Sie nahm die Mäntel von der Garderobe. »Hier ist deiner ...« Im nächsten Moment weiteten sich ihre Augen vor Schreck und Unglauben. Auf Felices Mantel war deutlich der Umriss eines Sterns zu sehen. Nun endlich fiel Alicia wieder ein, woher sie die Brosche kannte.

Zur selben Zeit saß Bryan am Schreibtisch des Kapitäns und betrachtete zufrieden die gefälschten Urkunden. Diesmal hatte Nemesis sich selbst übertroffen. Für jede der anscheinend so seltenen Antiquitäten war eine Echtheitsurkunde ausgestellt worden. Bryan lachte zufrieden auf: »Diese Kopien werden uns ein Vermögen einbringen.«

»Wohl eher einen Platz am Galgen.«

Bryan sprang erschrocken auf und erblickte Robert, der mit gespreizten Beinen in der Tür stand, die Pistole im Anschlag.

»Wie, zum Teufel, bist du hierher gekommen, Whitehaven?«

»Das ist nicht von Bedeutung. Ich nehme dich hiermit im Namen der Krone fest.«

Robert trat langsam in die Kabine und stellte sich an die Wand, um sich den Rücken frei zu halten.

»Du Narr. Glaubst du wirklich, dass du dieses Schiff

wieder lebend verlassen kannst?«, höhnte Bryan selbstsicher. »Da oben sind mindestens zehn Männer.«

Roberts Gesicht wirkte völlig entspannt, beinahe gelangweilt. »Das wird dir persönlich nicht viel nutzen, Birningham. Solltest du sie nämlich rufen, bist du tot, bevor einer von ihnen diesen Raum betritt. Und nun komm um den Tisch herum. Die Hände hinter dem Kopf verschränkt, wenn ich bitten darf.«

Bryan kam langsam Roberts Aufforderung nach.

»Du solltest dir besser gleich überlegen, wie du mit heiler Haut zu deiner kleinen Frau zurückkehren kannst. Später bleibt dir vielleicht keine Zeit mehr dazu«, erklärte Bryan, doch er wirkte von Sekunde zu Sekunde nervöser. Seine Augen suchten verzweifelt nach einer geeigneten Waffe.

Ein lautes Poltern am Treppenabgang lenkte Robert für den Bruchteil einer Sekunde ab. Doch das genügte. Im nächsten Augenblick traf das Logbuch mit voller Wucht seinen Arm, und die Pistole schlitterte mit lautem Scheppern quer durch die Kajüte. Bryan versuchte, sie sich zu schnappen, doch Robert reagierte blitzschnell. Er hechtete mit einem gewaltigen Satz auf Bryan los, und beide fielen hart zu Boden.

»Männer, zu mir«, brüllte Bryan erstickt, als er sich vergeblich von Robert zu befreien versuchte. Doch Roberts Fausthieb brachte ihn rasch zum Schweigen. Obwohl sich Bryan aus Leibeskräften zur Wehr setzte, konnte er Roberts erfahrener Kampftechnik nicht viel entgegenhalten.

»Du hättest besser einige Box-Stunden bei Sparky genommen«, erklärte Robert keuchend, bevor er die Faust zum entscheidenden Schlag auf Bryans Schläfe niedersausen ließ. Dieser verlor augenblicklich das Bewusstsein. Noch immer auf seinem Opfer kniend, griff er sich den messingbeschlagenen Kompass und schleuderte ihn mit voller Wucht durch das Kajütenfenster. Dies war das Zeichen zum Angriff.

Sekunden später verkündete lautes Poltern, dass neue Angreifer im Anzug waren. Robert fand gerade noch die Zeit, sich aufzurichten, als auch schon zwei Besatzungsmitglieder der *Calcutta* hereinstürmten und sich mit gezückten Messern auf ihn stürzten. Robert wich ihnen geschickt aus.

»Na, hat dich der Mut verlassen, Mann?«, höhnte das Narbengesicht und durchschnitt einige Male mit seiner Klinge die Luft.

»Was hältst du davon, wenn wir dich in Stücke schneiden und den Fischen zum Fraß vorwerfen?«, wollte der andere wissen. Tiefer Hass sprach aus seinem Blick.

»Große Worte für einen, der im Sterben liegt«, erklärte Robert kalt. Blitzschnell ergriff er das Handgelenk seines Gegners, drehte es herum und rammte dem Schmuggler sein eigenes Messer in den Leib.

Ein entsetzter Schrei folgte, dann brach dieser röchelnd zusammen.

»Elender Hurensohn«, brüllte das Narbengesicht gleichzeitig.

Robert wirbelte zu ihm herum, doch da war es schon zu spät. Die Messerklinge schnitt sich tief in seine Seite. Robert stöhnte unter dem sengenden Schmerz, doch er verdrängte ihn mit eisernem Willen und konzentrierte sich ganz auf das Narbengesicht.

»War das etwa schon alles? Na komm schon, du möchtest deinen Freund doch bestimmt nicht warten lassen.«

Über ihnen schien der Kampf nun ebenfalls in vollem Gange zu sein. Derbe Flüche und schmerzgepeinigte Schreie zerrissen die Nacht.

»Der Einzige, der hier zur Hölle fährt, bist du, Bastard«, zischte das Narbengesicht und versuchte sein Messer in Roberts Herz zu stoßen. Genau auf diesen Moment hatte Robert gewartet. Mit einem gezielten Faustschlag aufs Handgelenk entwaffnete er den

Kerl. Das Messer fiel zu Boden und blieb senkrecht wankend im Holz stecken.

»So, jetzt sind die Karten doch viel fairer verteilt, findest du nicht auch?«, erkundigte sich Robert. Gleich darauf sauste seine Faust in das Gesicht des Gegners. Dieser taumelte einen Schritt zurück, hielt sich jedoch noch auf den Beinen.

»Du Scheißkerl, das wirst du mir büßen«, schrie er und landete seinerseits einen harten Treffer in Roberts Magengrube. Der Kampf dauerte an, während sich die beiden Männer als ebenbürtige Gegner erwiesen. Roberts Fäuste rammten sich immer wieder mit brutaler Wucht in den Körper des Narbengesichts. Doch ihm selbst erging es nicht besser. Roberts Rippen brannten bald wie Feuer von den harten Hieben, und er spürte, wie sein Hemd nass und warm wurde. Er verlor zu viel Blut, wurde ihm bewusst. Lange würde er sich nicht mehr auf den Beinen halten können. Sein Gegner zeigte sich als ein Mann, der einiges einstecken konnte, doch er war auch aggressiv und nicht gerade besonnen. Diesen Vorteil musste Robert sich zu Nutzen machen.

»Könnten wir unseren kleinen Kampf vielleicht etwas beschleunigen? Diese ganze Sache beginnt mich allmählich schrecklich zu langweilen.«

Wie erhofft schürten seine Worte die Wut seines Gegners. Robert reizte ihn so lange, bis das Narbengesicht vollends die Nerven verlor und sich mit einem wüsten Schrei auf ihn stürzte. Mit kühler Berechnung wartete Robert ab, wich im letzten Moment aus und rollte sich zu Boden. Einen Sekundenbruchteil später sauste das Messer durch die Luft und rammte sich bis zum Schaft in die Brust des Narbengesichts.

»Was hast du getan?!«, keuchte dieser mit ungläubig aufgerissenen Augen. Blut quoll aus seinem Mund. Wankend machte er einen Schritt auf Robert zu, dann brach er tot auf dem Boden zusammen.

Robert presste die flache Hand auf seine eigene Wunde und schloss für einen Moment die Augen. Ihm war unangenehm übel. Obwohl der Schnitt kaum als gefährlich bezeichnet werden konnte, so fühlte er doch, wie er zunehmend schwächer wurde. Er musste die Blutung unbedingt stillen. Mit einem heftigen Ruck riss er sich den Ärmel vom Hemd und presste den sauberen Stoff auf die klaffende Wunde.

»Auf den wirst du wohl verzichten können.« Robert zog einem der Toten den Gürtel ab und band ihn sich um den Leib.

»Das muss vorerst genügen«, stöhnte er leise und duckte sich nach der Pistole, die er zu Beginn des Kampfes verloren hatte.

Im selben Moment explodierte sein Schädel unter einem gewaltigen Schlag, und er fiel auf die Knie. Alles um ihn herum begann sich zu drehen und zu verzerren. Er wurde auf den Rücken geworfen. Robert versuchte sich verzweifelt gegen die drohende Schwärze zu wehren, versuchte das Gewicht auf seiner Brust fortzuschieben, das ihm die Luft zu nehmen drohte.

»Wie ein Baum gefällt«, erklang Bryans höhnische Stimme. »Na, jetzt ist es mit den großen Reden wohl vorbei, was?«

Bryans Schenkel presste sich unnachgiebig auf Roberts Wunde, was ihm ein schmerzliches Keuchen entlockte.

Bryan lachte kalt auf. »Oh, entschuldige, wie ungeschickt von mir. Das tut bestimmt weh.« Erneut drückte er boshaft auf die Wunde.

Feuer und Schmerz nahmen Robert fast die Sinne. Doch er wusste, wenn er jetzt das Bewusstsein verlor, war es um ihn geschehen. Himmel, er musste einen klaren Kopf bekommen.

Bryan genoss sichtlich seine Machtposition. Zu viele Jahre war er verkannt und erniedrigt worden. Aber nicht jetzt. Dieser Augenblick gehörte ihm, und er lechzte geradezu danach, es diesem Kerl heimzuzahlen. Wie sehr er ihn immer um seinen Status beneidet hatte. Um die Furcht, die jeder vor dem schwarzen Earl gehabt hatte. Doch nun war er am längeren Hebel – wenn auch nur für kurze Zeit. Die Rufe und Kampfgeräusche an Deck wurden immer weniger. Die Schlacht schien entschieden zu sein. Bryan zog sein Messer.

»Wie schade, dass ich mir nicht mehr Zeit mit dir lassen kann. Aber vermutlich wird man bald nach dir suchen.« Ein höhnisches Lächeln verzog sein vom Kampf stark geschwollenes Gesicht. »Soll ich Alicia etwas von dir ausrichten? Sozusagen einen letzten Liebesgruß?«

Alicia. Robert bot noch einmal alle Kraft auf, um sich von seinem Peiniger zu befreien, doch der Schlag auf den Hinterkopf und der starke Blutverlust verlangten ihren Tribut.

Bryan lachte nur über seine vergebliche Mühe. »Was für ein erbärmlicher Versuch. Aber keine Angst, ich werde dich gleich von deinem Elend erlösen.«

Roberts Brust zog sich schmerzlich zusammen. Er würde Alicia nie wieder sehen.

Robert spürte das kalte Metall der Klinge an seiner Kehle und schloss die Augen. Im nächsten Moment ging ein heftiger Ruck durch seinen Körper, und Bryans Gewicht war plötzlich verschwunden. Ein dumpfer Aufschlag war zu hören, ganz so, als wäre ein Körper gegen die Wand geprallt.

Robert sog mit tiefen Atemzügen die entbehrte Luft in seine Lungen und spürte, wie er augenblicklich wieder an Kraft gewann. Er bemühte sich, den Nebel in seinem Kopf zu vertreiben, und öffnete die Augen.

Mitternachtsschwarzes Haar und besorgte braune Augen schauten ganz aus der Nähe auf ihn herunter. »Träume oder wache ich? Alicia, du?«

Sogleich erfüllte ein tiefes Lachen den Raum. »Teufel noch mal, du musst ganz schön eins auf den Schädel bekommen haben, mein Junge.« Das Lachen endete. »Darüber, dass du meine Tochter duzt, werden wir uns noch unterhalten müssen.«

»Tochter?« Robert schüttelte erneut den Kopf. Nun endlich begann seine Sicht klarer zu werden. Neben ihm kauerte eine eindrucksvolle Gestalt mit unglaublich breiten Schultern. Das schwarze Haar war mit Silbersträhnen durchwirkt, doch die honigbraunen Augen und das markant geschnittene Gesicht ließen keinen Zweifel aufkommen. »Lord Wincliff.«

»Genau der – und keine Sekunde zu früh, wie ich sehe.« Gordon Wincliff half Robert wieder auf die Füße. »Ich hätte mir meinen Empfang eigentlich etwas freundlicher vorgestellt.«

»Das glaube ich Ihnen gern«, meinte Robert und betastete leise fluchend seinen Hinterkopf.

In diesem Augenblick eilten erneut Schritte die Treppe herunter. Gilard tauchte im Türrahmen auf. »Rob, alles in Ordnung?«

Dieser nickte. »Dank Lord Wincliff, ja. Sind die Männer von der Hafenbehörde eigentlich schon eingetroffen?«

»Als ob die jemals zugegen wären, wenn man sie braucht. Ich sehe oben nach dem Rechten.«

»Tu das.«

»Kann mir vielleicht jemand erklären, was hier vor sich geht?«, meldete sich Lord Wincliff zu Wort. »Ich bin ziemlich verwirrt. Was hat dieses Schiff an meiner Pier zu suchen, und weshalb hat Lord Birningham versucht, Ihnen die Kehle durchzuschneiden? Wer sind Sie überhaupt?«

»Lord Robert Spencer, der Earl of Whitehaven.« Robert lehnte sich an die Schreibtischkante. »Aber das ist eine lange Geschichte … Nun, meine Männer und ich wurden vom König damit beauftragt, eine

Schmugglerbande dingfest zu machen. Das haben wir gerade getan.«

»Birningham?«

»Ja, aber er ist nur ein kleiner Fisch.«

Da sah Robert aus dem Augenwinkel etwas Silbriges aufblitzen. Ohne auch nur einen Wimpernschlag lang zu zögern, stieß er Alicias Vater zur Seite, rollte sich zu seiner Pistole und erschoss Bryan, noch bevor dieser überhaupt abdrücken konnte.

»Himmel, der Kerl hat mehr Leben als ein räudiger Kater«, fluchte Robert und hielt sich keuchend die verletzte Seite.

Lord Wincliff setzte sich benommen auf und betrachtete das klaffende Loch in Bryans Brust. »Damit dürfte es jetzt wohl vorbei sein. Und nun von Anfang an. Ich will die ganze Geschichte hören.«

Robert erkannte mit einem Anflug von Lächeln, dass es gewisse Ähnlichkeiten zwischen Vater und Tochter gab. Dennoch begann er mit seiner Erklärung der Geschehnisse. Er erzählte von seinen Spuren, die ihn nach Greenwich geführt hatten, von Alicias Hilfe bei der Überführung …

»Sie haben gewusst, was heute Nacht hier geschehen würde?!«, rief Wincliff plötzlich, und sein Gesicht rötete sich vor Unglauben und Zorn.

Als Robert nickte, rief er wütend: »Wie können Sie es wagen, Alicia und Felice zu einem solch gefährlichen Unternehmen mitzunehmen?«

»Das ist selbstverständlich nicht der Fall«, hielt Robert kühl dagegen. »Alicia ist daheim in Sicherheit, und Felice hat keine Ahnung, was heute Nacht hier im Hafen geschehen ist.«

»Ach nein, dann habe ich wohl vorhin zwei Gespenster dabei beobachtet, wie sie in die Kutsche steigen, was?«

»Alicia war hier? Sind Sie sicher?«

»Natürlich bin ich mir sicher. Ich werde ja wohl

meine eigene Tochter noch erkennen«, schnauzte Lord Wincliff.

Robert fühlte sich, als wäre gerade eine Eisenfaust auf ihn niedergesaust.

»O Gott, wie konnte ich nur so verdammt dumm sein? Natürlich, es passt alles zusammen.« Sein Herz hämmerte plötzlich wie verrückt gegen seine Rippen. Felice war Nemesis! Sie hatte anscheinend die Seiten gewechselt. Verdammt! Sie hatte sowohl den wachen Verstand als auch die geschäftlichen Verbindungen, um solch ein Unternehmen aufzuziehen.

Robert hoffte inständig, dass Felice Alicia genügend liebte, um ihr nicht ernstlich gefährlich zu werden.

»In welche Richtung sind sie gefahren?«

»Was ist denn geschehen …?«

»Welche Richtung, verdammt!?«, brüllte Robert.

»Sie sind in Felices Kutsche gestiegen. Ich nehme an, dass sie sich auf den Heimweg gemacht haben«, erklärte Lord Wincliff verwirrt.

Robert bezweifelte dies stark. Felice musste annehmen, dass Bryan ihre Rolle in diesem makaberen Schauspiel aufgedeckt hatte, und würde nun so schnell wie möglich untertauchen.

»Warten Sie hier auf die Hafenbehörden«, befahl er und stürmte aus der Kabine.

»Warten Sie! Ist etwas mit meiner Lissi?«

Robert rannte bereits zur Treppe hinauf. »Ich muss mich beeilen. Himmel, ich hoffe es ist noch nicht zu spät.«

Oben auf Deck rief er nach Gilard. »Komm mit. Wir müssen Felices Kutsche finden.«

Gilard erschrak, als er in Roberts blasses Gesicht schaute. Das pure Entsetzen und unglaubliche Trauer waren dort zu lesen. »Rob, um Himmels willen, was ist denn geschehen?«

»Ich muss Alicia finden.« Robert stürmte die Planken hinunter und den Steg entlang, bis er endlich seine

Kutsche erreicht hatte. »Harm, hilf mir, die Pferde auszuspannen.«

Schwer atmend holte Gilard seinen Freund ein. »Teufel noch mal, was ist denn los?«

»Felice ist Nemesis«, keuchte Robert, während er sich mit üblen Schmerzen auf den nackten Rücken eines Kutschpferdes schwang.

»Wir müssen Felices Kutsche finden. So wie es aussieht, hat sie Alicia als Geisel genommen und wird versuchen, Greenwich zu verlassen.«

»Was?! Weshalb sollte sie so etwas tun?«

»Himmel noch mal, ich habe jetzt keine Zeit, um deine Fragen zu beantworten. Felice ist Nemesis! Ihr Vorsprung kann noch nicht allzu groß sein. Such du in nördlicher Richtung. Ich nehme die andere Richtung.« Mit diesen Worten drückte er dem nervös tänzelnden Hengst die Fersen in die Flanken und stob davon.

»Teufel und Verdammnis, kann mir hier irgendjemand endlich erklären, was eigentlich los ist?«, forderte Lord Wincliff lautstark zu wissen.

Gilard schwang sich ebenfalls auf ein Pferd. »Ihre Tochter ist in Gefahr, Lord Wincliff. Aber machen Sie sich keine Sorgen, Robert wird sie sicher und unverletzt wieder zurückbringen.«

Lord Wincliffs Gesicht spiegelte sowohl seine Verwirrung als auch seine aufkeimende Besorgnis. »Was soll das heißen? In welcher Gefahr ist meine Lissi?«

»Das zu erklären würde zu lange dauern, und Zeit ist ein Luxus, den wir momentan wirklich nicht haben.«

»Unterwegs werden Sie sich die Zeit nehmen. Ich begleite Sie.«

26

Derweil sprengte Robert durch die spärlich beleuchteten Gassen von Greenwich. Die Hufschläge hallten von den Häuserwänden wider und zogen neugierige Blicke auf den schwarz gekleideten Reiter. Zweimal hatte Robert sein Pferd gezügelt und Passanten nach Felices Kutsche gefragt, doch beide Male war er enttäuscht worden. Sein Blut rauschte so heftig in seinem Kopf, dass er kaum ein anderes Geräusch wahrnahm. Alicia. Wenn er ihr doch nur erlaubt hätte, ihn zu begleiten. Sie hätte in der Fabrik auf ihn warten können. Dann wäre sie jetzt wenigstens in Sicherheit. Falls ihr irgendetwas zustieß, könnte er es sich niemals verzeihen.

Es war dieser bohrende Schmerz, diese unfassbare Angst, Alicia zu verlieren, die ihn zu immer schnellerem Galopp antrieb. Unbarmherzig jagte er den Hengst durch die Dunkelheit und betete darum, dass Felices Liebe zu Alicia stärker war als ihre Angst vor dem Galgen.

Da erkannte er Frederick, der sich mit einigen Männern vor seinem Lieblingsclub unterhielt. Robert zügelte seinen Hengst und brachte ihn etwas abseits der Männer zum Stehen. »Frederick, auf ein Wort.«

Dieser entschuldigte sich bei den Gentlemen und trat neugierig zu Robert. »Was ist denn mit dir geschehen? Du siehst aus, als hättest du gerade einen Geist gesehen. Ist etwas passiert?« Bei Roberts verkniffenem Gesichtsausdruck stiegen sofort Bedenken in ihm hoch.

»Später«, beschied Robert hart. »Hast du Felices Kutsche gesehen?«

»Vor kaum fünf Minuten. Sie kam gerade hier vorbei. Ist etwas mit meiner Frau? Ist sie krank?«

Robert schüttelte den Kopf. »Felice ist wohlauf.« *Noch,* fügte er in Gedanken hinzu, riss seinen Hengst herum und machte sich an die Verfolgung. Seine Erleichterung, dass er auf dem richtigen Weg war, wurde durch seine Angst um Alicia überschattet.

Er hatte Greenwich bald hinter sich gelassen und war gezwungen, sein Tempo zu verringern. Das schwache Mondlicht vermochte den mit Schlaglöchern übersäten Weg kaum noch zu erhellen. Robert wusste, wie gefährlich es war, wenn er sein Pferd zu sehr antrieb. Viel zu schnell konnte es sich einen Lauf brechen, und damit wäre Alicia für ihn verloren.

Nach scheinbar einer Ewigkeit hörte er endlich das Holpern von Kutschenrädern. Wenig später konnte er das Gefährt in der Dunkelheit ausmachen und den Abstand erheblich verringern. Der Kutscher musste ihn bemerkt haben, denn plötzlich erfüllte das laute Zischen von Peitschenschlägen die Nacht. »Schneller, ihr alten Klappergäule. Schneller!« Die Kutsche nahm an Geschwindigkeit zu.

Robert blieb nichts anderes übrig, als es ihr gleichzutun. Er preschte an der Kutsche vorbei, überholte sie und griff dem wild schnaubenden Gespann in die Zügel.

»Lass los, du verdammter Kerl«, brüllte der Kutscher und ließ die Peitsche auf Robert niedersausen. Dieser hörte das leise Zischen, und gleich darauf schnitt sich das Leder brennend heiß in seine Wange. Die Kutschpferde bäumten sich wild auf, und Robert hatte alle Mühe, sich auf dem Rücken seines Hengstes zu halten. Die Peitsche sauste wieder und wieder auf ihn nieder, bis es ihm endlich gelang, das eine Ende zu fassen zu bekommen. Er riss mit aller Kraft daran, und im nächsten Augenblick fiel der Kutscher kopfüber vom Kutschbock. Sein grässlicher Schrei zerriss die Nacht, als er von den Hinterhufen der Pferde niedergetrampelt und vom rechten Kutschenrad überrollt wurde. Sein Körper blieb in unnatürlicher Haltung reglos im Dreck liegen. Derweil brauchte Robert seine ganze Kraft, um die Pferde vom Durchgehen abzuhalten. Minuten vergingen, bis es ihm endlich gelang, die verängstigten Tiere zu beruhigen und sie zum Stehen zu bringen.

Die Kutschentür wurde aufgestoßen, und Alicia erschien in der Öffnung. Felice folgte ihr mit der Pistole im Anschlag.

»Verdammt noch mal, Robert, kannst du dich eigentlich niemals aus etwas heraushalten?«

»Nicht, wenn es um Alicia geht«, erklärte Robert und ließ sich vom Rücken seines Pferdes gleiten. Als er einen Schritt näher trat, hörte er das metallene Klicken, als Felice den Hahn der Pistole spannte. »Bleib, wo du bist, Robert. Dann wird niemandem etwas geschehen.«

Er hielt inne. Sein Blick suchte in Alicias blassem Gesicht nach irgendwelchen Spuren von Gewalt, doch er konnte zu seiner Erleichterung keine finden. Dennoch zog sich seine Brust schmerzlich zusammen, als er die unvergossenen Tränen in ihren Augen glänzen sah. Sie liebte ihre Tante über alles, und er konnte vermutlich noch nicht einmal entfernt erahnen, wie sehr sie unter diesem Verrat litt.

»Gib Alicia frei, Felice – oder sollte ich dich lieber Nemesis nennen?« Robert zwang sich zu einer völlig unbeteiligten Miene. Felice hielt Alicia wie einen Schild vor sich, und in ihrer schwarz behandschuhten Hand glänzte das matte Metall der Pistole.

»Ah, Robert, ich hätte wissen müssen, dass du mir auf die Spur kommst. Du konntest ja noch nie aufhören, wenn es an der Zeit war.«

Robert schaute ihr geradewegs in die Augen. »Lass Alicia gehen, Felice. Wir wissen beide, dass du sie zu sehr liebst, um ihr etwas anzutun.«

Der Ausdruck von Schmerz und Bedauern verdunkelte Felices Gesicht und ließ Robert das Blut in den Adern gefrieren.

»Deshalb hoffe ich auch inständig, dass du mich nicht dazu zwingst. Mach nicht den Fehler, mich vor die Wahl zu stellen. Alicia bedeutet mir zwar sehr viel, doch mein eigenes Leben würde die Wahl eindeutig gewinnen.«

Er sah, wie Alicia sich bei diesen Worten versteifte.

Felice schüttelte bedauernd den Kopf. »Bryan hat also geredet, was? Ich hätte es wissen müssen.«

»Dazu hatte er keine Gelegenheit mehr«, erklärte Robert kühl. »Es war auch nicht nötig. Du hast dich selbst verraten, indem du Alicia mit zum Hafen gebracht hast. Jetzt wird mir auch einiges andere klar. Zum Beispiel, weshalb du so versessen darauf warst, dass Alicia Birningham heiratet. War es eine seiner Bedingungen, oder hätte diese Verbindung einfach nur gut in deinen kleinen Plan gepasst?«

Felice schüttelte erneut den Kopf, doch diesmal lag ein trauriges Lächeln auf ihren Lippen. »Du weißt nicht halb so viel, wie du glaubst, Robert. Ich hielt an dieser Verlobung fest, weil ich die Verbindung tatsächlich für das Beste gehalten habe. Bryan ist … nein, er war ein Mann, den man wunderbar lenken konnte, ein Feigling, der es nicht gewagt hätte, sich ihren Wünschen in den Weg zu stellen. Alicia hätte so ihr Leben nach ihren Träumen gestalten können.«

»Hast du ihn deshalb immer wieder dazu überredet, die Verlobung aufrechtzuerhalten?«, verlangte Robert nun zu wissen.

»Nicht so oft, wie du vielleicht denkst. Genau genommen war es nur dieses eine Mal, in deinem Arbeitszimmer.«

»Und weshalb hat er mich zu sich nach Hause eingeladen?«, meldete sich Alicia zu Wort.

»Damit hatte ich nichts zu tun. Da müsstest du schon Roberts Freund fragen. Schließlich war er es, der Bryan eine beachtliche Summe dafür geboten hat.«

»Gilard?« Robert schüttelte ungläubig den Kopf.

»Erzähl keine Lügen, Felice. Gilard kannte weder Birningham noch Alicia lange genug, um solche Ränke zu schmieden.«

»Aber er kennt dich gut genug, Robert. Er wusste vermutlich schon damals, dass du für Alicia etwas empfindest.«

Robert notierte sich im Geiste, dass er Gilard zur Rede stellen würde. Nun jedoch musste er sich um Alicias Rettung kümmern.

»Weshalb hast du die Seiten gewechselt, Felice? Du hattest doch immer alles.«

Sie schüttelte langsam den Kopf: »Ich hatte alles, nur niemals das, was ich wirklich wollte.«

»Und was ist mit Frederick? Ihr seid doch glücklich, oder etwa nicht?«

Felices Lächeln strömte so viel Liebe aus, dass es beinahe grotesk wirkte, wenn man bedachte, dass sie gerade ihre besten Freunde mit einer Pistole bedrohte.

»O ja, ich liebe Frederick aus tiefstem Herzen.« Sie schüttelte leicht den Kopf: »Es begann alles ganz harmlos. Kleine Gaunereien eben. Doch irgendwie entwickelte sich die Angelegenheit … Es war so aufregend, dass ich nicht mehr aufhören konnte.« Felice schnaubte ungeduldig: »Du würdest es ja sowieso nicht verstehen. Das Geld kam mir zwar sehr gelegen, doch das hätte ich auch anderweitig beschaffen können. Aber mir war so schrecklich langweilig, Robert. Früher, als du noch hier warst, war das Leben noch aufregend. Wir erlebten so wundervolle Abenteuer, so nervenaufreibende Augenblicke. Und dann war plötzlich alles ruhig. Ich fühlte mich, als sei ich bereits tot und begraben.«

»Du erwartest jetzt hoffentlich kein Mitleid von mir, oder?«, wollte Robert schneidend wissen.

»Auch nicht ein kleines bisschen?« Bei Gott, sie neckte ihn, als säßen sie in einem Salon gemütlich bei einer Tasse Tee. Zu seinem eigenen Ärger konnte er Felices Beweggründe tatsächlich irgendwie verstehen.

Alicia hielt es keinen Augenblick länger aus. Ihre Tante hatte also den Namen Wincliff und deren ganze Existenz aufs Spiel gesetzt, nur um sich die Langeweile zu vertreiben? Das war einfach zu viel. Sie nutzte Felices Abgelenktheit und rammte ihr mit aller Kraft den Ellbogen in die Seite. Flink wich sie einige Schritte vor ihrer Tante zurück. Diese stöhnte gequält auf, fing sich jedoch wieder, bevor Robert vorspringen und ihr die Pistole entwenden konnte.

»Na schön, Lissi, meine Liebe, du wirst mir jetzt helfen, von hier weg zu kommen. Komm her. Ich wollte wirklich nicht, dass es so weit kommt.«

Als Alicia nicht gleich gehorchte, richtete Felice den Lauf der Pistole auf Robert. »Du hast die Wahl, Alicia. Dir werde ich nichts antun. Sobald ich in Sicherheit bin, darfst du wieder nach Hause.«

Robert kämpfte mit den unterschiedlichsten Gefühlen. Dennoch nickte er auf Alicias fragenden Blick hin.

»Falls du Alicia auch nur ein Haar krümmst, werde ich dich bis ans Ende meiner Tage verfolgen. Darauf hast du mein Wort.«

»Das ist nur gerecht«, stimmte Felice zu.

Alicia trat zögernd auf ihre Tante zu. Im nächsten Moment riss sie erstaunt die Augen auf. »Onkel Frederick, was tust du denn hier?«

»Ach, Alicia, das ist so ziemlich der älteste Trick, den ich kenne. Hältst du mich tatsächlich für so dumm …«

Plötzlich hielt jemand Felices Hand mit der Pistole fest und verdrehte ihr Handgelenk, bis sie vor Schmerz leise aufschrie. »Felice, meine Teure, du erlaubst doch, dass ich dir dieses Ding abnehme. Du könntest sonst versehentlich jemanden verletzen.«

Alicia stürzte sich in Roberts Arme.

»Alles in Ordnung, meine Liebste?«

Alicia nickte betrübt und schmiegte ihre Wange an seine Brust.

»Mein Gott, Robert, du blutest ja.«

Robert drückte ihren zarten, zitternden Körper fest an sich und küsste sie auf den Scheitel. »Es ist nicht so schlimm, wie es aussieht. Mach dir keine Sorgen, Liebes.«

»Frederick«, rief Felice entsetzt. »Was machst du denn hier?«

»Das sollte ich wohl eher euch drei fragen. Was hat das alles zu bedeuten?«

Noch bevor jemand antworten konnte, trat eine andere Person hinter einem Baum hervor. »Was sehe ich denn da? Ein kleines Familientreffen im Grünen. Wie nett.«

Stierling schlenderte mit einer Pistole in der Hand auf sie zu. »Na, Whitehaven, erstaunt, mich hier zu sehen? Wo ich doch eigentlich auf dem Weg nach Spanien bin?«

»Nicht sonderlich. Ratten trifft man überall.«

Stierlings Lippen verzogen sich zu einem boshaften Lächeln. »Wenn du wüsstest, wie sehr ich diesen Augenblick genieße. Deine Sprüche werden dir schon noch vergehen.«

Er wandte sich an Frederick. »Wirf die Pistole hierher. Aber schön langsam, wenn ich bitten darf.«

Felice trat einen Schritt vor. »Was soll das, Garrick? Weshalb bist du nicht im Hafen und rettest, was noch zu retten ist?«

»Damit mich die Hafenbehörde erwischt? Und was dann? Soll ich ihnen erzählen, ich sei ganz zufällig in der Gegend gewesen? Das würden sie mir wohl kaum glauben. Dafür haben deine ›Freunde‹ schließlich gesorgt.«

Felice spürte beklommen, dass ihr die ganze Angelegenheit entglitt. »Für dein Verhältnis mit Adelaide kannst du wohl kaum die beiden verantwortlich machen. Sie sind dir lediglich auf die Schliche gekommen.«

Stierlings Grinsen wurde noch breiter. »Ich weiß, aber ich tu es trotzdem.« Er zielte noch immer mit der Pistole auf Roberts Brust. Doch nun ließ er sie genüsslich tiefer gleiten. »Habe ich eigentlich schon erwähnt, wie sehr ich das hier genieße? Und nun, kleine Lady, wirst du zu mir kommen. Wir haben schließlich noch eine Rechnung offen.«

Alicia schnappte hörbar nach Luft, und Robert trat schützend vor sie hin.

»Lass Alicia in Ruhe, Garrick«, fuhr Felice warnend dazwischen.

»Ich will mich nicht wiederholen«, fauchte Garrick wütend. »Alicia, komm her, oder ich schieß dem Mistkerl die Kniescheibe weg.«

Sein glühender Blick fiel auf Felice. »Und für dich wird es allmählich Zeit, dass du dich entschließt, auf welcher Seite du kämpfst.«

»Sie ist meine Nichte«, fauchte Felice zurück.

»Und er ist derjenige, der uns an den Galgen bringen will. Oder hast du das schon vergessen?«

Felice schüttelte betrübt den Kopf. »Nein, das habe ich nicht. Dennoch wirst du deine Finger von Alicia lassen.«

Robert schätzte die Distanz zu seinem Todfeind ab. Dieser hatte jetzt Felices Waffe ebenfalls an sich genommen, was die Gefahr erheblich steigerte. Er würde ihn niemals erreichen, bevor dieser abdrückte. Aber vielleicht hatte er Glück und würde lange genug leben, um ihn zu überwältigen, damit er Alicia nicht mehr gefährlich werden konnte. Er verbot sich strikt darüber nachzudenken, was dieser Bastard mit Alicia anstellen würde, wenn er sie erst in seiner Gewalt hätte. Allein die Vorstellung trieb ihm den Angstschweiß auf die Stirn. Robert zwang sich, seine Gedanken zu ordnen. Er musste sich jetzt unbedingt auf seinen klaren

Verstand verlassen können. Er versuchte abzuwägen, wie weit er in dieser Sache auf Fredericks und Felices Hilfe bauen konnte.

In diesem Augenblick fiel Stierlings Blick erneut auf Alicia, und der harte Glanz seiner Augen verriet, dass er mit seiner Geduld am Ende war. »Ich warte.«

Robert zögerte keine Sekunde länger. Er stieß Alicia so weit wie möglich von sich und hechtete zur anderen Seite. Ein Schuss zerriss die Nacht. Robert fühlte den brennenden Schmerz in seinem Oberschenkel kaum. Sein einziger Gedanke galt Alicia. Er musste sie vor Stierling retten. Er rollte sich erneut zur Seite, sprang auf und hechtete auf Stierling los. Schreie hallten durch seinen Kopf, doch er konnte sie nicht einordnen. Er wusste nicht, ob sie von Alicia oder Felice stammten. Alles, was er hörte, war sein rasender Pulsschlag.

Garrick wich im letzten Moment Roberts Attacke aus und rettete sich mit einem Satz zur Seite. Dabei prallte er jedoch gegen die Kutsche und verlor kurz das Gleichgewicht. Frederick versuchte ihn am Kragen zu fassen zu bekommen, doch plötzlich scheuten die Pferde, und es gelang ihm gerade noch, Felice vor den tödlichen Hufen der Tiere in Sicherheit zu bringen. Alles geschah so schnell. Robert griff Stierling erneut an, Alicia schrie auf, als dieser die Pistole hob, und dann knallte ein zweiter Schuss. Plötzlich war alles still. Garrick starrte mit weit aufgerissenen Augen verwundert auf das klaffende Loch in seiner Brust, blickte zu Robert, der ihn ebenso verwirrt betrachtete, und wandte sich schließlich um.

»Du?!«

Das war sein letztes Wort, und er brach leblos in sich zusammen.

Felice hielt noch immer die rauchende Pistole in der Hand. Ihr Gesicht war aschfahl, und Tränen glitzerten feucht auf ihrer Wange.

»Robert!«, weinte Alicia hemmungslos und warf

sich ihm in die Arme. »Ich dachte schon …«, schluchzte sie. »Ich dachte …«

Robert schloss ihren bebenden Körper schützend in seine Arme. »Scht, scht, es ist alles vorbei, Liebes. Du bist in Sicherheit.«

Er betrachtete nachdenklich Felice, die ebenfalls weinend in den Armen ihres Mannes lag. »Das habe ich doch alles nicht gewollt«, schluchzte sie immer wieder.

Groll und Enttäuschung, aber auch tiefe Dankbarkeit, dass er Alicia lebend und unversehrt an sich drücken konnte, erfüllten seine Brust.

Als Frederick den Kopf hob und ihn ansah, sah Robert die Furcht in seinen Augen.

»Und was jetzt, Rob? Was wird mit Felice geschehen?«

Robert schwieg lange Zeit und stritt mit seinem Ehrgefühl, das ihn dazu aufforderte, Felice wegen Schmuggels festzunehmen.

Als er auch weiterhin schwieg, richteten sich aller Augen auf ihn.

Sie hatte es wahrlich verdient, an den Galgen zu kommen. Schon allein für die schrecklichen Sorgen, die er sich ihretwegen um Alicia gemacht hatte.

Dennoch – Felice hatte ihm das Leben gerettet und Alicia vor Garricks sadistischer Rache bewahrt. Das war das Einzige, was wirklich zählte. Am Ende hatte sie sich für die richtige Seite entschieden.

»Amerika soll ein recht abenteuerliches Land sein. Wie ich hörte, läuft nächste Woche ein Schiff dorthin aus. Die Zeit bis dahin sollte euch genügen, um alles Nötige in die Wege zu leiten.«

Maßloses Erstaunen zeichnete sich in den Gesichtern ab.

»Da Bryan und Stierling tot sind, wird wohl niemand von Felices Doppelleben erfahren. Es wird jedoch besser sein, wenn ihr für einige Monate verschwindet, um Gras über die ganze Angelegenheit wachsen zu lassen.«

Alle Beteiligten starrten Robert verwundert an.

»Du wirst mich nicht verhaften?«, fragte Felice wie betäubt.

Robert schüttelte den Kopf. »Nein, Felice, diesmal nicht.«

Er zog Alicia ganz dicht an seinen Körper, ohne Felice aus den Augen zu lassen. »Ob du es glaubst oder nicht, ich hätte auch Alicias Vater nicht verhaften können. Wir sind jetzt schließlich eine Familie.«

Alicias Augen schauten so voller Liebe und Dankbarkeit zu ihm auf, dass ihm eines endlich klar wurde: Er war mit Abstand der glücklichste Mann auf Erden.

Ganz sanft streichelte er ihre Wange. »Habe ich dir eigentlich jemals gesagt, wie sehr ich dich liebe?«

Erneut traten Tränen in ihre Augen, doch diesmal vor Freude. Niemals hätte sie zu hoffen gewagt, diese Worte von Robert zu hören. Sie biss sich auf die Lippen und schüttelte lächelnd den Kopf. »Nein, das hast du nicht.«

Im nächsten Moment warf sie ihre Arme um seinen Nacken. »Sag es noch einmal.«

»Ich liebe dich, Lissi. O Gott, du weißt gar nicht, wie sehr.« Er verschloss ihre bebenden Lippen mit einem glutvollen Kuss, und ihm war, als wäre seine Brust plötzlich zu eng, um so viel Glück in sich zu bergen.

»Ich liebe dich, Lissi. Bitte versprich mir eines – keine Schmuggler und keine Abenteuer mehr, Liebes. Ich glaube, ich könnte so viel Sorge nicht noch einmal überleben.«

»Na, na, junger Mann«, donnerte plötzlich eine tiefe Stimme hinter ihnen. »Nun mal nicht so schnell mit den jungen Pferden.«

Alicia konnte sich ein kleines Kichern nicht verkneifen. »Ich fürchte, das nächste Abenteuer steht dir bereits bevor, mein Liebster. Aber wir werden dir kräftig den Rücken stärken. Versprochen.«

Roberts Blick glitt zu Lord Wincliff, der breitbeinig hinter ihnen stand und ihn drohend anfunkelte. Kein Wunder, dass sich Alicia nie vor ihm gefürchtet hatte.

»Ich glaube, deine Hände haben nichts auf meiner Tochter zu suchen«, verkündete Lord Wincliff missbilligend.

In diesem Augenblick drangen Alicias Worte in Roberts Bewusstsein, und sein Kopf zuckte wieder zu ihr herum. »*Wir?* Hast du gerade *wir* gesagt? »

Sein Blick war so durchdringend, dass sich Alicia grinsend auf die Lippen biss und nickte. »Ja, Robert.« Sie legte ihre Hand schützend auf ihren noch flachen Bauch. »Wir.«

Robert stieß einen Freudenschrei aus, hob Alicia hoch in die Luft und drehte sich mit ihr lachend im Kreise. »Du meinst …«

Als der Schmerz wie ein sengender Feuerstrahl erneut seinen Körper peinigte, setzte er Alicia wieder auf die Füße. Dennoch strahlte er vor Glück. »Du meinst, wir bekommen ein Kind?«

Alicia nickte heftig, tief ergriffen von Roberts so offensichtlicher Freude. »Missi hat mir versichert, dass es so ist.«

»Himmel noch mal, würde mir hier mal jemand seine Aufmerksamkeit schenken? Was geht hier vor sich? Zum Donnerwetter noch mal, ich scheine heute immer nur denselben Satz sagen zu müssen«, schnauzte Lord Wincliff in regelrechtem Zorn.

»Papa«, rief Alicia begeistert und warf sich ihrem Vater in die Arme. »Ich habe dich ja so sehr vermisst.«

»Nun, das scheint mir jetzt doch ein wenig übertrieben, Lissi. Du scheinst ja alle Hände voll damit zu tun zu haben, seine Hände *nicht* abzuwehren.« Erneut warf er Robert einen vorwurfsvollen Blick zu, doch sein Gesicht hatte bei Alicias herzlicher Begrüßung eindeutig an Strenge verloren.

Alicia errötete sanft und ging zu Robert zurück. »Papa, darf ich dir meinen Ehemann, Lord Robert Spencer, den Earl of Whitehaven vorstellen?«

»Ehemann!?« Lord Wincliff wankte. »Himmel, Mädchen, könntest du das nächste Mal warten, bis ich einen Stuhl in der Nähe habe?«

Seine Augen musterten Robert von Kopf bis Fuß. »Ich nehme an, auch das ist eine lange Geschichte?«

Robert nickte lachend, während er sich ganz dicht hinter Alicia stellte und sie mit seinen Armen umfing. »Aber diesmal nehme ich mir gern die Zeit, sie Ihnen ausführlich zu erzählen.« Er drückte Alicia einen liebevollen Kuss auf den Scheitel. »Aber erst zu Hause. Es wird wirklich höchste Zeit, dass ich meine Familie heim bringe.«